Sarah Harvey
Der Apfel fällt nicht weit vom Mann

PIPER

Zu diesem Buch

Pip Charteris ist mit ihrem Leben zufrieden. Sie hat einen guten Job, nette Kollegen, eine tolle beste Freundin – und auch in der Liebe scheinen sich fantastische Möglichkeiten zu eröffnen, als der unwiderstehliche Dan in ihr Leben tritt. Doch das Wichtigste ist: Sie hat viele Kilometer zwischen sich und ihre Familie gebracht, die sie zwar über alles liebt, die sie aber auch in den Wahnsinn treibt. Dann wird plötzlich alles anders. Pip erfährt, dass der letzte der zahlreichen Liebhaber ihrer Mutter, ein mysteriöser blutjunger Spanier, sich mit ihrem Geld auf und davon gemacht hat. Und so kann Pip nur eines tun: Sie muss zurück zu ihrer Familie – zu ihren drei Halbschwestern, ihrer Mutter und ihrer pragmatischen Tante Susan. Wird Pip ihre Familie vor dem drohenden Bankrott retten können? Und warum taucht plötzlich wie aus dem Nichts ein weiterer überaus attraktiver Spanier auf?

Sarah Harvey, geboren 1969, arbeitete als Journalistin, bis sie mit ihrem ersten Roman »Wachgeküsst« ihren Durchbruch als Autorin feierte und sich seither ganz dem Schreiben widmet. All ihre frech-romantischen Bücher waren internationale Erfolge. Zuletzt erschien von ihr »Das Rosenhaus«. Sarah Harvey lebt mit ihrem Mann Terry und ihren drei verrückten Hunden Freddie, Ziggie und Ruby auf einem alten Landsitz in Cornwall.

Sarah Harvey

Der Apfel fällt nicht weit vom Mann

Roman

Aus dem Englischen von
Marieke Heimburger

Piper München Zürich

Mehr über unsere Autoren und Bücher:
www.piper.de

Von Sarah Harvey liegen bei Piper vor:
Kann ich den umtauschen?
Das Rosenhaus

Für Julia und Marco
und die inspirierende Musik,
die ihr zusammen macht

MIX
Papier aus verantwortungsvollen Quellen
FSC www.fsc.org
FSC® C083411

Deutsche Erstausgabe
April 2012

Titel der englischen Originalausgabe:
»Fruits«

Umschlaggestaltung: Cornelia Niere, München
Umschlagmotiv: Pyza / Puchikumo / Getty Images
Satz: Kösel, Krugzell
Gesetzt aus der Scala
Papier: Munken Print von Arctic Paper Munkedals AB, Schweden
Druck und Bindung: CPI – Clausen & Bosse, Leck
Printed in Germany ISBN 978-3-492-25936-1

– 1 –

Pip schnappte nach Luft. Sie erlebte das, was sie einen echten Schocker nannte, ausgelöst vom Aufkreuzen eines Prachtexemplars von einem Mann. In einem solchen Moment bekam das Wort *atemberaubend* eine ganz neue Dimension, denn der bloße Anblick des anbetungswürdigen Adonis kann schon zum Aussetzen der Lungenfunktion führen.

Plötzlich nimmst du alles um dich herum nur noch in Zeitlupe wahr, dein Brustkorb spannt von der letzten Schnappatmung, deine Pupillen weiten sich, du reißt die Augen auf, dein Herz fängt an zu rasen, dein Bauch macht sich plötzlich ganz flach, als zöge eine unsichtbare Schnur daran, deren anderes Ende mit deinem sogenannten Schoß verbunden ist ...

Es war auf dem Abschiedsessen passiert, mit dem ihr Freund und Kollege Clive nach sechsjähriger Mitarbeit in der Praxis in Bristol gebührend verabschiedet werden sollte.

Chester Bakewell, der Chef-Tierarzt und Praxisinhaber mit der großen Klappe, dem großen Auto, den großen Füßen und dem großen Herzen hatte einen Tisch bei Pips Lieblingsitaliener im Stadtteil Clifton reserviert.

Pip war immer noch untröstlich, dass Clive sie verlassen würde, denn wenn er nicht so ein verdammt guter Kumpel gewesen wäre, hätte sie sich durchaus in ihn verlieben können.

Ja, gut, mit seinen Hasenzähnen und den feuerroten Haaren erinnerte er sie ein bisschen an Bugs Bunny, aber es kommt ja schließlich nicht allein aufs Aussehen an. Clive war witzig und schlau, lieb und sarkastisch, ein Meister des schrägen Humors und Liebhaber feuchtfröhlicher Mittagspausen. Seine ehrlichen Augen strahlten freundlich und weise, und er war nicht nur der unumstrittene Star in der Cliftoner Klein- und Großtierpraxis, sondern auch Pips Lieblingskollege.

Zumindest war er das gewesen, bis er verkündete, man habe ihm einen anderen Job angeboten und er würde nach Irland zurückkehren.

»Wie kannst du es überhaupt auch nur in Erwägung ziehen, mich hier allein zu lassen?«, hatte Pip zum wiederholten Mal traurig gefragt.

»Sie haben mir ein Angebot gemacht, das ich nicht ablehnen konnte ...«, antwortete er geduldig mit einem Augenzwinkern.

»Wie das denn? Du hast gesagt, es ist eine Landtierarztpraxis. Das heißt, du wirst den lieben langen Tag Schafen über schlammige Felder hinterherrennen und deinen Arm bis zur Schulter in Kuhhintern stecken ...«

»Vielleicht ist das ja gerade das Angebot, das ich nicht ablehnen konnte«, witzelte er, schüttelte dann aber den Kopf, als er Pips langes Gesicht sah. »Nein, jetzt mal im Ernst, Pip: Das Angebot, das ich nicht ablehnen konnte, war das, nach Hause zurückzukehren.«

Überrascht blinzelte Pip ihn an.

»Aber ich dachte, du wolltest nie wieder zurück in das – wie nanntest du es noch – klaustrophobische Kuhkaff? Du hast gesagt, da wolltest du nicht tot überm Zaun hängen! Du hast gesagt, du würdest dich mit Zähnen und Klauen wehren, falls dich jemand dorthin zurückverschleppen wollte, du würdest so um dich schlagen, dass du es sogar mit einem aufgebrachten, vollgepumpten Mickey Rourke aufnehmen würdest.«

Clive seufzte. Pip zitierte ihn ja ganz richtig. Und genau so hatte er das alles damals auch gemeint. Seine eigenen Worte aus Pips Mund machten ihn nachdenklich.

»Ich weiß ...«, nickte er. »Ich hätte es ja auch nie für möglich gehalten, aber jetzt lockt mich tatsächlich die Heimat. Ich glaube, jeder landet in seinem Leben mal an dem Punkt, wo nicht mehr das einzige Ziel ist, so weit wie irgend möglich von Zuhause, von Eltern, Nachbarn und Schule wegzukommen, sondern die Brücken wieder aufzubauen, die man hinter sich abgebrochen hat. Irland fehlt mir, Pip. Meine Familie fehlt mir.«

»Und ich werde dir nicht fehlen?«, seufzte Pip.

»Doch, natürlich.« Er legte ihr den Arm um die Schulter und zog sie fest an sich. »Aber nur, weil ich von hier wegziehe, heißt das ja noch lange nicht, dass ich aus deinem Leben verschwinde. Wir sind doch Freunde fürs Leben, oder?«

»Darin waren wir uns einig, ja.«

»Und das wird sich auch nicht ändern, nur weil wir ab jetzt in unterschiedlichen Ländern leben, oder?«

»Versprochen?«

»Versprochen. Und vergiss nicht unseren Deal, ja? Wenn wir beide mit vierzig noch nicht verheiratet sind …?«

Pip hatte sich ein Lächeln abgerungen.

»… hilfst du mir, Brad zu entführen, und ich helfe dir, Angelina zu entführen …«

»Die gute Nachricht ist, dass mein Nachfolger ein ziemlich netter Kerl zu sein scheint. Chester fand, heute Abend wäre eine gute Gelegenheit für ihn, euch alle kennenzulernen, von daher wird er auch gleich noch kommen.«

»Dein Nachfolger? Na, der wird's nicht leicht haben …«, hatte Pip trübsinnig orakelt.

Und dann war Dan Fairweather hereinspaziert.

Im selben Augenblick verschlug es Pip den Atem, ihr Herz fing an zu rasen und ihre Libido geriet außer Kontrolle.

Clive beobachtete sie und fing an zu lachen.

»Wie war das doch gleich? Er wird's nicht leicht haben?«

– 2 –

Nancy, Pips langjährige Freundin und Mitbewohnerin, wachte davon auf, dass sie jemanden den Kühlschrank durchwühlen und dann den Toaster betätigen hörte.

Ein Blick auf den Wecker.

Fünf Uhr morgens.

Sie hatte nur eine Stunde geschlafen.

Nancy arbeitete als Triageschwester in der Notaufnahme des örtlichen Krankenhauses und war nach einer hektischen Spätschicht so fix und fertig, dass ihre Augenlider sich ganz schnell wieder senkten ... bis der köstliche Duft von auf leicht angebranntem Toast schmelzender Butter in ihre Nasenlöcher drang und ihren Magen zum Knurren brachte.

»Mist«, krächzte sie. Ihr Hals war trocken, aber das Wasser lief ihr schon im Mund zusammen. Sie war so müde, dass sie problemlos weiterschlafen könnte – aber ihr Magen knurrte so laut, dass sie schon allein von dem Lärm noch wacher wurde.

Eisern kniff sie die Augen wieder zu.

Ihr Magen knurrte schon wieder. Noch lauter.

»Okay, okay, ich geb's auf ...«

Sie gähnte so ausgiebig, dass sie sich fast den Kiefer ausrenkte, stolperte aus dem Bett, zog sich einen Bademantel über und taperte in die Küche.

Dort traf sie eine leicht betrunkene Pip in einem schicken Kleid an, die mit ziemlich müden Augen die vor sich aufgebauten Leckereien betrachtete.

Kekse, Kuchen, Obst, Chips, Marmelade, Brot.

»Hast du Hunger?«, fragte Nancy mit Blick auf den Gabentisch leicht amüsiert.

Pip nickte.

»Aber warst du nicht bei einem Abendessen?«

»Hab keinen Bissen runtergekriegt«, nuschelte Pip mit dem Mund voller Toast.

»Du warst in unserem absoluten Lieblingsrestaurant und hast nichts gegessen?«

Pip nickte und biss nun etwas von dem Früchtekuchen ab.

Nancy und Pip waren seit siebzehn Jahren befreundet, darum wusste Nancy sehr wohl, wie sehr es Pip an die Nieren ging, dass Clive nach Irland zurückzog. Aber sie wusste auch, dass es nur zwei Dinge gab, die Pips ausgeprägt gesunden Appetit verderben konnten: entweder ihre völlig durchgeknallte, wunderbare, komplizierte Familie oder ein Mann, der es in sich hatte.

»Okay.« Nancy fixierte ihre Freundin mit diesem Blick, der ihr noch jedes Mal die gewünschte Information beschert hatte. »Was ist es dieses Mal?«

Pip tat natürlich zunächst einmal so, als wüsste sie überhaupt nicht, wovon Nancy redete.

Da half auch der Blick, der ihr noch jedes Mal die gewünschte Information beschert hatte, nichts.

Denn Pip hatte sich in ihrer Not einfach immer mehr Essen in den Mund gestopft, sodass sie überhaupt nicht reden *konnte*.

Sie versuchte, Nancy abzulenken, indem sie ihr etwas Toast anbot. Und dann behauptete sie, es sei wegen Clive, und das war ja nun auch nicht ganz gelogen.

Als sie endlich in die Falle ging, redete sie auch sich selbst ein, dass es nur um Clive ging. Versuchte, zu vergessen, dass sie den Rest des Abends verstohlene Seitenblicke auf den Neuzugang geworfen hatte, um sich zu vergewissern, dass er auch auf den zweiten, dritten, vierten, fünften und sechsten Blick groß und gut aussehend war, und dass seine Augen wirklich so grün funkelten wie der Jadeanhänger an ihrer Kette.

Versuchte, zu verdrängen, wie ihre diversen Körperteile und Organe auf seinen bloßen Anblick reagiert hatten. Ihr Herz, ihr Bauch, ihre Knie …

Nach dem Essen war sie mit zu Clive gegangen. Hatte traurig die leeren Zimmer inspiziert, bis es ihr wirklich endgültig klar wurde: Clive, ihr Clive, ihr Freund, ihr Kumpel, zog weg. Sie hatten eine letzte Flasche Wein zusammen getrunken. Und je mehr Pip getrunken hatte, desto nüchterner war sie geworden … Sie hatte diesen Tag, diese Nacht mit Grauen erwartet. Sie war unendlich traurig – und gleichzeitig kribbelte es in ihr vor Aufregung.

Was nur wieder einmal ihre Theorie bestätigte, dass Männer einem vollkommen das Hirn derangierten.

Zwar hatte Pip Chester dabei geholfen, die Unterlagen der diversen Bewerber für Clives Nachfolge zu sichten, aber an dem Tag, als Chester das Gespräch mit Dan führte, war sie nicht in der Praxis gewesen, denn sie hatte notfallmäßig zu ihrer Familie nach Cornwall düsen müssen, um wieder mal die Kartoffeln für sie aus dem Feuer zu holen.

Darum sah Pip Dan zum ersten Mal auf Clives Abschiedsfest.

»Das ist die gute Seele unserer Praxis, Pip Charteris«, stellte Chester sie vor, schlang ihr den Arm um die Taille und drückte sie so fest an sich, dass sie unwillkürlich quietschte. »Sie sorgt dafür, dass bei uns alles wie am Schnürchen läuft. Wenn Sie irgendetwas brauchen, wenden Sie sich vertrauensvoll an Pip.«

»Egal, was?«, hatte er mit einem zweideutigen Blick und einem Lächeln gefragt.

Worauf Pip knallrot angelaufen war.

Vor lauter Angst davor, gequirlten Blödsinn zu reden, war sie ihm den Rest des Abends aus dem Weg gegangen und hatte ihm nur hin und wieder schüchtern zugelächelt, wenn sie ihn dabei ertappte, wie er sie beobachtete. Was ziemlich oft vorkam.

Das ganze Wochenende hatte sie damit verbracht, auf gar keinen Fall an ihn zu denken. Montagmorgen ertappte sie sich selbst dabei, wie sie sich die Wimpern bereits zum dritten Mal tuschte – wo sie doch normalerweise nur mit Mühe und Not überhaupt daran dachte, sich das Gesicht einzucremen. Vielleicht sträubte sie sich doch ein bisschen zu heftig, vielleicht sollte sie sich eingestehen, dass es bei ihr mächtig eingeschlagen hatte. Ob es Liebe war, ließ sich noch nicht so genau sagen, aber Lust und Verlangen plagten sie allemal.

Was war schon dabei, wenn eine alleinstehende Frau in ihrem Alter sich in einen netten Mann verguckte? Ran an den Speck und genießen! Warum also versuchte sie, ihre Gefühlsregungen zu verdrängen? Warum versuchte sie, ihre Libido unter Kontrolle zu bringen?

Nun ja, ob man will oder nicht, das Leben der eigenen Eltern hat immer einen ziemlich großen Einfluss auf das eigene Leben. Manchmal ist das richtig gut, zum Beispiel dann, wenn die Eltern ein vorbildliches, weil produktives, konstruktives, glückliches und erfülltes Leben führen. Und manchmal ist das verdammt übel.

Der Punkt war, dass Pip auf gar keinen Fall werden wollte wie ihre Mutter. Die hatte sich nämlich mit derselben Leichtigkeit laufend in neue Männer verliebt. Und sie hatte vier Töchter von vier verschiedenen Vätern.

Das war natürlich nicht allein die Schuld ihrer Mutter – das Schicksal hatte bezüglich der langen Reihe von Männern in ihrem Leben ganz entscheidend seine Hände mit ihm Spiel gehabt. Pips Mutter hatte das ganz gewiss nicht so geplant, sie hatte es sich auch ganz gewiss nie so gewünscht. Nein, als Judy Partridge Pips Vater kennenlernte, war sie der festen Überzeugung, nie wieder einen anderen Mann ansehen zu wollen.

Pips Vater, Edward Charteris, war die Liebe ihres Lebens gewesen, ihr Traummann – gut aussehend, einfühlsam, intelligent, warmherzig. Kein Jahr, nachdem sie sich ineinander verliebt hatten, heirateten die beiden. Zwei Jahre später kam Pip. Sie bezogen Arandore, ein großes, altes, kornisches Haus, das sich bereits seit drei Generationen in Familienbesitz befand. Judys, Edwards und Pips Leben verlief durch und durch glücklich – bis Pips Vater zwei Tage nach ihrem achten Geburtstag völlig unerwartet starb.

Pips Bilderbuchkindheit hatte ein Ende. Plötzlich war nichts mehr, wie es mal war. Ihre Mutter wurde zu einem Schatten ihrer selbst. Pips Großvater väterlicherseits, Pops, kehrte zurück nach Cornwall, denn als Witwer wusste er nur zu gut, wie es in der lieben Judy aussah. Er bezog das kleine Cottage gleich hinter Arandore, am Rand der drei Hektar großen Wiese.

Zwar war Pops seiner Schwiegertochter eine große seelische und moralische Unterstützung, aber besonders gut ging es ihm selbst nicht. Pops litt an Multipler Sklerose, und obwohl es ihm für einen MS-Kranken ziemlich gut ging und regelmäßig eine Pflegekraft ins Haus kam, fühlte Pip sich für ihn verantwortlich. Pip, der es aufgrund der alles dominierenden Trauer ihrer Mutter nicht möglich war, selbst zu trauern, verwandelte ihren Schmerz in Nächstenliebe, indem sie allen um sich herum half, wo sie nur konnte.

Zum Glück hatte sie in ihrer Tante Susan, die auch auf Arandore lebte, eine wertvolle Stütze. Gemeinsam übernahmen sie Pops Pflege und lotsten Judy vom Abgrund weg, vor dem sie stand.

Zunächst holten sie sie aus ihrem Zimmer heraus, in das sie sich vollkommen zurückgezogen hatte, dann aus dem Haus, dann aus dem Dorf und nach etwa einem Jahr dann endlich auch aus dem Land, zu ihrem ersten Urlaub seit Edwards Tod. Von diesem Urlaub hatte sie sich – nach einem heißen Flirt mit einem geheimnisvollen Franzosen – ein ganz besonderes Souvenir mitgebracht: eins, das neun Monate später schreiend und strampelnd in ihren Armen lag.

Nun ja, und danach brachte sie dann noch zwei Mädchen auf die Welt. Jedes Einzelne von ihnen ein Geschenk von einem anderen Mann. Judys Töchter waren ihr ein und alles, und auch Pip war glücklich damals. Nur ein bisschen Ruhe wünschte sie sich manchmal. Ruhe vor den Männern, die nur ein paar Wochen oder Monate durchs Haus geisterten, bevor sie wieder verschwanden. Groß, klein, schwarz, weiß, Engländer, Albaner, Italiener – Pips Mutter arbeitete sich auf der Suche nach einem neuen Edward durch eine beachtliche Reihe von Männern. Sie war dabei nicht völlig wahllos, und immerhin reichten Pip noch beide Hände und Füße, um sie zu zählen … Aber es reichte auch, dass es ihr aufstieß und ihr ein klein wenig übel davon wurde.

Und so hatte das Leben mit Judy aus Pip einen in Herzensangelegenheiten überaus wachsamen, vorsichtigen Menschen gemacht. Ihre Mutter hatte sich stets Hals über Kopf in Beziehungen gestürzt, wohingegen Pip die Dinge gern überdachte.

Und wie sie sich nun von körperlichen Wonnegefühlen ausgelöst wie selbstverständlich schminkte, schaltete sich dann doch wieder ihr Selbsterhaltungstrieb ein. Überrascht sah sie ihrem Spiegelbild in die Augen und fragte sich, was zum Teufel sie da eigentlich gerade tat.

Sie wollte sich schon wieder komplett abschminken, als ihr Blick auf die Uhr fiel.

Sie war spät dran.

Seit fünf Jahren arbeitete sie nun schon in der Praxis, und sie war noch kein einziges Mal zu spät gekommen.

Genau, das war noch so was, was Männer mit einem machten: Sie brachten nicht nur sämtliche Gefühle und Gedanken durcheinander, sondern auch lieb gewordene Routinen.

Pips Mutter hatte stets in einem ziemlichen Chaos gelebt, darum legte Pip gesteigerten Wert auf Ordnung. Sie war unglaublich organisiert und pflichtbewusst, was ihr im Job zugute kam. Sie war immer als Erste da und ging als Letzte – mal abgesehen von Chester, der quasi mit der Praxis verheiratet war.

Heute aber schaffte Pip es nur mit Hängen und Würgen, pünktlich zu Beginn der Sprechstunde in der Praxis zu sein. Sie huschte durch das Wartezimmer, in dem bereits jede Menge Patienten, vor allem Hunde, warteten, und hoffte vergeblich, es würde niemandem auffallen, dass ihr Make-up eher einem Freitagabend entsprach als einem Montagmorgen.

Maggie, die an der Rezeption saß, zerschlug ihre Hoffnung sofort:

»Pip! Ich hatte mir schon Sorgen gemacht, ich dachte, du wärst vielleicht krank ... Nicht, dass du krank aussiehst, im Gegenteil!« Sie beäugte sie ganz genau. »Sag mal, ist das etwa Lippenstift, Pip? Und Rouge? *Und* Wimperntusche?«

Pip setzte ihr »Huch, ist das wirklich so auffällig, dabei habe ich das doch nur so husch-husch gemacht«-Gesicht auf.

»Na ja ... Also ... als ich heute Morgen in den Spiegel sah, fand ich einfach, dass ich mal ein bisschen nachhelfen müsste, du weißt schon.« Pip senkte die Stimme und lehnte sich zu Maggie über den Tresen, als würde sie ihr ein Geheimnis anvertrauen. »Freitag die Nacht um die Ohren geschlagen, das ganze Wochenende geheult wegen Clive ... Ich werde ihn ganz fürchterlich vermissen, Maggie, er ist einer meiner besten Freunde, ich kann mir das noch gar nicht vorstellen, wie das hier alles werden soll ohne ihn ...«

Sie warf einen schnellen Seitenblick auf Maggie.

Ihr Plan funktionierte.

Mitfühlend sah Maggie Pip an.

»Ach, Süße, um Clive musst du dir doch keine Sorgen machen. Er liebt dich wie eine Schwester. Er könnte auf der anderen Seite der Welt landen und wäre immer noch genauso für dich da wie du für ihn, es besteht also überhaupt kein Grund, so unglücklich zu sein über seinen Wegzug ... Natürlich wird sich ohne ihn so einiges ändern, aber du hast ja immer noch uns ... Und der Neue scheint ja auch ziemlich nett zu sein ...«

»Ist er schon da?«, fragte Pip so unbeteiligt wie möglich.

»Ja. Schlägt sich gerade mit Mrs. Roper und ihrem verzogenen Perserkater Percy herum, der Ärmste. Großartiger Auftakt an seinem ersten Tag in einer neuen Praxis ... So, und jetzt zieh mal deinen Mantel aus, ich hol uns beiden was Heißes zu trinken, und dann helfe ich dir bei den Rechnungen ...«

Fürsorglich nahm Maggie sie in den Arm, dann verschwand sie in die Teeküche, um eine heiße Schokolade zu brauen. Pip bekam fast schon ein schlechtes Gewissen, weil sie so geflunkert hatte, und das vertrug sich gar nicht gut mit dem flauen Gefühl, das sie aufgrund des bevorstehenden Wiedersehens mit Dan im Magen hatte.

Vielleicht, ging es ihr hoffnungsvoll durch den Kopf, vielleicht war er ja gar nicht so umwerfend, wie sie ihn in Erinnerung hatte. Vielleicht hatte sie die rosarote Brille aufgehabt. Oder besser: die rosé-rote Brille ... Und er war in Wirklichkeit gar nicht das Prachtexemplar von einem wunderbaren Mann, das sie zu sehen geglaubt hatte.

»Ach, Pip, Gott sei Dank sind Sie da!«

Mary Batley riss sie aus ihren Gedanken. Die alte Dame kam mit ihrem kleinen Hund auf dem Arm auf den Tresen zu.

»Bingo muss seine Tabletten nehmen, und Sie wissen doch, wie ungeschickt ich bin ...«

Bingo war ein alternder Malteser, der sein Frauchen stets nach seiner Pfeife tanzen ließ. Egal, was Bingo wollte – er bekam es. Und was Bingo ganz bestimmt nicht wollte, waren seine Entwurmungstabletten, aber Pip schaffte es jedes Mal, sie ihm einzuverleiben.

Mary lächelte Pip hoffnungsvoll an, platzierte Bingo auf dem Tresen und bot Pip zur Entschädigung ein Fruchtbonbon an.

»Na, los schon, her mit ihm.« Pip nahm sich erst ein Fruchtbonbon und dann den Hund. Gerade, als sie dem störrischen Köter die kleine weiße Entwurmungstablette in den Rachen schieben wollte, öffnete sich die Tür zu dem Behandlungszimmer, das einst Clives war, und ein Halbgott in Weiß trat heraus: Dr. med. vet. Dan Fairweather.

Er sah Pip an und lächelte.

Worauf Pip sich die Entwurmungstablette in den Mund schob und dem verdutzten, aber hoch erfreuten Bingo das Fruchtbonbon verabreichte.

– 3 –

»Toll siehst du heute Morgen aus, Pip ... neue Klamotten?« Verschmitzt lächelnd sah Maggie zu ihr auf. Sie wollte Pip damit sagen, dass es durchaus nicht ihrer Aufmerksamkeit entgangen war, wie sehr ihre Kollegin auf ihr Äußeres achtete, seit Dan Fairweather vor zweieinhalb Wochen bei ihnen angefangen hatte.

»Nö«, log Pip. »Kennst mich doch.«

Maggie nickte, sah aber wenig überzeugt aus.

Pip hatte eine geschlagene Woche gebraucht, bis sie ihn, wenn sie mit ihm redete, auch ansehen konnte, ohne dass ihr Magen sich anfühlte, als befände er sich im Schleuderprogramm.

Gott sei Dank musste Pip sich auch um den anderen Neuzugang kümmern, sodass sie gar keine Zeit hatte, viel über Dan nachzudenken. Chesters Plan, in der Nachbargrafschaft eine zweite Praxis zu eröffnen und auf längere Sicht in jeder Grafschaft Südwestenglands eine Niederlassung zu betreiben, hatte ihn dazu veranlasst, gleich zwei neue Tierärzte einzustellen.

Lizzie Manning war vergangene Woche, kurz nach Dan, zu ihnen gestoßen.

An Lizzie war alles groß: Ihr Busen, ihr Hintern, ihr Herz. Und sie hatte eine Stimme wie ein Nebelhorn. Man könnte sagen, dass sie eine weibliche Version von Chester war. Pip hatte sie sofort ins Herz geschlossen, aber ihr fiel auf, dass Dan Clives Behandlungszimmer quasi nahtlos und ohne viele Anweisungen übernommen hatte, während Lizzie ständig alles Mögliche mindestens drei Mal nachfragte.

Aber es war Lizzie, die das Eis brach, das sich in einer dünnen Männer-Schutzschicht um Pip herum gebildet hatte – damit alles, was über das reine Arbeitsverhältnis hinausging, an ihr abprallte wie ein Pingpongball von der Platte.

Lizzie hatte einen ziemlich ungewöhnlichen Patienten gehabt, nämlich eine riesige Vogelspinne, die einem Bristoler Spinnen- und Reptilienliebhaber gehörte.

Sie hatte dem Mann geholfen, das schwere Glasterrarium aus dem Behandlungsraum zur Rezeption zu tragen, und dabei nicht bemerkt, dass der eigentliche Patient Reißaus genommen hatte und nicht mehr in seinem Glaskasten saß, sondern glücklich auf ihrer Schulter thronte und ihr dabei zusah, wie sie die Formalitäten mit seinem Besitzer klärte.

Alle anderen Mitarbeiterinnen sowie die im Wartezimmer sitzenden Klienten hatten die monströse Spinne, die wie eine große, haarige Hand auf der Schulter der neuen Tierärztin saß, bemerkt und schwiegen entsetzt. Pip und Dan dagegen hatten hysterisch angefangen zu lachen, einander angesehen und dann noch hysterischer gelacht. Das war der Moment gewesen, in dem zwischen ihnen beiden eine Verbindung entstanden war.

Pip stand auf humorvolle Männer. Clive zum Beispiel hatte einen wunderbaren Humor, er konnte sie in beinahe jeder Situation zum Lachen bringen.

Ob Dan so eine Art Clive mit Sexappeal sein konnte? Nicht, dass Clive kein Sexappeal hätte, Clive sprühte förmlich vor Sexappeal, der Punkt ist nur, dass nicht jede Art von Sexappeal alle Menschen gleichermaßen anspricht, und zwischen ihr und Clive hatte es diesbezüglich nun mal nie gefunkt, und darum waren sie immer einfach nur gute Freunde geblieben.

Was Dan betraf, so fand Pip, dass es bei ihr nicht nur heftig funkte, sondern direkt alles lichterloh brannte.

Insbesondere, als er in aller Seelenruhe auf Lizzie zuging, ihr die Tarantel von der Schulter hob und sie ihrem Besitzer mit den Worten reichte: »Ich glaube, die gehört Ihnen, oder?«

Von da an nannte Dan Lizzie nur noch »Mary Jane«, nach dem Mädchen in Spiderman. Er hielt sich immer mal ein bisschen am Empfangstresen auf und erzählte Pip Witze, die seine Freunde ihm gesimst hatten, oder wenn sie da nicht war, ging er hinter den Tresen, lehnte sich mit einer Tasse Kaffee in der Hand gegen den Türrahmen zu ihrem Büro und erzählte ihr alle möglichen Sachen, über die er sich amüsieren konnte.

»Sieht so aus, als hätte er sich endlich eingelebt«, kommentierte Emmy, eine der Kolleginnen, nach einem solchen Kaffee-im-Türrahmen-Plausch und bedachte Pip mit einem eindeutigen Blick.

»Was willst du damit sagen?«, gab Pip unschuldig zurück, obwohl sie genau wusste, dass sein Kaffeepäuschen ganz schön lang geraten war.

Emmy lachte leise.

»Ich will damit sagen, dass ich gehört habe, wie er Chester erzählte, dass er sich in Clifton ein Haus kaufen will ... Und wenn er das will, kann man doch wohl davon ausgehen, dass es ihm hier gefällt und dass er bleiben möchte, oder? Das ist doch toll.«

»Wenn du meinst«, erwiderte Pip schmallippig.

Ganz gleich, wie sehr sich jede einzelne weibliche Angestellte der Groß- und Kleintierpraxis die Finger nach Dan leckte – es war, als bestünde unausgesprochene Einigkeit darüber, dass er für Pip vorgemerkt war.

Nach außen wies Pip jegliche Anspielung in dieser Richtung ab, aber insgeheim lächelte sie über jeden Kommentar. Denn wenn schon ihre Kolleginnen meinten, dass er eine Schwäche für sie hatte, dann waren ihre eigenen Hoffnungen ja vielleicht doch nicht völlig unbegründet.

Normalerweise sprang Pip, endlos kollegial, wie sie war, in der Mittagspause immer für die anderen ein. Sie selbst gönnte sich selten mehr als zehn Minuten draußen an der frischen Luft.

Heute allerdings war sie nach einer ganzen Woche mit neuen Mitarbeitern und den bevorstehenden Praxiseröffnungen sowie vom ständigen Bauch-Einziehen so erschöpft, dass sie ausnahmsweise mal eine richtige Pause machen wollte.

Dann tauchte Dan an der Rezeption auf.

»Hi.«

Pip bückte sich gerade über den streikenden Drucker und schlug sich fast den Kopf an, als sie sich aufrichtete, um seinen Gruß zu erwidern.

»Hi«, entgegnete sie entschieden zu atemlos. »Und wie läuft dein Tag so?«

»Super«, antwortete er strahlend. »Ein ganz toller Vormittag mit jeder Menge Welpen. Mit so vielen Welpen kann der Vormittag nur gut laufen.« Er lachte über sich selbst. »Ich habe eine Schwäche für Hunde«, erklärte er dann achselzuckend.

Pips Lächeln wurde breiter.

»Ich auch. Meine absoluten Lieblingstiere«, quietschte sie.

Gott, wie peinlich. Pip versuchte, ihr Lächeln und ihre Stimme zu dämpfen.

»Hunde sind einfach so wunderbare, liebenswerte Tiere.«

Ups, das war aber heiser geraten.

Pip räusperte sich, um endlich eine angemessene Tonlage zu finden. Wie aktivierte sie noch mal ihre ganz normale Stimme? Das sollte ihr doch wohl gelingen! Aber das war wie mit dem Blinzeln, oder wie mit der Zunge: Man durfte nicht darüber nachdenken. Man musste die Augenlider und die Zunge völlig sich selbst überlassen, dann machten sie ihre Arbeit. Denn wenn man erst mal über sie nachdachte, fühlten sie sich plötzlich fremd und ungelenk an.

»Wir haben zwei zu Hause.«

Gut, das war weder gequietscht noch heiser.

»Hast du es gut. Meine Mutter hat auch zwei, die fehlen mir ganz schön. Ich glaube, das ist das erste Mal in meinem Leben, dass ich ganz ohne Hund bin. Aber wenn das mit dem Hauskauf klappt ... Und wo ist ›zu Hause‹?«

»In Cornwall.«

»In Cornwall ...«, wiederholte er und sah sie interessiert an.

»Dort bin ich geboren und aufgewachsen.«

»Ich liebe Cornwall.«

»Ich auch.«

»Und wo in Cornwall?«

»Gallant. Kleines Dorf an der Mündung des Fowey.«

»Kenne ich.«

»Echt?«, rief sie vor lauter Entzücken darüber, dass eine andere Menschenseele außer ihr östlich des Tamar von dem winzigen Weiler gehört hatte, aus dem sie stammte.

»Und wieso hat es dich hierher verschlagen?«, wollte er wissen.

»Die Lehr- und Wanderjahre, könnte man sagen. Ich habe BWL studiert.«

»Du bist also zum Studieren hierher gekommen?«

»Nein, das habe ich noch in Cornwall gemacht – wahrscheinlich hat es mich dann genau deshalb in die weite Welt gezogen. Nachdem ich das Diplom in der Tasche hatte, bin ich erst mal achtzehn Monate durch Europa gegurkt, und als ich nach England zurückkam, war meine beste Freundin Nancy nach Bristol gezogen. Ich habe sie besucht, wollte ein paar Wochen bleiben, dann sah ich die Stellenanzeige für den Job hier – und der Rest ist sozusagen Geschichte.«

»Aus ein paar Wochen wurden also ein paar Jahre, ja? Dann muss es dir hier ja gut gefallen. Finde ich gut. Ich bin ja ganz neu hier und noch grün hinter den Ohren. Kenne euch alle noch nicht richtig und frage mich, ob ich die richtige Entscheidung getroffen habe.«

Er lächelte, und auf einmal ging Pip auf, dass er der Einzige war, der Fragen gestellt hatte – und sie hatte sie alle beantwortet. Dabei wollte sie ihn doch auch so viel fragen!

»Und du?«

»Ich?« Er stützte den einen Ellbogen auf den Tresen und sah sie aufmerksam an.

Pips Herz setzte kurz aus. Die Frage war absichtlich sehr vage gehalten, denn das, was sie eigentlich am liebsten gewusst hätte, traute sie sich nicht zu fragen. Einerseits konnte sie es nicht leiden, um den heißen Brei zu reden, aber sie wollte ihn auch nicht direkt fragen, ob er Single war.

»Na ja, woher kommst du denn? Bist du ein echter Londoner?«

»Nein. Ich bin in Biarritz geboren.«

»Du bist Franzose?« Er kam also aus dem Süden, das erklärte wenigstens seinen dunklen Teint.

»Halb. Meine Mutter ist Französin, mein Vater stammt aus Dorset.«

»Und wie lange hast du in Frankreich gelebt? Du hast ja gar keinen Akzent?«

»Hatte ich früher mal. Du hättest mich mal hören sollen, als ich klein war. Ich bin in Frankreich aufgewachsen. Als ich zehn war, sind wir nach England gezogen, und dreizehn Jahre in Poole haben mir den Akzent gründlich ausgetrieben. Dann war ich noch ein paar Jahre in London. Wenn ich heute die Familie meiner Mutter in Frankreich besuche, bekomme ich zu hören, ich hätte einen Londoner Akzent, selbst wenn ich Französisch spreche. Stell dir mal vor!«

»Und warum jetzt Bristol?«

»Ich wollte raus aus der Großstadt, rein in eine etwas abwechslungsreichere Praxis. Nicht nur Hunde, Katzen, Hamster und so, sondern auch Pferde, Rinder und Schafe.«

Pip hatte sein Bewerbungsschreiben und seinen Lebenslauf inzwischen mindestens acht Mal durchgelesen und wusste das natürlich alles schon, aber sie hörte ihm trotzdem gerne zu.

Er sah auf die Uhr.

»Ich muss los.« Er runzelte die Stirn, als passte ihm das gar nicht. »Hausbesuch. Der Parminter-Hof. Ich muss erst um halb zwei da sein, aber ich will lieber rechtzeitig los, weil ich den Weg nicht kenne.«

»Der Parminter-Hof? Ich weiß, wo der ist. Wenn du willst, kann ich ihn dir zeigen, ich mache ohnehin Mittagspause.«

»Das musst du doch nicht.«

»Aber ich liebe das Land und freue mich, ab und zu mal aus der Stadt herauszukommen. Und außerdem ist es draußen bei den Parminters so schön, dass ich gerne jeden Tag dort Mittagspause machen würde!«

»Na, hervorragend.« Er lächelte jetzt und sah sie dabei direkt an.

»Hervorragend«, wiederholte Pip, die dabei war, in seinen grünen Augen zu ertrinken. »Äh ... ich hol dann mal eben meine Sachen.« Pip löste sich von seinem Blick. Sie hätte im Erdboden versinken mögen, aber er lächelte immer noch.

»In zehn Minuten auf dem Parkplatz?«

Pip nickte, und sobald er verschwunden war, schoss sie zu den Toiletten, wo sie sich die Haare bürstete, sich die Zähne mit einem Papierhandtuch abrubbelte und ziemlich genervt feststellte, dass man ihr die Aufregung ansah. Sie versuchte, ein wenig herunterzukommen, dann eilte sie zurück ins Büro, um ihre Tasche und ihre Jacke zu holen, und ertappte Maggie dabei, wie sie Dinge von ihrem eigenen Lebensmitteleinkauf in Pips Brotzeittasche warf.

»Maggie? Was machst du da?«

»Ich mache aus etwas langweiligen Sandwiches ein Picknick. Du weißt doch: Liebe geht durch den Magen.«

»Ja, aber …«

»Nichts aber. Ich habe doch Augen im Kopf.« Maggie nickte ernst und legte noch etwas Früchtekuchen und zwei Bananen in Pips Tasche. Jedoch nicht ohne Pip die größere der beiden Bananen kurz mit einem breiten, anzüglichen Grinsen direkt vor die Nase zu halten.

»Maggie!«

»Du wirst mir ewig dankbar sein, wenn ihr erst mal auf einer sattgrünen Wiese sitzt und aneinander herumknabbert.«

»Maggie! Jetzt hör endlich auf, Amor zu spielen! Darum geht es mir überhaupt nicht … Ich habe gerade zufällig Zeit, und es ist meine Aufgabe, Dan zu helfen, sich hier möglichst schnell zurechtzufinden. Und unsere Klienten kennenzulernen.«

»So so. Die Klienten soll er kennenlernen, ja?« Maggie grinste. »Also weißt du, Pip Charteris, du bist die schlechteste Lügnerin, die mir je begegnet ist. Komm, jetzt gib schon zu, dass du ihn magst! Seit ich dich kenne, läufst du als Single durch die Gegend, ich finde, jetzt ist mal langsam Zeit für eine Liebesgeschichte.«

Vielleicht hatte Maggie ja recht, ging es Pip durch den Kopf, während sie Dan dabei zusah, wie er den stets freundlichen, aber doch eher reservierten Reg Parminter hofierte.

Dadurch, dass sie sich immer erst mit den Männern anfreunden wollte, bevor sie romantische Gefühle zuließ, hatte Pip inzwischen jede Menge richtig gute Freunde und so gut wie keine romantischen Gefühle. Denn immer dann, wenn sie fand, dass es mit einem Mann richtig gut lief, fand der Mann, dass es besser hätte laufen können – und arrangierte sich mit der Rolle des guten Kumpels.

Und obwohl sie sich noch nie vorher so zu einem Mann hingezogen gefühlt hatte wie zu Dan, war sie auch dieses Mal entschlossen, es langsam angehen zu lassen.

Nachdem er sich um Regs preisgekrönte Schafe gekümmert hatte, setzten sie sich in der Tat auf eine sattgrüne Wiese, wo sie aber lediglich an ihren Lebensmitteln knabberten, sich unterhielten und die tolle Aussicht genossen. Die einzige körperliche Zuwendung, die Pip auf ihrem Ausflug erfuhr, kam von Reg Parminters Collie Bob, der ihnen bei ihrem Picknick Gesellschaft leistete und Pip eifrig abschleckte, bis sie ihm endlich einen ihrer Schinkensandwiches gab.

Trotzdem war sie zufrieden. Dan war humorvoll, eloquent, offen, charmant und selbstbewusst. Und wie er so den Blick auf die wunderschöne Landschaft richtete und Pip immer wieder verstohlen zu ihm hinsah, stellte sie fest, dass er auch im Profil einfach nur umwerfend aussah.

Als er sie wieder an der Praxis absetzte und selbst weiterfuhr zu einem Termin bei seinem Anwalt, fühlte es sich fast so an, als seien sie von einem Date wiedergekommen. Es war dieser typische Moment, in dem man unschlüssig ist, ob man sich die Hände reichen oder sich küssen soll – oder vielleicht gleich türmen, weil man diesen Menschen am liebsten nie wieder sehen möchte.

Pip rief sich in Erinnerung, dass sie lediglich einen beruflichen Termin gemeinsam wahrgenommen hatten, und darum drehte sie sich zu ihm um, lächelte und sagte: »Bis später dann.«

Er nickte.

»Ja, klar. Falls Chester mich brauchen sollte, ich bin spätestens um vier wieder da.«

Als sie ausstieg und die Autotür zuschlug, ließ er das Fenster herunter und rief:

»Pip …«

»Ja?« Sie drehte sich um.

»Danke. Das war eine sehr schöne Mittagspause.«

»Das war eine sehr schöne Mittagspause.« Dieser Satz spukte Pip den Rest des Tages im Kopf herum. Natürlich durfte sie ihn auf keinen Fall überbewerten, aber so was sagte man doch nicht nach einem rein beruflichen Termin zu jemandem.

Nein, so etwas sagte man am Ende eines Dates. Vielleicht hatte er es also auch so empfunden. Oder vielleicht sponn sie nur gerade herum.

Noch so etwas, was plötzlich durcheinandergeriet, wenn man sich in einen Mann verguckte: Man vertraute nicht mehr seiner inneren Stimme, bombardierte sich selbst vielmehr mit zahllosen Fragen, nahm sich ins Kreuzverhör, als sei man Ankläger und Verteidiger zugleich.

Seufzend schloss Pip die Tür zu ihrem Büro, empfahl ihrer inneren Stimme, mal die Klappe zu halten, und vertiefte sich in ihre Arbeit.

– 4 –

»Pip!«

Maggie hatte sie schon ein paar Mal gerufen, aber Pip war so versunken in irgendwelche Versicherungspapiere, dass es erst beim dritten, ziemlich lauten Mal zu ihr durchdrang.

»Ja?« Pip streckte den Kopf zur Tür heraus.

Maggie hielt ihr den Telefonhörer entgegen.

»Seit wann gehst du denn nicht mehr ans Telefon? Ist für dich«, flötete sie mit einem Grinsen, das Pip sofort verriet, wer dran sein musste.

Überglücklich stürzte sie zum Tresen und schnappte sich den Hörer.

»Clive! Wie geht's dir? Wie ist es in Irland?«

»Es ist einfach wunderbar hier, Süße. Und wie geht's dir? Vermisst du mich?«

»Natürlich!«

»Aber nicht ganz so doll, wie du gedacht hattest, was?«

»Wie bitte?«

»Jetzt tu nicht, als wüsstest du nicht, wovon ich rede. Du himmelst doch insgeheim euren neuen Alphatierarzt Dan an.«

Okay, damit war klar, dass er schon ein paar Takte mit Maggie gesprochen hatte, denn die nannte Dan seit Neuestem so.

»Clive!«, schalt Pip ihn und sah sich um, als könnten die anderen hören, was er sagte, und sie dafür auslachen.

»Ich habe gehört, du und Dan, ihr seid euch in den letzten Wochen nähergekommen?«

Das hatte Maggie ihm also erzählt?

Bloß, weil sie seit ihrem Ausflug zu den Parminters vor zwei Wochen noch ein paar Mal die Mittagspause gemeinsam verbracht hatten? Ja, gut, vielleicht hatten sie sich ein wenig angefreundet.

Aber mehr auch nicht.

Noch nicht.

»Maggie zufolge ist dies die reine Wahrheit und nichts als die Wahrheit«, schwor er feierlich.

»Also Maggie und Wahrheit in einem Atemzug zu nennen, Clive …« Pip zwinkerte Maggie zu.

»Jetzt sei mal nicht so zickig, Persicoria, das passt doch gar nicht zu dir.«

Pip schnappte nach Luft. Was fiel ihm ein, sie so zu nennen?

»Clive Trueman! Soll ich dir den Mund mit Seife auswaschen?!«, schimpfte sie.

»Hast du etwa Angst, dass ein gewisser hochgewachsener, dunkelhaariger, gut aussehender Herr Wind von deinem echten Namen bekommen könnte, Persicoria?«, zog er sie liebevoll auf. »Da würde ich mir an deiner Stelle keine Sorgen machen, Süße, im Grunde würde ich dir nämlich einen Gefallen damit tun, schließlich wird er deinen wahren Namen ja ohnehin spätestens bei eurer Hochzeit hören …«

Persicoria Affinis Charteris.

Allseits bekannt als Pip.

Alle vier Charteris-Töchter trugen Blumennamen.

Erst kam Pip, dann Viola Sororia.

Das schöne, robuste, nutzlose Pfingstveilchen.

Jeder ging davon aus, dass Viola ihrem Vater ähnlich sah, auch wenn das niemand belegen konnte, weil nämlich niemand außer ihrer Mutter ihn je gesehen hatte.

Nach Viola war Flora Genensis gekommen, deren Vater Heinrich ein lerneifriger, kluger, attraktiver deutscher Ökologe war. Er hatte sich während seiner Mitarbeit am Eden-Projekt im Regenwald-Biom Hals über Kopf in die attraktive Judy verliebt. Fast zwei Jahre war er geblieben, dann musste er wieder zurück nach Deutschland. Er wollte Judy und die Mädchen mitnehmen, aber Judy wollte Arandore um nichts in der Welt verlassen.

Er kam sie in Cornwall besuchen, so oft er konnte, und war so zu einer recht konstanten Vaterfigur für alle drei Mädchen geworden. Nur leider wurde er nie zu einer echten Partnerfigur für Judy – sie liebte ihn einfach nicht genug.

Das hatte sie beide traurig gestimmt, weil er nämlich wirklich ein feiner Kerl war.

Und schließlich kam Gypsophila Rose, in Anlehnung an das wunderschöne, fluffige Teppiche bildende, rosablühende Schleierkraut. Ihr Rufname heute war allerdings Gypsy, und der passte auch viel besser zu dem kleinen Wildfang, in den sich das einst so wohl gepolsterte, rosige Baby verwandelt hatte.

Ihr Vater war ein weltbekannter Rockstar. Er hatte das renommierte Tonstudio in Gallant gemietet, um dort zwei Wochen lang in aller Abgeschiedenheit neue Stücke aufzunehmen. Er hatte gehofft, in Gallant Inspiration zu finden – und die fand er in Form von Judy Charteris.

Die Identität des Rockstars hielt die Familie Charteris streng geheim. Einerseits, weil er verheiratet war, andererseits – und das war in ihren Augen viel wichtiger –, um Gypsy vor den Medien zu schützen. Da ihr Vater nicht in der Lage und auch nicht wirklich willens war, im Leben seiner einzigen Tochter eine aktive Rolle zu spielen, ging der Plan auch ganz gut auf.

Wie auch immer. Persicoria!

So oft hatte Pip sich gewünscht, die Lieblingsblume ihrer Mutter wäre eine schlichte Iris oder Jasmin gewesen.

Clive war der einzige Mitarbeiter der Praxis, der ihren richtigen Namen kannte. Sie hatte sich eines Abends unter Alkoholeinfluss verplappert, und seither hatte er sie oft damit aufgezogen.

»Ganz egal, wie gerne ich jetzt mit dir telefonieren würde, Clive: Wenn du nicht sofort damit aufhörst, lege ich auf«, zischte Pip leise.

»Persicoria ...«, wiederholte Clive in einem unerträglichen Singsang. »Persicoria Fairweather ...« Clive lachte sein übliches, ihr so vertrautes Lachen, und sie konnte gar nicht anders, als mitzulachen.

Dan Fairweather schob den letzten Termin des Tages aus seinem Behandlungszimmer und seufzte erleichtert, weil das Wartezimmer leer war.

Ein wunderbarer Vormittag war in einen ziemlich ätzenden Nachmittag gemündet.

Dann sah er Pip lachen.

Sie war so schön, wenn sie lachte.

Ihre gute Laune steckte ihn sofort an.

»Hätte irgendjemand Lust, mit mir etwas trinken zu gehen?«, fragte er in die Runde, sah dabei aber nur Pip an.

Die war sich nicht sicher, ob sie richtig gehört hatte.

»Äh, kleinen Moment mal bitte, Clive.« Sie hielt die Hand über die Muschel. »Etwas trinken gehen?«, fragte sie nach.

Er nickte.

»Ja, klar, warum nicht? ... Wäre ... klasse.«

Klasse? Hatte sie wirklich gerade klasse gesagt?

Herrgott noch mal.

Aber ihm schien das egal zu sein, er strahlte sie an.

»Super.«

Sie schlug vor, in einen netten alten Pub am Fluss zu gehen, ihren und Nancys Lieblingspub, der von der Größe und vom Ambiente mit den unterschiedlichen Holztischen, dem Steinfußboden und dem im Hintergrund laufenden Jazz, den offenen Kaminen und dem Duft nach echtem englischen Ale angenehm urig war.

Außerdem gab es dort auch richtig gutes Essen. Dan beäugte die großen Tafeln an den Wänden, auf denen das Tagesmenü mit Kreide geschrieben stand.

»Ich habe einen Mordshunger. Hättest du was dagegen, wenn wir einen Happen zu uns nehmen?«

Ob Pip etwas dagegen hätte, wenn aus den Drinks ein Abendessen würde?

Heftig schüttelte sie den Kopf.

»Sehr gut«, sagte er und schnappte sich sofort eine der kleinen Speisekarten vom Tresen. »Ich finde es nämlich langsam ziemlich nervig, immer alleine zu essen. Das bin ich nicht gewöhnt.«

»Große Familie?«

Er schüttelte den Kopf.

»Einzelkind, aber meine Eltern hatten ständig Gäste, Essen war ein großes soziales Ereignis für sie ... Und darum genieße ich das hier jetzt, nachdem ich seit Wochen nur Take-away gegessen habe.«

»Und, wie läuft's so? Lebst du dich gut ein in deiner Wohnung?«

Die Grimasse, die er zog, sagte alles.

»So schlimm?«

»Na ja, anfangs wirkte alles ganz toll, modern, sauber, in der Nähe der Praxis, Vermieterin und anderer Mieter höflich und angenehm ... Nur leider war mir nicht klar, dass ich das Badezimmer mit jemandem würde teilen müssen, der jeden Morgen geschlagene zwei Stunden braucht, um zu duschen und sich sein Toupet wieder aufzusetzen, und dass die Vermieterin mit Vorliebe bis zwei Uhr nachts bei voller Lautstärke Pavarotti hört.«

»Oh.«

»Yep, das fasst es ganz gut zusammen.«

»Aber in zwei Wochen ziehst du doch in dein eigenes Haus ein, oder?«

Er schüttelte den Kopf und seufzte.

»Das war der Plan, aber der geht leider nicht auf ...«

»O nein! Wieso? Was ist passiert?«

»Die Verkäufer wollten natürlich ein anderes Haus kaufen, sie hatten sich ein ganz bestimmtes ausgeguckt, aber die Sache hat sich leider zerschlagen, und darum verkaufen sie jetzt doch nicht. Aber ich bin wild entschlossen, mich nicht unterkriegen zu lassen.« Er rang sich ein Lächeln ab. »Ich werde schon etwas finden, wahrscheinlich sogar etwas Besseres. Aber jetzt fängt halt alles wieder von vorne an – das Suchen, die Besichtigungen, die Gutachten, die Notare ... Ich versuche, mich damit zu trösten, dass ich nur noch ein paar Wochen zur Miete wohnen muss, nicht den Rest meines Lebens, aber im Moment fühlt es sich echt an wie lebenslänglich.« Mit Leichenbittermiene stellte er sein Glas ab und fing an, *Nessun dorma* zu schmettern.

Pip lachte und sah sich dann im Pub um. Die anderen Gäste lauschten seiner spontanen Arieneinlage, aber das schien ihn herzlich wenig zu interessieren. Er hatte eine gute Stimme, voll und melodisch. Sie ging nahtlos vom Singen zum Lachen über, und dann lächelte er sie an, seine Augen so offen, aufmerksam und zielgerichtet, dass sie meinte, Funken darin sprühen zu sehen.

Und auf einmal sagte sie es.

»Bei uns ist ein Zimmer frei.«

Die Worte purzelten ihr einfach so aus dem Mund, sie hatte überhaupt nicht über sie nachgedacht, aber kaum hatte sie sie ausgesprochen, war sie froh darüber. Und legte gleich nach:

»Ist bloß eine winzige Kammer, aber als Übergangslösung wäre das doch nicht schlecht …«

»Ist das dein Ernst?«

»Ja, klar.«

Er beobachtete sie einen Moment, unsicher, ob sie doch nur scherzte.

»Das ist wirklich dein Ernst?«

Pip nickte.

»Ich meine alles ernst, was ich sage.«

»Na, wenn das so ist, dann werde ich jetzt mal was für uns bestellen, und wenn du danach immer noch meinst, dass ich in euer freies Zimmer einziehen soll, dann können wir weiterreden.«

Er ging zum Tresen, kam fünf Minuten später mit Getränken und Besteck wieder, setzte sich und erzählte ihr dann erst mal von seinem Hausbesuch bei einem der ansässigen Landwirte und brachte sie zum Lachen. Und als das Essen kam, bot er ihr so selbstverständlich etwas von seinen Pommes an, dass Pip ihren Vorschlag wiederholte.

»Ich meinte das wirklich ernst, Dan. Wenn es da, wo du jetzt wohnst, so unerträglich ist, kannst du gerne bei uns wohnen, bis du ein Haus gefunden hast.«

»Und deine Mitbewohnerin? Was sagt die dazu? Musst du die nicht erst mal fragen?«

»Nancy? Ach was, das macht der überhaupt nichts aus. Sie ist es gewöhnt, dass ich aus der Praxis alle Nase lang irgendwelche herrenlosen Viecher anschleppe.« Ups. Das klang vielleicht etwas schräg. »Äh, und mit einem quasi obdachlosen Kollegen wäre das natürlich noch mal etwas ganz anderes. Also, Nancy ist echt entspannt, die hat kein Problem damit, ich wette, sie würde es sogar selbst vorschlagen, wenn sie jetzt hier wäre.«

Nachdenklich, fast schon mit Hoffnung im Blick, sah er sie an. Dann schüttelte er den Kopf.

»Nein, lieber nicht.«

»Lieber nicht? Also lieber weiter bis zwei Uhr nachts Pavarotti hören?«

»Nein, aber ich kann mich doch nicht einfach so bei euch einnisten.«

»Würdest du ja auch nicht. Ich biete es dir hochoffiziell an.«

»Okay. Wenn die heutige Nacht ähnlich verläuft wie die letzte, wirst du mich wahrscheinlich auf Knien rutschend vorfinden, und ich werde dich anflehen, mich bei dir aufzunehmen.«

Auf Knien klingt gut, dachte Pip und erwiderte sein Lächeln. Auf Knien klingt richtig gut.

– 5 –

Am nächsten Morgen erwartete er sie bereits hinter dem Empfangstresen.

Sie konnte ihn zuerst gar nicht sehen, denn er rutschte tatsächlich auf Knien herum. Gut, dass sie beiden die Ersten in der Praxis waren.

»Gestern Abend war es *O sole mio*«, stöhnte er, als Pip bei seinem Anblick anfing zu lachen.

»O je …«

»Und darum …«

»Und darum«, erwiderte Pip.

»Das Problem ist nur, dass ich – ganz gleich, wie sehr mir die Vorstellung gefällt, und sie gefällt mir wirklich sehr gut – trotzdem immer noch das Gefühl habe, mich euch aufzudrängen.«

Pip nickte nachdenklich.

»Ich kann dir versichern, dass das nicht der Fall wäre. Aber hör mal, was hältst du davon, wenn du morgen mal ganz unverbindlich vorbeikommst? Pack ein paar Sachen ein, als wolltest du einfach nur das Wochenende bei uns verbringen. Wir machen was Nettes zum Abendessen, und du kannst Nancy kennenlernen. Wenn es dir bei uns nicht gefällt oder wir es uns anders überlegen, dann stehen die Zeichen ab Montag wieder auf besetztem Badezimmer und nächtlichem Operngesang. Aber wenn wir alle miteinander zufrieden sind, bleibst du. Ganz einfach.«

»Ist das wirklich dein Ernst?«

»Wie ich gestern bereits sagte, ich meine alles ernst, was ich sage.«

»Und wie sieht's mit der Badbenutzung aus?«, witzelte er.

»Nancy hat ihr eigenes Bad, und ich brauche – wie du dir vielleicht vorstellen kannst – nicht mehr als fünf Minuten.«

»Ich finde, du siehst immer toll aus.«

»Na, wenn das so ist …« Pip wurde rot.

»Na, wenn das so ist«, wiederholte er und reichte ihr von unten die Hand. »Dann sind wir uns wohl einig.«

»Klar«, sagte Pip und schlug ein.

»Was ist denn *hier* los?«, wollte Maggie wissen, die im selben Moment die Praxisräume betrat.

Dan stand auf, legte Pip den Arm um die Schulter und informierte Maggie süffisant grinsend: »Pip und ich ziehen zusammen. Ich weiß, das mag übereilt wirken, aber warum soll man gegen etwas ankämpfen, das einfach nur gut ist?«

Das verschlug Maggie glatt die Sprache.

Dan verschwand mit amüsiert zuckenden Mundwinkeln in seinen Behandlungsraum. An der Tür drehte er sich noch einmal um und warf Pip eine Kusshand zu.

»Bis später, Traumfrau.«

Maggie wäre fast kollabiert.

Pip wusste ja, dass er nur wegen Maggie so übertrieb, aber die »Traumfrau« ließ ihr trotzdem wohlig warm ums Herz werden.

Den Rest des Tages wurde sie das Grinsen im Gesicht nicht los.

Auch dann nicht, als ihr siedend heiß einfiel, dass sie Nancy noch gar nichts von ihrem neuen Mitbewohner erzählt hatte. Pip wusste, dass Nancy nicht einmal mit der Wimper zucken würde, wenn Pip ein komplettes königliches Leibregiment mitsamt ungestimmten Instrumenten einladen würde, einen ganzen Monat bei ihnen zu wohnen, aber sie hatte dann doch ein leicht schlechtes Gewissen beim Gedanken daran, die traute weibliche Zweisamkeit ohne jegliche Absprache zu einer Art gemischtem flotten Dreier auszuweiten. Und so kam es, dass sie zum ersten Mal seit drei Jahren beschloss, die Spitze ihres Überstundenberges abzutragen und sehr zu Chesters Missfallen früher nach Hause zu gehen, um schön Wetter zu machen.

Sie wollte ein Abendessen zaubern und Nancy dafür danken, dass sie immer so wahnsinnig großzügig und großherzig war. Denn genau das würde sie natürlich auch jetzt wieder sein.

Und dann würde sie morgen noch einmal ein Abendessen zaubern, zur Feier von Dans Einzug in das Zimmer neben ihrem.

Nancy hatte zuletzt Spätschicht gehabt, da hatte sie Donnerstag, Freitag und Samstag frei.

Pip wusste genau, wo sie sie vorfinden würde, wenn sie nach Hause kam: im Schlafanzug auf dem Sofa, wo sie die Soap-Folgen der letzten drei Tage nachholte und irgendein Dosenfutter in sich hineinstopfte – seien es Kekse oder Baked Beans.

Heute waren es Pfirsiche.

Nancy sah auf, und als sie Pip mit den Plastiktüten erblickte, rief sie mit vollem Mund:

»Hurra! Du warst einkaufen!«

Nancy aß zwar für ihr Leben gern, machte aber gerne einen großen Bogen ums Einkaufen. In Supermärkten langweilte sie sich, während Pip die Warenwelt als ein Paradies aus Düften und Aromen empfand, die nur darauf warteten, mit viel Liebe zu köstlichen Mahlzeiten verarbeitet zu werden.

Als die älteste von vier Schwestern war Pip im Laufe der Jahre zu einer Expertin avanciert, wenn es darum ging, den Inhalt spärlich bestückter Küchenschränke in ein Festmahl zu verwandeln. Nancy liebte Pips Kochkünste fast so sehr wie Pip selbst, und so lief ihr bereits das Wasser im Mund zusammen, wenn Pip mit prall gefüllten Supermarkttüten zur Tür hereinkam. Ihre Speicheldrüsen wussten nämlich sehr genau, dass dann schon bald ein köstliches Essen auf dem Küchentisch dampfen würde.

»Ich koch dir was«, verkündete Pip.

»Echt?« Nancy riss die Augen auf und sah Pip hoch erfreut an. »Wieso? Nein, vergiss es. Was? Was gibt es?«

Nancy ließ die Dosenpfirsiche Dosenpfirsiche sein, rappelte sich vom Sofa hoch und folgte Pip in die Küche.

»Lachs«, verriet Pip lächelnd, stellte die Tüten auf dem Tisch ab und zog den Fisch heraus, um ihn Nancy zu zeigen.

»Hmmm, lecker.«

»Und zum Nachtisch frische Scones mit Sahne und Marmelade.«

»Doppelt lecker!« Nancy machte sich an der Tüte zu schaffen.

»Zum Nachtisch, habe ich gesagt«, erinnerte Pip sie und nahm ihr die Tüte weg.

»Gibt es einen bestimmten Grund für diesen Akt der Liebe? Natürlich abgesehen davon, dass du einfach ein großartiger Mensch bist?«

Pip nickte, während sie die Lebensmittel aus der Tüte räumte. »Ja. Ich möchte dich nämlich um einen ziemlich großen Gefallen bitten.«

»Ist okay.«

»Also, die Sache ist die ...«

»Nein, ich meinte, ist okay, das mit dem Gefallen, ganz egal, um was es geht. Brauchst mir gar nichts zu erklären. Wer mir Lachs und frische Scones mitbringt, kann alles von mir haben ...« Grinsend machte Nancy sich an der zweiten Tüte zu schaffen. »Ach, übrigens, deine Schwester hat angerufen.«

Pips Blick schoss von den Einkäufen zu Nancy.

»Welche?«, fragte sie etwas lauter als nötig.

»Keine Panik. War bloß Flora.«

Pip entspannte sich sichtlich.

»Aha. Okay.«

Wenn eine ihrer Schwestern anrief, ging es in der Regel um einen Notfall. Flora allerdings rief manchmal auch nur einfach so an, um zu hören, wie es Pip ging, um den schwesterlichen Kontakt zu pflegen.

»Sie hat allerdings schon ein paar Mal angerufen«, schob Nancy betont lässig hinterher. Sie entdeckte eine Banane und begann, sie zu schälen.

Pip erstarrte.

»Und wie oft genau ist ›ein paar Mal‹?«, fragte Pip.

»Dreizehn«, antwortete Nancy und vertilgte die Banane mit wenigen Bissen.

Pip ließ die Hände sinken und durchbohrte Nancy förmlich mit ihrem Blick.

»Glückszahl«, mampfte Nancy.

»Dreizehn Mal?«

»Dreizehn Mal«, bestätigte Nancy. »Das ist zumindest die Zahl, die der Anrufbeantworter anzeigt.«

Pip stürzte zum Telefon.

Der Anrufbeantworter blinkte wie bekloppt.

Flora geriet nur äußerst selten über irgendetwas in Panik, aber wenn sie geschlagene dreizehn Mal anrief, dann war ganz bestimmt irgendetwas im Busch.

Pip verschwendete keine Zeit damit, die Nachrichten abzuhören, sondern rief sofort mit zitternden Fingern zu Hause an.

Nancy nutzte die Gelegenheit, um sich weiter an den Einkaufstüten zu schaffen zu machen. Sie fand die Scones und riss die Plastikverpackung auf.

Flora muss direkt neben dem Telefon gesessen haben, sie ging sofort dran.

»Gott sei Dank, Pip! Ich versuche schon den ganzen Tag, dich anzurufen! Wann schaffst du dir endlich ein Handy an wie jeder normale Mensch?«

»Du weißt genau, dass ich die Dinger nicht leiden kann, was ist los?«

»Es geht um Raphael ...«, hob Flora an.

Raphael war der letzte Freund ihrer Mutter gewesen.

Er hatte vor einigen Wochen mit ihr Schluss gemacht.

Judy war es nicht gewöhnt, dass man mit ihr Schluss machte.

Vielleicht war das der Grund dafür, dass Judy über diese Trennung so schwer hinwegkam, überlegte Pip.

Sie war Raphael nur ein einziges Mal begegnet. Er war charmant, gut aussehend und verdammt jung gewesen. Ein Jahr jünger als Pip. Jeder, der die beiden zusammen sah, wusste, dass diese Liaison nicht lange halten würde, und tatsächlich dauerte es nur wenige leidenschaftliche Monate, bis Flora bei Pip anrief und ihr erzählte, Raphael habe ihre Mutter verlassen.

Was Pip nicht sonderlich überrascht hatte.

Und auch, dass Judy sich daraufhin in ihr Bett verkrochen hatte und nie wieder aufstehen wollte, war für Pip nichts Neues.

Judy igelte sich nach einer Trennung immer ein, fast, als würde sie wieder um ihren ersten Mann trauern.

Pip war klar, dass Flora sie bitten wollte, zu kommen, aber in der Praxis war die Hölle los, und wenn sie ganz ehrlich war, hatte sie gerade überhaupt keinen Nerv, nach Cornwall zu gurken.

Wenn sie jedes Mal, wenn ihre Mutter sich von einem ihrer Lover trennte, anreisen würde, konnte sie genauso gut wieder dauerhaft dorthin ziehen.

Bisher hatte Judy sich noch jedes Mal irgendwann wieder aufgerappelt, ganz gleich, ob Pip gekommen war oder nicht.

Außerdem war Susan ja auch noch da.

Flora redete wie ein Wasserfall. Pip versuchte, sich zu konzentrieren.

»Mum ist seitdem echt total schräg drauf, kennst du ja, ist ja nichts Neues, wenn wieder mal ein Lover dran glauben musste, aber dieses Mal ist es was anderes, Pip, ich mache mir solche Sorgen um sie, und heute Morgen habe ich sie dann schlafend in der Badewanne gefunden, in der Hand eine fast leere Flasche Whisky ...«

»Whisky!«

»Ja, das ist echt 'ne andere Nummer als die üblichen drei Flaschen Rotwein ... Und darum habe ich sie nicht aus dem kalten Wasser herausgelassen, bis sie mir verraten hat, was eigentlich los ist.«

Pips Mutter konnte Kälte nicht ausstehen.

»Wie hast du das denn bitte fertiggebracht?«

»Ich hab mich auf sie draufgesetzt.«

Pip musste lachen.

Flora stöhnte.

»Mensch, Pip, das ist wirklich nicht lustig. Aber letztendlich hat sie dann geredet ... Ach, Pip, ich weiß gar nicht, wie ich es dir sagen soll ...«

Floras Stimme klang so unheilschwanger und traurig, dass Pip schlagartig das Lachen verging.

»Was ist los, Flora? Jetzt rück schon raus.«

Pip hörte ihre Schwester tief Luft holen.

»Also hör zu, also, dieser Raphael ... Der hat die ganze Zeit davon geredet, dass er diese tolle Bar in Barcelona kaufen wollte, die ganz große Nummer und so. Wir dachten ja, das sei nur jede Menge heißer Luft, aber dann hat er uns auf seinem Handy Fotos von der Bar gezeigt und gesagt, er müsste nach Spanien, um den juristischen Papierkram zu regeln, und er hat Mum sogar mitgenommen, um ihr alles zu zeigen. Mum war knackebraun, als sie wiederkamen, und war nur am Schwärmen. Gestrahlt hat sie wie ein Castor-Behälter, und gelaufen ist sie o-beinig wie John Wayne.«

»Ganz so detailliert brauch' ich's nicht, danke.«

»Ich will doch nur, dass du weißt, wie sie drauf war, Pip.«

»Schlimmer als mit Gypsys Vater?«

Ihre Mutter war nicht dumm, aber jedes Mal, wenn Judy einen Mann kennenlernte, hätte man meinen können, Teile ihres Gehirns würden ausgeschaltet. Bei Gypsys Vater war es so gut wie das gesamte Gehirn gewesen.

»Viel schlimmer! Dagegen war ihr Zustand, als sie mit *ihm, dessen Name nicht genannt werden darf,* zusammen war, quasi normal! Also, jedenfalls konnte sie sich gar nicht mehr einkriegen, wie toll das da alles war, und eine Woche später ist Raphael dann noch mal alleine nach Barcelona geflogen. Angeblich, um die letzten Unterschriften zu leisten. Montagabend wollte er zurück sein, Mum sollte schon mal Sekt kaltstellen zum Feiern ... na ja ... und seitdem haben wir ihn nicht mehr wiedergesehen, wie du weißt.

Mum war natürlich völlig fertig, aber wir dachten, das sei das übliche Programm, sie würde sich für ein paar Tage im Bett verkriechen, dann wieder aufstehen und sich den nächsten Kerl angeln. Aber, Pip, als ich sie dann mit der Whiskyflasche fand, wurde mir klar, dass viel mehr dahinterstecken musste, dass es nicht nur darum gehen konnte, dass Raphael sie verlassen hatte. Also fragte ich sie sogar, ob sie wieder schwanger sei, aber da hat sie bloß gesagt, ich solle mich nicht lächerlich machen, es würde ja wohl an ein Wunder grenzen, wenn sie in ihrem Alter noch mal schwanger werden würde, und vielleicht sollte sie das Kind dann Jesus nennen, aber natürlich spanisch ausgesprochen …«

»Flora!«, rief Pip dazwischen, damit ihre Schwester beim Thema blieb.

»Tut mir leid, Pip. Also, jedenfalls … als sie dann aus der Wanne raus wollte, hab ich mich auf sie draufgesetzt und ihr gesagt, dass ich erst wieder aufstehe, wenn sie mir sagt, was los ist. Geschlagene zwanzig Minuten hockten wir beide in dem scheißkalten Wasser, meine Jeans war klatschnass und Mums Füße schon ganz blau, und da hat sie's mir dann endlich gebeichtet …« Flora hielt inne und schluckte. »Ach, Pip«, jammerte sie, »sie hat ihm das Geld für die Bar geliehen!«

»Sie hat ihm das Geld geliehen? Wie viel Geld, Flora?«

»Seine Telefonnummer gibt es nicht mehr. Susan war letzte Woche sogar in Barcelona, um ihn zu suchen, aber er ist wie vom Erdboden verschluckt. In der Bar hat keiner was gesagt …«

»Wie viel, Flora?« Pip hatte schon einen ganz trockenen Hals.

Flora verstummte, schluckte wieder hörbar und stammelte dann schluchzend:

»Alles, Pip. Unser ganzes Geld. Wir sind komplett pleite.«

Nancy folgte Pip in ihr Zimmer.

»Ich muss hinfahren«, sagte Pip, während sie Schubladen und Schränke öffnete und ein paar Sachen in ihren Koffer schmiss.

»Und wann?«

»Gleich morgen früh.«

»Und wie lange bleibst du weg?«

»Das wissen die Götter.«

»Was ist mit der Praxis?«

»Muss mir freinehmen.«

»Und was sagt Chester dazu?«

»Ich habe noch genügend Urlaubstage, von meinen Überstunden ganz zu schweigen.«

»Stimmt, deine Familie war bisher ja immer so rücksichtsvoll, ihre Notfälle auf die Wochenenden zu legen«, stellte Nancy trocken fest.

Pip verharrte und sah ihre Freundin an.

»Sie brauchen mich, Nancy.«

»Sie brauchen dich immer, Pip.«

»Dieses Mal ist es etwas anderes ...«

»Ja, klar ist es etwas anderes als damals, als Viola das Auto deiner Mutter in den Fluss gefahren hat. Und auch etwas anderes als damals, als Gypsy sämtliche Toiletten mit Zement verstopft hat. Natürlich auch etwas anderes als die Sache mit deiner Mutter, die sich zwei Tage lang mit einer Kiste Pinot Grigio und einem ganzen Brie im Weinkeller eingeschlossen hatte. Und auch etwas anderes, als ...«

»Nancy, bitte!«, unterbrach Pip sie ziemlich laut.

Pip wurde sonst nie laut.

Nancy war so perplex, dass sie einen Schritt zurückwich.

»Dieses Mal ist es *wirklich* etwas anderes. Die Kacke ist hochgradig am Dampfen, wenn du so willst.«

Nancy schwieg, sah Pip an, ging auf sie zu und nahm sie in den Arm. Dann half sie ihr wortlos beim Packen.

»Ich muss heute Abend noch mit Chester reden, er hat Bereitschaft und ist in der Praxis.«

»Klar.«

»Tut mir leid mit dem Abendessen.«

»So ein Quatsch. Außerdem habe ich die beiden Scones schon gegessen ...«

Erst, als Pip die Autoschlüssel in die Hand nahm, fiel ihr das zweite Abendessen wieder ein.

»O nein! Dan!«

Nancy hatte schon so viel von Dan gehört, dass sie sofort wusste, von wem die Rede war.

Pip machte ganz große Unschuldsaugen.

»Ich habe ihm angeboten, bei uns einzuziehen.«

Überrascht riss Nancy die Augen auf.

»Wow, das ging aber schnell, Pip!«

»Nein, nein, doch nicht so ... Seine momentane Wohnsituation ist unerträglich, und da habe ich ihm das freie Zimmer angeboten, solange er auf Haussuche ist. Tut mir leid, Nancy, ich wollte dich natürlich gefragt haben ...«

»Kein Problem.« Nancy zuckte die Achseln.

»Er kommt aber schon morgen ... Ich kann ihn doch schlecht hier aufschlagen lassen, und dann bin ich gar nicht da ...«

»Ich bin doch da. Jetzt mach dir mal keine Sorgen.« Nancy war völlig unbeeindruckt von der plötzlichen Erweiterung ihrer Wohngemeinschaft und legte Pip beruhigend die Hand auf den Arm. »Ich werde ihn willkommen heißen, ihm alles zeigen, ihn füttern, ihm versichern, dass er jetzt ein Zuhause hat, wenn auch nur vorübergehend ... Genau wie mit allem anderen Viehzeugs, das du aus der Praxis bisher hier angeschleppt hast.« Ihr besänftigender Gesichtsausdruck nahm verschlagene Züge an. »Obwohl es natürlich eine Premiere ist, dass du nicht Hund, Katze oder Maus anschleppst, sondern einen Mann ...«

»Du wirst doch nett zu ihm sein, Nancy, ja?«

»Aber klar, wenn er wirklich so ein toller Hecht ist, wie du immer erzählst ... Was meinst du, ist er schon stubenrein?«

»Wenn nicht, wirst du im Handumdrehen dafür sorgen ... Jetzt mal im Ernst, Nancy, bitte sei nett und nicht fies zu ihm ... Ich mag ihn wirklich sehr.«

»Weiß ich doch.« Pip war erleichtert, Nancys aufrichtigen Blick zu sehen. »Mach dir keine Sorgen. Ich werde mich schon ordentlich um ihn kümmern.«

In der Praxis brannte Licht. Wenn Chester Bereitschaft hatte, ging er selten nach Hause. Er schien sich in seinem Büro mit der Pritsche und dem Fernseher im Schrank fast wohler zu fühlen als in seinen eigenen vier Wänden. Chester war ein hervorragender Tierarzt, aber manchmal fragte Pip sich, ob seine Affinität zu den Praxisräumen vielleicht weniger mit seiner Leidenschaft für Tiere und seinen Beruf zu tun hatte als mit seiner Frau Clara ...

Die beiden waren ein sehr ungleiches Paar.

Clara war eine urbane Frau, ganz Glitzer und Glamour. Chester war der Mann vom Lande, er liebte Gummistiefel, Matsch und frische Luft.

Er freute sich, Pip zu sehen, doch sein Lächeln gefror, kaum dass sie den ersten Satz ausgesprochen hatte.

»Ich brauche ein paar Tage Urlaub«, fiel sie mit der Tür ins Haus. Wozu lange fackeln? Pflaster riss man auch am besten mit einem Ruck ab. Das tat zwar weh, aber dann war die Sache überstanden.

Chester sah sie an, als hätte sie gerade seine Großmutter erschossen.

»Es ist wirklich dringend, sonst würde ich nicht darum bitten«, fügte sie hinzu, als er langsam anfing, den Kopf zu schütteln.

»Wann?«

»Das ist der Punkt. Sofort.«

»Jetzt gleich?«

»Ja, jetzt gleich.«

»Das heißt, du kommst morgen nicht?«

Pip schüttelte den Kopf.

»Und. Wie. Lange?«, presste er hervor.

»Weiß ich noch nicht.«

Chester begann zu schwitzen. Seine Augenbrauen befanden sich bereits auf halber Stirnhöhe.

»Maggie schafft das schon, das wissen wir doch beide«, versuchte Pip, ihn zu beschwichtigen, aber die Augenbrauen wanderten noch höher, und er machte ein extrem langes Gesicht.

»Es geht hier aber nicht darum, es zu schaffen, Pip. Unsere Praxis läuft wie geschmiert, sie ist ein Musterbeispiel an Effizienz, und nichts gegen Maggie, aber das Einzige, was bei ihr effizient verläuft, sind ihre Plauderstunden.«

»Du wirst ohne mich zurechtkommen müssen, Chester. Ich muss zu meiner Familie. Es ist ein Notfall.«

»Ach, wieder mal ein Notfall …« Hoffnung glomm in seinem Blick auf. »Könntest du denn nicht vielleicht am Samstag nach der Arbeit hindüsen und Sonntagabend wiederkommen?«

Pip schüttelte den Kopf.

»Dieses Mal leider nicht, Chester.«

Chester war ein guter Chef, und obwohl er eine Heidenangst davor hatte, seine wertvollste Mitarbeiterin länger als eine kurze Mittagspause lang entbehren zu müssen, erkannte er doch, dass seine sonst so optimistische, fröhliche Pip niedergeschlagen und ernst wirkte.

»Ist es sehr schlimm, Pip?«, erkundigte er sich.

»Ja.«

»Soll dich mal jemand in den Arm nehmen?«

Pip nickte traurig.

»So ein Ärger aber auch, dass ich jeglichen Körperkontakt mit Angestellten strikt ablehne.«

Das war ein alter Witz zwischen ihnen, und er tröstete Pip fast genauso wie eine tatsächliche Umarmung. Vor allem, als der auf strikte Grenzen bedachte Chef die Hand ausstreckte und sie ihr liebevoll auf den Arm legte. Das war ein äußerst seltener, fast schon intimer Körperkontakt.

»Dann nimm dir so lange frei, wie nötig«, zwang er sich selbst zu sagen. Die Worte blieben ihm fast im Hals stecken.

Dann kam ihm ein Gedanke. Sein Herz raste.

»Du kommst doch wieder, Pip?«

Jetzt sah Pip Chester an, als hätte er gerade ihre Großmutter erschossen.

»Natürlich, Chester. Natürlich! Das hier ist doch mein Leben. Ich muss nur vorübergehend zu meiner Familie und zusehen, was ich für sie tun kann. Und ansonsten halte ich es ganz klar wie Arnie.« Sie stellte sich auf Zehenspitzen und schlang den Arm um seine Schultern. »Ich komme wieder.«

– 6 –

Drei Stunden brauchte sie bis Cornwall, und das, obwohl die Autobahn ausnahmsweise mal ziemlich frei war. Trotzdem bewegte sich Pips weißer Mini immer langsamer vorwärts, je näher sie der kornischen Küste kam.

Als sie schließlich die schmale, sich durch die Landschaft schlängelnde Straße erreichte, die in ihr Heimatdorf führte, fuhr sie quasi Schritttempo. Sie konnte es sich genauso gut endlich eingestehen.

Sie wollte nicht nach Hause.

Sie liebte ihre Mutter, ihre Tante, ihre Schwestern, wirklich, sie liebte sie alle von ganzem Herzen.

Aber sie machten sie fertig.

Wie Nancy in einem ihrer melodramatischen Augenblicke sagen würde: Sie saugten ihr das Blut aus dem Körper wie die Vampire. Selbstverständlich auf ausgesprochen nette Art und Weise. Wenn man es denn als nett bezeichnen konnte, wenn einem ein Vampir das Blut aussaugte. Gab es überhaupt nette Vampire? Höfliche? Tut mir furchtbar leid, aber ich habe einen solchen Durst, würde es Ihnen etwas ausmachen, wenn ich Sie mal eben komplett aussaugte? Vielen Dank!

Das Problem war nämlich, dass Pip für ihre Schwestern nicht einfach nur ihre große Schwester war.

Sie war auch ihre Köchin, ihre Fahrerin, ihr Kindermädchen, ihre Vertraute, ihre Aufpasserin, ihre Privatbank, ihr Kummerkasten, ihre Mentorin, ihre Gesprächspartnerin und ihre Ersatzmutter, wenn es darum ging, vernünftig zu bleiben.

Dass ihre Mutter jedes Mal, wenn Pip auftauchte, mehr als bereitwillig die Nutzlose spielte, half natürlich auch nicht. Dabei war ihre Mutter alles andere als nutzlos. Sie war klug, aufgeweckt, lustig, schön, ein bisschen verrückt, Märtyrerin ihrer Gefühle – und sie litt an ihrem gebrochenen Herzen.

Judy war am Tod ihres Mannes zerbrochen. Die achtjährige Pip hatte die Scherben zusammengehalten. Man gewöhnte sich schnell an eine Krücke und verließ sich oft auch dann noch auf sie, wenn sie gar nicht mehr benötigt wurde. Pip war Judys Krücke.

Wenn Mum sich jetzt immer noch in ihrem Bett versteckte, war ihre Anwesenheit vielleicht sogar eher kontraproduktiv, ging es Pip durch den Kopf, denn dann hätte sie eine Ausrede, nicht aufstehen zu müssen: Sie wurde ja nicht gebraucht.

Nur noch wenige Meter, und die legte sie langsamer zurück als die vielen Kilometer von Bristol bis hierher.

Aber es hatte auch etwas für sich, dass sie durch die Landschaft schlich wie eine kurzsichtige Oma, denn plötzlich war Pip nicht mehr allein auf der Straße.

Zuerst dachte sie, ein Stück Wild sei rechts aus der Hecke gesprungen, gerade da, wo die Fahrbahn so schmal war, dass nur Platz für ein Auto war.

Zum Glück reagierte sie blitzschnell, stieg in die Eisen, würgte bei der Vollbremsung den Motor ab und sah dem rehähnlichen Hund nach, wie er elegant vor ihr die Straße überquerte.

Pip seufzte erleichtert auf, weil sie die Kollision mit dem Tier vermieden hatte. Doch im nächsten Moment sog sie gleich wieder Luft ein und wappnete sich: Sie sah Ärger auf sich zukommen.

Major Jenson.

Der nächste Nachbar der Charteris-Mädchen lebte im Anwesen Gallant Manor auf der anderen Seite der Straße.

Major Jenson war Vorsitzender des hiesigen Kirchenvorstands und mit dem größten, buschigsten Paar Augenbrauen ausgestattet, das Pip je an einem Menschen gesehen hatte. Wie gigantische, langhaarige Raupen machten sie sich auf seiner Stirn breit. Eigentlich hätten sie besser zu einem Yak gepasst.

Jenson heizte in der Regel wie der Henker mit einem seiner Allrad-Geländewagen über die schmalen Straßen, und auch jetzt röhrte er in einem alten, klapprigen Landrover, den man aufgrund eines Lochs im Auspuff bereits in kilometerweiter

Entfernung hören konnte, mit halsbrecherischer Geschwindigkeit auf den Hund zu, dem Pip gerade noch Vortritt gelassen hatte.

Glücklicherweise rettete sich das Tier mit einem Satz von der Straße auf die steile Böschung, als Major Jenson vorbeibretterte. Aus dem Seitenfenster hechelte der schokoladenbraune Labrador Guinness.

Das Herz schlug Pip bis zum Hals, als Jenson sie laut hupend passierte, und sie atmete erleichtert auf, als sie das schöne Tier unversehrt und schwanzwedelnd auf der Böschung stehen sah.

Erst da bemerkte Pip, dass der Hund etwas im Maul hatte. Auf den ersten Blick sah es aus wie ein merkwürdig geformter Stock, doch dann begriff sie, dass es sich nicht um einen Holzstock handelte, sondern um ein Baguette.

Im nächsten Moment machte der Hund eine Kehrtwende und verschwand durch eine Lücke in der Hecke.

Pip ließ ihren geliebten Mini wieder an und entschuldigte sich bei ihm, dass sie ihn hatte absaufen lassen.

Dann fuhr sie zweihundert Meter weiter, bis sie schließlich das so vertraute, offen stehende Tor mit dem Messingschild »Arandore« erreichte.

Seltsames Gefühl. Ihr wurde gleichzeitig leicht und schwer ums Herz.

Langsam rollte sie die Auffahrt entlang, linkerhand der Obstgarten mit einer bevorstehenden reichen Apfelernte, rechterhand die üppige Blütenpracht exotischer Pflanzen, die im kornischen Klima so gut gediehen.

Ihr Zuhause. Der Ort, den sie leidenschaftlich liebte und doch, so weit es ging, mied.

Arandore war ein altes, leicht verwunschen wirkendes, großzügiges dreistöckiges Gebäude in C-Form mit einem Glockenturm in der Mitte. Der Hofplatz war flankiert von Blumenbeeten, in denen Sträucher und Kletterpflanzen wuchsen, die schnell sämtliche Fenster überwucherten, wenn man sie nicht regelmäßig zurückschnitt.

Die Einfahrt zum eigentlichen Hofplatz markierte ein weiteres – schmiedeeisernes – Tor in einer brusthohen Steinmauer.

In der Mitte des Kiesplatzes stand ein langer, ovaler Gartentisch aus Holz. Um ihn herum zehn Stühle, ganz in der Nähe ein alter Aztekengrill, und auf der Schieferplatte vor dem doppeltürigen Hauptportal, durch das nur Fremde das Haus betraten, ein Steinschwein namens Major Jenson Junior.

»Da bin ich wieder«, seufzte Pip.

Das Haus sah heute – wenn das denn möglich war – noch heruntergekommener aus als bei ihrem letzten Besuch. Der Efeu war deutlich höher an den Außenwänden hinaufgekrochen, lose Schindeln lagen auf dem Dach, in den Fenstern hatten fleißige Spinnen beeindruckende Netze gewebt. Doch Pip musste zugeben, dass das Haus an Zauber gewann, je mehr es verfiel.

Kaum hatte sie den Wagen vor der kleinen Steinscheune, die als Holzschuppen diente, zum Stehen gebracht, flog auch schon die Küchentür gegenüber auf. Flora und Tante Susan erschienen im Türrahmen und wollten sich in ihrem Eifer, Pip zur Begrüßung um den Hals zu fallen, gleichzeitig hindurchpressen, wobei sie zunächst stecken blieben und dann in einem unkontrollierten Durcheinander aus Armen und Beinen auf den Hof purzelten.

»Gott sei Dank, sie ist da!«, hörte Pip Flora so grenzenlos erleichtert ausrufen, dass sie die größte Lust bekam, auf dem Absatz kehrtzumachen und nach Bristol zurückzufahren. Dieser Impuls wurde befeuert von der Hoffnung, die in Floras und Susans Blick brannte.

Hier kam Super-Pip, bereit, einen gerechten Kampf zu führen und alles wieder ins Lot zu bringen. Das unerschütterliche Vertrauen in sie schmeichelte ihr, war aber gleichzeitig eine Last.

Die Erleichterung der beiden war so groß, dass sie Pip immer wieder küssten und umarmten und dabei versuchten, ihre Tränen vor ihr zu verbergen. Vergeblich.

»Ach, Pip«, seufzte Flora, »ich bin ja so froh, dass du da bist!«

»Ich auch«, log Pip.

Flora war die Schwester, die Pip am ähnlichsten sah (und das, obwohl sie unterschiedliche Väter hatten): dunkelblaue Augen, glattes, dunkelblondes Haar, das sie beide schulterlang trugen, zum Lächeln geborene, volle Lippen und hohe Wangenknochen.

Auch in Sachen Persönlichkeit ähnelte Flora Pip am meisten. Sie hatte Köpfchen, übernahm gerne Verantwortung und war äußerst pragmatisch. Sie war jetzt fast achtzehn. Und obwohl sie gerade mal dreizehn gewesen war, als Pip auszog, hatte sie nahtlos deren Rolle als Familienmanagerin übernommen.

Darum war Flora immer so erleichtert, wenn Pip kam. Jetzt eskortierten sie und Susan Pip zum Haus und hielten sich an ihr fest, als hätten sie Angst, sie könnte weglaufen, und beide plapperten gleichzeitig drauflos, sodass Pip nur hin und wieder mal ein Wort aufschnappte.

Pips letzter Besuch war die Rekordzeit von zwei Monaten her, und doch kam es ihr vor, als sei sie nur wenige Minuten weg gewesen, weil alles noch exakt beim Alten war.

Die Cath-Kidston-Tasche lag immer noch auf der großen alten Anrichte, zusammen mit diversen von Judys Second-Hand-Laden- und Flohmarktschnäppchen, während das Familiengeschirr fein säuberlich eingeräumt war.

Stapelweise gründlich gelesene Kochbücher. Der Duft nach warmer, zum Backen benutzter Butter.

Der riesige alte Holztisch, massiv und doch irgendwie schief, mit zahllosen kreisförmigen Rändern, die tausend heiße Teller und Kaffeebecher hinterlassen hatten. Ein Haufen Zeitungen.

Schmutzige Teller im großen, alten, eckigen Spülstein.

Tiefe Fensternischen mit noch mehr Kochbüchern, welkenden Topfpflanzen und Le-Creuset-Backformen auf den breiten Fensterbänken.

Durch den großen, alten Aga-Herd war es stets warm in der Küche, selbst im tiefsten Winter, wenn im Rest des Hauses sibirische Kälte herrschte und man auf den Innenseiten der Fensterscheiben Schlittschuh fahren konnte.

Und dann entdeckte Pip den Hund, den sie gerade fast überfahren hätte. Lang ausgestreckt lag er auf dem Teppich vor dem Herd.

»Wo kommt der denn her?«

»Der Hund? Der gehört uns.«

»Wie bitte? Noch ein Hund?«

Flora warf ihr einen schuldbewussten Blick zu, bückte sich, um dem Hund die cremefarbenen Samtohren zu kraulen, und erklärte: »Gypsy hat sie vor ein paar Monaten mitgebracht.«

»Vor ein paar *Monaten*?« Pip runzelte die Stirn. »Aber ich bin doch öfter hier gewesen ... und habe den Hund noch nie gesehen.«

Flora wich ihrem Blick aus.

»Na ja, als wir sie bekamen ... Also, du weißt schon. Wenn du nach Hause kommst, herrscht meistens schon genug Chaos, um das du dich kümmern musst, und da wollten wir dir nicht noch eine Sorge mehr aufhalsen ... Gypsy hatte einen Haufen Müll am Straßenrand gefunden, und in einem der Kartons lag eben dieser Hund ...«

Pip drehte sich der Magen um.

»Manche Leute sind doch wirklich grausam, oder?« Tante Susan schüttelte angewidert den Kopf, und Pip, die schon so viele ausgesetzte Tiere vor der Tür der Tierarztpraxis gefunden hatte, nickte traurig.

»Um genau zu sein«, erklärte Flora weiter, »ging es ihr damals so schlecht, dass wir nicht sicher waren, ob sie überhaupt überleben würde. Die ersten Wochen trug Gypsy sie ständig unter ihrem Pullover mit sich herum und fütterte sie alle fünf Minuten mit winzigen Stückchen Hühnerfleisch. Sie war so winzig! Stimmt's, Susan?«

»Nur Haut und Knochen ... ein winziges, zerbrechliches Etwas.«

»Winzig?« Pip lachte trocken auf und sah zu dem groß gewachsenen Tier, dessen Kopf selbst im Sitzen bis zu Pips Ellbogen reichte.

»Ein winziger Welpe, der einfach immer weiter gewachsen ist ...« – Flora verdrehte die Augen – »... bis er so groß war wie ein Esel.«

»Und so verrückt wie der Rest der Familie«, fügte Susan hinzu.

»Aber wahnsinnig lieb«, beeilte Flora sich zu sagen.

»Und auch wahnsinnig schön«, pflichtete Pip bei, als der elegante Hund auf alle viere kam, sich auf sie zubewegte, seine Schnauze auf ihrem Knie ablegte und sie aus großen schwarzen Rehaugen auffordernd ansah. Automatisch fing Pip an, ihm über den Kopf zu streicheln. Er hatte champagnerfarbenes Fell.

»Allerdings«, grinste Flora erleichtert. »Wir wussten ja, dass sie dir gefallen würde ... und wir wollten dir auch ganz bestimmt von ihr erzählen, aber letztes Mal, als du hier warst, waren Emerald und Eddie in Bauer Brummigs Küche eingedrungen und hatten seinen Sonntagsjoint geklaut ...«

Bauer Brummig nannten sie den Landwirt, dem das Land zwischen Arandore und dem Fluss gehörte.

Der Name kam nicht von ungefähr. Er war unfreundlich, launisch und ging gleichermaßen geschickt mit Gewehr und mit Schaufel um.

Sein Großvater und Pips Großvater hatten sich vor etwa hundert Jahren wegen irgendwelcher Grenzverläufe so gründlich überworfen, dass das Verhältnis zwischen den beiden Familien bis heute gelinde gesagt angespannt war. Dabei tat Pip wirklich ihr Bestes, um für Frieden zu sorgen.

»Ich werde nie vergessen, wie er ausgeflippt ist und die beiden bei sich festgehalten hat, er wollte sie erst wieder freilassen, wenn wir für den Joint bezahlt hatten, und du musstest herkommen und alles regeln und hast uns angepfiffen, wir seien so unglaublich verantwortungslos, wir könnten nicht mal ordentlich auf einen Goldfisch aufpassen, geschweige denn auf unsere Hunde, und du hättest sie fast mit nach Bristol genommen, und darum dachten wir, erzählen wir dir mal besser nicht, dass wir noch einen dritten aufgenommen hatten, das konnten wir ja bei deinem nächsten Besuch immer noch tun, und dann wäre es sicher nicht so turbulent ...« Floras Redefluss versiegte, dafür füllten sich ihre Augen mit Tränen, als sie daran dachte, weshalb

Pip dieses Mal angereist war. Pip brachte es nicht übers Herz, irgendetwas anderes zu sagen als:

»Wie heißt sie?«

Susan und Flora sahen sich an, dann fingen sie an zu lachen.

»Bestimmt wieder irgend so ein schrecklicher Name …«

»Na ja, also …« Flora sah reuig zu der Hündin und dann wieder zu ihrer Schwester. »Darüber kann man sich streiten … Gyps hat sie nämlich Persicoria getauft …«

»Persicoria!«

»Spitzname Persi«, schob sie schnell hinterher. »Nicht Pip.«

»Na, Gott sei's getrommelt und gepfiffen. Der arme Hund. Wusste ich es doch – ein schrecklicher Name. Warum um alles in der Welt wollte Gyps sie so nennen?«

»Ich glaube, weil sie dich vermisst hat …« Susan lächelte sorgenschwer.

Flora streckte die Arme aus und nahm Pips Hände.

»Wir haben dich alle vermisst, Pip …«

»Tut mir leid, dass ich so lange weg war«, erwiderte Pip schnell, und sie meinte es auch so.

So war es jedes Mal. Sie hatte überhaupt keine Lust, nach Hause zu fahren, aber wenn sie dann da war, ging ihr doch das Herz auf.

Dieses Mal allerdings konnte sie nicht die Augen davor verschließen, dass die Dinge wirklich schlimm standen.

»Gut …«, seufzte Pip. »Wo ist Mum?«

»Rate mal.«

»Im Bett?«

»Richtig.« Flora machte ein langes Gesicht.

»Viola?«

»Gute Frage – nächste Frage?«

»Gyps?«

»Müsste eigentlich in der Schule sein …«

»Müsste sein?«

»Na ja, wir haben sie heute Morgen hingebracht. Das ist aber keine Garantie dafür, dass sie den Rest des Vormittags da geblieben ist.«

Pip seufzte und nahm sich vor, während ihres Aufenthaltes hier auch Gypsys Schule einen Besuch abzustatten.

»Müsstest du nicht eigentlich auch in der Schule sein?«, fragte sie Flora.

Flora zuckte die Achseln und nickte.

»Schon. Aber ich wollte zu Hause sein, wenn du kommst.«

»Und das geht einfach so?«

»Ich habe ihr eine Entschuldigung geschrieben«, schaltete Susan sich ein. »Wegen Menstruationsbeschwerden.« Sie schürzte die Lippen und sah Flora verschwörerisch an. Die beiden waren wieder kurz davor, loszuprusten.

»So was ist dem alten Mr. Feltham so peinlich, dass er keine weiteren Fragen stellt ...«

»Ja, weiß ich noch«, nickte Pip. »Den hatte ich in Biologie. Da haben wir, glaube ich, alles außer der menschlichen Fortpflanzung durchgenommen.«

»Das wäre der perfekte Bio-Lehrer für deine Mutter gewesen ...«, brummte Susan und zwinkerte Pip zu.

»Und dann? Dann gäbe es uns jetzt nicht, Tante Susan! Was würdest du denn dann bloß machen?«, schimpfte Flora im Scherz, doch Susan machte trotzdem ein erschrockenes Gesicht.

»Oh je, das tut mir leid, wirklich, so war das nicht gemeint ...«

»Wissen wir doch.« Flora und Pip nahmen sie in den Arm. »Wir ziehen dich doch bloß auf.«

»Ich wüsste auch nicht, was ich ohne euch machen würde«, versicherte sie ihnen mit schriller Stimme und erwiderte ihre Umarmungen.

»Und wir wüssten nicht, was wir ohne dich machen würden«, stellte Pip klar. Susan nickte und biss sich auf die Unterlippe.

»Was aber nichts daran ändert«, wandte Pip sich wieder an Flora, »dass dir am Ende des Schuljahres wichtige Prüfungen bevorstehen. Allzu viel Fehlstunden kannst du dir nicht leisten. Und wie ich die Sache einschätze, hast du in den letzten Wochen ganze Tage gefehlt ...«

Floras bedröppeltes Gesicht bestätigte ihre Vermutung.

»Raphael hat Mum mitten in den Ferien verlassen ... Danach bin ich dann erst mal wieder in die Schule gegangen, ich schwör's dir, Pip, aber zu Hause wurde alles so schwierig, da musste ich einfach da sein ... und heute, wie gesagt, wollte ich hier sein, wenn du kommst, ist ja bloß ein Tag ... Kommt nicht wieder vor, versprochen!«

Pip nickte und schwieg.

Wenn Flora etwas versprach, konnte man sich darauf verlassen.

»Jetzt, wo du wieder da bist, besteht ja auch gar keine Notwendigkeit mehr ... Du hilfst Mum wieder auf die Beine, stimmt's, Pip?«

»Klar«, versicherte Pip ihr, obwohl sie sich da selbst gar nicht so sicher war.

»Ich habe sie noch nie so niedergeschlagen gesehen ...« Susan richtete den Blick zur Zimmerdecke, als könne sie durch sie hindurch in Judys Schlafzimmer sehen.

»Sie wird sich schon wieder fangen«, sagte Pip, um sich selbst Mut zu machen. »Wie jedes Mal. Dieses Mal dauert es vielleicht bloß ein bisschen länger ... Ich habe das Gefühl, dass sie meint, dieses Mal nicht nur sich selbst im Stich gelassen zu haben, sondern uns alle. Aber die Frage, auf die ich jetzt als Allererstes eine Antwort brauche, ist leider eine sehr pragmatische, und ich möchte, dass ihr schonungslos ehrlich seid: Ist wirklich *alles* weg?«

Tante Susan und Flora sahen einander müde, erschöpft und sorgenvoll an.

»Wie wär's, wenn wir uns zuerst einen Tee machen? Du bist doch bestimmt kurz davor, zu verdursten.«

Pip wollte eigentlich viel lieber hören, was Raphael alles mitgenommen hatte, aber sie wusste, dass dieses Tee-und-Kekse-Ritual mehr für die anderen beiden gedacht war als für sie, und darum wartete sie, bis der Tee fertig war und alle wieder am Tisch saßen.

»Also los, die Wahrheit. Er hat alles mitgenommen.«

Flora war kreidebleich geworden und senkte den Blick auf die

Tischplatte. Damit war es Susan überlassen, einen Schluck von ihrem Tee zu trinken und dann zögerlich zu nicken.

»So gut wie.«

»Was soll das heißen?«

»Deine Mutter. Sie hat die Stiftung, die dein Vater errichtet hatte, aufgelöst und in Bargeld umgesetzt.«

»Darf sie das denn?«, rief Pip erstaunt.

»Ja, klar, sie ist ja Treuhänderin.«

Susan biss sich auf die Unterlippe. »Sie hat gesagt, es sei bloß vorübergehend, sie bräuchte es nur als Finanzspritze für Raphael, damit der sein Geschäft aufbauen konnte.«

»Aber wieso? Wieso setzt sie das einzige Geld aufs Spiel, das ihr zum Leben habt?«

»Er hat ihr erzählt, dass er bereits die Zusage für einen Kredit hat, dass das Geld aber nicht rechtzeitig zur Auktion da sein würde. Er hat ihr erzählt, wenn er die Bar nicht sofort kauft, dann kauft sie jemand anderes, er hat ihr sein Wort gegeben, dass das Geld auf dem Weg sei. Dass er ihr jeden Penny mit Zins und Zinseszins zurückzahlen würde …« Flora brach ab, weil ihr ein Schluchzen die Kehle hochstieg. Sie versuchte, es mit Tee herunterzuspülen.

Susan tätschelte ihr die Hand und fuhr fort.

»Deine Mutter ist mit ihm nach Spanien geflogen. Er hat ihr die Bar gezeigt, er hatte die Schlüssel und alles, man kannte ihn dort, sprach mit ihm … Deine Mutter kann ja kein Spanisch, darum hatte sie keine Ahnung, worüber sie mit ihm sprachen, aber sie hat erzählt, sie hätten sich die Hände geschüttelt und ihm auf die Schulter geklopft. Es hätte alles völlig plausibel gewirkt. Ja, ich weiß, Judy kann manchmal etwas leichtgläubig sein, nenn es naiv, aber blöd ist sie nicht. Er hat uns alle hinters Licht geführt, Pip. Ich fand ihn toll, die Mädchen fanden ihn toll …«

Sie ließ den Kopf hängen.

»Wir haben ihm vertraut. Nicht nur Judy. Wir alle. Er wirkte so ehrlich. So anständig. Da kann man mal sehen, wie doof wir sind, was?«

Das Elend stand ihnen ins Gesicht geschrieben, und Pip war klar, dass sie jetzt nur auf eine Standpauke von ihr warteten, aber der einzige Mensch, dem Pip gerne mit einem von Susans Doc-Martens-Stiefeln einen saftigen Arschtritt verpasst hätte, war spurlos verschwunden.

Pip richtete den Blick gen Zimmerdecke, Richtung Judys Schlafzimmer.

»Soll ich mal hochgehen und nach ihr sehen?«

Susan schüttelte den Kopf.

»Als ich vorhin oben war, hat sie geschlafen.«

Pip nickte.

Zwar verbrachte Judy in diesen Lebenssituationen die meiste Zeit im Bett, aber sie schlief nur selten, und wenn sie dann endlich mal innerlich zur Ruhe kam, sollte man sie besser nicht stören.

»Ich setze noch etwas Wasser auf.« Susan legte die Hand auf Pips Schulter.

Noch mehr Tee.

In dieser Küche war über die Jahre genug Tee getrunken worden, um damit den Ärmelkanal zu füllen.

Mit einer vollen, dampfenden Teekanne kehrte Susan an den Tisch zurück, schenkte Pip ein und bot ihr auch etwas zu essen an.

»Sandwich?«

»Danke ...« Pip streckte die Hand nach dem Teller aus, den Susan ihr reichte, hielt aber mitten in der Bewegung inne, als sie bemerkte, dass das Sandwich darauf aus Baguette gemacht war.

»Ach, vielleicht später, eigentlich bin ich gar nicht hungrig.«

Das waren doch Zahnabdrücke, oder?

Die nach draußen führende Küchentür, die – ganz gleich, welches Wetter herrschte – niemals richtig geschlossen wurde, damit die beiden Terrier Eddie und Emerald sowie Persi jederzeit ein- und ausgehen konnten, öffnete sich mit einem Quietschen. Emerald trottete herein.

Als zierlicher Welpe hatte sie rostrotes Fell gehabt, inzwischen war sie zu einer robusten Mischung aus Terrier und Whippet herangewachsen, mit dunkelbraunen Augen, krausem Fell, zarten Beinen, hübschen kleinen Füßen, aber dennoch stämmiger Statur. Sie war die kleinste in diesem überschaubaren Rudel, aber mit Abstand die intelligenteste und daher auch klar die Anführerin, die sich lediglich der neunjährigen Gypsophila unterordnete. Pips jüngste Schwester war völlig vernarrt in die drei Hunde. Und die drei Hunde waren genauso vernarrt in sie.

Auf dem kleinen, beseelten Hundegesicht machte sich überraschte Freude breit, als das Tier Pip sah. Auch Emerald war ein Findelkind gewesen, in einem Karton ausgesetzt vor der Tür der Tierarztpraxis in Bristol, wo Pip sie fand. Die folgenden acht Wochen war sie Pip nicht von der Seite gewichen, bis Pip sie schließlich mit nach Cornwall nahm. Dort war das Tier mit ihren neuen Freunden Eddie und Gypsy auf den sechs Hektar Gärten, Wiesen und Koppeln von Arandore herumgetollt und hatte – wenn ein Hund das denn konnte – so glücklich gestrahlt, dass Pip es nicht übers Herz brachte, sie wieder Tag für Tag in einen Korb unter ihrem Praxisschreibtisch zu verbannen.

Nachdem Emerald aufgeregt um Pip herumgetanzt war, sprang sie auf ihren Schoß, leckte sie kurz am Kinn und machte es sich dann bei ihrer ersten Ziehmutter bequem. Zehn Minuten später tauchte – verdächtig früh für einen normalen Schultag – Gypsy auf, und im selben Moment Eddie, der Border Terrier, der Pips jüngste Schwester aufgeregt bellend begrüßte.

Gyps war nicht besonders groß für ihr Alter, dafür aber langbeinig und gertenschlank. Mit ihrem kleinen, herzförmigen Gesicht, den großen, klugen, hellblauen Augen und dem wilden, goldblonden Haar, das immer so aussah, als habe sie sich gerade durch ein Gebüsch geschlagen (was sicher auch oft der Fall war), sah sie Judy von allen Charteris-Mädchen am ähnlichsten.

Wie ihre Mutter, war auch Gypsy ihr eigenes Gesetz. Impulsiv. Großzügig. Voller Liebe.

Gleichzeitig fehlte ihr anscheinend ein wichtiger Baustein in jenem System moralischer Leitlinien, das es anderen Menschen ermöglichte, zwischen richtig und falsch zu unterscheiden.

Gypsys Reaktion auf Pips Ankunft ließ sich in etwa mit der von Emerald vergleichen: Fasslungslos. Freudig. Dann sprintete sie auf ihre große Schwester zu, schubste Emerald von ihrem Schoß, nahm selbst darauf Platz und schlang die Arme um Pips Hals.

»Du bist hier! Wie lange bleibst du? Meinst du, Mummy steht jetzt endlich auf, wenn du hier bist? Abi Tilling hat gesagt, ihre Mutter hat gesagt, wenn Mummy noch länger im Bett bleibt, wird sie langsam verschimmeln, und wir werden verwildern wie der Garten, der so schön war, als Pops noch hier war, und der jetzt so vernachlässigt und ein Schandfleck für die ganze Gegend ist …«

Susan war die Wut anzusehen, die in ihr aufstieg, als sie diese offenkundig wahrheitsgetreue Wiedergabe von Mrs. Tillings Ansichten hörte.

»… da hab ich zu Abi gesagt, wir können wenigstens jederzeit in unserem Garten aufräumen, aber deine Mutter muss den Rest ihres Lebens mit dem Arschgesicht herumlaufen …«

»Gyps! Das hast du nicht gesagt!«, empörte sich Pip, während sich auf Susans finsterem Gesicht auf einmal ein Grinsen abzeichnete.

»Doch! So eine blöde Kuh!«

»Gyps!«

»Was denn? Sagt Mum auch immer.«

»Was noch lange nicht heißt, dass du das auch sagen darfst. Du weißt doch …«

»… dass Mummy viele Sachen sagt, die sie nicht sagen sollte und dass ich nicht alles nachplappern darf.«

»Ganz genau.« Pip küsste sie auf ihre goldblonde Mähne und sog den Duft nach frischem Gras und Spülmittel ein.

Shampoo hatten sie wohl auch keins mehr.

Gypsy schmiegte ihren Kopf an Pips Hals.

»Bleibst du dieses Mal für immer? Dir gefällt es in Bristol doch gar nicht wirklich, oder? Du fehlst uns immer so, du musst einfach hierbleiben ... Wenn du hier wohnen würdest, würde ich nicht jeden Tag zum Frühstück und zum Abendessen Bohnen auf Toast kriegen. Ich mag Bohnen auf Toast, aber nicht jeden Tag, und Eddie muss davon furzen, und seine Fürze stinken schlimmer als die von Tante Susan, und das will echt was heißen. Bleibst du über Nacht? Ich hab dich so vermisst, Persicoria! Du mich auch?«

»Zumindest so viel, dass ich es dir einmal ungestraft duchgehen lasse, mich Persicoria zu nennen!«, lachte Pip.

»Bist du wegen Raph hier? Der fehlt mir auch ganz schön. Der war lustig. Und schlau. Hat mir in Spanisch geholfen ...«

»Und mir in Kunst ...«, seufzte Flora.

»Und mir im Gewächshaus«, sagte Susan.

»Und mir mit den Hunden ...«, meldete Gypsy sich schmollmündig wieder zu Wort. »Und Mum mit dem Kochen.«

»Und Viola mit ihren Fahrstunden ...«, fiel Susan ein.

»Großartig«, seufzte Pip. »Er hat also allen mit irgendwas geholfen ...«

Die anderen nickten und schnieften, während Pip erstaunt den Kopf schüttelte.

»... und jetzt hat er alles kaputt gemacht, indem er sich unser gesamtes Geld unter den Nagel gerissen hat. Echt dumm gelaufen.«

Es folgte ein betretens Schweigen, das plötzlich von einem ohrenbetäubenden Geräusch unterbrochen wurde. Es hörte sich an, als flöge ein Hubschrauber tief über das Haus hinweg.

Es war Gypsys Magen.

Floras Magen antwortete gleich darauf.

»Okay«, stimmte Pip einen versöhnlichen Ton an, löste vorsichtig Gypsys Arme, die noch um ihren Hals geschlungen waren, und stand auf. »Wie wär's, wenn ich uns jetzt erst mal was zu essen mache? Spätes Mittagessen? Frühes Abendessen?«

Sofort lächelten sie alle wieder.

Tante Susan konnte nicht kochen. Sie konnte eine Wand aufmauern oder Dachrinnen reparieren, und sie gab auf dem uralten Traktor, mit dem sie die Wiesen zu zähmen versuchte, einen veritablen Michael Schumacher ab, doch trotz ihres innigen Wunsches, eine Rüschenschürze anzulegen und eine Superhausfrau zu werden, hatte sie es nie geschafft, die Kunst des Kochens zu erlernen. Judy war eine hervorragende Köchin, gewissermaßen *zu* hervorragend, denn bei ihr geriet das Kochen stets zu einer ganztägigen Veranstaltung. Die Küche glich danach einem Schlachtfeld.

Als Pip noch zu Hause wohnte, war sie fürs Kochen zuständig gewesen. Bevor sie auszog, hatte sie ihren Schwestern ein paar Basics beigebracht – Shepherd's Pie, Chicken Stew und Chili con carne –, damit sie selbst dafür sorgen konnten, dass ab und zu etwas Vernünftiges auf den Tisch kam.

Jetzt im Moment war Pip allerdings mit dem Problem konfrontiert, dass es im gesamten Haus keine Essensvorräte gab. Die Schränke waren leer, und zwar buchstäblich.

Drei Gläser von Susans eingelegten Zwiebeln, eine halbe Packung billiger Cornflakes, eine Dose Bohnen, eine Dose Ravioli und eine Tüte Reis, Verfallsdatum abgelaufen.

Im Kühlschrank fand sie eine riesige, halb leere Dose vom widerlichsten Billighundefutter unter der Sonne, einen so gut wie leergekratzten Becher Margarine und ein halb leeres Glas von der billigen Erdbeermarmelade, in der ganz bestimmt keine echten Erdbeeren steckten, sondern bloß irgendwelche bissfesten Klumpen äußerst zweifelhaften Ursprungs.

Pip schüttelte den Kopf.

Das war ja wirklich verheerend.

Es musste ihnen noch deutlich schlechter gehen, als sie zugaben.

Nun ja, wenigstens um die Vorräte konnte sie sich kümmern.

Sie drehte sich zu den anderen um und sagte strahlend:

»Auf geht's, wir fahren einkaufen!«

– 7 –

»Ich werde nach Spanien fliegen und ihn suchen.«

»Aber du hast doch gesagt, dass deine Tante Susan das bereits versucht hat?«

»Ich weiß, aber vielleicht habe ich ja mehr Glück.«

Pip hatte einen riesigen Shepherd's Pie gebacken und zum Nachtisch einen Apple Crumble mit heißer Vanillesoße zubereitet.

Während die anderen sich mit großem Appetit über das Essen hermachten, war sie mit dem Telefon nach draußen gegangen und hatte sich damit, so weit es der Empfang zuließ, vom Haus entfernt, um Nancy anzurufen.

Durch die großen Bogenfenster sah sie, wie ihre Schwestern sich in der Küche darüber zankten, wer abwaschen und wer abtrocknen sollte. Denn eine Regel gab es immerhin auf Arandore: Wer kochte, musste die Küche nicht aufräumen. Diese Regel hatte Pip ihren Schwestern schon ziemlich früh aufdrücken müssen, denn sonst wäre sie selbst fast gar nicht mehr aus der Küche herausgekommen.

Alle waren sich einig gewesen, dass das eine gerechte Arbeitsteilung war, und doch motzten und meckerten sie jedes Mal wieder.

Pip sah, wie Gypsy Flora mit einem Geschirrtuch auf den Hintern peitschte, was diese mit einem Kreischen quittierte. Pip seufzte und richtete den Blick nach oben. Es wurde langsam dunkel, der große silberne Mond erleuchtete bereits den Himmel.

Pip genoss die klare Landluft. Sie atmete tief durch, schmeckte das Aroma vom Salz des Meeres.

»Und wieso solltest du mehr Glück haben?«, fragte Nancy sie in ihrer direkten Art. »Wenn da in Spanien irgendjemand irgendetwas zu sagen hätte, würde er ganz bestimmt eher bei deiner Tante auspacken. Du bist viel zu nett. Sie ist ... ein Drachen.«

»Nancy! Susan ist doch kein Drachen! Susan ist ein Goldstück!«

»Sie ist einsachtundachtzig groß, muskulös und hat ein Sensenmann-Tattoo auf dem Oberarm!«

»Das stammt aus ihrer Sturm-und-Drang-Zeit ... Wenn man sie erst mal besser kennt, merkt man schnell, dass sie zuckersüß ist ...«

»Ich kenne sie seit sechzehn Jahren, Pip, und ich habe noch nichts Zuckersüßes an ihr entdecken können. Aber gut, sie hat mich auch noch nie wirklich leiden können. Meint ja, dass ich einen schlechten Einfluss auf dich ausübe ...«

»Tust du ja auch ...«, zog Pip sie auf.

»Ich geb alles, Pips ... Macht mir Spaß, brave Mädchen auf Abwege zu bringen, aber nicht in diesem Fall. Ich halte das wirklich für keine besonders gute Idee, dass du nach Spanien fliegst. Abgesehen davon scheinst du auf Arandore dringender gebraucht zu werden ...«

»Da hast du recht ... Aber ich muss ihn finden, wir können die Sache doch nicht einfach so auf sich beruhen lassen, von wegen, oh, Pech gehabt, wieder eine Lektion fürs Leben gelernt, ist ja nur Geld. Es ist nämlich nicht nur Geld, Nancy, wir reden hier von Zehntausenden von Pfund, die Grundabsicherung für den ganzen Haufen hier. Verdient ja keiner was von denen. Ich glaube, sie haben sich mit dem, was Susan ab und zu mal als Landschaftsgärtnerin dazuverdient, gerade so über Wasser halten können, aber ich wette, hier liegen haufenweise unbezahlte Rechnungen herum. Kühlschrank und Speisekammer waren so gut wie leer, als ich ankam, Gypsy läuft mit löchrigen Klamotten rum, und mich würde es nicht wundern, wenn die Heizöltanks leer wären, es kommt nämlich kein heißes Wasser aus den Leitungen ...«

»Haben sie ihn denn angezeigt?«

»Nö.«

»Und warum nicht?«

»Ach …«, seufzte Pip und schüttelte den Kopf. »Einerseits aus völlig deplatzierter Loyalität ihm gegenüber, glaube ich. Sie fanden ihn ja alle toll. Sie klammern sich wohl irgendwie an die Hoffnung, dass der ganze Mist in Wirklichkeit nur ein riesiges Missverständnis war und dass er jede Minute vor der Tür stehen wird, eine vernünftige Erklärung auf den Lippen und einen Scheck über dreihunderttausend Pfund in der Hand.«

»Dreihunderttausend!!« Nancy quietschte so laut, dass Pip den Hörer vom Ohr nehmen musste. »Er hat euch um dreihunderttausend Pfund erleichtert!? Herrjemine, Pip! Geh zur Polizei!«

»Und was soll die tun? Er wird ihnen sagen, dass Mum ihm das Geld gegeben hat. Geschenkt. Es existiert keinerlei schriftliche Vereinbarung. Mum hat ihm vertraut.«

»O mein Gott«, stöhnte Nancy. »Dann hast du also nicht übertrieben, als du gesagt hast, dass es richtig schlimm ist … Aber was willst du jetzt machen, Pip? Was erwarten die anderen jetzt von dir? Dass du alles wieder hübsch in Ordnung bringst? Aber wie?«

»Keine Ahnung, Nancy. Keine Ahnung.«

Pip sah auf die Uhr.

Wegen der Einkauferei war es doch spät geworden. Bis auf Judy und Viola hatten sich alle um den Tisch versammelt.

Jetzt war es schon fast acht.

Da fiel Pip ein, dass Dan um acht bei ihr beziehungsweise bei Nancy sein wollte.

Sie staunte, dass sie erst jetzt zum ersten Mal an ihn dachte.

Dabei hatte sie sich in den letzten Wochen doch gewissermaßen daran gewöhnt, dass er ihr konstant im Kopf herumschwirrte.

»Ist er schon da?«, erkundigte sie sich so lässig wie möglich.

»Wer? Dan? Nee, noch nicht. Aber keine Sorge, ich habe alles unter Kontrolle. Ich habe das Bett im Gästezimmer frisch bezogen und sogar was zum Abendessen vorbereitet.«

»Du hast gekocht?«, rief Pip erstaunt.

»Na ja, ich habe eine Flasche besorgt und Pizza bestellt. In meiner Welt heißt das, dass ich gekocht habe, ja …«

»Danke, Nan...«

»Schon in Ordnung, du hast schon genug um die Ohren, da brauchst du dich nicht auch noch um unseren neuen Mitbewohner zu sorgen. Wo, sagtest du, war diese Bar? In Barcelona?«

»Ja.«

»Und wie heißt die?«

»Ich glaube, Flora sagte was von Illuvia.«

»Illuvia? Okay ...« Nancy schrieb sich das auf. »Hör mal, mein Freund Javier ist doch Arzt, hat letztes Jahr hier im Krankenhaus auf der Unfallstation gearbeitet, vielleicht erinnerst du dich. So ein dunkler, gut aussehender Typ mit Ziegenbärtchen und Engel-Tattoo am Hintern ...«

Daran konnte Pip sich in der Tat erinnern.

In Sachen Männer war Nancy nämlich komplett anders gepolt als Pip: Wenn ihr ein Mann gefiel, kostete sie das Gefühl genauso aus, wie es ihr gerade in den Sinn kam. Was so viel hieß wie: Sie vernaschte ihn genau so, wie es ihr gerade in den Sinn kam.

Was Javier betraf, so erinnerte Pip sich noch sehr deutlich, wie die beiden in Pips Badewanne (Nancy hatte bloß eine Dusche in ihrem Badezimmer) Botticellis »Geburt der Venus« nachahmten ... Nancy hatte zwei Muschelschalen strategisch plaziert, darüber hinaus trug sie lediglich eine Perlenkette. Und Javier mimte den schwer atmenden Zephyros.

Leider hatten die beiden vergessen, die Badezimmertür abzuschließen, und als Pip mit berstender Blase von der Arbeit nach Hause kam ... Den Anblick von Javiers muskulösem Hintern würde sie nie vergessen.

»Engel-Tattoo am Hintern. Ja, ich erinnere mich.«

»Er ist in Barcelona geboren und aufgewachsen, von daher könnte es doch sein, dass er die Bar kennt? Ich kann ihn mal drauf ansetzen, vielleicht kann er nächstes Mal, wenn er da ist, irgendwas herausfinden ...«

»Meinst du, er würde das für mich tun?«

»Ich weiß, dass er es tun wird, wenn ich ihn darum bitte ... Okay, Pip, es hat geklingelt, das wird dein Dan sein, ich werd ihn mal reinlassen ...«

»Ja, klar.« Obwohl sie fast dreihundert Kilometer entfernt war, schnappte Pip nach Luft.

»Pass auf dich auf, Süße «, trällerte Nancy, »und komm bald wieder, ja? Bis dahin halte ich ihn dir hübsch warm ...«

Als sie auflegte, empfand Pip einen Anflug von Eifersucht.

»Dein Dan«.

Schön wär's.

In diesem Augenblick hätte sie es sein sollen, die ihm die Tür aufmacht, die ihn begrüßt, die ihm ein Glas Wein und etwas zum Knabbern anbietet, die sich selbst einschärft, einen kühlen Kopf zu bewahren und ihm nicht auch gleich noch ganz anderes anzubieten, jedenfalls nicht am ersten Abend ...

Pip sah zu Boden und lachte über sich selbst.

Dann sah sie wieder auf, bemerkte, wie es plötzlich kühl wurde, und war mit einem Schlag wieder in der Realität.

Zuerst musste sie sich um ganz andere, wichtigere Dinge kümmern. Sie und Susan würden warten, bis die Mädchen sich nach dem Abendessen in alle Richtungen verstreuten – vor den Fernseher, ins Bett, selten auch mal an die Hausaufgaben. Dann würden sich die beiden zu einer Krisensitzung in der Küche treffen. Zu einem Finanzgipfel gewissermaßen, in dessen Verlauf Pip darauf bestehen würde, über den vollen Umfang des entstandenen Schadens informiert zu werden.

Pip warf einen Blick in die Küche. Flora half Susan noch beim Abtrocknen. Eigentlich war das ja Gypsys Aufgabe gewesen, aber die hatte mittendrin alles stehen und liegen lassen.

Ein Trommeln dumpfer Aufschläge lenkte Pips Aufmerksamkeit auf den Obstgarten. Die Äpfel hingen so dicht an den Ästen, dass diese sich unter dem Gewicht bis zum Gras hinunterneigten.

Der Obstgarten war schon immer der Teil von Arandore gewesen, den Pip am allermeisten liebte. Ein ganzer Hektar sattgrünen Grases und an die fünfzig alte, knorrige Bäume, die Jahr für Jahr fünf verschiedene Apfelsorten in Hülle und Fülle hervorbrachten.

Sie stellte den Kragen ihrer Strickjacke auf, überquerte den

Hof und die Einfahrt, bis sie durch die feuchte Wiese stapfte und schließlich inmitten des Apfelparadieses stehen blieb und den Duft einsog.

Die Äpfel eigneten sich weniger zum direkten Verzehr als zur Herstellung von köstlichem, süßem Cider. Nur machte sich leider so gut wie nie jemand die Mühe, die Früchte zu ernten und zu keltern.

Einst hatte Arandore seinen eigenen Cider produziert. Und Wein. Pips unternehmungslustiger Großvater hatte vor langer Zeit die ganze hintere Weide dicht mit Rebstöcken bepflanzt, an denen im Herbst wunderbare, fast schwarze Weinreben hingen. Merlot und Pinot. Dreitausend Flaschen Wein hatten sie im Jahr produziert, und aus den Äpfeln zweitausend Flaschen Cider. Richtig guten Wein und richtig guten Cider. Preisgekrönt. Doch dann war Pops krank geworden.

Niemand hatte sich mehr um die Weinstöcke gekümmert, bald siechten sie dahin wie der Mann, der sie einst gepflanzt hatte, bis die Weide schließlich wieder Weide war.

Heutzutage landeten die meisten Äpfel als Bratäpfel oder gedeckter Apfelkuchen in den Charteris-Mägen, doch auch so mancher Schweinebraten wurde mit einer großen Portion Arandore-Apfelmus gereicht.

Einen einzigen Baum gab es, dessen Früchte, wenn man sie bis ganz zum Schluss hängen ließ, süß genug waren, um sie direkt vom Baum zu essen.

Als Pip noch klein war, hatte dieser Baum sie stets verführt. Wie oft hatte ihr Vater sie auf dem untersten Ast sitzend gefunden, in jeder Hand einen Apfel und den Mund voll saftigen Fruchtfleischs! Und wie oft hatte er gescherzt, wenn sie weiter so viele Kerne verschlucke, würde ihr bald ein Apfelbaum im Bauch wachsen.

»Pip«, hatte er geseufzt, dabei schief gelächelt und den Kopf geschüttelt.

Und seither hatte man sie Pip genannt.

Was so viel hieß wie »Kern«.

Der Obstgarten weckte immer wieder Erinnerungen an ihren

Vater. Und an ihren Großvater Pops. Er hatte immer gesagt, man dürfe seine Kinder nicht überleben. Das sei falsch. Und doch überlebte er seinen Sohn um dreizehn Jahre.

Erst, als Pops gestorben war, hatte Pip endlich den Mut, auszuziehen.

»Du musst dein eigenes Leben leben, Pip«, hatte er sie ermahnt. »Ich weiß, wie sehr du sie liebst und sie dich, aber du kannst nicht den Rest deines Lebens damit verbringen, dich hier um alle anderen zu kümmern. Manchmal muss man sich zuallererst um sich selbst kümmern. Überleg dir gut, was du selber willst, mein Engel, versprich mir das.«

So sehr Pip ihre Familie und ihr Zuhause auch liebte – sie wünschte sich damals von ganzem Herzen, mehr von der Welt zu sehen.

Ein paar Tage später befanden sich Pip und ihr Rucksack in einem Flugzeug nach München.

Zwei Wochen lang erkundete sie die Stadt, bis sie eines Tages im Hofbräuhaus landete, wo sie einen ausländischen Studenten kennenlernte.

Beau.

Er war gerade mal zwanzig, sprach vier Sprachen und wusste ganz genau, was er vom Leben wollte. Wie Pip stand auch er am Anfang einer Auszeit, in der er ganz Europa bereisen wollte, aber im Gegensatz zu ihr legte er eine Furchtlosigkeit an den Tag, die sie bewundernswert fand. Sie würde niemals so mutig sein.

Er war patent, witzig, süß und erschreckend intelligent. Seine dunkelblauen Augen funkelten lebendig, und seine selten still stehenden Lippen luden nachgerade zum Küssen ein.

Nach nur zwei Stunden war Pip klar, dass sie sich soeben zum ersten Mal in ihrem Leben verliebt hatte.

Das jagte ihr einen solchen Schrecken ein, dass sie das Hofbräuhaus verließ, ohne sich von ihm zu verabschieden.

Am nächsten Tag packte sie ihren Rucksack und verschwand Richtung Südwesten. Von München über Konstanz nach Zürich, von dort nach Lausanne, Lyon, Marseille und schließlich nach

Barcelona. Dort war dann Nancy zu ihr gestoßen. Sie hatte sich von ihrer Arbeit und ihrer Ausbildung eine Auszeit genommen. Gemeinsam reisten sie nach Madrid, und von dort erkundeten sie das Mittelmeer, schipperten von einer griechischen Insel zur anderen, sahen sich Athen an und fuhren dann nach Italien weiter, von wo Nancy wieder nach Hause flog. Pip reiste alleine weiter.

Zwar hatte Pip sich an die Gesellschaft gewöhnt, aber dennoch fiel ihr der Abschied von Nancy nicht so schwer, wie sie erwartet hatte. Nancy war das Ying, das Pips Yang ergänzte. Sie wollte immer nur Sonne, Party und Alkohol, während Pip sich auch für Kunst und Architektur interessierte. Nancy hätten keine zehn Pferde in irgendwelche Museen und Galerien gebracht.

Pip fuhr weiter nach Florenz, wo sie – kaum zu glauben, aber wahr – Beau wiederbegegnete.

Sie hatte sich in der Galleria dell'Accademia seligst die vielen florentinischen Gemälde angesehen und dann hingerissen Michelangelos David studiert, da entdeckte sie ihn.

Er hatte schon eine ganze Weile beobachtet, wie sie Davids knackigen Hintern bestaunt hatte. Im ersten Moment wollte Pip wieder die Beine in die Hand nehmen, doch dann schenkte Beau ihr – und nur ihr – ein langsames, süßes, verführerisches, neckisches Lächeln …

Dieses Geschenk bedeutete ihr bis heute unendlich viel. Sie konnte es immer noch vor sich sehen … Und damals war sie hoffnungslos verloren gewesen.

Sie setzten ihre Reise durch Italien gemeinsam fort. Erst fuhren sie zurück nach Rom, dann nach Neapel und Sizilien und schließlich an der Ostküste entlang wieder nach Norden.

Ihre letzte Station war Venedig.

Es war einfach himmlisch gewesen.

Während ihrer gemeinsamen Reise hatten sie nicht nur Italien, sondern auch einander immer besser kennengelernt.

Wenn sie damals nicht so verdammt jung gewesen wären, vielleicht wäre er der Mann ihres Lebens gewesen.

Doch sie waren so leichtsinnig, sich abermals auf das Schicksal zu verlassen. Liebestrunken und wie berauscht von der geballten Romantik Venedigs glaubten sie daran, dass sie füreinander bestimmt waren und das Schicksal sie irgendwie, irgendwo, irgendwann auch ein drittes Mal zusammenführen würde. Darum tauschten sie weder Telefonnummern noch Adressen aus.

Das Schicksal hatte sie übelst im Stich gelassen. Sie sahen einander nie wieder.

Pip dachte immer noch ab und zu an ihn.

Vielleicht konnte sie ihn eines Tages ausfindig machen.

Andererseits könnte er das ja auch versuchen. Bei einem Namen wie Persicoria dürfte das heutzutage ja nicht so schwer sein. Wenn er sie hätte finden wollen, hätte er es längst getan, oder?

Es sei denn, er hätte ihren Namen gegoogelt und nur Suchergebnisse von Gartencentern und Topfpflanzen-Discountern bekommen.

Sie hatte Beau damals so vermisst, dass ihr die restlichen Monate ihrer Reise gar keinen rechten Spaß machten. Sie besuchte wunderbare Städte wie Triest, Budapest, Bratislava und Prag, doch sie hatte keine Augen für ihre Schönheit. Stattdessen ließ sie den Blick konstant auf der Suche nach seinem Gesicht über die Menschenmassen gleiten.

Irgendwann war sie so desillusioniert, dass sie nach München zurückreiste.

Zurück zum Hofbräuhaus.

Dorthin, wo sie sich zum ersten Mal begegnet waren.

Sie fühlte sich inmitten der feiernden Menschen mutterseelenallein und wünschte, sie könnte die Zeit zurückdrehen.

Irgendjemand hatte mal zu ihr gesagt, nur weil man das Glück hätte, in seinem irdischen Leben seinem Seelenverwandten zu begegnen, hieße das noch lange nicht, dass man dazu bestimmt sei, den Rest dieses irdischen Lebens mit ihm zu verbringen.

Pip hatte sich daraufhin gefragt, wozu es denn überhaupt Seelenverwandte gab, wenn man ohnehin nicht dazu bestimmt war, sein Leben mit ihnen zu verbringen?

Ganz gleich, wie die Antwort lautete – Pip war nur überzeugter denn je, dass es nichts brachte, sich nur auf seine Gefühle zu verlassen. Beziehungsweise, dass es nur eines brachte: Kummer.

Während Pip ihren Gedanken nachhing, führte sie das Geräusch von auf die Wiese plumpsenden Äpfeln in die Realität zurück.

Ihre Schwestern waren inzwischen sicher fertig mit dem Abwasch, und Susan wartete auf sie.

In ihrer üblichen bescheidenen Art wollte Susan lange nicht einräumen, dass sie es war, die Pips Schwestern und Mutter finanziell unter die Arme gegriffen hatte.

Doch Pip hatte etwas von dem Trank mit, der schon so manche Zunge gelöst hatte. Susan hatte nicht viele Schwächen, aber ein ordentlicher Gin Tonic am Ende eines langen Arbeitstages gehörte dazu.

»Ach, Pip, das wäre doch nicht nötig gewesen ...«, seufzte Susan und beäugte die Flasche mit einer Mischung aus Freude und schlechtem Gewissen. »Du hast doch so schon so viel Geld für uns ausgegeben ...«

»Stimmt. Und du wohl auch, wenn ich das richtig sehe.«

Nach einer Weile gestand Susan, dass sie in der letzten Zeit in der Tat von ihren überschaubaren Ersparnissen und ihren mickerigen Einkünften aus ihrer eigenen kleinen Garten- und Landschaftsbaufirma gelebt hatten. Sie bezahlte diverse Dinge für die Mädchen, die im Budget der Charteris' derzeit einfach nicht drin waren: Gypsys Schulausflug, Floras Buskarte, Violas Bußgeld wegen zu schnellen Fahrens.

Exakt einen Monat, nachdem das Stiftungsvermögen weg war, waren Susans Ersparnisse aufgebraucht, und das, was sie dazuverdiente, reichte nicht einmal, um genug Essen und Kleidung für alle zu kaufen, ganz zu schweigen von den vielen Rechnungen, die unbezahlt blieben.

Tante Susan deutete auf einen beachtlichen Stapel Papierkram, der sich auf der Fensterbank türmte.

»Ich tue mein Bestes, Pip, ehrlich, aber ohne die monatlichen Zuwendungen aus der Stiftung schaffe ich das einfach nicht.«

»Um die Rechnungen kümmere ich mich«, sagte Pip.

»Nein, das tust du nicht!«, widersprach Susan entsetzt, doch Pip schüttelte den Kopf.

»Ich habe auch was gespart.«

»Ja, aber das ist *dein* Geld, Pip, das können wir dir auf gar keinen Fall wegnehmen. Nicht nach allem, was du schon für uns getan hast.«

»Außer verdammt viel Zeit und Geduld habe ich bisher nichts in euch investiert ...« Pip lächelte ihre Tante an, der die Anspannung deutlich anzusehen war.

»Das Problem ist nur, dass meine Ersparnisse bei den Ausgaben, die hier anstehen, auch nicht lange reichen werden: Gemeindesteuer, Wasser, Strom und so weiter ... Die Ausgaben übersteigen bei Weitem das, was wir ohne die monatlichen Stiftungszahlungen decken können. Was meinst du, wie wahrscheinlich ist es, dass wir Raphael finden?«

»Ich habe schon alles versucht, Pip. Bin jede einzelne Straße abgelaufen – nichts.«

»Und selbst wenn wir ihn fänden, hieße das noch lange nicht, dass wir unser Geld zurückbekämen ...«

»So sieht's aus.«

»Dann haben wir keine andere Wahl ... Ich schätze, dass wir uns mit meinen Ersparnissen etwa ein halbes Jahr über Wasser halten können. Das verschafft uns zumindest etwas Zeit.«

»Zeit wofür, Pip?«

»Na ja, also, ich könnte jetzt natürlich in Bristol in ein Wohnklo ziehen und euch den Löwenanteil meines Gehaltes schicken, Mum und Viola könnten sich jeweils einen festen Job suchen – was in etwa so wahrscheinlich ist wie ein Scheck von Raphael –, wir könnten Flora putzen und Gypsy Schornsteine fegen schicken und die Hunde zu Zeitungsboten ausbilden. Aber wirklich realistisch ist nur eine Lösung.«

»Nein, Pip, bitte nicht ...«

»Ich weiß wirklich nicht, was wir sonst tun sollen, Susan.« Pip zuckte die Achseln. »Wir haben jetzt ein paar Monate Zeit, uns etwas anderes zu überlegen. Wenn uns nichts einfällt, ist die Sache klar: Wir müssen Arandore verkaufen.«

– 8 –

Pip war auf einmal unbeschreiblich müde und erschöpft, und das ganz sicher nicht nur von der Reise. Susan war aschfahl geworden, als sie davon sprach, Arandore zu verkaufen, aber sie hatte nichts dagegenzuhalten, ihre Tante wusste, dass sie recht hatte.

Seit einer gefühlten Ewigkeit war das Anwesen in Charteris Familienbesitz. So viele Generationen hatten hier schon gelebt. Und ausgerechnet ihre Generation, dachte Pip, während sie den Blick über das Chaos in der Küche schweifen ließ, hatte es jetzt verbockt.

Pip saß allein am Küchentisch und füllte Überweisungsformulare zur Deckung der am häufigsten angemahnten Rechnungen aus.

Die anderen waren alle ins Bett gegangen.

Susan bewohnte den sogenannten Westflügel – zwei Zimmer gleich gegenüber der Küche. Da sie die Vorhänge noch nicht zugezogen hatte, konnte Pip ihr dabei zusehen, wie sie ihre allabendlichen Yoga-Übungen machte.

Viola hatte das Zimmer direkt über Tante Susan und gegenüber ihrer Mutter, neben dem geräumigen Wohnzimmer und einem Gästezimmer.

Bei ihr war alles dunkel.

Pip klebte den letzten Umschlag zu, legte ihn auf den Stapel mit Briefen, die sie am nächsten Morgen einwerfen würde, und ging ebenfalls zu Bett.

Die Zimmer der anderen Mädchen – inklusive Pips Zimmer – befanden sich im zweiten Stock des Hauses.

Floras Tür stand einen Spalt offen. Pip sah sie mit ihrem Französischbuch auf dem Schoß im Bett sitzen. Ihre Augen wanderten über die Seiten, während ihre Lippen unaufhörlich die zu lernenden Sätze formten.

Gypsys uralter tragbarer Fernseher plärrte, obwohl sie schon längst unter einer von Hunden bevölkerten Decke lag und leise schnarchte.

Als Emerald Pip vorbeischleichen sah, hob sie den Kopf und sprang sachte vom Bett, um ihr schwanzwedelnd zu ihrem Zimmer am Ende des Flurs zu folgen.

Dort sah es genauso aus wie noch vor zwei Monaten. Also genauso wie in all den Jahren, seit sie ausgezogen war.

Dachschrägen und sichtbare Balken, ein Schreibtisch rechts vom Fenster, davor ein alter, mit dunkelrotem Samt bezogener Sessel. Hier hatte sie viele, viele Stunden verbracht und sich in zahllose Romane vertieft.

Das Regal an der Wand ächzte unter dem Gewicht ihrer vielen Bücher.

Jenseits des großen alten Holzbettes war ein kleiner Erker mit zwei gepolsterten Sitzen und Samtvorhängen, die ähnlich alt und zerschlissen waren wie der Bezug des Sessels. Von hier aus hatte man einen guten Blick auf den seitlichen Garten, den Gemüsegarten, das große Gewächshaus und Pops Cottage.

Auf der Kommode standen Familienfotos. Auf ihrem Nachttisch Fotos von ihrem Vater.

»Hat sich nichts verändert«, seufzte Pip, nahm ein Foto von sich mit ihrem Vater zur Hand, drückte es einen Moment an sich und stellte es behutsam zurück an seinen Platz.

»Wahrscheinlich ist das sogar noch derselbe Staub wie bei meinem letzten Besuch«, brummte sie vor sich hin und strich mit dem Finger über die Frisierkommode. Doch als sie die Fingerspitze inspizierte, war diese zu ihrer Überraschung sauber.

»Der gute Geist des Hauses hat hier heute Vormittag eine Runde den Staubsauger und das Staubtuch geschwungen«, erklang eine Stimme hinter ihr. »Damit alles blitz-blank ist, wenn die verlorene Tochter wiederkommt.«

Pip drehte sich um und sah Viola mit einem Haufen Klamotten auf dem Arm in der Tür stehen.

»Das war sehr nett von ihm«, entgegnete Pip vorsichtig.

»Hmpf.«

Violas schönes Gesicht verzog sich zu einer sauren Miene. Sie betrat das Zimmer und warf den Haufen Schmutzwäsche auf Pips Bett.

Überrascht sah Pip ihr zu.

»Danke, ich freue mich auch, dich zu sehen, Viola. Ist das meine Begrüßung? Dein Haufen Schmutzwäsche auf meinem Bett? Weißt du immer noch nicht, wie die Waschmaschine funktioniert?«, neckte Pip sie.

»Ich weiß haargenau, wie jedes einzelne Gerät in diesem Haus funktioniert«, giftete Viola zurück. »Ich dachte nur, du wolltest das hier vielleicht mal langsam wiederhaben.«

»Das sind meine Sachen?«

»Na ja, du hast sie ja in den letzten zwei Monaten nicht angezogen«, verteidigte sie sich.

»Weggegangen, Klamotten gefangen«, murmelte Pip. »Ist schon gut, Viola. Ich brauche die Sachen nicht. Du kannst sie haben.«

Doch Viola schüttelte den Kopf.

»Brauchst du sie denn nicht? Du hast ja mal wieder ziemlich wenig Gepäck dabei.« Sie bedachte Pips Reisetasche mit einem säuerlichen Blick. »Bleibst wohl nicht lange? Wie üblich.«

Viola hatte Pips Auszug am wenigsten kommentiert und sich ihre Entscheidung am meisten von allen zu Herzen genommen. Sie wirkte immer so unabhängig und unbeteiligt, dass die meisten Menschen auf Abstand zu ihr gingen. Sie machte stets den Eindruck, als interessiere sie sich am meisten für sich selbst und ihre eigenen Wünsche und Bedürfnisse. Das stimmte in gewisser Hinsicht auch – sie konnte sehr eigensinnig und egoistisch sein. Aber Pip kannte ihre Schwester und wusste, dass sie auch andere Seiten hatte.

Pip wusste, dass es ihre Schwester sehr belastete, nicht zu wissen, wer ihr Vater war. Sie hatte immer das Gefühl, als fehlte ihr etwas.

Dieser Identitätsverlust, kombiniert mit der nicht abreißenden Folge immer neuer und wieder verschwindender Vaterfiguren, die ja auch ihre Schwestern erlebten, hatten aus Viola ein

Mädchen gemacht, das einerseits aus Selbstschutz jeden, den es liebte, von sich stieß, und andererseits mit Feuereifer versuchte, sie alle in ihrer Nähe zu behalten.

Das waren zwei ihrer Gesichter.

Und dann gab es da noch eine Seite, die nur wenige Menschen je erlebten. Viola konnte auch liebenswürdig, verletzlich, witzig und warmherzig sein. Wenn sie einen an sich heranließ, hatte man das Gefühl, Mona Lisas Lächeln würde sich in ein breites Grinsen verwandeln. Wenn sie sich einem verschloss und einen auf unnahbar machte, konnte man meinen, Mona Lisas Mundwinkel würden nach unten wandern, ihre Miene würde sich verfinstern, und die Gute würde einem den Stinkefinger zeigen.

Jetzt, in diesem Augenblick, wusste Pip ganz genau, dass ihre verwirrte Schwester nicht wusste, ob sie sie herzen oder hauen sollte, und darum streckte sie einfach die Arme nach ihr aus.

»Ist das denn so wichtig, wie lange ich bleibe? Ich bin jetzt hier, das zählt doch, oder? Jetzt mach was draus. Komm her, ich will dich in den Arm nehmen, du Kratzbürste.«

»Hör bloß auf …«, grummelte Viola.

Emerald sprang auf Pips Bett und machte es sich mit einem zufriedenen Seufzer auf dem Klamottenhaufen bequem.

»Na, wenigstens Emerald freut sich, mich zu sehen«, stellte Pip trocken fest.

»Ich freu mich auch, dich zu sehen …«, räumte Viola trotzig ein. »Aber ich habe nicht den Eindruck, dass du dich jemals freust, hier zu sein.«

»Das könnte daran liegen, dass jedes Mal, wenn ich komme, irgendein Problem gelöst werden muss.«

Viola nickte nachdenklich.

»Mag sein, Persicoria, aber eines Tages wirst du es vielleicht auch mal von der anderen Seite sehen können und verstehen, wie es mir dabei geht.«

»Was willst du damit sagen?« Pip runzelte die Stirn.

Aber Viola antwortete nur: »Du bist doch hier die Oberschlaue, da wirst du schon selbst draufkommen.«

Pip war entschieden zu müde für diese Art von Rätselspielen.

»Was willst du damit sagen, Viola?«, wiederholte sie, doch Viola wandte sich ab und marschierte ohne ein weiteres Wort hinaus.

»Was zum Teufel war das denn jetzt bitte?«, wollte Pip vom einzigen anderen lebenden Wesen im Raum wissen.

Doch Emerald war tief und fest eingeschlafen. Einen Moment lang überlegte Pip, Viola hinterherzugehen und ihr eine Erklärung abzuverlangen, aber dann beschloss sie, es sei das Beste, zu duschen und neben den Hund ins Bett zu kriechen.

Als sie am nächsten Morgen aufwachte, war es noch dunkel. Sie blieb liegen und ließ die Gedanken in ihrem Kopf herumrasen, bis sie sich erneut klarmachte: Es gab wirklich nur einen einzigen Weg heraus aus der misslichen Lage. Natürlich würde es auch ihr unendlich schwerfallen, aber wäre es denn wirklich so schlimm, wenn sie Arandore verkauften? Schließlich war das Anwesen viel zu groß für sie – sowohl das Haus als auch das Grundstück.

Trotz der Rezession und des schlechten Zustands des Anwesens würde es immer noch eine gute Stange Geld einbringen, weil die Lage in der Nähe von Quinn attraktiv war und nachgefragt wurde. Vom Verkaufserlös könnten sie sich etwas Kleineres, Überschaubareres kaufen, und den Rest könnten sie so anlegen, dass ihre Mutter das Geld nicht anrühren konnte und ihnen monatlich etwas ausgezahlt würde.

Das klang doch vernünftig.

Fand ihr Kopf. Ihr Herz war noch nicht recht überzeugt.

Als es dämmerte, stand Pip auf. Sie zog sich direkt an und ging hinunter. Machte sich eine Tasse Tee und ging hinaus, um den Sonnenaufgang zu beobachten. Setzte sich auf die Steinbank in dem Teil des Gartens, den Judy immer den Geheimen Garten nannte, obwohl natürlich jeder von ihm wusste. Aber mit dem Geißblatt sowie den Hopfen- und Weinranken wirkte die Ecke irgendwie verwunschen und geheim. Von der Steinbank aus hatte man einen Blick über die hinteren Wiesen und

Weiden, und gerade jetzt schob sich die Sonne gemächlich in den blassblauen Himmel.

Kaum hörte sie die Kirchturmuhr sieben schlagen, rührte sich im Haus hinter ihr etwas. Ihre Schwestern standen auf, doch sie blieb noch sitzen.

Sie genoss die Schönheit dieses taunassen Morgens. Gestattete sich selbst einen Moment der erdverbundenen, natürlichen Ruhe, die die Gärten von Arandore ausstrahlten. Bereitete sich innerlich darauf vor, hineinzugehen und mit ihrer Mutter zu reden.

Es war nicht so, dass sie nicht zu Judy hochgehen, mit ihr reden und sie, wenn nötig, aus dem Bett scheuchen wollte – denn je eher Judy wieder aufstand und sich erholte, desto eher konnten sie damit beginnen, sich alle aus dem Schlamassel zu ziehen, in den Judy sie manövriert hatte – und desto eher konnte Pip wieder ihr eigenes Leben leben, vielleicht sogar zusammen mit Dan ... Nein, was sie scheute, war, ihrer Mutter heute beizubringen, dass der einzige Weg aus dem Schlamassel über die Opferbank führte und dass sie ausgerechnet das würde opfern müssen, was ihr neben ihrer Familie am meisten bedeutete.

Arandore.

Sie würde ihr nicht einfach nur sagen, sie solle gefälligst aufstehen, sich zusammenreißen und weitermachen, sondern sie würde von ihr verlangen, Dinge zu tun, die ihr ohnehin gebrochenes Herz in noch kleinere Stücke zerfetzen würde.

Arandore war etwas ganz Besonderes.

Auf Pip wirkte es manchmal fast schon märchenhaft.

Sie schloss die Augen, wandte das Gesicht der Sonne zu, spürte die sanfte Brise im Haar, hörte die über ihr kreisenden Vögel, roch den süßen Duft der Blumen um sie herum und erschrak sich fast zu Tode, als Emerald ihr unvermittelt auf den Schoß sprang und ihr übers Gesicht leckte. Dicht gefolgt von dem kleinen, dicken, gutmütigen Eddie, der Pip seine Zuneigung zeigte, indem er versuchte, ihren linken Flipflop zu klauen, und Persi, die fand, wenn Emerald auf Pips Schoß saß, dann sollte sie selbst ebenfalls dort sitzen.

Es war in etwa so, als wollte Pip ein Pony auf die Knie steigen, um sich Streicheleinheiten abzuholen.

Die Situation verschärfte sich, als Emerald einen Eifersuchtsanfall bekam. Um den sich ankündigenden Nahkampf abzuwenden, stand Pip schnell auf.

»Na, kommt schon, ihr Rabauken«, sagte sie. »Wir gehen eine Runde, damit ihr eure überschüssige Energie loswerdet. Danach gibt's Frühstück.«

Der Spaziergang über das großflächige Gelände von Arandore hatte heute nicht die übliche entspannende und erfrischende Wirkung auf Pip. Ihre Laune besserte sich nicht im Geringsten.

Was da in den Gärten wucherte, war nicht etwa Unkraut und wild Ausgesätes – ihr Großvater hatte alles sehr sorgfältig angelegt, und ganz gleich, wie gepflegt oder vernachlässigt das Gelände auch war: Es sah toll aus.

Um den Gemüsegarten kümmerte sich Tante Susan täglich mit Hingabe, und wenn es mitten in der Nacht im geblümten Nachthemd war. Dieser Teil des Gartens war perfekt gepflegt.

Das riesige Gewächshaus war ein Relikt aus der Zeit, als Arandore ein Weingut gewesen war. Außer dem Treibhaus mit dem uralten Mutterweinstock, von dem alle anderen Weinstöcke auf Arandore abstammten, und einem gigantischen Weinkeller unter Pops' Cottage war von damals nichts weiter übrig geblieben. Bevor Pops einst in das Cottage eingezogen war, befanden sich im Keller die Büro- und Abfüllräume. Auch jetzt war der Keller noch voller Flaschen. Leider alle leer.

Pips Lieblingsplatz war der See neben der großen hinteren Weide, versteckt hinter einigen Bäumen. Dunkelgrün schimmerte die Wasseroberfläche, nur durchbrochen von großen Lilienblüten. Er war ein Paradies für Eisvögel und Libellen und so zauberhaft schön, dass man jederzeit damit rechnete, von einer Schar singender und tanzender Disney-Figuren umringt zu werden.

Wenn sie sonst mit den Hunden hier spazieren ging, diente ihr die Runde dazu, sich mit allem wieder aufs Neue vertraut zu machen. Heute hingegen war sie schon damit beschäftigt, Abschied zu nehmen.

Das Herz zog sich ihr zusammen.

Wie zum Teufel sollte sie ihre Mutter von etwas überzeugen, von dem sie selbst alles andere als überzeugt war?

In der Küche herrschte das übliche Frühstückschaos. Gypsy verschlang die letzten Cornflakes, deren Bestand sich seit ihrer Einkaufstour gestern in Windeseile reduziert hatte. Flora machte Tee, Viola nörgelte, dass sie Kaffee wollte, Flora aber die Milch aufgebraucht hätte. Susan bat sie alle, mit dem Geschrei aufzuhören. Doch nun mischten sich auch noch die drei Hunde ein und fingen an, sich um eine lange Socke zu raufen, die Gypsy noch nicht angezogen hatte.

Pip beschloss, zunächst mal hier für Ruhe und Ordnung zu sorgen, bevor sie nach oben zu ihrer Mutter ging. Sie schlichtete, gab Flora Geld und schickte sie und Gypsy mit den Hunden zum Kaufmann im Dorf. Als die beiden mit Milch und Cornflakes wiederkamen, fütterte sie alle Anwesenden (Hunde inbegriffen) ab und sorgte dafür, dass sie sich komplett anzogen (Hunde nicht inbegriffen) und zu streiten aufhörten (Hunde überhaupt nicht inbegriffen, denn die hatten nach dem Fressen ihren neuen Sport Socken-Wrestling wiederaufgenommen).

Susan konnte Flora und Gypsy gerade noch rechtzeitig in ihren alten rostigen Jeep packen und zur Schule fahren.

Pip überredete Viola dazu, abzutrocknen, während sie selbst das Frühstücksgeschirr abwusch. Allerdings schmollte ihre Schwester die ganze Zeit und sprach kein Wort – schon gar nicht über die Szene vom Vorabend.

Pip bemühte sich, sie in ein Gespräch zu verwickeln.

»Und, was ist bei dir gerade so los?«

Keine Antwort.

»Wie läuft's denn so, seit du mit der Schule fertig bist?«

Keine Antwort.

»Suchst du immer noch Arbeit, oder bist du inzwischen fündig geworden?«

Keine Antwort.

»Ich weiß, dass deine Prüfungsergebnisse nicht ganz deinen Erwartungen entsprachen – obwohl die Eins in Französisch echt ein Hammer ist … Super, wirklich. Hast du dir schon überlegt, was du jetzt machen willst?«

Keine Antwort, und so ging es weiter, bis Pip schließlich genau das tat, was Viola gehofft hatte: Sie hielt die Klappe.

Es hatte keinen Zweck, weiterzubohren, wenn Viola so drauf war wie jetzt. Manchmal machte sie total dicht und sprach tagelang kein Wort mit irgendjemandem.

Diese Verhaltensweise hatte sie ganz sicher von ihrer Mutter geerbt, es sei denn, auch ihr unbekannter Vater setzte eisernes Schweigen als Schutzschild ein.

Pip unternahm einen letzten Versuch, als sie sich abwandte, um ein paar Gläser in den Schrank zu räumen.

»Wenn du mal einen Tapetenwechsel brauchst, kannst du gerne mit mir nach Bristol kommen, wenn ich zurückfahre.«

Abermals keine Antwort. Als Pip sich wieder zu ihr umdrehte, war Viola nicht mehr da.

Die Küche war wieder sauber. Zumindest so sauber, wie der Hauptaufenthaltsraum von drei Mädchen, zwei Frauen und drei Hunden sein konnte.

Völlig erledigt vom Spaziergang, dem Frühstück und der morgendlichen Rauferei lagen die Hunde vor dem Ofen und schliefen.

Es war mucksmäuschenstill im Haus.

Pip hatte keine Ausrede mehr. Jetzt musste sie nach oben gehen und mit ihrer Mutter reden.

Als sie schließlich vor ihrem Zimmer stand, stellte sie überrascht fest, dass Judys Tür abgeschlossen war.

Pip hatte nicht gewusst, dass die Tür überhaupt abschließbar war – keine der anderen Innentüren auf Arandore konnte man abschließen, nicht einmal die zu den Toiletten und Badezimmern.

Auf Arandore hatte jeder immer das Recht gehabt, jederzeit

überall hereinzuplatzen – und jetzt hatte ihre Mutter auf einmal ein Schloss an der Tür?

Leise klopfte Pip an.

Sie wartete.

Nichts.

Sie klopfte noch einmal, dieses Mal etwas lauter.

»Mum? Ich bin's, Pip.«

Wieder nichts.

Judy hatte sich stets geweigert, ihre älteste Tochter Pip zu nennen.

Also überwand Pip sich und versuchte es noch einmal.

»Mum, ich bin's, P... Persicoria ... Machst du mir bitte auf? Ich bin extra aus Bristol gekommen, um mit dir zu reden.«

Pip presste das Ohr an die Tür, als eine quäkende Stimme ertönte.

»Leider ist Judy Charteris gerade nicht zu erreichen, bitte hinterlassen Sie Ihre Standpauke nach dem Piep ...«

»Ach Mensch, Mum ...«

»Piiiiiiiiiiiiiep!«

Pip gab auf.

Gegen Mittag versuchte sie es noch einmal. Ausgerüstet mit einer Portion Käsetoast mit Worcester-Soße – Judys Lieblingssnack – ging sie nach oben. Klopfte an. Wurde ignoriert. Ließ nicht locker. Holte sogar ein Geschirrtuch und wedelte damit den köstlichen Käsetoastduft unter der Tür hindurch, in der Hoffnung, ihre Mutter so zum Aufschließen zu bewegen. Doch die Tür blieb verschlossen.

Nachdem Pip eine Weile mit dem Geschirrtuch gewedelt hatte wie ein Indianer, der seinen Stamm vor einem Trupp weißer Männer warnen will, gab sie schließlich auf.

Mit dem Rücken an die Tür gelehnt, setzte sie sich auf den Boden und aß den Käsetoast selbst. Und natürlich gab sie den Hunden etwas davon ab, sie waren die Einzigen, auf die das Duftwedeln eine Wirkung gehabt hatte, und saßen jetzt geifernd neben ihr.

Auf dem Weg zurück zur Küche überlegte sie, Chester anzurufen, entschied sich dann aber doch dagegen, weil ihn das nur daran erinnern würde, dass sie nicht in der Praxis war. Also rief sie Maggie an, um sicherzugehen, dass alles glatt lief. Die Geräuschkulisse im Hintergrund ließ eher auf einen wild gewordenen Zoo als auf eine Tierarztpraxis schließen, aber Maggie versicherte ihr, es sei alles in bester Ordnung. Daraufhin konnte Pip den Anruf tätigen, der ihr noch viel wichtiger war.

Nancy ging schon nach zwei Mal Klingeln dran, woraus Pip schloss, dass sie sich auf dem Sofa befinden musste, Fernseher an, eine Dose Irgendwas in der Hand.

»Pip!«, quietschte Nancy mit vollem Mund und der Glotze auf voller Lautstärke. »Na, wie sieht's aus im Rosamunde-Pilcher-Land?«

»Frag nicht.« Pip seufzte.

Sie überlegte, ob sie Nancy davon erzählen sollte, dass sie das Haus verkaufen mussten, aber sie hatte Angst davor, es laut auszusprechen. Irgendwie würde der Plan dadurch so real ... Wenn sie ganz ehrlich war, hegte sie doch immer noch eine winzige, völlig irrationale Hoffnung, dass, wenn sie ihrer Mutter eröffnete; Arandore müsse zum Wohl von Viola, Gypsy und Flora verkauft werden, diese milde lächeln und ihr sagen würde, sie solle nicht so albern sein. Dass sie ihr von einem ihr unbekannten Sparplan erzählen würde, den ihr Vater einst in weiser Voraussicht für genau den Tag eingerichtet hatte, an dem ihre Mutter das eigentliche Vermögen verschleudern und die ganze Familie in die größte Bredouille ihres Lebens bringen würde.

»Ach, doch so gut?«, lachte Nancy, ohne zu wissen, was gerade in ihrer Freundin vorging. »Deiner Mutter geht's also immer noch schlecht?«

»Keine Ahnung, ich habe sie noch gar nicht zu Gesicht bekommen. Hat sich in ihrem Zimmer eingeschlossen und weigert sich, mit mir zu reden. Ich bin hergekommen, um alles Mögliche mit ihr zu besprechen – aber wie soll das gehen, wenn sie mich nicht mal in ihr Zimmer lässt?«

»Klingt in der Tat schwierig.«

»Ich weiß echt nicht, was ich machen soll ...«

Pip bemerkte, dass sie an ihren Fingernägeln herumkaute, und hörte sofort damit auf. Erstaunlich, wie schnell sich ihre schlechten Angewohnheiten wieder einstellten, sobald sie zurück auf Arandore war.

»Wie wär's, wenn du eine Leiter besorgst?«, schlug Nancy lachend vor.

Pip lehnte sich zurück und brachte das erste Lächeln des Tages zustande.

»Gar keine schlechte Idee. Dann könnte ich zu ihrem Fenster hochklettern und ihr eine Gardinenpredigt halten.«

»Ich dachte da eher an: Die Scheibe mit einem Baseballschläger zertrümmern und deine Mutter unter Anwendung von Gewalt aus ihrem Zimmer zerren. Pip, du weißt, dass ich dich total gern hab und dass ich niemals etwas sagen würde, um dich zu verletzen, aber mal im Ernst, deine Mutter ist für euch alle doch so was wie eine heilige Kuh, um die ihr alle auf Zehenspitzen herumschleicht, um bloß nicht ihre Gefühle zu verletzen. Meine persönliche Meinung dazu ist, dass du ihr ohne weitere Umschweife klarmachen solltest, dass sie die Suppe, die sie sich und euch eingebrockt hat, selbst auslöffeln muss. Nimm deine beneidenswert langen, schlanken Beine in die Hand, lass das Land der sattgrünen Wiesen und Weiden hinter dir und komm so schnell es geht wieder nach Hause. Dein Leben ist hier, Pip. Und ganz ehrlich, Pip, ich finde, du solltest dich lieber um den Mann kümmern, der auf deine Veranlassung bei uns eingezogen ist, statt um deine Mutter ...«

»Tut mir echt leid, dass ich ihn dir einfach so aufs Auge gedrückt habe ...«

»Das meinte ich nicht, Pip«, lachte Nancy. »Ich beschwere mich überhaupt nicht. Er ist eine ganz entzückende Gesellschaft, witzig, wohlerzogen und hat einen göttlichen Körper, wie ich feststellte, als er mir nur mit einem Handtuch um die Hüften auf dem Weg aus dem Bad begegnete. Und kochen kann er auch noch. Französisch. Und er kann mit einem Staubsauger umgehen. Ich sitze hier in einem blitzsauberen Wohnzimmer und mampfe frische, selbstgebackene Madeleines. Pip. Jetzt hör mal zu. Du bist ein echter Pechvogel, was deine Familienbande angeht, aber ich möchte dir wirklich raten, die Sache mit deiner Mutter umgehend zu klären und sofort nach Hause zu kommen. Dan ist einfach so was von zum Anbeißen, dass du ihn dir besser pronto schnappst, bevor jemand anderes auf seinen Geschmack kommt ...«

– 9 –

Natürlich war das das Letzte gewesen, was Pip hatte hören wollen.

Dabei wusste sie genau, dass Nancy recht hatte. Dan war umwerfend. Wahrscheinlich stand die Bristoler Frauenwelt bereits Schlange und bettelte um Einlass in sein Schlafgemach.

Aber warum musste sie sie daran erinnern, schließlich war sie doch dreihundert Kilometer entfernt und konnte beim besten Willen nichts machen? Sollte sie vielleicht Susans Kettensäge anschmeißen und sich durch die Zimmertür ihrer Mutter fräsen wie ein aus einem schlechten Horrorfilm entsprungener Psychopath?

Eigentlich war es doch gemein von Nancy, sie daran zu erinnern.

Aber ihre Worte hatten den gewünschten Effekt.

Pip marschierte zu Judys Zimmer und hämmerte mit aller Kraft gegen die Tür.

Die Hunde wachten von dem Lärm auf und fingen an zu bellen.

Endlich antwortete ihre Mutter.

»Nein, nein, nicht jetzt, ich kann jetzt nicht …«, rief eine bebende Stimme.

»Mum. Bitte lass mich rein. Du kannst dich doch nicht für immer da verkriechen …«, versuchte Pip, auf sie einzuwirken, doch die einzige Reaktion darauf kam von Persi, die ihren knochigen Hintern neben Pip parkte und anfing zu jaulen.

Zwei Stunden später versuchte Pip es noch einmal, doch als sie sich nach oben schlich, schnarchte es leise hinter der immer noch verschlossenen Tür.

»Immer noch kein Glück?«, erklang leise Susans Stimme hinter ihr.

Pip erschrak sich zu Tode. Sie hatte ihre Tante nicht kommen hören – sie war davon ausgegangen, immer noch allein zu Hause zu sein. Wenn Susan da war, waren auch ihre Schwestern von der Schule zurück, und sie war dem Ziel, ihnen ihre nicht im Nachthemd steckende und sich vertikal bewegende Mutter zu präsentieren, keinen Schritt nähergekommen.

Pip schüttelte den Kopf.

»Bis jetzt nicht, nein.«

»Wenn sie schläft, lässt man sie am besten in Ruhe. Ich nehm das mal wieder mit«, sagte sie mit Blick auf das Tablett, das sie trug. »Wer weiß, vielleicht wäre sie schon längst herausgekommen, wenn wir sie nicht ständig mit Essen versorgt hätten. Ich muss dann mal weg, Pip, ich soll zwei Tage bei der Gärtnerei helfen, gründlich im Hofladen aufzuräumen. So, wie die Dinge jetzt liegen, hätte ich natürlich abgelehnt, schließlich werde ich hier dringend gebraucht, aber andererseits zahlen sie gut, und das Geld können wir gebrauchen ... Außerdem darf ich bestimmt ein bisschen was von den Sachen mitnehmen, die das Verfallsdatum überschritten haben und so. Eigentlich wollte ich ja Flora bitten, ein Auge auf Gypsy zu haben, aber da du jetzt da bist ... Würdest du das tun? Du weißt ja, wie das ist, wenn man ein Auge auf Gypsy haben soll ...«

»Allerdings. Einen Sack Flöhe hüten ist leichter«, nickte Pip. »Kein Problem, ich kümmer mich um sie.«

»Danke, du bist ein Engel.« Susan lächelte dankbar. »Du weißt gar nicht, was für eine Erleichterung das ist, dass du hier bist ...«

Sie hielt Pip das Tablett hin.

»Ich glaube, die Sandwiches finden hier keinen Absatz – willst du?«

Schon wieder Baguette.

»Ach ... nein, danke«, lehnte Pip ab.

Pip machte eine große Portion Lasagne und einen Salat aus Zutaten aus dem Gemüsegarten. Dazu reichte sie den Rest des Baguettes als knusprig gebackenes Knoblauchbrot – aber erst, nachdem sie es gründlich auf Hundezahnabdrücke hin untersucht hatte.

So wie ihre Schwestern sich aufs Essen stürzten, hätte man meinen können, sie hätten seit Wochen Hunger leiden müssen.

Pip beschloss, den Abend im Kreis ihrer Schwestern zu genießen und sich morgen wieder um ihre Mutter zu kümmern, auch wenn das bedeutete, dass sie noch einen weiteren Tag auf Arandore würde bleiben müssen.

Dass sie also einen weiteren Tag ohne Dan verbringen musste.

Es war völlig verrückt, aber sie vermisste ihn. Erstaunlich, wie schnell sie sich daran gewöhnt hatte, ihn fast täglich zu sehen. Nein, nicht erstaunlich. Erschreckend.

Sie wollte ihn nicht vermissen. Jemanden zu vermissen bedeutete, die eigene Zufriedenheit von einem anderen Menschen abhängig zu machen, und das war äußerst gefährlich.

Doch Gefühle waren in den seltensten Fällen »richtig« oder »falsch«, sie waren einfach da, existierten, und selbst wenn man sich hin und wieder wünschte, sie ändern zu können, weigerten sie sich hartnäckig.

Die räumliche Trennung von ihm hatte zumindest eines bewirkt: Es hatte ihre Gefühle für ihn bestätigt und untermauert.

Sie war verrückt nach ihm.

Als sie am nächsten Morgen aufwachte, konnte sie es überhaupt nicht mehr abwarten, nach Bristol und somit zu Dan zurückzukehren.

Aber sie saß hier in Cornwall fest, weil ihre Mutter wieder einmal Bockmist gebaut hatte.

Die ganze Situation war einfach nur ungerecht, dachte sie, als Flora, Viola und Gypsy mit müden Augen in die Küche taperten und ihre Enttäuschung darüber, dass sie dort nicht ihre Mutter antrafen, kaum verbergen konnten.

»So kann es nicht weitergehen!«, verkündete Pip in dem Moment, als ihre Tante mit zwei Dosen Bohnen in der Hand in die Küche kam, um Frühstück zu machen.

Susan blieb stehen und riss entschuldigend die Augen auf.

»Ich weiß, wir essen ziemlich viel davon, aber wir mögen nun mal Bohnen, ehrlich … Jedes Böhnchen gibt ein Tönchen, heißt es, aber so schlimm ist es auch wieder nicht … obwohl es abends im Wohnzimmer manchmal doch ziemlich übel riecht … Gut, dass wir nicht rauchen, sonst hätten wir auch noch mit Explosionsgefahr zu kämpfen …«, lachte sie nervös.

»Ich meinte nicht die Bohnen, Susan«, fiel Pip ihr ungehalten ins Wort. »Ich meinte Mum. Die verkriecht sich jetzt schon seit fast einem Monat in ihrem Zimmer.«

»Na ja, schon … fast …«, wand Susan sich, die niemandem gegenüber illoyal sein wollte.

»Ja, und so kann das nicht weitergehen!«, wiederholte Pip. »Es kann so einfach nicht weitergehen!«

»Du kennst sie doch, Pip …«

»Ja, und im Moment ist sie eine ganz große Ego-Sau. Sie soll sich verdammt noch mal zusammenreißen und sich dem Schlamassel stellen, den sie angerichtet hat.«

Pip knallte den Deckel auf die Teekanne, stellte sie unsanft vor Viola auf dem Küchentisch ab und marschierte dann quer durch die Küche auf die hintere Treppe zu.

»Was hast du vor?«

»Ich werde jetzt mal ein Wörtchen mit der Daunendecke reden.«

Susan verdrehte die Augen. »Viel Glück. Ich hab's heute Morgen auch schon versucht. Da hat sie sich überhaupt nicht gerührt. Keine Ahnung, ob sie mich bloß ignoriert oder immer noch geschlafen hat oder …« – sie senkte die Stimme und warf einen Blick auf die jüngeren Mädchen, um sich zu vergewissern, dass sie nicht mithörten – »… über Nacht gestorben ist, ertrunken in ihrem Selbstmitleid.«

Offenbar war Susans Geduld trotz aller Loyalitätsbemühungen auch bald am Ende.

»Ehrlich gesagt, Pip, ich hätte große Lust gehabt, sie aus dem Bett, dem Zimmer und dem Haus zu zerren und sie in den See zu werfen, nur um zu sehen, ob sie davon vielleicht endlich aufwachen würde …«

»Du meinst, du warst in ihrem Zimmer?«

»Ja, du etwa nicht?«

»Nein, sie hatte abgeschlossen.«

»Stimmt, das macht sie manchmal. Darum …«

Susan zog einen Schlüssel aus der Tasche und wedelte damit vor Pips Nase herum.

»Du glaubst doch wohl nicht, dass ich sie in ihrem Zustand in einem von innen abgeschlossenen Zimmer vollkommen sich selbst überlassen würde …«

Pip schnappte sich den Schlüssel und ging nach oben.

Pip liebte das Zimmer ihrer Mutter. Immer schon. Es war das größte im ersten Stock, erstreckte sich über die Küche und das kleine Wohnzimmer daneben und nahm somit den gesamten Ostflügel des Hauses ein.

Als sie eintrat, loderte im Kamin ein Feuer, bestimmt verbrannte da gerade das letzte Brennholz, dachte Pip säuerlich. Im Raum mischten sich der Duft nach dem Moschusparfum ihrer Mutter, nach Möbelpolitur und nach den Blumen aus dem Garten, die in mehreren Vasen auf dem Kaminsims, auf der alten Kommode und auf dem Frisiertisch standen, wo sie sich zwischen den vielen Flaschen und Tiegeln mit Cremes, Lotionen, Make-up und Parfum sowie antiken Silberhaarbürsten tummelten.

Das Zimmer war eine Oase, und all diese Kleinigkeiten trugen nicht unerheblich dazu bei.

Auf Judys Nachttisch lagen neben einem Krug mit frischem Wasser und einem sauberen Glas die aktuelle Tageszeitung, ein neues Buch und eine noch nicht angebrochene Packung ihrer Lieblingsschokolade.

Sie hatten sie von vorne bis hinten verwöhnt, sie gehätschelt wie eine Schwerstkranke.

Das hatte sie nicht verdient.

Judy hatte sich komplett unter der Decke verkrochen, verströmte aber selbst von dort ihren wunderbaren Duft.

Der Punkt war, dass Judy Charteris sich hundeelend fühlen und dabei immer noch wie ein Engel aussehen konnte. Auch wenn sie im Moment ein einziger, undefinierbarer Haufen unter der Bettdecke war, ein überdimensionaler, depressiver, formloser Marshmallow.

Pip sah sie nicht zum ersten Mal so und befand, dass dieser Look überhaupt nicht zu ihr passte. Normalerweise gab sie sich eher wie Arandore selbst und kombinierte schäbig mit schick. Alles bunt durcheinander, ein bisschen ausgeblichen, wild kombiniert, aber doch irgendwie passend.

»Mum«, sagte Pip viel sanfter, als sie wollte.

Judy rührte sich nicht.

»Mum«, sagte Pip etwas lauter.

Judy bewegte sich ein wenig, gab aber keinen Laut von sich.

Seit Wochen schwieg sie nun schon. Susan hatte Pip erzählt, abgesehen von dem von Flora erpressten Geständnis hatten sie nichts außer unverständlichem Gemurmel von ihr gehört, hin und wieder auch mal ein Schluchzen oder leises Fluchen, dem sie aber nur die Wörter »bescheuert« und »grenzdebil« hatten entnehmen können.

Am Tag zuvor, als Judy nicht mal die Tür aufschließen wollte, hatte Pip vorgeschlagen, a) den Hausarzt, b) den Pfarrer und c) Andy Panini, den Heilpraktiker, herzuholen. Letzterer hatte vergangenes Jahr Judys Rücken wieder in Ordnung gebracht, indem er mit selbst gezüchtetem Spargel auf ihrer Lendenwirbelsäule herumgeklopft hatte, war aber kurz danach leider wegen Steuerhinterziehung im Knast gelandet. Kaum genesen, hatte Judy den neuen, ziemlich gut aussehenden Landarzt verführt, sodass seine Frau ihm unter Androhung von Scheidung verbat, auf Arandore Hausbesuche vorzunehmen. Und der Pfarrer hatte selbst eine Heidenangst davor, verführt zu werden, und hielt sich auch hübsch fern.

Also musste Pip ran. Und die war wild entschlossen, ihre Mutter heute aus ihrem Zimmer herauszuholen.

»Mum. Alles in Ordnung?«

Die Antwort darauf war Schweigen.

»Mum, willst du heute nicht mal aufstehen? Wird doch langsam Zeit …«

Sie runzelte die Stirn.

»Mum! Bist du wach?«

»Hmmrrmpf«, hörte sie von unter der Bettdecke.

War das ein Ja? Oder ein Nein? Oder ein »Verzieh dich und lass mich in Ruhe«?

Pip versuchte es noch einmal.

»Die Sonne scheint, draußen ist ganz wunderbares Wetter. Na, komm schon, steh auf, und wenn's nur für eine Stunde ist ...«

»Nmpf.«

»Mum? Du musst jetzt wirklich mal langsam aufstehen!«

»Nifilallfallaaa ...«

Vom Tonfall her war dieses Mal völlig klar, was ihre Mutter geknurrt hatte.

Zieh Leine.

Das war natürlich die jugendfreie Übersetzung.

Die letzten Reste von Pips Mitgefühl waren dahin. Sie wurde sauer.

»Okay. Jetzt reicht's.«

Sie stand kurz auf und setzte sich dann mit Schmackes zurück aufs Bett, auf dass der Haufen Selbstmitleid darin kräftig durchgeschüttelt wurde. »So kann es nicht weitergehen. Weißt du eigentlich, wie lange du dich schon hier oben einschließt? Und ist dir eigentlich schon mal in den Sinn gekommen, dass es die Sache für alle anderen Beteiligten nur noch schlimmer macht, wenn du dich komplett aus allem ausklinkst? Hast du mal daran gedacht, wie es den anderen geht?«

Pip erhob sich abermals und ließ sich wieder aufs Bett plumpsen, dass es ordentlich wackelte.

»Findest du nicht, dass Raphael euch alle schon unglücklich genug gemacht hat? Musst du wirklich noch eins drauf setzen? Ich glaube dir ja, dass du ein megaschlechtes Gewissen hast, weil ihr wegen dir jetzt arm wie Kirchenmäuse seid – aber findest du es nicht noch viel schlimmer, deine Töchter jetzt mit dem ganzen Schlamassel allein zu lassen? Findest du generell nicht, dass du dich unfassbar egoistisch verhältst, Mum? Um ganz ehrlich zu sein, Mum, ich schäme mich für dich. Wirklich. Du hast ganz große Scheiße gebaut, und jetzt lässt du auch noch deine Kinder allein in der Patsche sitzen!«

Pip wusste, dass das harte Worte waren.

Aber es war doch wahr.

Und nur mit der Wahrheit konnte sie ihre Mutter aus ihrer Apathie herausreißen.

Sie erhob sich und ließ sich wieder plumpsen.

Judy stöhnte, als das Bett schaukelte.

»Wo ist die Judy Charteris, die ich mal kannte und liebte?« Jetzt wurde es gefährlich. Denn Pip hatte ihre Mutter immer als eine Frau gekannt (und geliebt), die beim ersten Anzeichen von Schwierigkeiten den Kopf in den Sand steckte. Vor allem, wenn sie selbst die Schwierigkeiten verursacht hatte. »Die Judy Charteris, die ich kenne und liebe, würde sich der Welt stellen und für ihre Kinder kämpfen.«

Aber auch das war wahr.

Judy hatte mal beim Erntedankfest dem Pfarrer einen Blumenkohl buchstäblich um die Ohren gehauen dafür, dass er Gypsy mit der Begründung vom Kunstwettbewerb disqualifiziert hatte, ihr Bild sei viel zu gut für eine Achtjährige, und dass sie das nur mit Hilfe eines Erwachsenen gemalt haben konnte.

Und als mal zwei Jugendliche von der nahe gelegenen Jugendherberge meinten, Arandores offene Türen seien eine Einladung, sich an Violas CD-Sammlung zu bedienen, jagte Judy diese nur mit BH, Schlüpfer und Pumps bekleidet und Floras Hockeyschläger schwingend vom Hof.

Am nächsten Tag war ein Foto von ihr in der Lokalzeitung gewesen.

Überschrift: »Wonder(bra)Woman!!!«

Major Jenson hatte es sich hinten in seinen Terminplaner gelegt.

»Die Judy Charteris, die ich kenne und liebe, würde alles tun, um ihre Familie zu stärken, während sie versucht, sich aus dieser Notlage zu befreien. Die Judy Charteris, die ich kenne und liebe, versteckt sich nicht, wenn ihre Kinder sie brauchen, nein, sie ist für sie da, unterstützt sie, ganz gleich, wie schwer es fällt … Nun steh schon auf, Mum! Steh auf und zeig, wer du bist!«

Pip gingen die Worte, die Luft und die Plumpslust aus.

Sie blieb still sitzen.

Einen Moment lang passierte gar nichts. Dann ertönte ein kellertiefer Seufzer, und die Bettdecke wurde langsam weggezogen.

Ein wuscheliger, blonder Haarschopf kam zum Vorschein, dann zwei blaue Augen, randvoll gefüllt mit Tränen, zwei unendlich traurige, tiefblaue Meere der Reue.

»Ach, Persicoria, mein Schatz«, seufzte sie, und ihre ohnehin zarte Stimme bebte vor Scham. »Dieses Mal habe ich es wirklich gründlich vermasselt, oder?«

— 10 —

»Du weißt nicht, wie das ist, Liebes, du bist viel zu vernünftig, aber ich war einfach hoffnungslos verliebt. Unsterblich, bis über beide Ohren, Hals über Kopf ... von Herzen, mit Schmerzen, über alle Maßen ...«

»Schon gut, Mum, ich verstehe, was du meinst.«

»Und natürlich weiß ich, dass das völlig bekloppt ist, schließlich ist er quasi genauso alt wie du und könnte mein Sohn sein, und wir waren auch nur ein paar Monate zusammen, aber wir ... na ja, wir ...« Judy seufzte sehnsüchtig. »Lass es mich so sagen: Du weißt, dass niemand je an deinen Vater heranreichen konnte, nicht einmal Heinrich – aber Raph... hach, Raph...« Ihre Stimme fing an zu ruckeln wie ein Schlagbohrer, der in einer Betonwand steckenbleibt. Schnell nahm Pip ihre Hand.

Judy umklammerte sie, holte tief Luft und sprach dann weiter, ohne ihre Tochter anzublicken.

»Wir haben uns einfach *verstanden*. Ich hatte das Gefühl, ihn schon mein ganzes Leben zu kennen. Ich dachte, er sei es, ich dachte, in ihm hätte ich endlich den Mann gefunden, der deinem Vater ein würdiger Nachfolger wäre ... Ich habe ihm hunderprozentig vertraut.«

Beschämt ließ sie den Kopf hängen.

»Ich weiß ja, dass ich aufstehen sollte, ich weiß es, aber ich kann einfach nicht ... Ich kann ihnen nicht unter die Augen treten, Persicoria. Ich schäme mich so sehr, dass ich nicht einmal meinen eigenen Töchtern unter die Augen treten möchte.«

»Sie brauchen dich aber, Mum.«

»Und was soll ich ihnen sagen? Dass alles gut wird? Wie denn? Wir sind ruiniert. Ich habe uns ruiniert. Wir haben nichts mehr ...«

Pip atmete tief durch. Es war so weit.

»Wir haben immer noch das Haus.« Sie drückte die Hand

ihrer Mutter noch eine Spur fester. »Mum, ich würde das nicht vorschlagen, wenn ich irgendeine andere Lösung parat hätte, aber ich glaube wirklich, es bleibt uns nichts anderes übrig. Wir müssen Arandore verkaufen ...«

Langsam hob Judy den Kopf und sah ihre Tochter aus angstgeweiteten Augen an.

»Das kann ich nicht«, hauchte sie.

»Ich weiß, keiner von uns will das, Mum, aber ich sehe einfach keine andere Möglichkeit ...«, hob Pip an, doch Judy schüttelte den Kopf.

»Nein, nein, das meine ich nicht. Es geht nicht darum, dass ich nicht *will*, sondern darum, dass ich nicht *kann* ...«

»Ich weiß, der Gedanke daran ist unerträglich, aber egal, wie ich es drehe und wende, es ist unsere einzige Chance«, insistierte Pip, doch Judy schüttelte wieder den Kopf, dieses Mal so heftig, dass ihr Blondschopf wogte.

»Nein, Liebes, du verstehst mich nicht. Ich kann Arandore nicht verkaufen. Es gehört mir nicht.«

»Wie bitte? Was soll das denn heißen? Es gehört dir nicht? Natürlich gehört es dir! Die Stiftung hatte Dad zwar auf meinen Namen errichtet, aber das Haus hat er dir hinterlassen.«

»Ich weiß, aber ...«

Judy stockte und schüttelte den Kopf.

»O Gott, Mum, jetzt erzähl mir bloß nicht, dass du ... dass Raphael ...«

Pip unterbrach sich selbst. Der Gedanke war einfach zu schrecklich, als dass sie ihn aussprechen wollte.

»Dass ich was?« Judy runzelte die Stirn, und als sie begriff, was Pip befürchtete, schüttelte sie rasch den Kopf.

»Nein, nein, um Gottes Willen, Persicoria, niemals, das hätte ich niemals getan. Keine Sorge. Es ist nur so, dass ...« Sie schluckte. »Also, ich kann das Haus nicht verkaufen, weil es nicht mir gehört, sondern dir, Persicoria. Arandore gehört dir.«

Pip kam es vor, als hätte jemand auf den Pause-Knopf gedrückt. Die Welt schien stillzustehen, während sie sich bemühte, diese Information zu verarbeiten.

Dann blinzelte Pip ihre Mutter ungläubig an.

»Mum? Was zum Teufel erzählst du da?«

Judy streckte die Hände aus und strich ihrer Tochter liebevoll über das Gesicht.

»Liebes, wir heißen zwar alle Charteris, aber die einzige echte Charteris bist du. Jeder einzelne Penny, den ich für deine Schwestern ausgegeben habe, hätte eigentlich dir zugestanden ... Dein Vater hatte die Stiftung für dich errichtet, Pip. Einzig und allein für dich.«

»Und du glaubst, das juckt mich?«

»Ich weiß, dass dir das egal ist, aber ich wollte doch trotz allem gerecht sein. Und darum habe ich das Haus an deinem achtzehnten Geburtstag auf dich überschreiben lassen. Dein Vater hätte das so gewollt. Er ist hier groß geworden, er hat dich hier groß werden sehen, und er wollte, dass auch du deine Kinder hier groß werden siehst. Er war immer so glücklich hier.«

Verloren sah sie ihre älteste Tochter an.

»Denk drüber nach, mein Engel. Im Grunde können wir von Glück reden, dass ich dir die Hütte überschrieben habe, denn sonst hätte *er* uns die auch noch weggenommen ...«

»Das Haus gehört also mir?« Pip konnte es noch nicht glauben.

Judy nickte.

»Ja. Echt.«

»Gut. Dann werde ich es eben verkaufen«, verkündete Pip. »Wenn es wirklich hochoffiziell mir gehört ... Allerdings ist es in meinen Augen ja *unser* Zuhause ... Aber da es meins ist, kann ich es verkaufen und für dich und die Mädchen was Kleineres kaufen.«

»Nein, Liebes, tut mir leid, aber das geht auch nicht. Ich finde es wirklich großartig, wie du das Wohl deiner Schwestern vor dein eigenes stellst, und ich liebe dich dafür, aber auch du kannst das Haus nicht verkaufen.«

»Ich weiß, dass es nicht leicht wird, Mum, ich liebe Arandore doch genauso wie du, aber du wirst dich wundern, wie schnell ihr euch umgewöhnen werdet, wer weiß, vielleicht gefällt es euch in dem neuen Haus viel besser – wir werden schon was Hübsches finden, etwas Kleineres, das im Unterhalt nicht so teuer ist, das nicht so viel Arbeit macht. Irgendetwas richtig Nettes, und dann wird sogar noch Geld übrig sein, um eine neue Stiftung zu errichten, von der ihr dann wie vorher leben könnt ...«

Judy machte einen Stoßseufzer und schüttelte wieder heftig den Kopf.

»Das ist doch genau der Punkt, Persicoria Affinis Charteris. Ich will nicht mehr wie vorher leben ... Ich bin so unendlich dumm gewesen. Alles, wofür dein Vater und davor sein Vater und sein Großvater gearbeitet hatten ...«

»Dad würde das ganz sicher verstehen«, warf Pip schnell ein. »Er würde wollen, dass du und die Mädchen versorgt seid, dass es euch gut geht. Das würde ihm mehr bedeuten als irgendwelches Familienerbe, sogar mehr als Arandore ...«

Judy schüttelte immer noch den Kopf.

»Liebes, du bist so gut, wie der Tag lang ist, wirklich, und ich habe dich ganz bestimmt nicht verdient ... Aber so einfach ist die Sache leider nicht. Arandore gehört zwar offiziell dir, aber der Grundbucheintrag geht erst dann voll auf dich über, wenn *ich* mich endgültig verabschiede und mir die Radieschen von unten ansehe ... Das heißt, wenn du nicht wütend genug bist, um mir mit einem stumpfen Gegenstand eins überzubraten und mich dann in den Wunschbrunnen zu werfen, sind uns die Hände gebunden, und wir müssen irgendwie weitermachen ... nur wie? Was sollen wir tun?«

Das war eine gute Frage.

Was jetzt?

Pips einzige Lösung war keine.

»Ich weiß es nicht.« Pip sank das Herz, als sie bemerkte, wie der einzige Ausweg, den sie für möglich gehalten hatte, versperrt war. »Ich weiß es wirklich nicht. Aber eins weiß ich ganz bestimmt: Dass du dich hier oben verkriechst, hilft nichts und niemandem.«

»Ich weiß, aber ich schäme mich doch so entsetzlich!« Melodramatisch ließ Judy sich wieder in die Kissen sinken, doch sie schnellte sofort wieder hoch. »Ich hab's! Ich hab's!!!«, quietschte sie, als hätte sie das Ei des Kolumbus entdeckt. »Ich könnte sterben … oder zumindest so tun! Dann bekommt ihr meine Lebensversicherung ausgezahlt, und alles ist wieder gut …«

»Mum!«

»Ihr könntet doch erzählen, ich sei im See ertrunken. Ich lege einfach alle meine Klamotten und eine leere Flasche Gin ans Ufer …«

»Mum!!«

»Und dann ziehe ich mich in Pops Cottage zurück, bis ich alt und grau bin und komme erst wieder raus, wenn mich keiner mehr erkennt …«

»Mum, du redest hochgradigen Blödsinn, und wenn du nicht sofort aufhörst, bringe ich dich eigenhändig um …«

»Das wird wahrscheinlich gar nicht nötig sein, Liebes.« Judy führte mit verzweifelter Miene die Hand an die Stirn. »Es ist mir ein Rätsel, wieso ich nicht schon längst an meinem gebrochenen Herzen gestorben bin … Ach, wenn doch dein Vater bloß hier wäre! Edward, wie konntest du mich nur allein lassen! Mit vier Töchtern!«, jammerte sie.

»Also, als Dad gestorben ist, hattest du nur eine Tochter«, bemerkte Pip trocken.

Judy sah Pip aus zusammengekniffenen Augen an.

»Du machst dich doch nicht etwa lustig über mich, Persicoria?«

Das war zu viel für Pip.

Sollte sie lachen oder weinen? Ihre Lippen zuckten verräterisch, und bevor sie es sich versah, fing sie an zu lachen, bis ihr die Tränen übers Gesicht liefen.

Manchmal gab es eben kein Entweder-Oder …

Wie versteinert betrachtete Judy ihre hysterisch lachende Tochter. Doch dann rührte sich auch in ihrer Kehle etwas, das erst wie Schluchzen klang, dann wie Husten und das dann ebenfalls in befreiendes Gelächter mündete. Sie schlang die Arme um Pip, und die beiden klammerten sich erleichtert und versöhnt aneinander.

Als die Gefühlswogen sich etwas glätteten, löste Judy sich aus der Umarmung, betrachtete voller Liebe und Sorge ihre Tochter und strich ihr mütterlich über das goldbraune Haar.

»Mein süßer kleiner Golden-Delicious-Apfel«, murmelte sie. »Ach, Persicoria, Gott sei Dank, dass du zu Hause bist. Ich weiß, der Karren steckt verdammt tief im Dreck, aber jetzt, wo du hier bist, wird alles gut, da bin ich mir ganz sicher!«

Pip war sich da gar nicht so sicher.

Bereit, sich an jeden Silberstreif am Horizont zu klammern, dankte Pip eine halbe Stunde später dem Herrgott dafür, dass Judy endlich nicht nur ihr Bett, sondern auch ihr Zimmer verlassen hatte.

Mit zusammengekniffenen Augen wie ein Maulwurf, der seit Monaten zum ersten Mal aus seinem Erdloch an die Sonne kriecht, dackelte sie Pip hinterher in die Küche, wo sich die anderen drei Töchter mit Gebrüll auf sie stürzten.

Ob entzückt oder wütend, war zunächst unklar, doch dann zeigte sich, dass sie sich alle freuten und einander umarmten.

Tante Susan, die so nah am Wasser gebaut hatte, dass sie sogar bei Handywerbung heulen könnte, schluchzte wie ein Schlosshund.

Flora und selbst Viola schnieften.

Gypsy schluchzte und trat sich gegen die Knöchel.

Als sie sich endlich wieder voneinander lösten, versammelten sie sich um den Küchentisch. Eddie und Gypsy machten es sich auf Judys Schoß bequem, alle plapperten durcheinander, um sie von all dem in Kenntnis zu setzen, was in den letzten Wochen so passiert war.

Emerald, für die neben Eddie und Gypsy kein Platz mehr auf Judys Schoß gewesen war, thronte schwanzwedelnd mitten auf dem Tisch. Viola und Flora flankierten sie, Persi versuchte, auf Floras Schoß zu gelangen, passte dort aber nicht hin. Susan machte inzwischen glücklich summend Tee.

Nur Pip schwieg. Sie stand immer noch unter Schock.

Arandore gehörte ihr.

Die Tatsache an sich war schon surreal genug. Aber nun verkomplizierte dies auch noch ihr Problem. Sie konnten Arandore nicht verkaufen.

Jetzt hatte sie gar nichts mehr, keine Ideen, keine Lösungen, und trotzdem reichte schon der Umstand, dass sie ihre Mutter binnen zwei Tagen aus ihrer vier Wochen anhaltenden Lethargie herausgeholt hatte, aus, um vom Rest der Familie als Retterin gefeiert zu werden. Pip würde es schon richten!

Judys Worte hallten noch immer in ihr nach.

Ach, Persicoria, Gott sei Dank, dass du zu Hause bist. Ich weiß, der Karren steckt verdammt tief im Dreck, aber jetzt, wo du hier bist, wird alles gut, da bin ich mir ganz sicher!

Was zum Teufel erwarteten sie denn von ihr? Dass sie eine Bank überfiel? Dass sie hellseherische Fähigkeiten entwickelte und im Lotto gewann?

Pip verdiente gut, sie hatte ihrer Familie stets so viel von ihrem Gehalt abgegeben, wie sie entbehren konnte, und das würde sie auch weiterhin tun, aber auch sie hatte Rechnungen zu bezahlen, und so sehr sie auch wollte, sie konnte nicht ihr eigenes Leben finanzieren und nebenher das ihrer Familie auf Arandore.

Sie hatte nichts, das sie verkaufen und somit zu Geld machen konnte. Außer vielleicht ihr Auto.

Über die letzten fünf Jahre hatte Pip eisern jeden Monat etwas zur Seite gelegt, um eines Tages eine Anzahlung für ihre eigene Immobilie zusammen zu haben.

Jeden Monat zweihundert Pfund. Sechzig Monate lang. Mit Zins und Zinseszins dürfte sie inzwischen an die sechzehntausend Pfund auf dem Konto haben.

Ihr war das verdammt viel vorgekommen, aber sie würde es gerne hergeben, wenn sie ihren Schwestern und ihrer Mutter damit zeitlich etwas Luft verschaffen könnte. Der Haken war nur, wenn man sich die Kosten ansah, die Arandore monatlich verursachte, würden die sechzehntausend in Windeseile dahinschmelzen.

Die Zeit drängte.

Ihre Schwestern strahlten und lachten, als seien mit dem Wiederauftauchen ihrer Mutter alle Probleme gelöst.

Als sei der Albtraum vorüber.

Pip dagegen rang sich nur mit Mühe ein Lächeln ab. Sie wusste, dass die Schwierigkeiten jetzt erst richtig losgingen.

– 11 –

Die traute Stimmung hielt erwartungsgemäß nicht lange an. Dem äußerst harmonischen Familienabend mit von Judy zubereitetem Essen, Kartenspiel und viel Gelächter bis spät in die Nacht folgte bereits am nächsten Tag wieder das altbekannte, von Hassliebe geprägte Beziehungsgerangel ... Pip war unterwegs, um neue Schuluniformen für Gypsy und Flora zu kaufen, die offenbar kein einziges intaktes Kleidungsstück mehr besaßen, außerdem Milch und Cornflakes, die zwei Nahrungsmittel, die schneller verzehrt waren, als Pip Nachschub besorgen konnte, und als sie zurückkam, jagte Viola Gypsy rund um den Küchentisch.

Pip verstand nicht gleich, was Viola schrie, während sie Runde um Runde drehten, aber ihr Gesichtsausdruck veranlasste Pip, in die Küche zu sprinten statt zu schlendern.

Die Hunde, die Pip gerade noch dabei geholfen hatten, die Esseneinkäufe aus dem Kofferraum zu holen, waren noch vor ihr da und pesten nun ebenfalls um den Küchentisch und bellten vor Freude über dieses tolle Spiel.

Pip erreichte die Küche just in dem Moment, als Viola sich auf ihre jüngste Schwester stürzte und ihr die Hände um den Hals legte.

»Du mieses kleines ...«, schrie sie.

»Lass mich los«, quietschte Gypsy, so lange sie konnte.

»Viola!«, schrie Pip.

Viola hielt inne, ließ jedoch Gypsys Hals nicht los.

»Warum möchtest du deine kleine Schwester umbringen?«

Gypsy zappelte wie ein Fisch am Haken.

Viola war kurzfristig reumütig und brachte kein Wort raus.

Pip marschierte zu ihr hin und versuchte, ihre Finger von Gypsys Hals zu lösen. »Viola, würdest du jetzt bitte aufhören, deine Schwester zu würgen!«

Unwillig ließ Viola los und zog sich zurück.

»Gut, und jetzt setzt ihr euch beide hin, beruhigt euch und erzählt mir, was los ist«, befahl sie.

»Beide!«, wiederholte sie, als Gypsy Anstalten machte, sich zu verkrümeln. Pip packte sie gerade noch am Zipfel ihres Pullovers und zog sie auf einen der Stühle am Küchentisch, gegenüber Viola. Gypsy ging davon aus, dass so viel Eichenholz als Schutzwall zwischen ihr und ihrer Furie von einer Schwester ausreichen dürfte.

Die beiden beäugten sich so hasserfüllt, wie nur Geschwister das in regelmäßigen Abständen hinbekamen.

»Du auch.« Pip sah Viola durchdringend an.

Viola war so wütend, dass man förmlich Rauchwölkchen aufsteigen sah, aber schließlich setzte sie sich. Und mit ihr die Hunde.

»Also. Was zum Teufel ist los?«

»Sie hat meine Mulberry-Handtasche verkauft.«

»Was?« Pip runzelte die Stirn.

»Auf eBay! Die kleine Ratte hat sich in mein Zimmer geschlichen, meine Mulberry-Tasche geklaut und auf eBay für zweihundert Pfund verkauft! Ich hatte über fünfhundert dafür bezahlt!«

Nur mit Mühe verkniff Pip sich die Frage, wo Viola fünfhundert Pfund für eine Handtasche her hatte, und wandte sich an Gypsy.

»Stimmt das, Gyps?«

Sie sah ihrer Schwester den inneren Konflikt an. Sollte sie lügen oder die Wahrheit sagen? Was würde ihr am wenigsten Ärger einbringen?

»Die Wahrheit, Gypsy«, bedrängte Pip sie. »Du weißt doch: Lieber eine Wahrheit mit Schrecken als eine Lüge ohne Ende …«

Diesen Spruch hatte Pop ihnen immer wieder gepredigt.

Zwar konnte Gypsy sich nicht an Pop erinnern, aber seine Weisheiten, von Mutter und Schwester gerne zitiert, hatten sich ihr durchaus eingebrannt.

Gypsy war erschüttert darüber, dass Pip offenbar wieder einmal ihre Gedanken gelesen hatte, und da sie keinen echten Ausweg sah, verwarf sie die Geschichte von dem einbeinigen, halb blinden Waisenkind, das sie ganz hinten im Garten gefunden hatte und dessen Leben sie nur mit dem nötigen Kleingeld retten konnte, und nickte.

»Okay. Die Wahrheit. Ich brauche das Geld. Total dringend, echt. Sonst hätte ich das doch nicht gemacht …« Flehend sah sie Pip an.

»Und wofür, bitte schön, brauchst du zweihundert Pfund?«

»Für Persi.« Gypsy warf einen schnellen Blick auf Viola, um zu überprüfen, ob diese ihr wieder an die Gurgel wollte.

»Für Persi?«

»Damit sie sie stilettieren und mikroskopieren können.«

Es dauerte einen Moment, bis es Pip aufgrund ihrer langjährigen Erfahrung in einer Tierarztpraxis dämmerte, wovon ihre kleine Schwester da faselte.

»Du meinst, du möchtest sie sterilisieren und ihr einen Mikrochip einsetzen lassen?«

»Ja, genau, das waren die Fremdwörter. Es ist meine Pflicht als verantwortungsbewusste Hundehalterin, meinen Hund sterilisieren zu lassen. Das hat Major Jenson gesagt, als Persi mal zu ihm rüber ausgebüxt ist und mit Guinness gespielt hat. Er hat gesagt, ich hätte es nicht verdient, einen so schönen Hund zu haben, wenn ich mich nicht ordentlich um ihn kümmere, und wenn ich mich nicht ordentlich um den Hund kümmern würde, dann würde jemand kommen und ihn mir wegnehmen. Ich will aber nicht, dass jemand kommt und mir Persi wegnimmt.« Ihre großen blauen Augen füllten sich mit Tränen. »Darum habe ich beim Tierarzt angerufen, und der hat gesagt, das Ganze kostet über hundert Pfund …«

»Die Handtasche hat *fünfhundert* gekostet, du Flachhirn!« Violas Porzellanteint nahm einen wenig kleidsamen Lilaton an.

Pip legte ihr zur Beruhigung eine Hand auf den Arm.

»Immer mit der Ruhe. Gyps? Hast du die Tasche schon verschickt?«

Gypsy schüttelte den Kopf.

»Gut, dann schreib dem Käufer eine Mail, dass die ganze Sache ein Irrtum war und die Tasche gar nicht zu verkaufen ist.«

»Das geht nicht! Dann bekomme ich eine schlechte Bewertung!«

»Tut mir wirklich leid, Gyps, aber dann solltest du in Zukunft vielleicht besser keine Sachen verkaufen, die dir gar nicht gehören. Du musst den Verkauf rückgängig machen.«

»Und was ist mit Persi? Die braucht nämlich auch eine Spritze, damit sie nicht wütend wird.«

»Du meinst wohl eine Impfung gegen Tollwut?« Pip schlug jetzt, da sie das Motiv des Fehlverhaltens ihrer Schwester kannte, schon einen sanfteren Ton an.

»Kann sein, aber sie soll auch nicht wütend werden, wütende Hunde bellen und machen den Leuten Angst ...« Aus großen Augen sah sie ihre Schwester an. »Kriege ich jetzt Ärger?«

»Ja!«, behauptete Viola.

»Na ja«, sagte Pip, »schließlich hast du dir einfach so Violas Tasche genommen, und das macht man nicht, man vergreift sich nicht an den Sachen anderer Leute. Du wirst sie ihr also sofort zurückgeben, dich entschuldigen und ihr versprechen, dass so etwas nie wieder vorkommen wird.« Als Gypsys Unterlippe zu beben begann, fügte Pip versöhnlich hinzu: »Du sollst aber auch wissen, dass ich es sehr ehrenhaft finde, dass du dich verantwortungsvoll um Persi kümmern möchtest und dass ich, was das betrifft, sogar stolz auf dich bin. Aber stehlen, Gypsy, geht überhaupt nicht. Niemals. Egal, aus welchen Gründen. Und außerdem würde mich mal interessieren, wieso du nicht mal mich gefragt hast? Hast du vergessen, dass ich in einer Tierarztpraxis arbeite?«

»Das wollte ich nicht. Du sagst doch immer, dass wir immer bloß zu dir kommen, wenn wir was von dir wollen ...«

An dieser Stelle wandte Viola, die zustimmend nickte, den Blick von Gypsy ab und richtete ihn vorwurfsvoll auf Pip.

»Ja, und? Dann sage ich halt, dass ihr euch nur meldet, wenn ihr was von mir wollt, aber tue ich nicht trotzdem immer mein

Bestes, um euch zu helfen?«, wollte Pip von ihren Schwestern wissen.

Trotzig sahen die beiden ihre große Schwester an, bis sie diesen Punkt dann doch abnickten.

»Gut, also. Du gibst Viola ihre Handtasche zurück, und ich nehme Persi mit nach Bristol. Chester wird sich um alles kümmern, ohne dass es dich auch nur einen Penny kostet, versprochen. Chester ist der beste Tierarzt in Südengland.«

Kaum hatte Pip diese wunderbar einfache Lösung für ein offenbar so enormes Dilemma ausgesprochen, fing Gypsys Unterlippe schon wieder an zu beben.

»Was ist denn jetzt schon wieder?«, fragte Pip, sehr darum bemüht, nicht zu ungeduldig zu klingen.

»Heißt das, dass du wieder wegfährst, Pip? Jetzt, wo Mum wieder auf ist? Wenn du nach Bristol fährst, kommst du dann überhaupt jemals wieder?«

So sehr Pip sich auch wünschte, nach Bristol zurückzufahren und dort zu bleiben – der einzige Erfolg, den sie bisher auf Arandore erzielt hatte, war, dass ihre Mutter wieder aufgestanden war.

Und so sehr es sie auch zurück nach Bristol – beziehungsweise zu einem gewissen Menschen dort – lockte, so sehr wusste sie auch, dass sie noch länger in Cornwall bleiben musste.

Sie schenkte Gypsy ein aufmunterndes Lächeln.

»Natürlich komme ich zurück, schließlich willst du doch Persi wiederhaben, oder? Ist jetzt wieder alles klar? Ja? Wunderbar. Ich habe heute Vormittag Schweineschulter gekauft – was sagt ihr dazu, wenn ich uns allen einen richtig klassischen Sonntagsbraten mache?«

»Mit geschmorten Kartoffeln?« Viola war gleich ganz Ohr.

»Und Yorkshire Pudding?«, wollte Gypsy wissen.

»Klar«, versprach Pip. »Und Nachtisch gibt's auch.«

»Genial!«

Die beiden strahlten und vergaßen dabei sogar, sich weiter anzugiften.

Pip ging hinaus in den Garten, um Kartoffeln auszugraben,

und staunte, wie allein die Aussicht auf gut gefüllte Mägen sich positiv auf das Familienleben auswirkte. Sie wünschte, all ihre Probleme könnten so einfach gelöst werden.

Judys Gemütsverfassung war so schnell und problemlos von suizidal zu euphorisch umgeschlagen, wie man es sonst nur von der Wetterlage an der Küste Cornwalls gewöhnt war.

Ihr blinder Aktionismus gebar reihenweise »gute Ideen« zur Rettung der Finanzlage – nur leider waren diese guten Ideen so schlecht, dass Pip und Susan insgeheim wünschten, Judy läge immer noch oben im Bett und hielte Ruhe. Anstatt ihren ersten bettfreien Vormittag damit zu verbringen, einen Haufen Dinge zusammenzusammeln, die ihrer Meinung nach verkauft werden konnten. Sogenannte Antiquitäten, die Judy zufolge tausende von Pfund wert sein mussten – obwohl allen anderen klar war, dass sie höchstens Tausende von Pence dafür bekommen würde.

Susan und Flora brachten die Dinge klammheimlich wieder an ihren Platz.

Als Pip dann mit den Kartoffeln vom Gemüsegarten wiederkam, konnte sie ihre Mutter gerade noch davon abhalten, den uralten Traktor, mit dem sie die drei Hektar Weiden, Obstwiesen und Koppeln mähten, an Farmer Happy zu verscherbeln. Farmer Happy war der nette, stets lächelnde Landwirt jenseits von Gallant, der ihnen immer Schweineohren für die Hunde brachte.

»Wie sollen wir denn bitte die Gärten in Ordnung halten, wenn du den verkaufst, Mum?«, fragte Pip mit einer Engelsgeduld, während Susan einen leicht konsternierten Farmer Happy wieder nach Hause komplimentierte.

»Wir haben doch noch den da.« Fröhlich zeigte sie auf den kleinen Flymo, mit dem der Rasen vor Pops Cottage gemäht wurde.

»Du meinst, Susan soll die ganzen drei Hektar mit dem winzigen Teil da mähen? Mum! Jetzt mal im Ernst! Du kannst keine Sachen verkaufen, die wir a) noch brauchen und die wir uns b) nicht leisten können, neu anzuschaffen.«

Doch Judy war einfach nur summend zum Haus zurückgegangen, wobei sie sich wie ein Kind die Finger in die Ohren steckte. Das wollte sie alles gar nicht hören.

»Ich werde mir eine Arbeit suchen.«

Das war die Idee, mit der Judy sie am nächsten Morgen bei den üblichen Bohnen auf Toast überraschte.

Susan und Pip wechselten vielsagende Blicke.

Judy hatte noch nie gearbeitet. Sie hatte mit achtzehn Jahren sehr jung in eine wohlhabende Familie geheiratet, in der Frauen nur dann einen Finger krumm machen mussten, wenn sie ihre manikürten Nägel inspizieren wollten. Abitur war selten, und wenn, dann in der Regel in Kunst und Bio. Judy hatte das Abi mit Ach und Krach geschafft und beschlossen, dass sie außer ihren blauen Augen und ihrer kurvenreichen Figur nichts weiter brauchte, um gut durchs Leben zu kommen.

Edward hatte erkannt, was für eine Chaotin seine heißgeliebte Judy war, und genau darum hatte er schon frühzeitig besagte Stiftung für sie und Pip errichtet. So konnte er sicher sein, dass seine Frau und seine Tochter versorgt waren. Dass Judy noch drei weitere Mäuler zu stopfen haben würde, konnte er damals nicht wissen, aber es hatte immer gereicht: Sie konnten ihre Rechnungen pünktlich zahlen, hatten immer Essen auf dem Tisch, trugen intakte Schuhe, mussten keine Hypothek tilgen.

Judy wusste sehr wohl, dass sie im konventionellen Sinne keine gute Mutter war, aber sie war stolz darauf, ihren Mädchen so viel Liebe zu geben. Sie überschüttete sie mit Liebe. Jetzt war es an der Zeit, sich auch um ihre materiellen Bedürfnisse zu kümmern.

Sie wartete, bis Pip und Susan mit den drei Mädchen aus dem Haus waren, duschte sich, zog ein Kostüm an und legte Make-up auf. Dann kletterte sie in den alten BMW-Kombi und fuhr nach Quinn.

Quinn ist eine dieser atemberaubend schönen alten Hafenstädte, die sich dank eines dort ansässigen Starkochs, Rory Trevelyan, zu einer angesagten Urlaubs-Location gemausert hatte.

Trevelyan war kein typischer Starkoch. Völlig unverhofft war er zum Star avanciert, als vor einigen Jahren ein Kinofilm mit hochkarätiger Besetzung in Quinn gedreht wurde. Das gesamte Team war damals zum Essen ins Städtchen marschiert und war im etwas maroden Cockleshell Inn gelandet, einem gemütlichen kleinen Pub mit niedriger Balkendecke, großartiger Aussicht und einem unprätentiösen Chef in Küche und Büro.

Trevelyan bemerkte nicht einmal, dass sich unter den Horden, die die Hälfte seiner Tische belagerten, einige namhafte Hollywood-Schauspieler befanden.

Erst regte er sich über ihr rüpelhaftes Benehmen auf, dann ließ er sich von ihren überbordenden Komplimenten zu seiner Küche besänftigen, dann war er wieder verärgert, weil er übertriebene Lobhudelei nicht leiden konnte.

Schließlich war er ziemlich erleichtert, als die Bande wieder weg war, und es passte ihm auch nicht, dass sie immer wieder kam. Doch damit nicht genug – die Crew erzählte jedem, der es hören wollte oder auch nicht, dass das Cockleshell Inn mit Rory in der Küche DER kulinarische Geheimtipp in Cornwall war.

Mit den Stars kamen die Fotografen, und als DER kulinarische Geheimtipp in Cornwall dann erst mal in allen regionalen und überregionalen Gazetten vorgestellt worden war, war er natürlich auch schnell kein Geheimtipp mehr.

Dass Rory zu allem Überfluss auch noch besser aussah als die Sahneschnitte von Hauptdarsteller in erwähntem Kinohit, tat dann sein Übriges.

Die Paparazzi wollten schon bald nicht mehr nur Rorys prominente Kundschaft ablichten, sondern den Starkoch höchstpersönlich, den Mann, der den Seelachs so zubereitete, dass sich die Crème de la Crème alle zehn Finger danach leckte.

Und was tat Rory?

Er versteckte sich.

Aber das machte ihn natürlich nur noch interessanter.

Schon bald hatte er den Spitznamen »der Geheimkoch« weg und wurde immer berühmter, je mehr er sich gegen den Ruhm sträubte.

Für Quinn war das ein Glücksfall.

Aus dem verschlafenen Städtchen war binnen kürzester Zeit ein angesagtes Ausflugsziel geworden. Die oberen Zehntausend fingen an, sich dort Zweitwohnsitze zu kaufen, es wurden Restaurants eröffnet sowie Designerläden, die alle Labels von Armani bis Zilka verkauften, und Läden, die für ein Glas heimischen Honigs ohne mit der Wimper zu zucken fünfzehn Pfund verlangten, während man ein bisschen außerhalb nur sechs dafür hinlegen musste.

Auf der Fahrt in die Stadt sah Judy es schon bildlich vor sich, wie sie in einer der angesagten Boutiquen am Wasser angesagte Klamotten an angesagte VIPs verkaufte (und natürlich auch selbst trug) oder aber in einem der angesagten Restaurants den angesagten Gästen dabei behilflich war, angesagtes Essen zu bestellen.

Vielleicht würde sie sogar für Rory Trevelyan höchstselbst arbeiten. Ihn mit ihrer schnellen Auffassungsgabe, ihrem Fleiß und ihrem wohlgerundeten Hintern davon überzeugen, dass er sie weder in seinem expandierenden Firmenimperium noch in seinem Privatleben je wieder würde entbehren können …

Als Judy die ersten Ausläufer von Quinn erreichte, hatte sie sich in Gedanken schon von der Platzanweiserin im Cockleshell Inn zu Rory Trevelyans rechter Hand hinaufgearbeitet – effizient, vertrauenswürdig, von allen respektiert. Je länger sie darüber nachdachte, desto mehr war Judy davon überzeugt, dass alles hatte genau so kommen sollen.

Alles, was sie bislang durchgemacht hatte, war nötig gewesen, um sie an diesen Punkt zu bringen. Raphael hatte sie nicht zerstört, sondern ihr neue Kraft verliehen, indem er sie dazu zwang, die starke, unabhängige und erfolgreiche Frau zu sein, die sie in Wirklichkeit war … Sie war jetzt nicht mehr Judy, das Opfer, sondern Judy, die Macherin.

Dank ihrer lebhaften Fantasie strahlte sie beim Aussteigen aus dem Auto übers ganze Gesicht und machte sich beschwingt und voller Optimismus auf den Weg.

Als ihr dann auch noch die gesamte Besatzung des Fährschiffes anerkennend hinterherpfiff, flatterte Judy förmlich in die Innenstadt wie ein lebenshungriger Schmetterling, der sich aus seinem Kokon befreit hatte.

– 12 –

Pip wurde leider nicht vom gleichen Optimismus getragen wie ihre Mutter.

Während Tante Susan Flora zum Gymnasium in der Stadt gefahren hatte, brachte Pip Gypsy zur Grundschule in Tor, wo sie die Rektorin Miss Jenkinson bereits am Eingang abfing.

Amelia Jenkinson war bereits seit dreißig Jahren die Rektorin der Grundschule von Tor und kannte daher alle vier Charteris-Mädchen nur zu gut.

»Pip! Pip Charteris!« Ziemlich unsanft landete eine Hand auf Pips Schulter, als sie gerade das Auto abschloss. »Wie gut, dass du hier bist!«

Brandstiftung. Diebstahl. Gewaltanwendung und Körperverletzung. Beihilfe zu diversen anderen Vergehen.

Gypsy war eine Junior-Gangsterin.

Der Al Capone der Grundschule von Tor.

Als neulich im Unterricht mal darüber gesprochen wurde, was die Kinder später einmal werden wollten, soll Gypsy »Bankräuber« geantwortet haben. Pip war nur froh, dass ihre Schwester noch zu jung war, um alkoholisiert Auto zu fahren.

»Sie ist unglaublich aufgeweckt, Pip«, sagte Amelia Jenkinson am Ende der Standpauke. »Ich würde sie ja ein Goldstück nennen, wenn sie nicht gleichzeitig so ein Feger wäre. In meinen Augen besteht ihr Problem zum größten Teil darin, dass wir ihr nicht wirklich etwas beibringen können. Sie ist allen anderen voraus. Offen gestanden, bin ich mir gar nicht sicher, ob das hier die richtige Schule für sie ist. In jeglicher Hinsicht.«

»Aber was sollten Sie denn sonst mit ihr machen?«, fragte Pip.

Amelia schlug eine Privatschule für Hochbegabte vor, und als Pip klarstellte, dass sie sich nicht einen Penny Schulgebühren leisten konnten, informierte die Lehrerin sie über die Möglichkeit eines Stipendiums. Außerdem gäbe es eine Aufnahmeprüfung.

Aufnahmeprüfung? Pip kannte ihre Schwester. Die wollte so wenig wie möglich tun und drohte regelmäßig damit, die paar Hausaufgaben, die sie aufhatte, in den Kamin zu schmeißen und einen Freudentanz aufzuführen, wenn die Hefte lichterloh brannten.

Doch Pip versprach, darüber nachzudenken und auf jeden Fall ein ernstes Wort mit ihrer Schwester zu reden wegen ihres Benehmens.

Na, prima. Ruck, zuck hatte sie ein weiteres Problem am Hals.

Pip gelang es, sich auf ihre nächste Station zu konzentrieren, nämlich die Kanzlei Stephens, Crown und Simkins. Der Familie Charteris seit langen Jahren freundschaftlich und anwaltlich verbunden. Thomas Stephens hatte kurzfristig einen Termin mit Pip einrichten können.

Ihre Mutter hatte gegen die Stiftungsstatuten verstoßen und Raphael das ganze Geld gegeben – vielleicht konnte auch sie jetzt gegen Stiftungsstatuten verstoßen, das Haus verkaufen und ihren Schwestern aus der Patsche helfen.

Doch als Pip in dem großen Ledersessel in seinem Büro saß und sich wieder einmal vorkam, als spräche sie bei einem Rektor vor, seufzte er nur und schüttelte den Kopf. Er nahm die Brille ab, putzte sie, setzte sie wieder auf und sah Pip so mitfühlend an, dass sie hätte heulen mögen.

»Erbrecht ist eine ziemlich komplizierte Angelegenheit, Persicoria. Im Testament deines Vaters war ein Passus, der es Judy erlaubte, im Notfall das Stiftungsvermögen anzuzapfen. Ein anderer Passus bestimmte dich zur rechtmäßigen Eigentümerin von Arandore, allerdings mit der Auflage, dass du Arandore niemals verkaufen darfst. Du darfst es höchstens an deine Nachfahren vererben.«

»Ich kann also nichts machen?«

»Tut mir leid. Ich habe versucht, deine Mutter aufzuhalten,

Pip, ich habe sie eindringlich davor gewarnt, jemandem Geld zu geben, den sie kaum kannte. Ich hatte ihr sogar angeboten, alles anwaltlich als Darlehen festzuschreiben, aber sie sagte, dafür sei keine Zeit, und ich kann schließlich nur beraten, ich kann sie zu nichts zwingen. Was nicht heißen soll, dass mir selbst immer noch ganz blümerant wird, wenn ich daran denke, was passiert ist. Wenn mir irgendwas einfällt, das euch helfen könnte, melde ich mich sofort bei dir, versprochen.«

Zeitgleich fuhren Judy und Pip nach Gallant zurück, und auf ihren Gesichtern zeichneten sich die gleichen tiefen, nachdenklichen Furchen ab.

Pip hatte ein Problem mehr und einen möglichen Ausweg weniger; Judys kindlicher Aufregung war Niedergeschlagenheit und Ernüchterung gewichen.

Die Saison neigte sich ihrem Ende zu, die Geschäftsleute trennten sich von Mitarbeitern, statt neue einzustellen, und so hatte Judy überall, wo sie hinkam, mal mehr, mal weniger nette Absagen kassiert.

Und Judy war Absagen nicht gewöhnt.

Pip erreichte Arandore nur zwei Minuten vor ihrer Mutter. Sie parkte und blieb zunächst im Auto sitzen, um ihre Gedanken zu sortieren und sich zu sammeln. Dann setzte sie wieder ihr Lächeln auf und marschierte Richtung Küche. Sie wollte eine Runde mit den Hunden gehen und sich dann vor dem Abendessen noch mal die Rechnungen und den ganzen Finanzpapierkram ansehen – vielleicht hatte sie doch noch einen rettenden Geistesblitz.

Judy erreichte soeben übellaunig Arandores Einfahrt, da gab sie kurz entschlossen wieder Gas und folgte der schmalen, gewundenen Straße nach Gallant.

Sie parkte direkt vor dem Fisherman's Boots.

Der Pub befand sich in einem alten Steingebäude mit Hängekörben voller Blumen und mehreren Terrassen, von denen aus man einen großartigen Blick auf den Mündungsbereich des Quinn hatte, auf dem Schiffe schaukelten, segelten und manchmal auch sanken. Die Straße, die am Pub vorbeiführte, wurde bei Springflut und ungewöhnlich hohem Hochwasser oft überschwemmt, was schon manchem arglosen Touristen das Auto gekostet hatte.

Der Pub war das Herzstück des Ortes. Hier traf man sich, hier wurde geredet, getratscht, gegessen, hier nahm man sich in und auf den Arm, hier prügelte man sich. Für Judy war es hier und jetzt die einfachste Möglichkeit, an einen Gin Tonic heranzukommen, in dem sie ihre Sorgen ertränken wollte.

Judy hievte sich auf einen der Barhocker, wuchtete ihre Handtasche auf den Platz neben sich und bat den Wirt, ihr einen Gin Tonic zu machen. Dann wühlte sie in ihrer Handtasche, erinnerte sich wieder an ihre finanzielle Situation und hätte sich am liebsten in den Hintern gebissen dafür, wieder so verdammt gedankenlos zu sein. Sie machte den Gin Tonic rückgängig und bestellte sich stattdessen einen Orange Squash.

Dudley Dooley war erst seit zwei Jahren der Inhaber des Fisherman's Boots. Er war aus Mittelengland hierhergezogen, um sich seinen Traum vom Leben direkt am Meer zu erfüllen.

So wie fast alle Männer in Gallant und den umliegenden Dörfern hatte auch er schon lange eine Schwäche für die lebenslustige, schlagfertige Judy Charteris mit den großen blauen Augen und den entzückenden Kurven.

Nicht, dass er jemals ernsthaft in Betracht gezogen hätte, mehr als nur mit ihr befreundet zu sein. Schließlich war er schon dreißig Jahre mit Opal verheiratet und würde nicht im Traum daran denken, seine Frau zu betrügen. Zumal er auch niemals damit rechnen würde, dass »Ihre Köstlichkeit«, wie er Judy insgeheim nannte, ihm jemals die Gelegenheit dazu geben würde. Aber er unterhielt sich gerne mit ihr, und er bewunderte sie gerne so, wie man ein tolles Gemälde in einem Museum bewunderte: mit gebührendem Abstand.

Wie üblich war er blitzschnell bei ihr und servierte ihr den zuerst bestellten Gin Tonic. Ihre gestammelten Erklärungen zur mangelnden Zahlungsfähigkeit fegte er vom Tisch.

»Du siehst aus, als könntest du ihn gebrauchen, Judy.«

In Judys Miene mischten sich Dankbarkeit und Scham.

»Danke, das ist wirklich lieb von dir ...«

Dudley zwinkerte ihr zu.

»Ach, lass nur, mir gehört der Pub hier. Ich seh das mal als meine gesellschaftliche Pflicht. Es ist wie beim Arzt – die Leute kommen mit ihren Sorgen zu mir, und ich verschreibe ihnen etwas. Manchmal reicht schon ein freundliches Wort, manchmal muss es ein Gin Tonic aufs Haus sein. Aber sag mal, was bedrückt eine schöne Frau wie dich?«

Judy verzog das Gesicht.

»Das willst du gar nicht wissen.«

Dudley stützte den Ellbogen auf den Tresen, platzierte das Kinn in der Hand und setzte den einfühlsamsten Gesichtsausdruck auf, den er zustande bringen konnte.

»Doch, das will ich sehr wohl wissen, meine Liebe. Na, los, komm schon. Erzähl mir, was los ist ...«

Judy kam just in dem Moment nach Hause, als Pip das Abendessen servierte. Pip hatte sich gedacht, dass eine ausgewogene Ernährung Gypsy vielleicht auch zu einem ausgewogeneren Temperament verhelfen könnte, und darum Grillhühnchen mit jeder Menge Gemüse gemacht. Dieses »gesunde Essen« wurde aber längst nicht so goutiert wie ihre üblichen Festmahle.

Judy grinste dümmlich und schwankte.

»Mum? Bist du betrunken?«, fragte Gypsy entzückt. Judy wurde nämlich immer richtig lustig, wenn sie getrunken hatte. Manchmal brachte sie ihnen dann auch Schokolade mit.

»Nein, nur vom Leben berauscht, mein Schatz ...«, strahlte Judy und schwankte weiter.

»Na ja, eine Spur Gin ist auch mit im Spiel, wenn mich meine Geruchsnerven nicht täuschen«, flüsterte Susan Pip ins Ohr.

»Wo bist du gewesen?«, erkundigte Pip sich etwas spitz.

»Mach mir eine Tasse Tee, und ich erzähl's dir.«

»Wie wär's mit Kaffee?«

»Wunderbar«, strahlte Judy und ließ sich umständlich auf

ihren Stuhl am Küchentisch sinken. »Vor allem, wenn du zur Feier des Tages einen Schuss Brandy dazugibst.«

Sie bekam eine Tasse Nescafé ohne Brandy, aber das tat ihrem breiten Grinsen keinen Abbruch.

»Also. Jetzt hast du deinen Kaffee ...«, sagte Pip auffordernd, setzte sich wieder an den Tisch und warf Gypsy einen strengen Blick zu, weil diese versuchte, den Kohl von ihrem Teller an eine wenig begeisterte Persi zu verfüttern.

»Und jetzt willst du wissen, wo ich gewesen bin?«

Judy spannte sie nicht länger auf die Folter.

»Ich hab mich auf die Suche nach einem Job gemacht.« Ihr Grinsen wurde noch breiter. »Und ich hab einen gefunden!«

»Wie bitte?«, erklangen erstaunt fünf Stimmen unisono.

»Du wirst arbeiten gehen?«

»Klar, und ich heirate nächstes Wochenende Prinz Harry.« Viola verzog das Gesicht zu einem halbherzigen Lächeln.

Alle lachten.

Judy war viel zu aufgekratzt, als dass sie hätte beleidigt sein können.

»Na, dann besorge ich mir mal besser einen riesigen Hut und ein Familienwappen, mein Schatz ... JA, ich habe Arbeit gefunden! Ach, nun hört schon auf! Ist das wirklich so schwer zu glauben? Es ist aber wirklich wahr, ich schwör's! Ab morgen Abend werde ich im Fisherman's Boots hinterm Tresen stehen.«

»Du willst als Bardame arbeiten?«, fragte Gypsy ungläubig.

»Aber hallo!« Judy grinste nun praktisch im Kreis.

Pip seufzte, als Flora Eddie einen Rosenkohl anbot, der ihn gierig verputzte, dann aber angewidert das Gesicht verzog und ihn mit so viel Schwung wieder aus dem Maul fallen ließ, dass er hinter den Herd rollte.

»Seid doch bitte so lieb und esst euer Gemüse«, ermahnte Pip ihre Schwestern und wandte sich dann an ihre Mutter. »Hör mal, Mum, ich finde das wirklich großartig, dass du losgezogen bist und gleich am ersten Tag einen Job gefunden hast – aber in einem Pub? Ist das dein Ernst? Willst du das wirklich?«

»Wieso sollte ich das nicht wollen?«

»Na ja, ich bin mir nicht sicher, ob so ein Job in einem Pub wirklich was für dich ist ... Scheint mir nicht besonders familientauglich ...«

»Da mach dir mal keine Sorgen«, unterbrach Judy ihre älteste Tochter und zwinkerte Gypsy zu. »Die Arbeit im Pub hat nämlich ganz klare Vorteile.« Sie nahm die Tüte, die sie neben ihrem Stuhl abgestellt hatte, zog eine große Frischhaltebox heraus und stellte sie keck neben Pips liebevoll angerichteter Gemüseplatte ab. Darin verbarg sich gut erkennbar Morvens berühmter Kirschkuchen.

»So«, rief sie fröhlich, »wer will dieses lästige, ungesunde Gemüse auslassen und direkt mit dem Nachtisch weitermachen?«

– 13 –

Am nächsten Morgen packte Pip ihre Tasche und Persi in ihr Auto, um zurück nach Bristol zu fahren.

Wenn sie ganz ehrlich war, kam es ihr ganz gelegen, dass sie nun doch etwas früher als erwartet abreisen konnte.

Zwar hatte sie sich nicht gestattet, allzu häufig an Dan zu denken, aber unbewusst hatte sie es eben doch getan. Ihr war, als sei in ihrer Abwesenheit ein spannendes Päckchen bei ihr abgegeben worden. Nur hielt sich die Vorfreude in Grenzen, weil sie sich nicht einmal sicher war, ob das spannende Päckchen überhaupt an sie adressiert war.

Das war kein besonders angenehmes Gefühl.

In ihr machte sich ein Unbehagen breit, das dafür sorgte, dass sie alles andere mit frustrierter Ungeduld betrieb, und das war normalerweise überhaupt nicht ihre Art.

Aber es hatte ihr geholfen, eine Entscheidung zu treffen: Die übervorsichtige Pip würde jetzt mal ein bisschen unvorsichtig werden.

Alle wussten, dass sie Dan mochte. Vielleicht war es an der Zeit, auch Dan von diesem Umstand in Kenntnis zu setzen?

Wenn er nicht schon von selbst drauf gekommen war. Er müsste eigentlich ganz schön blöd sein, wenn er nicht zumindest einen Verdacht hätte. Und für blöd hielt sie ihn nun ganz bestimmt nicht.

Aber heute Abend würde sie es ihm bestätigen.

Von Judy und den Mädchen hatte Pip sich bereits verabschiedet, nun schloss sie Tante Susan in die Arme.

»Wann kommst du wieder, Pip?«, fragte ihre Tante flehentlich.

»Sobald Persi die lange Fahrt wieder auf sich nehmen kann. Chester ist wirklich super, sie wird sicher schon nach ein paar Stunden wieder auf den Beinen sein, aber morgen … Na ja, also, ich hätte nichts dagegen, mal eine Nacht zu Hause zu verbringen, um …«

»Dich von uns zu erholen?«, beendete Susan den Satz, doch Pip dachte mehr in Richtung »… meinen neuen Mitbewohner zu verführen«.

»Und wenn du Persi zurückgebracht hast, fährst du wieder direkt zurück nach Bristol?«

Pip biss sich auf die Unterlippe.

Dann schüttelte sie den Kopf.

»Ich habe beschlossen, bei der Arbeit ein bisschen kürzer zu treten. Ich muss nur noch mit Chester reden.«

»Du willst also länger bleiben?« In Susans Augen glomm Hoffnung auf, doch sie bemühte sich, ihre Gefühle zu verbergen, damit Pip es sich nicht wieder anders überlegte.

Pip nickte langsam.

»Ich glaube, das muss sein. Nur, weil Mum aus dem Bett raus ist und nun im Fischerman's arbeiten wird, heißt das noch lange nicht, dass alle Probleme gelöst sind. Auch wenn Mum das anders sieht. Vielleicht bleibe ich dann mal eine Woche oder so. Nur so lange, bis sie sich eingewöhnt hat …«

Pip bezweifelte sehr, dass der Job im Pub eine gute Sache war. Und das lag unter anderem an Judys felsenfester, naiver Überzeugung, dass dieser Job ihrer aller Rettung sei. Dass sie mit einem Einkommen von sieben Pfund pro Stunde und bei dreißig Stunden pro Woche ein Auskommen haben würden. Keinen einzigen Gedanken hatte sie daran verschwendet, wie das alles praktisch zu lösen sein sollte. Welche Auswirkungen ihre wechselnden Schichten auf die beiden Jüngsten haben würden, wer sie von der Schule abholen sollte, wenn Susan und sie arbeiten mussten, wer dafür sorgte, dass sie etwas zu essen bekamen und ihre Hausaufgaben machten, statt abends im Ort auf der Straße abzuhängen.

Susan arbeitete immer häufiger abends in der Gärtnerei. Wenn Judy gleichzeitig im Pub am Zapfhahn stand, waren die Mädchen allein zu Hause.

»Wenn ich mal etwas länger hier bin, kann ich auch ein Auge

darauf haben, wie Gypsy in der Schule zurechtkommt«, sprach Pip weiter. »Aber es wird auf jeden Fall wieder nur vorübergehend sein, ich kann nicht für immer hierbleiben. In Bristol gibt es ein paar Dinge, die ich ... um die ich mich kümmern muss. Möchte. Ich werde Chester um eine weitere Woche bitten, das wird er verschmerzen können, schließlich habe ich lange keinen Urlaub genommen. Er wird schon noch eine Weile ohne mich zurechtkommen. Das wird er müssen. Jetzt braucht ihr mich gerade dringender als er ...«

Die M25, ihr Mini und ein jugendlicher Vierbeiner, der es gewöhnt war, den ganzen Tag frei herumzurennen und mit seinen Kumpels das Dorf aufzumischen, waren keine gute Kombination.

Zu allem Überfluss wollte Persi dann auch noch den ganzen Weg vorne sitzen. Sie sabberte nicht nur auf den Beifahrersitz, sondern kaute auch noch auf dem Schaltknüppel herum und betätigte immer wieder mit der Schnauze den Blinker. Jedes Mal, wenn sie in einem anderen Auto einen Hund erblickte, sprang sie vom Sitz, bellte und schlug Pip mit dem wedelnden Schwanz ins Gesicht. Das passierte ungefähr alle fünf Minuten.

Die Fahrt zog sich wie Kaugummi.

Pip hielt an jeder Raststätte an, um Persi Bewegung zu verschaffen, was bedeutete, dass sie selbst mit dem Hund an der Leine über den Parkplatz rannte.

In Bristol steuerte Pip als Erstes die Tierarztpraxis an. Zu ihrer Erleichterung schien alles beim Alten zu sein, wenn es auch etwas hektischer und chaotischer zuging als sonst.

Kaum war sie in der Tür erschienen, wurde sie auch schon mit Jubelrufen begrüßt.

»Pip! Gott sei Dank, du bist wieder da! Der Kapitän unseres sinkenden Schiffes!«, witzelte Maggie, kam auf sie zu und nahm sie in den Arm. »Und wer ist das? Dein neuer Freund?« Sie bückte sich, um Persi zu streicheln, die inzwischen von den vielen neuen Gerüchen und Menschen völlig überfordert war.

»Das ist Persicoria«, erklärte Pip, ohne nachzudenken. »Ich

habe gestern mit Glenda gesprochen, sie wollte sie noch in Chesters Terminplan reinquetschen, damit er sie sterilisiert.«

»Ach, die Arme …« Maggie verzog das Gesicht. »Ganz schön seltsamer Name für einen Hund …«

»Ganz schön seltsamer Name, Punkt.« Pip nickte unschuldig und packte Persi etwas fester, die aufgrund der bevorstehenden OP den ganzen Tag noch nichts zu fressen bekommen hatte und darum einen Hamster im Wartezimmer fixierte, als sei er ein saftiger Hamburger im Käfig.

Als dann auch noch ein kleines Mädchen mit einem Kaninchen auf dem Arm die Praxis betrat und Persi der Geifer über die Lefzen lief, sagte Pip: »Ich glaube, ich bringe sie mal besser in mein Büro, bevor sie sich durch die Patientenliste mampft.«

Ins Büro zu gelangen, erwies sich allerdings als ein schwieriges Unterfangen, weil ihre lieben Kolleginnen sich alle auf sie stürzten, sie fragten, wo sie gewesen sei und ob sie ihr bei etwas helfen könnten und was das denn für ein schöner Hund sei. Außerdem musste Pip erst mal diverse Kartons mit Entwurmungskuren beiseiteräumen, bevor sie endlich ihr Reich betreten konnte.

Sie erkannte ihr sonst so ordentliches Büro kaum wieder.

Eine halbe Stunde brachte sie damit zu, bergeweise Papierkram zu sichten und sich einer Reihe von Problemen mit Verschreibungen, Bestellungen, Lieferanten, medizinischem Gerät, säumigen Zahlern und eigenen unbezahlten Rechnungen anzunehmen.

»Und genau deswegen mache ich nie Urlaub – es ist der totale Albtraum, hinterher an seinen Schreibtisch zurückzukehren«, stöhnte sie, als Maggie mit einer weiteren »ganz dringenden« Angelegenheit hereinkam, aber netterweise auch mit einer Tasse Kaffee.

»Ach komm, gib's doch zu«, grinste Maggie. »Es gefällt dir, unabkömmlich zu sein.«

»Ich brauche es, gebraucht zu werden«, lachte Pip leise. »Klar ist es schön, dass ihr mich alle vermisst habt. Geht's euch allen gut?«, erkundigte sie sich ganz lässig, denn natürlich war ihr sehr wohl aufgefallen, dass bei den sie so übereifrig willkommen heißenden Kollegen einer gefehlt hatte.

Maggie sah sie schräg von der Seite an.

»Wenn du ›euch allen‹ sagst, meinst du dann wirklich ›uns alle‹ oder meinst du jemand bestimmten?«

Maggie fasste Pips betretenes Schweigen als Antwort auf und ging davon aus, dass sie mit ihrer Annahme recht gehabt hatte.

»Dieser Jemand hat sich sehr gut eingelebt, so viel kann ich dir sagen. Ich kann dir auch sagen, dass er heute nicht hier ist. Hat sich heute Morgen krankgemeldet … Brütet wohl was aus, meinte er, von daher liegt er sicher im Bett und braucht liebevolle Fürsorge …« Sie hob anzüglich die Augenbrauen und lächelte Pip an.

Dan lag im Bett und brauchte Pflege.

Pip musste unwillkürlich grinsen.

Wie bei einem Krampf zogen sich ihre Mundwinkel nach oben und hätten nur mit Hilfe einer Hand wieder den Weg nach unten gefunden. Wozu es noch länger verleugnen?

»Na, wenn das so ist, dann sollte ich mal schleunigst zusehen, dass ich nach Hause komme und dem Patienten den Schweiß von der Stirn tupfe«, konterte sie.

Pips Direktheit brachte Maggie aus dem Konzept. Sie erwiderte nichts.

»Wie, keine weiteren sarkastischen Kommentare?«, wunderte sich Pip.

Maggie lächelte verlegen.

»Ach, tut mir leid, Pip. Ich weiß, dass ich manchmal ziemlich biestig sein kann, aber da du jetzt so ehrlich bist, will ich auch ehrlich sein: Ich finde, er ist ein richtig netter Kerl. Ich kann gut verstehen, dass du ihn so sehr magst, und ich glaube, er mag dich auch …«

»Echt?« Fast ärgerte Pip sich schon, dass sie der Gedanke so verzückte.

Maggie nickte eifrig.

»Erst gestern hat er mich gefragt, ob ich wüsste, wann du wohl wiederkommst. Er klang, als könne er es kaum abwarten.«

»Wirklich?« Pip lächelte überrascht.

»Wirklich«, bestätigte Maggie grinsend.

»Was hat er denn gesagt?«

Doch gerade, als Maggie wieder anfing zu überlegen, ob sie es Pip einfach erzählen oder sie aufziehen sollte, kam Chester von einem Hausbesuch zurück.

Ihm standen Tränen der Erleichterung in den Augen, als er Pip sah, und gleich darauf Tränen der Enttäuschung, als ihm aufging, dass sie nicht da war, um wieder zu arbeiten, sondern um Persi zu verarzten.

Und er war erwartungsgemäß entsetzt, als Pip wieder die Pflaster-Methode anwandte und ihn ohne Umschweife mit ihrer Bitte um mehr Urlaub konfrontierte. Die Vorstellung, die Praxis noch länger ohne Pip führen zu müssen, trieb ihm den kalten Angstschweiß auf die Stirn. Ihm war offensichtlich noch gar nicht aufgefallen, dass die Praxis abgesehen von der für jeden sichtbaren chaotischen Unordnung auch ohne ihren »ersten Steuermann«, wie er Pip nannte, wunderbar lief. Maggie kümmerte sich – wenn auch nicht ganz so effizient wie Pip – um die geschäftlichen Dinge, aber um ihn und seine Bedürfnisse kümmerte sich, wie er nicht ohne ein gewisses Selbstmitleid feststellte, niemand.

Es machte ihn fertig, dass er hin und wieder tatsächlich selbst in seinen Terminkalender gucken musste, wo Pip doch sonst als eine Art sprechender Terminkalender fungierte und ihm alles Wissenswerte soufflierte. Er litt darunter, dass er explizit um den Kaffee bitten musste, der sonst wie von Zauberhand in regelmäßigen Abständen auf seinem Schreibtisch abgestellt wurde, und er drehte fast durch, weil er selbst ans Telefon gehen und seine Korrespondenz erledigen musste.

Er machte ein so trauriges Gesicht und hatte so ausgeprägte Tränensäcke, dass er aussah wie ein großer, maßlos enttäuschter Bloodhound.

So war Pip nun mal: Sie kümmerte sich wahnsinnig gut um Menschen, die sich wahnsinnig schlecht um sich selbst kümmerten. Was Chester fehlte, war persönliche Fürsorge. Und darum würde es sicher nicht leicht werden, von ihm grünes Licht für eine weitere Woche Urlaub zu bekommen.

Der Bloodhound verwandelte sich umgehend in einen störrischen, laut i-ahenden Esel, doch als Pip ihn freundlich darauf hinwies, dass sie in den fünf Jahren, die sie bereits für Chester arbeitete, höchstens zehn Prozent des ihr zustehenden Urlaubs in Anspruch genommen hatte, blieb dem Muli nichts anderes übrig, als nachzugeben.

»Aber nur eine Woche, Pip, ja? Nur eine Woche?«, fragte er immer wieder, als Pip Persi in Glendas Hände gab.

»Wenn alles gut geht, nur eine Woche, ja ...«

Am liebsten wäre sie ja sofort nach Hause gefahren, aber dann brachte sie es doch nicht über sich, sich davonzustehlen, solange Persi unterm Messer war. Also setzte sie sich an ihren Schreibtisch und erledigte etwas Papierkram, bis Glenda in ihrem perfekt gestärkten Kittel auftauchte und sie informierte, der Eingriff sei reibungslos verlaufen und Persi schlafe jetzt. Beim Gedanken daran, was sie nun gleich tun würde, lief Pips Adrenalinhaushalt auf Hochtouren. Sie schnappte sich ihre Tasche und wandte sich an Maggie:

»Mags, wärst du so lieb, ein Auge auf Persi zu haben? Ich muss kurz was erledigen ...«

»Aber mit dem größten Vergnügen!« Maggie zwinkerte ihr zu, holte einen neuen Lippenstift aus der Tasche und reichte ihn Pip. »Viel Spaß!«

Zwar war sie nur wenige Tage weg gewesen, aber Pip hatte dennoch das Gefühl, Ewigkeiten nicht zu Hause gewesen zu sein.

Unterwegs sprang sie noch schnell in den Supermarkt und kaufte – nicht ohne einen Anflug von einem schlechten Gewissen, weil die Mädels in Cornwall ja nun sehr knapp kalkulieren mussten – diverse Leckereien ein: je eine Flasche guten Rot- und Weißwein, Brathähnchen, Salat, frisches Brot und eine Vorratspackung von Nancys Lieblings-Sahnetörtchen, nur für den Fall, dass Pip sie bestechen musste, damit sie sich für zwei Stunden aus der Wohnung verkrümelte. Und für den Fall, dass Dan tatsächlich krank war, kaufte sie auch noch eine Flasche Red Bull und ein Kilo Weintrauben. Als sie an der Kasse stand, stellte sie sich bereits vor, wie sie ihm eine nach der anderen fütterte ... von Mund zu Mund ... oder vielleicht war er auch genug bei Kräften, um sie von ihrem Bauchnabel zu pflücken.

Von Vorfreude beseelt, erreichte sie lächelnd das alte, dreistöckige Gebäude, in dessen zweiter Etage sie mit Nancy zur Miete wohnte.

Ihr Lächeln wurde immer breiter, als sie sich auf dem Weg nach oben überlegte, ob sie wohl verwegen genug war, eine von Nancys Schwesterntrachten anzuziehen und ihm anzubieten, ihm mal das Fieber zu messen.

Je näher sie der Wohnung und damit ihm kam, desto wohliger wurde ihr, und es kribbelte sie überall.

Ihr war fast schon ein bisschen übel.

Im Treppenhaus blieb sie einen Moment stehen, um sich wieder zu beruhigen, um zu Puste zu kommen und sich in Erinnerung zu rufen, dass sie ihm lediglich anbieten würde, ihm etwas zum Mittagessen zu machen. Das war doch kein Grund zur Aufregung. Sie würden einfach nur zusammen etwas essen ... und dann würde sie ihm sagen, was sie für ihn empfand, und dann würden sie vielleicht noch ganz andere Dinge zusammen tun ...

Und so trug sie ihre Einkaufstüten in die Küche.

Wo sie Dan antraf.

Der aß aber bereits.

Sushi.

Wie die alten Japaner.

Von einem nackten Körper.

Von Nancys nacktem Körper.

– 14 –

Nyotaimori.

So hieß das.

Pip konnte sich nicht mehr erinnern, woher sie das wusste. Aber sie wusste, dass sie es nie mehr vergessen würde. Genauso wenig wie den Anblick von Dan und Nancy, die genau das praktizierten.

Er war also gar nicht krank.

Obwohl er ganz schön blass wurde, als Nancy erschrocken keuchte und ihn so auf ihre Zuschauerin aufmerksam machte.

Pip wurde jetzt richtig übel. Speiübel. Ohne ihre Einkaufstüten loszulassen, machte sie auf dem Absatz kehrt und rannte aus der Wohnung. Warf sich in ihr Auto. Dort saß sie einen Augenblick und zitterte, bis sie sich einmal heftig schüttelte, als könne sie damit das Gesehene abstreifen.

Sie atmete tief aus. Schloss die Augen. Spürte, wie ihr die Tränen in die Augen stiegen, und biss sich auf die Lippe, um nicht zu weinen.

Seit der Sache mit Beau hatte sie nicht mehr wegen eines Kerls geweint. Also würde sie jetzt auch nicht weinen.

»Ich habe keinen Anspruch auf ihn. Ich kann nur hoffen und wünschen«, murmelte sie zu sich selbst.

Als sie sich und ihre zitternden Hände wieder unter Kontrolle hatte, ließ sie den Motor an und fuhr weg.

Fünf Minuten später hielt sie links an, durchwühlte die Einkaufstüten, riss die Plastikschachtel auf, stopfte sich zwei Sahnetörtchen in den Mund und fuhr dann wieder weiter.

Als sie den Parkplatz vor der Tierarztpraxis erreichte, verschleierten allerdings schon wieder Tränen ihren Blick. Sie blieb kurz im Wagen sitzen und hielt das Lenkrad umklammert.

»Es gibt wirklich Wichtigeres … Ich habe echt was Wichtigeres zu tun«, wiederholte sie ein ums andere Mal wie ein Mantra, bis sie ihre Finger davon überzeugt hatte, die Umklammerung des Lenkrads aufzugeben und den Tränenschleier wegzuwischen.

Aber noch konnte sie nicht reingehen, sie war noch viel zu sehr mit sich selbst beschäftigt. Beziehungsweise mit diesem Kurzfilm, der in ihrem Kopf in Endlosschleife lief ... Wie sie vor lauter Aufregung und Vorfreude lächelnd die Wohnung betritt, wie sie im Flur kurz stehen bleibt, wie sie in die Küche geht, wie sie sie zusammen sieht, wie ihre freudige Erregung im Sturzflug zu Boden geht und dort auf dem Linoleum zermatscht.

Immer und immer wieder sah sie es vor sich. Das immergleiche Bild: Dan mit Nancy. Nancy mit Dan. Ihre Nancy mit dem Dan, von dem sie gehofft und geträumt hatte, er könne *ihr* Dan sein.

Als sie noch zur Schule gingen, wollte Nancy immer gerne das haben, was Pip hatte. Ganz gleich, ob Klamotten, Bücher oder Jungs ...

Aber sie waren keine Schulkinder mehr.

Jeder hatte natürlich das Recht, so zu leben, wie er es wollte, zu tun, was er wollte und mit wem er wollte. Aber ... Nancy hatte doch gewusst ... Sie wusste doch, was Pip für Dan empfand, sie wusste, wie sehr Pip hoffte, dass sich zwischen ihnen etwas entwickeln würde – und doch hatte sie ihn ihr weggenommen.

»Ich habe keinen Anspruch auf ihn. Ich kann nur hoffen und wünschen«, wiederholte Pip leise. Und doch hallten die Worte in dem kleinen Auto so laut wider, als drängten sie aus einem riesigen Loch in ihrer Brust.

Ein Loch, das Pip mit einem weiteren Sahnetörtchen füllte.

Pip setzte offenbar eine sehr überzeugende Maske auf, als sie die Praxis betrat, denn niemand schien ihr anzusehen, wie schlecht ihr noch immer von der Enttäuschung – und von den Sahnetörtchen – war. Selbst als Maggie arglos, aber lasziv und wissend zwinkernd »Uuuund?« fragte, blieb Pips Miene ganz ruhig.

»Uuuund?«, wiederholte Pip, weil sie nicht wusste, was sie sonst antworten sollte.

»Hast du ihn gesehen?«

»Ja.«

»Und?«

»Und?«

»Wie war er so …?« Maggie lechzte nach Einzelheiten.

Wie war er so?

Nackt. Glücklich. Hungrig.

Entsetzt. Betreten. Nackt.

Sehr, sehr nackt.

Wie Michelangelos David.

So nackt und so schön wie Michelangelos David.

Wie oft hatte sie ihn sich in den letzten Monaten nackt vorgestellt … Allerdings ohne eine ebenfalls nackte Nancy unter ihm.

»Also, er schien tatsächlich irgendwie erhitzt zu sein …«, brummte Pip, während ihr wieder die Bilder durch den Kopf rauschten.

»Du meinst, er hatte Fieber?«

»So ähnlich. Wie geht's Persi?«

»Führt sich auf, als hätten wir ihr nur die Krallen poliert.« Maggie wunderte sich über den abrupten Themawechsel.

»Ach, super. Endlich mal gute Nachrichten. Wo ist sie?«

»Lässt sich von seiner Lordschaft den Bauch kraulen.«

»Super.« Pip drehte sich um und wollte gerade in Chesters Büro gehen, als Maggie sie zurückrief.

»Übrigens hat Nancy vor ungefähr zehn Minuten für dich angerufen.«

»Aha. Okay.«

»Ob du sie wohl zurückrufen würdest, es sei dringend.«

»Ja, klar. Mach ich.«

»Sie klang ziemlich aufgeregt, muss ich sagen … Pip? Ist alles in Ordnung?«

»Ja, klar, alles bestens, wirklich … Du kennst doch Nancy«, plapperte Pip los. »Ihr geht's prima. Mehr als das, sie dürfte absolut deliriös glücklich sein, so ist das bei Nyotaimori. Wahrscheinlich ist ihr bloß das Wasabi oder die Sojasoße ausgegangen oder so ...«

»Hä? Was? Wie bitte?«

»Oder sie kann die Stäbchen nicht finden ...«

»Pip? Bist du sicher, dass es dir gut geht?«, rief die nun komplett verwirrte Maggie ihr noch hinterher, doch Pip hatte bereits Chesters Büro erreicht, schloss die Tür hinter sich und lehnte sich dagegen, um wieder zu Atem zu kommen.

Persi räkelte sich schläfrig in dem schönen großen Hundekorb, in dem normalerweise Chesters Hund Beans, ein großer, umgänglicher Staffordshire lag. Der thronte jetzt aber auf dem Schoß seines Herrchens, der wiederum am Schreibtisch saß und ein Fachbuch studierte.

Pip rang sich ein Lächeln ab, und als Persi sie mit einem Schwanzwedeln begrüßte, kniete sie sich, von der offenkundigen Wiedersehensfreude gerührt, neben sie und streichelte ihr den seidigen Kopf.

»Ich hab gehört, du hast dich wie immer wacker geschlagen ...«

Abgesehen von dem Verband am Bauch und einem etwas verschlafenen Blick wirkte Persi so fit wie üblich.

Chester sah auf, lächelte und legte das Buch zur Seite.

»Sie hat das ganz großartig gemeistert. Wenn ich ihr nicht etwas Schlafmittel gegeben hätte, würdest du gar nicht merken, dass sie gerade operiert wurde. Springt rum wie ein junges Reh.«

Kam ihr bekannt vor.

»Meinst du, sie kann heute Abend schon wieder zurück nach Cornwall reisen?«

Chester nickte.

»Wir machen es ihr auf der Rückbank schön gemütlich, dann wird sie die ganze Fahrt schlafen. Solange du nicht zu sportlich über irgendwelche Buckelpisten heizt«, scherzte er. »Aber willst du denn wirklich heute schon wieder zurück? Ganz schön viel Fahrerei an einem Tag. Ich dachte, du würdest bis morgen bleiben, ich dachte, du hättest hier was zu erledigen, wolltest Leute treffen ... Oder wolltest Leute treffen, um mit denen was zu erledigen …« Er bedachte sie mit dem gleichen suggestiven Lächeln wie Maggie. »Ein gewisser Herr hat verdammt viel von dir geredet, Pip … Unter uns gesagt, ich glaube, er hat eine Schwäche für dich.«

Oder aber für meine beste Freundin, ging es Pip durch den Kopf.

»Ich glaube nicht, dass sich zwischen Dan und mir irgendetwas entwickeln wird«, sagte sie dann mit Bedacht. »Irgendwie ist er gar nicht mein Typ.«

»Ach?« Chester wirkte überrascht. »Und wieso?«

»Keine Ahnung …« Pip dachte nach. »Ich finde, er isst irgendwie seltsam …« Das doppelte s konnte Chester natürlich nicht hören. »Und überhaupt, nach all dem, was jetzt schon wieder bei meiner Mutter los ist, kann ich überhaupt keinen Romantikquatsch gebrauchen.« Sie nickte entschieden.

»Klar.« Chester betrachtete sie mitfühlend. »Wie geht's denn bei deiner Familie?«

»Nicht besonders gut, darum muss ich ja wieder hin.«

»Klar. Aber in einer Woche bist du wieder hier, ja?«

Pip sah zu ihm auf.

»Du bist doch in einer Woche wieder zurück, oder? Heute in einer Woche?«, wiederholte er, dieses Mal eine Oktave höher, weil er nicht die erwünschte Antwort bekam.

In einer Woche.

So lautete die Absprache.

Zwar befahl ihr Hirn ihrem Kopf, zu nicken, aber der wollte nicht recht. Erst hatte sie es nicht abwarten können, nach Bristol zurückzukommen, und jetzt konnte sie es nicht abwarten, so schnell wie möglich wieder wegzufahren, und zwar so lange und so weit wie möglich.

Wie sich die Dinge binnen zweier Stunden doch ändern konnten.

»In einer Woche«, quietschte Chester noch einmal, doch so sehr sie ihn auch beruhigen wollte – auf einmal schüttelte sie zu ihrer eigenen Überraschung den Kopf und sprach Worte aus, über die sie überhaupt noch nicht nachgedacht hatte.

»Ich weiß, wir hatten von einer Woche gesprochen, aber … aber eigentlich möchte ich eine Auszeit.«

»Eine was?«

»Eine Auszeit, Chester. Eine längere Pause.«

»Aber das weiß ich doch, eine Woche, Pip, du machst jetzt eine Woche Pause.« Chester schwante, dass er etwas zu hören bekommen würde, was er überhaupt nicht hören wollte, und so setzte er ein tapferes Lächeln auf und versuchte, seinen Bloodhound-Augen einen Dackelblick zu entlocken.

Doch Pip schüttelte den Kopf.

»Ich glaube, ich brauche eine längere Pause.«

»Wie lang?«

»Ich weiß es nicht. Vielleicht ein paar Wochen, ein oder zwei Monate. Ich muss nach Hause und mich um meine Schwestern kümmern, Chester, tut mir leid.«

»Monate!« Chester sprang auf und fegte den verstörten Beans von seinem Schoß. »Was, um Himmels willen, ist denn bloß passiert, Pip? Geht's dir gut? Nein, offenbar nicht … Kann ich irgendetwas für dich tun?«

Dankbar lächelte sie ihn an. Sie rappelte sich auf und gab ihm die Hand.

»Lass mich nur diese Auszeit nehmen, Chester, bitte. Kündigen möchte ich nicht, aber wenn dir das lieber wäre, dann …«

»Nimm dir eine Auszeit! Von mir aus auch zwei oder drei, ganz egal, tu's, und lass dir Zeit! So lange du willst!«, unterbrach sie Chester mit vor Entsetzen geweiteten Augen. Sie hatte das K-Wort gesagt! »Nur bitte, bitte, kündige nicht!!«

»Will ich ja auch gar nicht, wie gesagt, ich muss jetzt einfach mal eine Weile in Cornwall sein, und ich weiß nicht genau, wie lange diese Weile dauern wird. Ich will nicht ständig hier anrufen und um weitere Urlaubsverlängerung bitten müssen. Ich weiß, dass das dir gegenüber nicht fair ist, und ich würde es verstehen, wenn dir eine klare Kündigung lieber wäre …«

»Nein, nein, so ein Quatsch! Niemals! Du brauchst eine Pause, also bekommst du eine Pause … Es ist nur so, dass es hier ohne dich nicht besonders gut läuft.«

»Ich weiß, und das tut mir leid, aber ich muss einfach ... Wir könnten doch eine Zeitarbeitskraft einstellen.«

»Eine Zeitarbeitskraft?«

»Na ja, also, den ganzen Bürokram können Maggie und die anderen doch prima unter sich aufteilen, das schaffen die schon, da bin ich mir sicher. Und für dich heuern wir eine Zeitarbeitskraft an, die sich nur um dich kümmert. Und zwar noch viel mehr als ich es sonst tue, weil das nämlich die einzige Aufgabe dieser Person sein wird. Sie kann sich voll und ganz auf dich konzentrieren und dafür sorgen, dass es dir gut geht. Ich rufe gleich morgen bei der Agentur an und besorge jemanden, der extrem süßen, starken Kaffee macht, sobald du nur mit dem Finger schnippst ... Der zum Buchmacher geht und deine Wetten anmeldet, ohne Clara davon zu erzählen ... Der sich eine Stunde beim Bäcker anstellt, um dir deine geliebten süßen Brötchen zu besorgen, bevor sie ausverkauft sind ...«

»Das geht?«

»Natürlich geht das.«

»Können wir es uns denn leisten, noch jemanden einzustellen?«

»Na ja, wenn ich nicht arbeite, bekomme ich doch kein Gehalt.«

Chester sah sie leicht beruhigt an, dann kam ihm ein altruistischer Gedanke.

»Aber wenn du kein Gehalt bekommst, wovon willst du dann in der Zeit leben?«

»Das lass mal meine Sorge sein, Chester. Vielleicht suche ich mir in Cornwall vorübergehend einen Job.«

Die Runzeln auf Chesters Stirn verwandelten sich in tiefe Furchen.

»Hier hast du auch als Zeitarbeitskraft angefangen!« Er sah bereits einen imaginären neuen Arbeitgeber vor sich, der ihm seine Pip abwerben wollte.

»Stimmt«, sagte Pip, als käme ihr das erst jetzt wieder in den Sinn. »Damals wollte ich bloß ein paar Wochen bleiben – und aus den Wochen wurden Jahre ...«

Sehr zu Chesters Unbehagen schien sie diese Erinnerung nur noch mehr in ihrem Entschluss zu bestätigen.

»So, jetzt muss ich aber los ... Würdest du mir bitte mit Persi helfen, Chester?«

Seine Unterlippe bebte. Ihm war klar, dass er jetzt in einer Situation war, auf die der Spruch seiner Mutter passte, dass man das, was man liebte, loslassen musste und nur hoffen konnte, dass es zurückkommen würde. Er nickte.

Mit aschfahler Miene half er Pip, Persi ins Auto zu verfrachten.

Sie winkte dem etwas verloren wirkenden Chester zu, sah noch einmal nach Persi, um sicher zu gehen, dass sie bequem lag, und machte sich dann auf den Weg Richtung Autobahn.

– 15 –

Die Fahrt zurück nach Cornwall war so völlig anders als die Fahrt nach Bristol am selben Morgen.

Auf der Hinfahrt war nicht nur Persi außer Rand und Band gewesen, sondern auch Pips Herz und Fantasie. Wenn sie ganz ehrlich war, hatte sie sich nämlich nicht nur vorgestellt, wie sie und Dan Sex miteinander hatten, sondern sie hatte auch schon mal überlegt, wie sich ihr Vorname in Kombination mit seinem Nachnamen machen würde.

Gott, war sie blöd gewesen.

Sie war sich so sicher gewesen, dass zwischen ihr und Dan irgendetwas ganz Besonderes im Entstehen begriffen war. Aber jetzt wusste sie, dass sie sich gründlich getäuscht hatte. Sie war fix und fertig. Als hätte jemand ihr all die Hoffnung und die Begeisterung genommen, sie aus ihr herausgewrungen, bis nur noch ein desillusionierter, schlaffer Lappen von ihr übrig war. Am liebsten hätte Pip sich zu Persi auf die Rückbank gelegt, sich mit ihr unter die Decke gekuschelt, um sich ganz furchtbar selbst zu bemitleiden und sich die restlichen Sahnetörtchen einzuverleiben.

Konnte nicht mal jemand ein Auto erfinden, das von selbst fuhr?

Wenigstens fiel ihr Empfang auf Arandore enthusiastisch aus.

Gypsy, Eddie und Emerald standen bereits am Tor, weil sie Pips Wagen erspäht hatten, und die Hunde bellten wie verrückt. Die anderen waren in der Küche, Tante Susan hatte bereits Tee gemacht. Nur Judy fehlte, sie absolvierte ihren ersten Arbeitseinsatz im Fisherman's Boots. Laut Susan hatte sie sich dafür herausgeputzt, als gelte es nicht, Bier zu zapfen, sondern Männern den Kopf zu verdrehen. Sie hatte sich in ein marineblaues Kleid geschmissen, das nicht nur perfekt zu ihren Augen passte, sondern sich auch an ihren Körper schmiegte wie Efeu um einen kurvenreichen Baumstamm.

Pip war sich allerdings nicht ganz sicher, ob der jubelnde Empfang wirklich ihr galt oder vielleicht doch eher der operierten Persi ... Alle bedauerten sie ganz fürchterlich, und die Hündin beschloss offenbar, jetzt, wo sie zu Hause und von der mitfühlenden Familie umringt war, die arme, bemitleidenswerte Patientin zu mimen, indem sie ganz langsam in die Küche humpelte und sich dort mit übertriebener Vorsicht in einem der Hundekörbe niederließ. Hätte sie sich eine Pfote an die Stirn halten und melodramatisch seufzen können, hätte sie auch das getan.

»Na, hast wohl bei Mum Nachhilfe gehabt?«, witzelte Pip, als sie den Hund samt Korb, Leckerlis und jeder Menge Streicheleinheiten vor dem Herd installierten. »Also echt, Leute, bis eben ging's ihr noch prima.«

»Und dir geht's auch prima?«, erkundigte Viola sich spitz.

»Mir? Ja, klar. Wieso fragst du?«

»Weil du aussiehst wie ausgekotzt.«

Viola besaß das seltene Talent, selbst dann, wenn sie sich nach dem körperlichen und/oder seelischen Wohlbefinden eines Mitmenschen erkundigte, beleidigend zu klingen.

»Und weil Nancy schon vier Mal angerufen hat«, schob sie hinterher und beäugte ihre Schwester neugierig. »Was hat sie dir denn diesmal getan?«

»Nichts«, antwortete Pip prompt, doch Viola entging nicht, dass sie ganz leicht zusammengezuckt war.

»Beim vierten Mal hatte allerdings keiner von uns mehr Bock, ans Telefon zu gehen, weil sie ziemlich aufgeregt ziemlich wirres Zeug geredet hat, aber ich glaube, sie hat dir eine Nachricht hinterlassen ...«

Pip ließ sich erst mal von Gypsy in den Arm nehmen und von Susan eine Tasse Tee in die Hand drücken. Dann ging sie hinaus in den Flur und starrte den Anrufbeantworter an.

Was Nancy ihr wohl zu sagen hatte? *Tut mir echt leid, dass ich deine Hoffnungen zunichte gemacht und deine Träume habe platzen lassen. – Sag mal, wo sind übrigens unsere Essstäbchen?* Ach was, Nancy entschuldigte sich in der Regel nie für irgendetwas, und außerdem – ermahnte Pip sich selbst – kann man keine Besitzansprüche auf andere Menschen erheben. Höchstens auf Dinge. Schließlich hatte Pip sich nicht einfach den Finger ablecken, ihn in Dans Bauch bohren und laut »Meiner!« quietschen können, wie Nancy das in der Regel tat, wenn Pip Törtchen gekauft hatte. Wenn sie sie nicht ohnehin alle selbst auffutterte.

Dan und Nancy hatten jedes Recht, zu tun und zu lassen, was sie wollten. Und gut, was sollte es schon, dann hatten sie eben ...

»AAAAH!« Pip schüttelte den Kopf, als das Bild von den beiden wieder in Cinemascope-Format und brillanten Farben über ihre mentale Leinwand flimmerte.

Javier und sein Engel-Tattoo waren nichts dagegen.

Trotzig und blitzschnell drückte Pip auf die Wiedergabetaste, als könne das Gerät sie beißen.

Sofort erklang Nancys schrille, aufgeregte Stimme.

»Verdammte Scheiße, Pip, bist du da? Ich muss mit dir reden. Wann schaffst du dir endlich mal ein gottverdammtes Handy an?«

Es sah Pip gar nicht ähnlich, doch drückte sie jetzt die Löschen-Taste und wünschte, sie könnte nicht nur Nancys Stimme, sondern auch die Bilder aus der gemeinsamen Küche heute Mittag löschen.

»Willst du sie denn nicht zurückrufen?«

Pip fuhr beim Klang von Violas Stimme erschrocken zusammen.

»Himmelherrgott, Viola, seit wann schleichst du dich denn so an andere Menschen heran?«

»Ich habe mich nicht angeschlichen, du hast mich nur nicht bemerkt, weil du völlig weggetreten das Telefon angeglotzt hast. Was hat sie getan, Pip? Und jetzt sag bloß nicht ›Nichts‹, das glaube ich dir nämlich nicht, und ich werde gnadenlos weiterbohren, bis du mit der Wahrheit rausrückst.«

»Sie hat meinen Kuchen aufgegessen«, sagte Pip trübsinnig.

Nachdenklich sah Viola sie an, dann nickte sie.

»Aha. Und ich nehme an, in diesem Zusammenhang ist ›Kuchen‹ ein Synonym für ›Mann‹, ja?«

Pip brachte plötzlich kein Wort mehr heraus, darum nickte sie bloß. Und gerade, als sie erwartete, ihre Schwester würde sie auslachen oder gar beschimpfen, streckte Viola beide Arme nach ihr aus und nahm sie ganz fest in den Arm. Pip staunte.

»Diese blöde Nancy ist schon immer eine gierige Zicke gewesen ... Also, wer auch immer dieser Kuchen war, er muss schon lecker gewesen sein, wenn du ihn so gemocht hast ...«

»Sahneschnitte ist gar kein Ausdruck ...«, schniefte Pip unglücklich.

Viola schnaubte verächtlich.

»Ach, Pip, tut mir leid, aber wenn er sich mit Nancy einlässt, obwohl er dich hätte haben können, dann ist er ein kompletter Vollhonk.«

»Meinst du?«

»Ja, natürlich! Guck dich doch mal an, Pip Charteris, du bist schön, du bist klug, und du bist herzensgut – ach, wenn ich doch nur halb so nett wäre wie du, dann wäre ich immerhin schon doppelt so anständig wie jetzt ... Ach, Pip. Es tummeln sich noch so viele andere Fische im Teich.«

»O nein!«, jaulte Pip auf. »Bitte, Viola, kein Wort von Fischen!«

In Violas besorgte Miene schlich sich ein listiges Lächeln.

»Kein Wort von Fischen? Jetzt sag nicht, dir ist wieder das Gleiche passiert wie damals mit der Venusmuschel?«

Pips Mundwinkel zuckten kurz nach oben, als sie sich daran erinnerte, wie sie Viola nach einem feucht-fröhlichen Abend von diesem Zwischenfall berichtet hatte.

»Nein, nein, mit Venusmuscheln hat das alles nichts zu tun. Und auch mit sonst keinen Muscheln. Diese Mal dreht sich alles um rohen Fisch.«

»Um rohen Fisch?« Violas Miene spiegelte angewidertes Entzücken. Dann begriff sie, was Pip meinte: »Du meinst Sushi? Im Ernst? Sushi ... O Gott ...« Sie musste laut lachen. »Sie haben doch nicht etwa ...? Nein, sag, dass das nicht wahr ist!«

»Würde ich ja gerne, kann ich aber nicht.«

Viola keuchte und küsste Pip auf die Wange, was ein äußerst seltener Liebesbeweis war für jemanden, der sonst so anschmiegsam war wie ein Borstentier.

»Vergiss die beiden. Ich meine das völlig ernst, wenn ich sage, dass du was Besseres verdient hast ... Und noch etwas ... Was ich dir gesagt habe, als du neulich herkamst ... Ich meinte, dass du immer nur nach Hause kommst, wenn wir Hilfe brauchen, und dass es schön wäre, wenn du manchmal einfach so kommen würdest, weil du Lust dazu hast, nicht, weil du dich dazu verpflichtet fühlst ... Du fehlst uns, Pip. Wir vermissen dich, ich vermisse dich, und nicht nur, weil du jemand bist, auf den wir uns verlassen können ...« Viola hielt inne und sah ihre Schwester an. »So, und jetzt werde ich es sagen, obwohl ich später bestimmt mit Brechreiz an diesen oberschmalzigen Moment zurückdenken werde, aber wir vermissen dich, weil wir dich lieben.«

– 16 –

Am nächsten Morgen war Pip noch vor Sonnenaufgang wach.

Sie fuhr erschrocken aus einem verrückten und sehr realistisch wirkenden Traum mit Dan auf.

Bis auf eine gestreifte Metzgerschürze, die er um seinen mit einem Engel-Tattoo verzierten Hintern drapiert hatte, und eine große weiße Kochmütze, die auf seinem Kopf prangte, war er völlig nackt gewesen. Er briet Hamburger auf einer ebenfalls nackten Maggie. Pip selbst hatte einen Bärenhunger und stand an, um einen Burger zu bekommen, da drängelte Nancy sich plötzlich vor und schnappte ihr den letzten vor der Nase weg. Hämisch lachend stopfte sie sich das tropfende Fleisch in den Mund und verduftete.

Man musste nicht Sigmund Freud heißen, um zu begreifen, worum es in diesem Traum ging – aber was Maggie darin verloren hatte, war Pip denn doch ein Rätsel.

Weit davon entfernt, ausgeruht zu sein, drehte Pip sich noch einmal um und wollte weiterschlafen, dieses Mal aber bitte traumlos. Doch jedes Mal, wenn sie die Augen schloss, sah sie Nancy und Dan wieder so plastisch vor sich, dass sie sogar meinte, Sushi-Geschmack im Mund zu haben.

Kein Wunder also, dass sie nicht wieder einschlafen konnte. Um fünf Uhr früh saß sie in der Küche und wartete darauf, dass es hell wurde. Doch die Sonne wollte es offenbar ihrem Gemüt gleichtun und versteckte sich hinter dunklen Wolken, sodass es auch nach Tagesanbruch immer noch dämmerig war.

Pip legte Holz im Herd nach und schaltete den Wasserkocher ein. Sie entdeckte ein paar neue Rechnungen auf der Anrichte und überflog die Stellenanzeigen in der Lokalzeitung. Vielleicht konnte sie ja tatsächlich einen Job annehmen, solange sie auf Arandore war. Leider waren Nebenjobs in Cornwall zu dieser Jahreszeit eher dünn gesät – es sei denn, Pip wollte sich als Zimmermädchen verdingen. Doch sie fand, sie hatte schon genug damit zu tun, das Chaos ihrer eigenen Sippe aufzuräumen, als dass sie sich auch noch um das Chaos fremder Leute kümmern wollte.

Dann landete sie auf den Seiten mit den Immobilienanzeigen. Neugierig, wie viel Arandore wohl wert war, studierte Pip die Anzeigen und war überrascht, wie stabil sich die Immobilienpreise in ihrer Gegend gehalten hatten, auch wenn sie diese Erkenntnis in ihrer jetzigen Situation nicht wirklich weiterbrachte. Doch als ihr Blick schließlich auf die angebotenen Mietobjekte fiel, schlich sich erst malig an diesem Morgen ein Lächeln auf Pips Gesicht.

Sie sah aus dem Fenster. Da es trotz der dunklen Wolken noch nicht regnete, rief sie die Hunde und machte sich entschlossenen Schrittes mit ihnen auf den Weg zur großen Wiese.

Zum Frühstück versammelten sich alle Frauen um den großen Tisch, bis auf Judy, die nach ihrer ersten Spätschicht im Pub ausschlief.

Pip hatte der ganzen Bande einen Topf Porridge gekocht, da das gesünder und kostensparender war als Bohnen auf Toast.

Gypsy rührte missmutig in der grauen Masse herum, und auch die anderen beäugten die Pampe mürrisch.

»Ich habe eine Idee«, verkündete Pip.

Ihre Äußerung war allen eine willkommene Ablenkung – die Gelegenheit, ihre Teller von sich zu schieben, ohne zu unhöflich und undankbar zu wirken. Hoffnungsvoll lächelten sie ihre große Schwester an.

»Ich glaube, ich habe da eine wirklich richtig gute Idee.«

»Jetzt sag nicht, du ziehst für immer hierher zurück?«

Viola hatte offenbar vergessen, wie lieb und fürsorglich sie noch am Vorabend gewesen war. Manchmal schrien ihre bissigen Bemerkungen förmlich nach einer Retourkutsche oder gar körperlicher Züchtigung (Schwitzkasten inklusive Zerstörung ihrer perfekten Frisur), aber in der Regel war es das Beste, sie schlicht zu ignorieren.

Aber dieser Kommentar kam wirklich schlecht bei Pip an. Zum einen, weil sie so froh gewesen war, Viola mal wieder von ihrer netten Seite erlebt zu haben, und gehofft hatte, ihre Nettigkeit würde etwas länger anhalten. Zum anderen, weil ihre jüngeren Schwestern auf einmal so hoffnungsvoll zu ihr aufblickten, dass Pip schon wieder ein schlechtes Gewissen bekam.

Einen Moment zog Pip in Erwägung, zu behaupten, ihre gute Idee bestünde darin, dass Viola entweder ihre Haare oder eine Niere verkaufte, doch Pip verkniff sich die Stichelei und hielt sich an die Wahrheit.

»Meine Idee«, sagte sie und sah Viola dabei an, »hat mit Pops Cottage zu tun.«

»Pops Cottage?« Gypsy hatte die Angewohnheit, die entscheidenden Worte als Frage zu wiederholen.

»Pops Cottage?«, fragte auch Susan.

»Ja. Pops Cottage«, wiederholte Pip noch einmal, um sicherzustellen, dass alle es begriffen hatten. »Wir brauchen Geld ...«

»Hört, hört«, frotzelte Viola.

Gypsy bot ihr Paroli, indem sie ihren Löffel aus dem heißen Porridge zog und damit über Violas Handrücken strich.

Viola quietschte und sprang auf, während Gypsy ihre Aufmerksamkeit mit Unschuldsmiene wieder Pip zuwandte.

»Sprich bitte weiter«, flötete sie.

Pip musste sich beherrschen, nicht loszuprusten.

»Danke, Gypsy, aber das war nicht gerade nett.«

»Nein, klar doch, und ich verspreche, es nie wieder zu tun«, behauptete sie.

Sie sahen einander an.

Pip war die Erste, die blinzelte.

Sie kehrte zu ihrem eigentlichen Thema zurück.

»Pops Cottage ...«

»Pops Cottage«, wiederholten die anderen unisono, um sie zu foppen.

»Ach, jetzt hört mir doch bitte mal zu! Schließlich versuche ich, euch zu helfen.«

Alles schwieg und sah sie ergeben an.

»Also, ich habe mir heute Morgen den Immobilienteil in der Zeitung vorgenommen, und plötzlich ist mir aufgegangen, dass wir Arandore doch vermieten statt verkaufen könnten. Das dürfte uns genug Geld einbringen, um euch ein kleineres Haus zu mieten und euch sogar monatlich zu bezuschussen ...«

Die Reaktion entsetzten Aufkeuchens hatte sie erwartet.

»Ich weiß, ich weiß.« Sie hob die Hände, um Viola zu stoppen, die bereits den Mund aufmachte. »Ich weiß, dass ihr den Gedanken unerträglich findet, irgendwo anders als auf Arandore zu leben, so lange es uns noch gehört, und darum habe ich weiter nachgedacht ... Das Cottage«, sagte sie, »steht doch nur unbewohnt herum, dabei ist es ein ganz wunderbares Häuschen. Das ist doch eine Schande. Wir brauchen dringend Geld, und von daher finde ich meine Idee geradezu perfekt: Wir werden das Cottage vermieten!«

Sie strahlte die anderen an. Applaus erwartete sie nicht gerade, aber doch zumindest eine gewisse Anerkennung ihres geradezu genialen Rettungsplans.

Doch die anderen fanden ihn offenbar weniger genial, er löste eher Entsetzen aus.

»Und?«, wollte sie wissen, nachdem alle einfach nur schweigend Blicke gewechselt hatten und sie ansahen, als sei sie völlig übergeschnappt. »Was meint ihr?«

Außer dem Knurren von Gypsys Magen war nichts zu hören.

»Herrgott noch mal!« Pip schnappte sich die mitten auf dem Tisch stehende Kanne mit der frischen Milch, goss großzügig davon über Gypsys Porridge, verteilte einen ordentlichen Löffel braunen Zucker darauf, rührte um, nahm einen Löffel auf, führte ihn zu Gypsys Mund und forderte ihre Schwester auf, ihn zu öffnen.

Und Gypsy tat ausnahmsweise einmal das, was man ihr sagte. Erst verzog sie das Gesicht, als hätte man ihr gerade Zitronensaft eingeflößt, doch dann verteilte sich der Brei auf ihrer Zunge, und sie fing an zu lächeln. Flugs schaufelte sie sich selbst zwei weitere Löffel hinein.

»Schmeckt's jetzt?« Pip beobachtete sie mit vor der Brust verschränkten Armen.

Gypsy dachte kurz nach, dann nickte sie.

»Super. Und wäret ihr jetzt wohl so freundlich, mir zu erklären, wieso sich eure Begeisterung so extrem in Grenzen hält und ihr mir nicht die Füße küsst, weil ich eine so geniale Idee hatte?«

Ihre Schwestern sahen zu Tante Susan.

»Ich glaube, es ist das Beste, wenn wir es dir zeigen, Pip. Nach dem Frühstück …«

Als der Porridge aufgegessen und der Tisch abgeräumt war – was natürlich nicht ohne die üblichen Querelen darüber vonstatten ging, wer was zu tun hatte – hatten sie noch eine halbe Stunde Zeit, bevor sie sich auf den Weg zur Schule machen mussten. Also marschierten sie alle zu Pops Cottage.

Vor dem Haus erstreckten sich Wiesen bis hinunter ins Quinntal, und ganz unten konnte man in Form eines Silberstreifs sogar das Wasser erkennen. Es war das reinste Postkartenidyll.

Aber wenn man sich dem Gebäude näherte, sah man, wie tonnenweise Spinnweben die Haustür blockierten, die schwarze Farbe abblätterte, die Fensterbänke rissen, die Dachrinnen von Unkraut verstopft waren, die wunderschönen kornischen Schieferschindeln vom Dach rutschten, der Efeu alles überwucherte.

»Und das willst du also vermieten, Pip?«

Pip nickte entschlossen.

Und sie nickte selbst dann noch, als ein Blitz den Himmel durchzuckte und sein entferntes Knistern ausreichte, um den eisernen Türklopfer so zu erschüttern, dass sich seine letzte rostige Schraube löste und er zu Boden krachte. Selbst als unheilschwanger der Himmel sich auftat und ein Platzregen sie alle ins Cottage flüchten ließ, nickte sie noch.

Der muffige Geruch jahrelanger Vernachlässigung schlug ihnen entgegen.

»Wann ist denn zum letzten Mal jemand hier drin gewesen?«, wollte Pip wissen, als sie durch das trockene Laub stapfte, das sich im Hausflur gesammelt hatte. Die anderen folgten ihr auf dem Fuß.

Susan zuckte betreten die Achseln.

»Keine Ahnung, Pip ... Das ist wahrscheinlich schon Jahre her ...«

Vor über sechs Jahren hatten sie Pops Sachen zusammengepackt. Daran konnte Pip sich noch gut erinnern, sie hatte ja die meiste Arbeit damit gehabt. Damals hatten sie das Cottage picobello hinterlassen.

Jetzt lag auf allen Oberflächen zentimeterdick Staub, Spinnen hingen wie Weihnachtsdeko von der Decke, in Zimmerecken, in Lampenschirmen und Fassungen. In der Röhre des alten Fernsehers hatten Mäuse sich ein Nest eingerichtet. Die Küchenspüle war schwarz von Schimmel, dasselbe galt für das Badezimmer und die Toilette. Je genauer sie sich umsahen, desto schlimmer sah alles aus.

Pip entdeckte einen seltsamen Pilz in der Ecke des Wohnzimmers, und Susan war überzeugt, dass der kleine schwarze Haufen auf dem versifften Kaminvorleger die sterblichen Überreste eines kleinen Tieres waren. Vielleicht die eines Vogels, der durch den Schornstein hereingefallen war.

Persi, deren Bauch immer noch fest verbunden war, taperte zu dem Häufchen hin und entleerte ihre Blase auf den Teppich, den Susan so angewidert betrachtet hatte.

»Das sagt ja wohl alles«, seufzte sie und verdrehte die Augen. Dann rollte sie den Teppich auf und warf ihn aus dem Fenster, das Flora gerade zwecks Lüftung geöffnet hatte.

»Wer um alles in der Welt würde denn so eine Bruchbude mieten wollen?«, fragte Flora, als die Farbe in großen Schuppen vom Fensterrahmen auf sie herabrieselte.

»So was nennt sich Shabby Chic«, erklärte Pip optimistisch.

Flora sah sie an, als sei sie völlig plemplem.

»Okay, okay ... mehr shabby als chic, aber dagegen kann man ja was tun. Im Prinzip ist es ein wunderschönes Cottage.«

»Du meinst, tief in seinem Herzen?« Susan zog ihren Finger

durch eine dicke Staubschicht auf der Fensterbank und sah Pip dann breit lächelnd an. »Ich glaube, deine Idee ist gar nicht so schlecht, Pip. Ehrlich ...«

»Sag ich doch. Wir schaffen das schon. Wir müssen das schaffen. Guckt doch mal.« Pip klammerte sich an Susans zaghaftem Optimismus fest, als sei er ein Rettungsring, und breitete die Lokalzeitung, die sie mitgenommen hatte, auf dem staubigen Tisch vor ihnen aus. Sie zeigte auf die Anzeigen mit den Mietangeboten. »Guckt mal, wie viel die Leute für Objekte nehmen, die nicht mal ansatzweise so schön sind wie das hier.«

»Sechshundert Pfund im Monat!«, staunte Flora, die Pip über die Schulter sah. »Das Haus kenne ich. Das ist schrecklich. Ohne Garten, ohne Aussicht, ohne Parkplatz.«

»Ganz genau. Dieses Cottage hier mag ja in einem desolaten Zustand sein, aber es ist eine Perle in einem desolaten Zustand.«

»Hm, stimmt. Es hat Potenzial.«

»Denkt doch mal dran zurück, wie es hier aussah, als Pop noch gelebt hat.«

»Hmhm.« Flora nickte zustimmend. »Er hatte es wirklich hübsch hergerichtet.«

»Und genau das werden wir jetzt auch wieder tun.«

»Aber es ist so dreckig hier.«

»Wir müssen nur alle in die Hände spucken, dann kriegen wir das schon hin ...«

»Die Schornsteine müssen gefegt werden«, stellte Susan fest, die todesmutig den Kopf in den Kamin steckte.

»Das kann Gypsy doch gleich schon mal machen«, frotzelte Pip und zwinkerte Gypsy zu, die den Gedanken daran, wie ein Affe auf Schornsteine zu klettern, offenbar gar nicht so abschreckend fand.

»Und das Dach ist undicht«, sagte Flora. »Im Schlafzimmer ist ein riesiger nasser Fleck.«

»Das kannst du doch reparieren, oder?«, wandte Pip sich an ihre Tante, die einen Moment nachdachte und dann nickte.

»Ja, das kann ich reparieren, aber dafür brauche ich erst mal Material und Werkzeug. Und das kostet.«

»Die Investition wird sich lohnen.« Pip blieb zuversichtlich.

»Das glaube ich auch, aber wir haben keinen roten Heller übrig. Alles, was ich verdiene, geht für Essen und Rechnungen drauf …«

»Wie ich neulich bereits sagte, ich habe etwas gespart.«

»Nein, Pip«, wehrte Susan sofort ab.

»Doch. Ich spare ja nicht auf irgendetwas Bestimmtes«, behauptete Pip und verdrängte den Gedanken an ihre eigene kleine Zweizimmerwohnung. »Ich spare einfach so, für schlechte Zeiten.« Ein weiterer Blitz erhellte den bleigrauen Himmel und das dämmerige Zimmer. »Und ich würde sagen, jetzt sind schlechte Zeiten.«

– 17 –

Pip riss erschrocken die Augen auf, als sie Persis feuchte, raue Zunge auf der Wange spürte. Es war noch früh am Morgen. Vom Nachbarkissen sah das Tier sie mit treuem Blick an. Eddie und Emerald saßen neben dem Bett und Gypsy am Fußende, umgeben von einem Wust aus Bleistiften, Farben und Buntstiften.

Gypsy lächelte, als Pip sich rührte.

»Guten Morgen! Na, wie findest du das?«, fragte sie und hielt etwas hoch.

Es war einer der Aushänge für die Vermietung von Pops Cottage, die Pip am Vorabend entworfen hatte. Heute wollte sie herumfahren und die Mini-Plakate aufhängen, um so hoffentlich einen Mieter zu finden.

Gypsy hatte den Aushang mit einer Bleistiftzeichnung vom Cottage inklusive Geißblattranken um die Haustür und im Garten spielenden Hunden ausgeschmückt.

Pip blinzelte überrascht.

»Das sieht ja toll aus, Gypsy! Du hast ja richtig Talent!«

»Ich weiß«, grinste Gypsy frech. »Das hat Miss Jenkinson auch schon zu Mum gesagt. Sie hat gesagt, dass ich ein ... ein rundes Kind oder so bin ...«

»Ein Wunderkind?«, hakte Pip nach.

»Ja, genau. Mum hat gesagt, das heißt, dass ich irgendetwas überdurchschnittlich gut kann. Miss Jenkinson hat auch gesagt, es sei eine Schande, dass ich so retinent sei. Mum hat gesagt, das heißt, dass ich meinen eigenen Willen habe, aber so, wie Miss Jenkinson mich angesehen hat« – Gypsy senkte verschwörerisch die Stimme – »habe ich eher den Eindruck, dass sie das nicht als Kompliment meinte ...«

»Genau genommen ist renitent ein sehr freundliches Wort für sehr schlechtes Benehmen, Gyps. Wieso benimmst du dich so daneben? Findest du die Schule echt so scheiße?«

»Wieso sollte ich die Schule scheiße finden? Die macht doch Spaß!«

»Mag ja sein, Gyps«, seufzte Pip. »Das Problem ist nur, dass die Schule deine Art von Spaß nicht besonders spaßig findet …«

Als hätte sie es geahnt.

Pip hatte Gyps zur Schule gebracht und war gerade erst von einer Runde mit den Hunden wiedergekommen, als sie mit einem ziemlich barschen und verärgerten Anruf wieder zurückbeordert wurde.

Zwanzig Minuten später geleitete man Pip in das Büro der Schulleiterin. Miss Jenkinson saß hinter ihrem Schreibtisch. Ein einzelner Wangenmuskel zuckte, und Pip hätte schwören können, dass die Haare der Rektorin seit ihrer Begegnung letzte Woche noch weißer geworden waren.

Gypsy saß auf einem Stuhl in der Zimmerecke und ließ die Beine baumeln und den Kopf hängen. Als Pip hereinkam, sah sie kurz zur Seite und grinste. Doch sobald sie bemerkte, dass Amelia Jenkinson sie streng ansah, richtete sie den Blick wieder auf den Boden und gab Reue vor.

Pip redete in der Regel nicht lange um den heißen Brei, wenn unangenehme Themen anstanden, und so hielt sie es auch diesmal: »Was ist passiert?«

Miss Jenkinson stieß einen langen, leidenden Seufzer aus.

»Gypsophila hat heute Morgen ihre Biologie-Hausaufgabe abgegeben.«

Pip glaubte, tatsächlich Tränen in den Augen von Miss Jenkinson zu sehen.

»Gyps hat Hausaufgaben gemacht? Aber das ist doch großartig!«

Verwirrt ließ Pip den Blick von ihrer Schwester zur Rektorin und wieder zurück wandern.

»Nicht, wenn DAS HIER das Ergebnis ist.«

Miss Jenkinson tauchte hinter ihrem Schreibtisch weg, tauchte wieder auf und reichte Pip eine Pflanze.

Pip nahm sie vorsichtig entgegen.

So, wie die Lehrerin guckte, hätte man meinen können, das Gestrüpp würde jede Sekunde explodieren.

Sie wartete.

Nichts passierte.

»Das ist eine Pflanze«, merkte Pip an, denn sie hatte den Eindruck, dass nur die Beschreibung des Offensichtlichen sie im Moment weiterbringen konnte.

»Richtig ... Ja ... Das ist eine Pflanze. Aber das ist nicht irgendeine Pflanze ...«

»Ist es irgendein Gras?«, wunderte sich Pip.

»Nicht *irgendein* ...«, erwiderte Miss Jenkinson und zog dabei die Augenbrauen fast bis zum Haaransatz.

Es folgte eine lange, äußerst vielsagende Pause.

Pip tat es Amelia nach und besah sich die Pflanze noch einmal genauer.

Nicht *irgendein* ...?

Also nicht *irgendein* Gras, sondern einfach ...

»Verdammte Hacke!«, rief Pip aus, als der Groschen fiel. Gleichzeitig ließ sie den Blumentopf auf Miss Jenkinsons Teppich mit Paisley-Muster krachen.

Keine von ihnen machte Anstalten, sich danach zu bücken.

Die Lehrerin fixierte die beiden Charteris-Sprösslinge mit eisigem Blick.

»Ich werde nicht fragen, woher Gypsophila diese Pflanze hat. Ich möchte es nämlich gar nicht wissen. Aber das ist der Tropfen, der das Fass zum Überlaufen bringt. Jetzt wird sich etwas ändern müssen. Ich glaube wirklich, dass deine Schwester und diese Schule an einem Punkt angelangt sind, an dem sich unsere Wege trennen müssen. Nur so können wir beide überleben. Ich habe mich bereits mit der Schule, die ich erwähnt hatte, in Verbindung gesetzt. Ich habe ausführlich mit dem Rektor von Manor Grange über Gypsophila gesprochen, und man ist dort bereit, sie die Aufnahmeprüfung machen zu lassen ...«

»Eine Prüfung? Vergessen Sie's!«, explodierte Gypsy, die bis dahin mucksmäuschenstill dagesessen hatte.

Pip sah Miss Jenkinson flehend an, die angesichts Gypsys Wutanfall ganz rot geworden war.

»Würden Sie uns bitte einen Moment alleine lassen?«, bat Pip sie.

Amelia Jenkinson war nur froh, den Raum für eine Weile verlassen zu können. Sie nickte kurz und stelzte flugs hinaus in ihr Vorzimmer.

Dort saß schon seit fast zwanzig Jahren Primrose Johnson, die alle Höhen und Tiefen, alle guten und schlechten Seiten des Schullebens sowie alle vier Charteris-Mädchen miterlebt hatte. Darum war sie nicht sonderlich überrascht, als Amelia Jenkinson an ihr vorbeischoss und hinter der schweren, gepolsterten Tür zum Lagerraum verschwand – einem fast vollständig geräuschisolierten Raum, in dem die ansonsten stets beherrschte Lehrerin sich ab und zu ihren Frust von der Seele schrie.

Auch dieses Mal war sie rot wie ein Hummer, doch was Primrose, Pip und die noch immer schmollende Gypsy nicht wussten, war, dass sie sich gegen ein Regal mit Schulheften lehnte und eben nicht schrie, sondern sich endlich genehmigte, laut zu lachen.

Pip dagegen war gar nicht zum Lachen zumute. Sie betrachtete immer noch mit sorgenvoll geweiteten Augen Gypsys selbstgezüchtete Cannabispflanze.

»Wo zum Teufel ...?«, hob sie an, doch ein Blick in Gypsys verschlossenes Gesicht verriet ihr, dass sie auf diese Frage jetzt ohnehin keine Antwort bekommen würde. Also setzte sie das Thema auf die stetig wachsende Liste der Dinge, um die sie sich später kümmern würde, und wandte sich dem unmittelbaren Problem zu.

Sie ging zu ihrer Schwester, kniete sich neben sie auf den Boden und legte ihr die Hand aufs Knie.

»Gypsy ... Magst du die Schule hier? Also, den Unterricht, meine ich?«

Ihre jüngste Schwester dachte einen Moment nach und schüttelte dann den Kopf.

»Langweilig.«

»Und du weißt auch, warum du ihn langweilig findest, oder? Weil du zu schlau dafür bist. Weißt du noch, wie Miss Jenkinson dich genannt hat?«

»Unausstehlich?«, meinte Gypsy, ohne den Blick von ihren Füßen zu wenden.

»Nein, Gypsy. Obwohl sie damit auch nicht ganz unrecht gehabt hätte.« Pip unterdrückte ein Lächeln. »Ich meinte Wunderkind. Die Frage ist, Gypsy, ob du auf eine andere Schule gehen möchtest? Auf eine Schule für Hochbegabte? Eine Schule, auf der du viel interessanteren Unterricht hättest und zum Beispiel auch mehr Kunststunden?«

»Gibt es so eine Schule?« Endlich sah Gypsy zu ihr auf.

»Ja.«

»Warum?«

»Weil das eine sehr gute Schule ist, die sich auf das konzentrieren und ihre Schüler in dem fördern möchte, wo ihre Stärken liegen und was ihnen Spaß macht.«

»Und ich könnte da hingehen?«

»Wenn du willst, ja. Allerdings müsstest du die Aufnahmeprüfung machen ...«, fügte Pip vorsichtig hinzu.

»Aber du hast doch gerade gesagt, dass man da Sachen machen darf, die einem Spaß machen!?!«, rief Gypsy.

»Na ja, das ist gewissermaßen der Haken, Gyps. Die Schule ist nun mal so toll, dass einfach jeder gerne da hinwill, und weil die Schule natürlich keine unbegrenzten Kapazitäten hat, ist sie gezwungen, mit Hilfe eines Tests die Begabung der Schüler abzufragen.«

»Na, dann ist das ja wohl kein Problem für mich«, stellte Gyps mit verschränkten Armen fest.

»Ja, ich weiß, das hat Miss Jenkinson mir auch schon gesagt. Aber wer hört schon auf das, was Miss Jenkinson sagt, hm?« Pip schickte ein Stoßgebet zum Himmel, mit dem sie sich bei der Rektorin entschuldigte.

Gyps dachte einen Moment nach, dann nickte sie.

»Es geht halt darum, dass du den Leuten an der anderen Schule beweisen musst, dass du hochbegabt bist, und das kannst du nur, indem du diese Prüfung ablegst ... Was meinst du? Schaffst du das?«

Dieses Mal musste Gypsy nicht über ihre Antwort nachdenken. Sie nickte heftig.

Auch Miss Jenkinson musste nicht mehr lange nachdenken. Sie griff nach ihrer Rückkehr ins Büro sofort zum Telefonhörer und meldete Gypsy bei Manor Grange für die Aufnahmeprüfung an.

Die Erleichterung der beiden Frauen war fast greifbar.

Pip hatte nicht den geringsten Zweifel, dass Gypsy die Prüfung bestehen würde. Die richtige Schule würde dafür sorgen, ihre Energien in die richtigen Bahnen zu lenken und ihre Ambitionen als Drogenanbauerin im Keim zu ersticken.

Und ohne, dass Pip es wusste, war auch ein anderes Problem im Begriff, wenn nicht gelöst, so doch immerhin entschärft zu werden.

Pip hatte nicht damit gerechnet, dass der kleine Aushang für Pops Cottage auf reges Interesse stoßen würde, und hatte deshalb die Zettel bereits aufgehängt, bevor sie überhaupt damit angefangen hatten, das vernachlässigte Haus wieder auf Vordermann zu bringen. Entsprechend panisch wurden sie alle, als jemand anrief, der sich das Cottage bereits übermorgen ansehen wollte.

So brauste der Mini wieder einmal von Laden zu Laden und kehrte voll beladen nach Arandore zurück: Schindeln, Filz, Zement, Nägel, Beschläge sowie meterweise Dachrinnen, die wie Fahnenmasten aus dem Sonnendach des Wagens ragten.

Susan legte sich ihren Werkzeuggürtel um und kletterte aufs Dach, während Pip sich alte Klamotten anzog, ins Haus ging und mit Staubwedeln, Politur, diversen Reinigungsmitteln, Mopp und Eimer bewaffnet dem Schmutz von fünf Jahren den Kampf ansagte.

Pops Cottage war mit seinen zwei Schlafzimmern, einem Badezimmer, einem Wohnzimmer und der Küche zwar nicht gerade groß, aber für den ersten Putzdurchgang brauchte Pip dennoch den ganzen Tag. Und um mit dem zweiten Durchgang bis zum Besichtigungstermin am nächsten Nachmittag fertig zu werden, musste sie sich schon richtig ins Zeug legen.

Susan hatte am ersten Tag das Dach und die Dachrinnen repariert und am zweiten Tag sämtliche Fenster und die Haustür gestrichen.

Sie sah zum Küchenfenster herein, als Pip gerade Anlauf nahm, den letzten Punkt auf ihrer Liste abzuhaken: den Kühlschrank.

»Ich bin dann jetzt fertig, Pip, du musst aufpassen, weil die Farbe an Fenstern und Tür noch feucht ist ... Wow!!«, bemerkte sie, als ihr die Verwandlung des Cottage-Inneren auffiel. »Hut ab, Miss Charteris! Langsam sieht die Hütte nicht mehr wie ein Hexenhäuschen aus, sondern eher wie Buckingham Palace!«

»Danke, Susan. Meinst du, das reicht so?«

»Aber dicke, Pip! Super! Ich habe saubere Bettwäsche auf den Küchentisch gelegt, aber ich muss jetzt los und die Mädchen von der Schule abholen. Tut mir leid. Schaffst du das?«

»Klar. Die Bewegung tut mir sogar gut. Bin nur froh, dass es hier keinen Spiegel gibt ... Ich sehe bestimmt selbst aus wie ein Wischmopp ...«, sagte Pip, blies sich eine Spinnenwebe aus dem Gesicht und fischte zwei Zwanziger aus der Tasche.

»Bring auf dem Rückweg doch bitte Fish & Chips mit – von uns beiden hat wohl keine Lust, zu kochen, und die Mädchen sind sicher am Verhungern.«

Susan wollte das Geld nicht nehmen.

»Du kannst nicht ständig für alles bezahlen, Pip.«

»Ach, und wer hat in den letzten Monaten ständig alles bezahlt, Susan? Nun komm schon, nimm das Geld. Wenn ich gewusst hätte, wie schlimm es um euch stand, hätte ich schon viel früher ausgeholfen, das weißt du.«

»Ja, das weiß ich, und genau darum hatte ich den Mädchen gesagt, dass sie dir nichts davon sagen sollten. Du hast schon genug Lebenszeit damit verbracht, als Notfall-Mutter für deine Schwestern einzuspringen ...«

Das Cottage war kaum wiederzuerkennen, als Pip erst damit fertig war.

Gut, es würde keine fünf Sterne bekommen, aber es war gemütlich und einladend. Es war sauber und aufgeräumt und müffelte nicht mehr wie der Inhalt eines vergessenen Abfalleimers.

Im Gegensatz zu Pip.

Der einstige Schmutz und Mief des Hauses hatte sich auf sie übertragen. Ihre Haare waren so voller Staub, dass sie aussah, als sei sie frühzeitig ergraut, und ihre Lungen fühlten sich an, als sei sie seit ihrem sechzehnten Lebensjahr Kettenraucherin. Dabei hatte Pip erst einmal in ihrem Leben an einer Zigarette gezogen und es so ekelhaft gefunden, dass sie auf jegliche Wiederholung verzichtete. Im Gegensatz zu ihrer Schwester Viola, die immer noch hinter dem Holzschuppen quarzen ging und glaubte, sie sei dort unbeobachtet.

Ihr gelbes T-Shirt und ihre blaue Jeans waren einheitlich grau.

Sie selbst war völlig geschafft.

Aber gleichzeitig *hatte* sie auch etwas geschafft, und so war sie zwar fix und fertig, aber auch irgendwie beglückt.

Sie trat vors Haus und kam sich dabei ein wenig wie ein Minenarbeiter vor, der nach einem langen Arbeitstag in der staubigen Mine wieder ans Tageslicht kommt. Nachdem es am Morgen leicht geregnet hatte, empfing sie nun strahlender, für den Herbstanfang eher ungewöhnlicher Sonnenschein.

Klebrig, verschwitzt und müde machte sich Pip auf den Weg zum Haupthaus. Als sie am Weiher vorbeikam, blieb sie stehen und dachte nicht lange nach – sie bahnte sich einen Weg durchs Gestrüpp zum Ufer, zog sich bis auf die Unterwäsche aus und sprang kopfüber ins Wasser.

Das eiskalte Nass ließ ihre Nervenenden zunächst protestieren, doch schon im nächsten Moment genoss Pip die wunderbare Abkühlung.

Als sie noch klein waren, hatten sie immer todesmutig hier gebadet, doch je älter und »vernünftiger« sie wurden, desto fragwürdiger war es ihnen vorgekommen, in solch trübes Wasser zu tauchen. Pip durchdrang das oberflächliche Dickicht aus Wasserpflanzen und stellte erfreut fest, dass das Wasser darunter so klar war, dass sie bis zum Grund sehen konnte.

Pip legte einige Meter unter Wasser zurück, dann tauchte sie wieder auf und bemerkte, dass sie Gesellschaft hatte.

Emerald und Eddie paddelten auf sie zu, während Persi am Ufer stand, die Pfote ins Wasser hielt und ein »Ih, ist das kalt!«-Gesicht machte.

»Wenn du das hier kalt findest, dann hast du wohl noch nie im Haus geduscht!«, rief Pip ihr zu.

Persi, die sehr wohl schon einmal im Haus geduscht worden war, nachdem sie Bekanntschaft mit einem widerlichen stinkenden Fuchshaufen gemacht hatte, ließ sich nicht überreden. Sie pflanzte ihr Hinterteil auf den festen Uferboden und fing an zu jaulen.

– 18 –

Während Pip und Susan das Cottage auf Vordermann gebracht hatten, hatte Judy im Pub gearbeitet. Entgegen Pips Erwartung war Judy richtig happy mit ihrer Arbeit hinterm Tresen.

Dudleys langjährige Ehefrau Opal hingegen war alles andere als happy über diesen Neuzugang bei ihrem Personal. Opal war einmal eine richtige Schönheit gewesen, zart wie eine Frühlingsblume, die in aller Pracht erblühte und dann welkte und nun in sich zusammenfiel. Beim Blick in den Spiegel, der sie einst mit perfekter Haut, vollen, rosigen Lippen und glänzenden, kastanienbraunen Locken erfreute, sieht sie nun Tränensäcke, Falten und struppiges rotes Haar. Dass sie nun ihre Position hinter der Bar mit der von allen Männern im Ort begehrten, auf so natürliche Art glamourösen Judy teilen musste, war der reinste Albtraum.

Insbesondere, weil Dudley Judy die letzten zwei Jahre, seit sie das Fisherman's Boots übernommen hatten, aus der Ferne angehimmelt hatte wie ein liebeskranker Jüngling. Er dachte, seine Frau hätte das nicht bemerkt. Hatte sie aber.

Nicht, dass er der einzige liebeskranke Jüngling im Ort gewesen wäre. Die Frauen in Restormel stellten in den letzten Tagen erstaunt fest, dass sich ihre Männer aus ihren bequemen Fernsehsesseln erhoben und sich im Fisherman's Boots ein von zarten Händen gezapftes Bier genehmigten.

In den Pubs in Quinn und Lostwithiel war auf einen Schlag weniger los, und selbst das sonst stets brechend volle Flag Ship in Quinn hatte schon jetzt einen großen Teil seiner etwas älteren Stammkundschaft verloren. Auch der alte Josh, der für alles, von Glühbirnenwechsel bis Töpfewaschen, zuständig war, ließ sich endlich mal die Haare schneiden und ersetzte das uralte Karohemd, das er seit acht Jahren jeden Tag zur Arbeit trug, durch ein neues. Und Dudley ließ sich endlich eine neue Brille verschreiben, damit er wieder scharf sehen konnte.

Gab es einen Mann, der nicht von Judy hingerissen war?

Morven, die Köchin, fand, die vielen Männer, die Judy umschwärmten, hatten etwas von Lottospielern: Alle kauften sich ein Los, aber keiner rechnete wirklich damit, zu gewinnen.

Sie und Opal waren gerade in der Küche und bereiteten die einfachen Gerichte vor, die seit Judys Arbeitsantritt bei Dudley abends reißenden Absatz fanden.

Opal reckte den Hals, um einen Blick in den Kneipenraum zu werfen.

»Er hat eine ganz große Schwäche für sie, das weiß ich genau«, brummte sie mit Blick auf ihren Mann, der lachte, mit Judy herumalberte und ihr einige Mixgetränke reichte, die sie in einem der Barkühlschränke verstaute, wobei er ihr immer wieder entzückt dabei zusah, wie sie sich bückte.

»Vielleicht sogar schon einen ganz großen Ständer«, kicherte Morven, warf eine großzügige Handvoll Pommes-noch-nicht-Frites in die Friteuse und sah dabei zu, wie sie goldbraun wurden. »Nun komm schon, Opal ... Jeder Kerl im Umkreis von zehn Kilometern ist scharf auf Judy Charteris – aber das heißt ja noch lange nicht, dass sie deshalb bei ihr landen können. Nach allem, was ich in letzter Zeit so gehört habe, hat Judy Charteris von Männern die Nase gestrichen voll ... Aber jetzt erzähl das bloß nicht ihren Bewunderern da draußen ... Schließlich sind die alle nur wegen ihr hier, sonst würden sie zu Hause vor der Glotze hängen und Dosenbier saufen. Ich weiß, dass es dir stinkt, Dudley und Judy so eng zusammenarbeiten zu sehen, aber du weißt genauso gut wie ich, dass das Fisherman's Boots zurzeit jede Unterstützung braucht, die es nur kriegen kann.«

»Da hast du leider recht«, seufzte Opal.

Im Gegensatz zu ihrem Mann konnte Opal nicht sonderlich gut mit Zahlen umgehen, aber selbst sie hatte mitbekommen, dass es um die Bilanzen des Fisherman's Boots nicht zum Besten bestellt war.

»Guck doch mal, Opal Dooley.« Morven stellte sich zusammen mit Opal an die Saloontür zum Kneipenraum. »Guck doch nur, die vielen Leute. Hör doch nur, wie eure Kasse klingelt, als wäre es noch Hochsommer und Gallant voller gut betuchter Touristen. Und sei dankbar, dass der einzige Preis, den du dafür zahlen musst, der ist, dass dein Alter der neuen Mitarbeiterin auf den Arsch guckt.«

Normalerweise war es mitten in der Woche abends ziemlich leer im Pub, doch heute waren elf der zwölf sonst unbesetzten Barhocker von Männern aus Gallant und Umgebung belegt.

Morven drückte ihr tröstend den Oberarm.

»Komm schon, das Essen muss serviert werden. Kopf hoch und weitermachen.«

Opal versuchte sich damit zu trösten, dass steigender Umsatz auch bedeutete, dass sie wieder mehr in ihren Sparstrumpf stecken konnte. Seit Jahren legte sie nämlich Geld für eine Schönheitsoperation beiseite, aber in geschäftlich flauen Zeiten war das natürlich nicht viel gewesen.

»Kopf hoch«, wiederholte Morven und schob Opal sanft, aber bestimmt durch die Saloontüren.

»Dann sieht man das Doppelkinn nicht so«, brummte Opal vor sich hin und setzte ein gequältes Lächeln auf, bevor sie sich ins Getümmel stürzte.

Morvens Bemühungen, Opal moralisch aufzurichten, schlugen nicht recht an. Eine halbe Stunde später, als Opal Zitronen schnitt, machte sie ein so verkniffenes Gesicht, als würde sie an den gelben Scheiben saugen. Sie brauchte jedenfalls keine neue Brille, um zu sehen, worauf sich Dudleys Blick konstant richtete. Und jetzt war auch noch Viola Charteris aufgekreuzt und hatte sich auf einen der Barhocker gepflanzt. Sie trug ihre langen, in superkurzen Jeansshorts steckenden Beine zur Schau, und ihr goldblondes Haar floss ihr förmlich über die Schultern. Unter dem engen T-Shirt mit der Aufschrift: »Lieber am Busen der Natur als am Arsch der Welt« zeichneten sich ihre Brüste und die Tatsache, dass sie keinen BH trug, sehr deutlich ab.

Jetzt wussten die armen Männer überhaupt nicht mehr, wohin sie gucken sollten. Wie bei einem Tennismatch drehten sich die Köpfe in einer Tour von rechts nach links und von links nach rechts.

»Na, großartig. Zwei von den Charteris-Weibern zum Preis von einer«, brummte Opal vor sich hin. »Ich komme mir vor wie Quasimodo beim Miss-World-Casting ...«

Sie schenkte sich einen großzügigen Wodka-Tonic ein und bekam gar nicht mit, dass die junge Charteris sie ihrerseits neidisch beäugte, weil sie freien Zugang zu Violas Lieblings-Longdrink hatte. Erst war es Viola hochnotpeinlich gewesen, dass ihre Mutter im Fisherman's Boots arbeitete, aber dann war ihr eingefallen, dass dabei womöglich jede Menge Gratis-Drinks für sie abfallen würden. Doch da hatte sie sich geschnitten, denn Judy erwies sich als äußerst gewissenhaft, was bedeutete, dass die Gratis-Drinks sich sehr in Grenzen hielten.

Außerdem sah es ganz so aus, als hätte sich Judy am Kleiderschrank ihrer Tochter bedient ... Heute trug sie Violas beste schwarze Jeans und ebenfalls eins ihrer geliebten Sprüche-T-Shirts. Dieses bezeichnete ganz einfach Judys Brüste mit »links« und »rechts«.

Viola wurmte nicht so sehr die Tatsache, dass ihre Mutter sich Klamotten von ihr auslieh – schließlich waren die Charteris-Mädchen daran gewöhnt, immer alles zu teilen, und dass alles allen gehörte. Nein, was sie fuchste, war, dass ihre Sachen ihrer Mutter nicht nur passten, sondern ihr auch noch besser standen.

Je länger Viola ihre schöne Mutter beobachtete, fühlte sie sich wie ein hässliches Entlein. Eigentlich hätte sie sich inzwischen daran gewöhnt haben sollen, dass ihre Mutter so ein Hingucker war. In ihrer ersten Jugendzeit hatte sie es auch ganz toll gefunden, dass alle ihre männlichen Freunde ihre Mutter »echt steil« und »rattenscharf« fanden – aber jetzt ärgerte es sie von Jahr zu Jahr mehr. Mit ihren fast zwanzig Jahren hatte Viola nunmehr durchschaut, dass sie von allen Charteris-Töchtern ihrer schönen Mutter am allerwenigsten ähnlich sah.

Was sie seltsamerweise nicht durchschaut hatte, war, dass sie zwar anders aussah als ihre Mutter, in Wirklichkeit aber noch viel, viel schöner war als diese oder ihre Schwestern. Ihr war auch nicht bewusst, dass ihr viel mehr männliche Aufmerksamkeit zuteil wurde als ihrer Mutter, was vielleicht daran lag, dass diese Aufmerksamkeit subtiler war. Viola mit ihrer latent feindseligen Art zog in erster Linie schmachtende Blicke auf sich, während die offenherzige, lebhafte Judy mit Komplimenten überhäuft wurde.

Aber Viola sah nur, dass sie aus der Reihe fiel. Sie empfand sich als die einzige Nicht-Schönheit inmitten einer Familie von Schönheiten, und dann nervte es ganz einfach, wenn die neunundvierzigjährige Mutter besser bei den Männern ankam als man selbst.

Dass sie den lieben langen Tag nichts zu tun hatte, trug auch nicht gerade zu besserer Stimmung bei. Einen todsterbenslangweiligen Job wollte sie nicht annehmen, und an die Uni wollte sie auch nicht. Schließlich würde sie sich das Studium selbst verdienen müssen, und das würde heißen, dass sie studieren *und* einen langweiligen Job annehmen müsste, und darauf hatte sie nun wirklich keinen Bock.

Also stand Viola wie so viele andere Altersgenossen vor der Frage: Schule abbrechen oder Abitur machen? Lehre oder Studium? Oder einfach so anfangen zu arbeiten, ungelernt? Erst mal Geld verdienen? Gab es wirklich unendlich viele Möglichkeiten? Oder aber in Wirklichkeit keine einzige? Viola wusste genau, dass sie etwas Besonderes mit ihrem Leben anfangen wollte. Etwas Besseres, etwas Aufregendes. Aber gleichzeitig hatte sie keine Ahnung, was dieses Bessere und Aufregende sein könnte.

In diesem Dilemma steckte Viola nun schon eine ganze Weile, ohne dass sie viel dagegen getan hätte. Doch an diesem Abend im Fisherman's Boots, als sie ihre Mutter dabei beobachtete, wie sie lächelnd und lachend arbeitete und etwas genoss, von dem keiner geglaubt hätte, dass es ihr Spaß machen könnte, fiel es Viola plötzlich wie Schuppen von den Augen.

Ihr ging auf, dass das »Bessere« und »Aufregende« ihr

bestimmt nicht im örtlichen Pub vor die Füße fallen würde. Entschlossen sprang sie vom Hocker und steuerte den Ausgang an.

Und da sah sie ihn.

Zwar platzte der Pub fast aus allen Nähten vor lauter Männern, aber er fiel ihr aus zwei Gründen auf: Erstens passte er überhaupt nicht in die maritime Einrichtung des Lokals. Er trug enge Jeans und ein All-Saints-T-Shirt mit Totenkopf auf der Brust. Schwarze Haare, käsebleicher Teint, stahlblaue Augen und so lange, schwarze Wimpern, dass Viola vermutete, er hatte sie getuscht. Zweitens war er höchstens Mitte zwanzig und stach darum aus der versammelten Mannschaft mittleren Alters hervor. Außerdem hielt er sich vom Gedränge an der Bar fern. Er stand an der Tür und ließ den Blick durch den Pub schweifen, als suche er jemanden oder etwas.

Da blieb sein Blick an Viola hängen.

Unverwandt sah er sie an.

Viola, die es nicht gewöhnt war, so direkt mit Aufmerksamkeit bedacht zu werden, glaubte zunächst, er würde etwas oder jemand anderes ansehen. Sie blickte sich kurz um, ob ihre Mutter wohl hinter ihr stand. Tat sie nicht. Als Viola schließlich ganz langsam und vorsichtig wieder zu dem jungen Mann sah, bestand gar kein Zweifel, dass er sie und nur sie im Visier hatte.

Judy hatte er noch nicht einmal bemerkt.

Und gerade, als Viola befürchtete, dass irgendetwas mit ihr nicht stimmte (vielleicht hatte Gyps ihr im Schlaf einen Schnurrbart gemalt oder ihr die Augenbrauen abrasiert?), lächelte er.

Ein langsames, überlegtes und zweifelsfrei verführerisches Lächeln.

Er war absolut nicht Violas Typ. Viola stand auf braungebrannte Surfertypen, muskulöse, aktive Outdoorkerle, bei denen einem am Strand die Kinnlade herunterfiel.

Doch das Mädchen, das ihm normalerweise einen vernichtenden Blick zugeworfen hätte, erwiderte nun sein Lächeln.

Dann bahnte sich Morven mit einigen dampfenden Tellern einen Weg durchs Gedränge hindurch, sodass sie die Sicht verlor.

Als sie weg war, war auch er verschwunden.

Viola gab dem Impuls nach, ihm zu folgen, doch bis sie sich durch das Getümmel gearbeitet hatte, war er offenbar ganz aus dem Pub verschwunden.

Enttäuscht sah Viola sich um.

Und entdeckte einen Zettel an einem der Fenster.

Sie las ihn und lächelte.

– 19 –

Langsam fuhr er die weite Einfahrt hoch und bewunderte die prächtigen Rhododendren und die beiden turmhohen Palmen, deren Anblick ihn ziemlich überraschten, da er zum ersten Mal so weit in den Süden Englands vorgedrungen war.

Er parkte den Mietwagen neben der Mauer, hinter der die Gärten begannen, überquerte den Hof und klopfte ans Hauptportal. Nach etwa einer Minute bemerkte er die Schiffsglocke neben der Küchentür. Hätte Pip sich in dem Moment nicht zwei Meter unter der Wasseroberfläche befunden, hätte sie das Klingeln gehört, das stets über das gesamte Anwesen und dessen Grenzen hinaus ertönte, sodass nicht nur die Charteris-Frauen und -Mädchen, sondern auch die nächsten Nachbarn Bescheid wussten, wenn sich auf Arandore Besuch ansagte.

Als niemand reagierte, marschierte er zurück quer über den Hof, blieb am Tor stehen und bewunderte die heruntergekommene Schönheit des Hauses. Dann sah er auf die Uhr.

Er hatte sie am Flughafen auf britische Zeit umgestellt, doch nun war er etwas unsicher, ob er sich vielleicht vertan hatte.

Er verglich seine Uhr mit der am Turm, die – was er nicht wissen konnte – notorisch falsch ging. Vielleicht wartete man direkt beim Cottage auf ihn? Auf dem Aushang, den er im Dorfladen gesehen hatte, wurde es als »ländliches Idyll« bezeichnet, und darum ging er nun um das Haupthaus herum und bewegte sich entlang des Weges weiter in die Tiefen der zum Anwesen gehörenden Ländereien hinhein. Irgendwo jaulte ein Hund, und plötzlich stand er an einem kleinen See.

Und zwar genau in dem Moment, in dem Pip einer Wassernymphe gleich aus dem Wasser stieg: Sie hatte Wasserpflanzen auf dem Kopf und auf den Schultern, ihre Haut schimmerte in der Sonne, und die Unterwäsche klebte ihr klatschnass und durchsichtig am Körper.

Natürlich war sein erster Impuls, sich abzuwenden, aber es gelang ihm nicht. Wie verzaubert sah er sie an, eine Sekunde nur, aber lange genug, um von Pip entdeckt zu werden. Ihr peinlich berührter Blick traf seinen, und da wusste er, dass es zu spät war, sich noch hinter den Bäumen zu verstecken und ihnen beiden rote Ohren zu ersparen.

»Es tut mir furchtbar leid, Sie zu stören«, rief er schnell. »Ich bin hier, um mir das Haus anzusehen, das Sie zu vermieten haben.« Was mochte sie wohl von seinem überraschenden Erscheinen halten?

»Sie sind früh dran«, stieß die halbnackte, triefend nasse und fürchterlich auf dem falschen Fuß erwischte Pip hervor, worauf er sofort ein zerknirschtes Gesicht machte.

»Tut mir wirklich sehr leid. Soll ich wieder gehen?«

Da fiel Pip ein, dass dieser Mann möglicherweise Pops Cottage mieten und damit ihre Familie aus ihrer desolaten Finanzlage befreien würde. Schnell schlug sie einen freundlicheren Ton an.

»Ach was, nein, natürlich nicht! Kein Problem! Ich muss nur eben schnell ... äh ... na ja ...« Sie überlegte, wie sie die Situation wohl am besten schönreden könnte, und da ihr nichts einfiel, blieb sie – wie passend – bei der nackten Wahrheit: »Also, ich muss mir eben was anziehen.«

Betreten sahen sie einander an.

»Tut mir leid ...«, sagten sie unisono.

Und zu ihrer beider Erleichterung fingen sie beide an zu lachen.

»Ich drehe mich um«, sagte er und wandte sich ab. »Ich würde ja auch weggehen«, rief er ihr über die Schulter zu, »aber ich fürchte, dann würde ich Sie nicht wiederfinden. Ich würde mich bestimmt verlaufen, das Anwesen ist ja ziemlich groß. Und so schön!«, fügte er noch hinzu, als ihn ein auffliegender Kuckuck ablenkte.

Das brachte Pip zum Lächeln.

Schön war doch schon mal ein guter Anfang.

»Natürlich bin ich hoffnungslos voreingenommen, aber da

gebe ich Ihnen vollkommen recht: Es ist wunderschön hier. Ruhig und friedlich … Dabei sind wir gar nicht so weit von Quinn entfernt, und da ist immer ganz gut was los. Hier hat man also gewissermaßen das Beste aus beiden Welten …«, fügte sie schnell noch hinzu, da sie nicht wusste, ob der potenzielle Mieter und dringend benötigte Geldgeber nun eher auf »ruhig und friedlich« oder auf »ganz gut was los« stand.

Gleichzeitig versuchte Pip, sich wieder anzuziehen. Es gestaltete sich aber recht schwierig, die Jeans über die nassen Beine zu ziehen, und so hüpfte Pip unkoordiniert herum und plumpste schließlich rückwärts in einen großen Busch Lilien.

Gott sei Dank hatte der Fremde ihr bei dieser Aktion nicht zugesehen – aber den Plumps, das Rascheln und den unterdrückten Schrei hörte er dann doch. Er vergaß seine Manieren und drehte sich um.

»Alles ist gut! Alles ist gut!«, keuchte Pip, während sie wenig nymphenhaft wie ein Käfer auf dem Rücken lag und die nur unzureichend in den Jeans steckenden Beine in die Luft reckte.

Höflich wandte er sich wieder ab.

»Tut mir wirklich furchtbar leid«, rappelte sie sich verbal und körperlich auf. »Das kommt daher, dass ich noch nass bin. Da könnte ich genauso gut versuchen, eine Schweinshaxe in eine Wursthaut zu pressen.«

Er musste lachen.

»Nein, mir tut es leid«, sagte er. »Ich hätte nicht zu früh kommen dürfen. Vielleicht sollte ich einfach wieder verschwinden.«

»Nein, nein …«, rief sie, als sie die Hose schließlich über den Po gezerrt hatte und sie nun in ihr schmutziges T-Shirt schlüpfen konnte. »Alles ist gut, wirklich, ich bin jetzt fertig, ist wieder alles an seinem Platz. Nur ein bisschen dreckig … Ich habe geputzt … Und jetzt sehe ich aus, als hätte ich meine Klamotten als Putzlappen verwendet …«

Langsam drehte er sich wieder zu ihr um.

Pip war fest entschlossen, ihn nach diesem unfreiwillig missglückten Empfang nun auch noch richtig willkommen zu heißen. Vielleicht war er ja hartgesotten und wollte das Cottage trotzdem mieten …

Pip strahlte ihn an und reichte ihm die Hand.

»Hi! Herzlich willkommen auf Arandore. Ich bin Pip Charteris. Sie haben mit meiner Tante Susan gesprochen. Sie sind also Mr. Rivers?«

Er ergriff ihre Hand.

»Eigentlich Rivera, aber nennen Sie mich doch Balthazar … bitte.«

Das würde sie gerne, wenn sie es denn aussprechen könnte.

»Balthazar?« Pip fand, sie klang, als würde sie niesen. »Klingt nicht gerade englisch …«

»Ich komme aus Spanien.«

Pip zuckte zusammen.

»Spanien«, wiederholte sie.

»Ja, aus den Rías Baixas in Galizien.«

Als er Spanien sagte, dachte Pip sofort an Raphael und überlegte einen Moment, ob dieser Balthazar wohl ein Kumpel des spanischen Gauners war und nun hier ist, um zu sehen, ob die zeitweise geistig umnachtete Judy noch irgendetwas übrig hatte, das man ihr wegnehmen könnte.

Aber Raphael war aus Barcelona und hieß mit Nachnamen Flores. Pip konnte sich noch gut erinnern, wie entzückt ihre Mutter von der Vorstellung war, eines Tages vielleicht Mrs. Flores – Frau Blume – zu sein.

Der Fremde konnte also gar nichts mit ihm zu tun haben. Oder?

»Und was hat Sie nach England verschlagen?«, erkundigte sie sich listig.

»Geschäfte.«

»Geschäfte?«, hakte Pip so lässig wie möglich nach.

»Ja, Geschäfte«, entgegnete er mit einem bezaubernden Lächeln.

Besonders mitteilsam war er ja nicht.

Aber offenbar tierlieb. Die Hunde jedenfalls bedrängten ihn mit ihren schnüffelnden Schnauzen, und er ließ es geschehen.

Pip war in all den Jahren in der Tierarztpraxis zu dem Schluss gekommen, dass Menschen, die Tiere mochten, in der Regel gute Menschen waren. Natürlich mit Ausnahme von James Bonds Gegenspieler Blofeld, der trotz seiner geliebten Perserkatze ein Bösewicht übelster Art war. Aber der gehörte für Pip zu den unrühmlichen und zudem fiktionalen Ausnahmen.

»Es kann sein, dass ich aufgrund der Geschäfte bis Ende des Jahres hierbleiben muss, und so lange möchte ich nicht im Hotel wohnen.« Er streichelte die Hunde.

Emerald, die seit ihrem etwas schweren Start ins Leben Fremden gegenüber zurückhaltend war, wedelte mit dem Schwanz und leckte Balthazar die Handfläche.

Mehr brauchte Pip nicht zu wissen.

Wenn Emerald ihn mochte, war er in Ordnung.

»Gut, dann zeige ich Ihnen jetzt das Cottage«, lächelte Pip.

Sie wäre ihm ja vorausgegangen, aber mit der nassen Unterwäsche sah sie von hinten aus, als hätte sie sich in die Hose gemacht, also ließ sie ihm den Vortritt.

»Da entlang.« Sie zeigte auf einen Pfad.

Als Pip und Balthazar aus dem Waldstück traten, schien die Sonne auf das Cottage, sodass es in schönstem pittoreskem Glanz erstrahlte. Einladend und gemütlich lag es da. Der Spanier blieb stehen. Pip betrachtete ihn von der Seite und stellte hocherfreut fest, dass der Anblick des Hauses ein Lächeln auf sein Gesicht zauberte. Dieses Lächeln war so ehrlich und aufrichtig, dass Pip nicht wie geplant mit hinter dem Rücken gekreuzten Fingern sämtliche vorhandenen und nicht vorhandenen Vorzüge des Häuschens aufzählte, sondern im Gegenteil bei der Begehung viel zu ehrlich war und alle Schwachstellen und Nachteile benannte. Doch statt die Beine in die Hand zu nehmen, lächelte der Spanier nur noch mehr.

»Die Haustür klemmt etwas, wenn es feucht ist, aber wenn man genau hier dagegentritt, kriegt man sie auf ... Die Küche ist eine Gemeinschaftsküche, Sie müssen sie sich mit einer Familie von Feldmäusen teilen – aber keine Sorge, die essen nicht viel ... Hier ist die Dusche. Die funktioniert hin und wieder nicht, aber das macht nichts, weil Sie sich stattdessen auch im Gästezimmer unter die undichte Stelle im Dach, wenn es regnet ...«

Leicht verwirrt folgte er ihren Ausführungen, und erst, als Pip und ihr plapperndes Mundwerk schließlich im Wohnzimmer zum Stillstand kamen und sie ihn hoffnungsvoll anlächelte, meldete er sich zu Wort.

»Es ist sehr ... Wie sagt man?«

»Heruntergekommen?«, schlug Pip ohne nachzudenken vor.

»Ich glaube, ich wollte malerisch sagen ...«, schmunzelte er. »Genau so, wie man sich ein englisches Cottage vorstellt.«

»Windschief, wackelig und verwohnt ...«, nickte Pip und staunte selbst, wie ungeschickt sie sich verhielt.

Doch er lächelte nur, strich über die schweren Eichenmöbel, die Pip im Schweiße ihres Angesichts auf Hochglanz poliert hatte, und sagte: »Ich finde es zauberhaft. Mir gefällt es richtig gut. Und ich würde es gerne mieten – wenn es Ihnen recht ist.«

War es ihr recht?

Sie wusste, dass sie jetzt den Mietvertrag und eine Kaution erwähnen sollte, aber Pip war so erleichtert und glücklich, dass sie sich beherrschen musste, ihm nicht um den Hals zu fallen.

»Und wann wollen Sie einziehen?«

»Am liebsten sofort – wenn das geht.«

»Wie, sofort? Hier und jetzt?«

»Jetzt und hier.« Er nickte. »Es sei denn, es passt Ihnen nicht. Ist es zu früh?«

»Nein. Ich meine, ja. Ich meine, nein, es ist nicht zu früh. Es ist ... großartig.«

»Gut. Obwohl Sie vielleicht erst Auskünfte über mich einholen möchten?«

»Öh ...« Wollten sie Auskünfte über ihn einholen? Wollten sie riskieren, dass er in der Zwischenzeit etwas anderes fand? Etwas ohne Mäuse in der Küche und ohne Schimmel im Bad?

»Mindestmietdauer sechs Monate à achthundert Pfund, richtig?«

Da es immer einfacher ist, den Preis noch zu senken, als ihn zu erhöhen, hatte Pip diese recht ambitionierte Summe in den Aushang geschrieben.

»Nein, also, ja, äh … Ich meine, das ist die Verhandlungsbasis …«

Doch er griff schon in seine Hosentasche.

»Ich zahle Ihnen sechs Monate im Voraus«, nickte er, zog das dickste Bündel Geldscheine, das Pip je gesehen hatte, aus der Tasche seiner hautengen Jeans, und zählte die Hunderter ab.

»Sie wollen im Voraus zahlen?«, krächzte Pip.

»Wenn es Ihnen recht ist?«

»Ist mir recht«, nickte Pip schnell und schluckte beim Anblick der vielen Geldscheine, die er bar in der Hand hielt. »Ich glaube auch nicht, dass wir noch Auskünfte einholen müssen, ich meine, so was braucht man doch nur, um sicher zu gehen, dass man seine Miete bekommt … und da Sie bereits … Andererseits sollten wir vielleicht sicherstellen, dass Sie kein Hammermörder oder so was sind …«

Er lachte laut auf.

»Ich bin kein Hammermörder, Ehrenwort.«

»Dann ist ja gut.« Pip grinste ihn an und wurde rot vor Verlegenheit.

Er gab ihr das Geld und streckte ihr dann die Hand entgegen.

»Abgemacht?«

»Abgemacht.« Sie schlug ein.

»Wobei Sie bedenken sollten, dass wenn ich tatsächlich ein Hammermörder wäre, ich das möglicherweise nicht offen zugeben würde …«, murmelte er und sah sie verschmitzt von der Seite an.

Pip half ihm dabei, seine Sachen aus dem Auto zu holen, wobei sie sehr aufmerksam nach Hämmern und anderem verdächtigen Werkzeug Ausschau hielt. Dann holte sie die Bettwäsche, die Susan herausgelegt hatte, und zum guten Schluss dachte sie dann doch noch an eine nicht ganz unwesentliche Kleinigkeit und warf ihm den Hausschlüssel zu.

»Herzlich willkommen in Ihrem neuen Zuhause.«

»Danke.«

»Wenn Sie irgendetwas brauchen – Sie wissen, wo Sie uns finden.«

»Danke.« Er lächelte immer noch und machte keinerlei Anstalten, sie zu überfallen und ihr sein Geld wieder abzuknöpfen.

»Kommen Sie einfach rüber, und ich helfe Ihnen ... äh, wir helfen Ihnen ...«

»Mache ich.«

»Bis dann, Balthazar.«

Klang immer noch, als würde sie niesen.

»Hasta luego ... Pip.«

Pip trollte sich.

Sie spürte das Bündel Geldscheine in ihrer Tasche, und weil sie genau wusste, was das für ihre Familie und Arandore bedeutete, tanzte sie vor Freude. Im Tangoschritt um den riesigen Lavendel, Cumbia an den Rhododendren vorbei, Salsa um die Erbsen. Wenn sie gewusst hätte, dass er sie noch beobachtete, hätte sie sich den Moonwalk auf dem Gartenpfad gespart, denn der endete mit ihrem Sturz in einen Rosenstock. Dornenfrei und immer noch lächelnd rappelte sie sich wieder auf.

»Mag ja sein, dass wir mächtig in der Scheiße sitzen«, strahlte sie die etwas besorgt guckende Emerald an, die vorausgelaufen war. »Aber so, wie es aussieht, werden wir nach Rosenwasser duftend wieder da herauskommen.«

– 20 –

Als Pip zum Haupthaus kam, saßen ihre Schwestern und Tante Susan bereits um den Küchentisch und aßen wieder mal Bohnen auf Toast.

»Warum habt ihr denn keine Fish & Chips geholt?«

Pips Überschwang erfuhr beim Anblick einer weiteren Portion des bevorzugten Grundnahrungsmittels der Charteris-Damen einen Dämpfer.

»Wir waren kurz im Pub und haben da dein Geld für Wodka ausgegeben«, lallte Viola und stocherte lustlos auf ihrem Teller herum. »Ach, nein, Quatsch, das hatte ich mir bloß gewünscht …«

Violas Gelalle verwandelte sich in ein Quietschen, als Gypsy sie unter dem Tisch trat.

»Wir wollten das Geld lieber in etwas weniger Vergängliches als Essen investieren …« Strahlend legte Susan ihr Besteck ab. »Komm, guck's dir an.«

Während Pip Balthazar Rivera beim Einzug in Pops Cottage geholfen hatte, hatten die anderen dafür gesorgt, dass auch in die alten, unbenutzten Ställe hinter der großen Weide neues Leben einkehrte.

Und zwar in Form von gefiederten Freunden.

»Hühner?«, fragte Pip mit skeptisch hochgezogener Augenbraue.

»Ja, Hühner.« Susan strahlte stolz. »Überleg doch mal, Pip: Für den Preis von einer einzigen Runde Fish & Chips bekommen wir jetzt jeden Morgen frische Eier! Wie sagt man doch so schön? Gib einem Hungernden einen Fisch, und er wird einen Tag satt. Gib ihm eine Angel …«

»… und er wird ein Leben lang in Watstiefeln in irgendwelchen Gewässern stehen, während du schlecht gelaunt zu Hause auf ihn wartest und sein Abendessen schließlich an den Hund verfütterst.«

Sie fuhren erschrocken zusammen, als Judys aufgekratzte Stimme hinter ihnen erklang.

»Oh, was haben wir denn da?« Sie beäugte die scharrenden, gluckenden Hühner. »Gibt es davon eins zum Abendessen?«

Susan sah ihre Schwester an, als habe die soeben vorgeschlagen, einen Säugling zu schmoren.

»Die sind nicht zum Verzehr gedacht, meine Liebe.«

»Mach das mal denen da klar.« Judy zeigte auf die Hunde, die außerhalb des Zaunes aufgereiht saßen und denen der Speichel in dicken Bindfäden aus dem Maul lief. »Wie gut, dass ich wieder etwas vom Pub mitnehmen konnte!« Sie hielt einen dampfenden Topf hoch. »Wer hat Lust auf Rindergulasch?«

Judy hatte nicht nur Gulasch dabei, sondern auch einen Umschlag mit ihrem ersten Gehalt. Diesen leerte sie mit dramatischer Geste auf dem Küchentisch aus.

Der Betrag reichte nicht einmal ansatzweise aus, um die mit lautem Getöse auf sie zurollende Dampfwalze namens Armut zu bremsen, aber die klirrenden Münzen und flatternden Scheine reichten aus, um Pips Schwestern ein Lächeln aufs Gesicht zu zaubern und in Begeisterungsstürme ausbrechen zu lassen, als hätte ihre Mutter im Lotto gewonnen.

Und das war auch völlig in Ordnung so, dachte Pip. Das war die erste Lohntüte, die ihre Mutter je erhalten hatte, sie hatte hart dafür gearbeitet, und sie hatte es für ihre Familie getan.

Pip wollte ihrer Mutter nicht die Show stehlen und verkündete ihre guten Nachrichten darum erst nach dem Abendessen.

»Wir können Mum und Pop dankbar sein, dass es uns heute schon viel besser geht als gestern«, sagte sie, als alle fertig waren.

Aus großen Augen sahen sie sie erwartungsvoll an. Pip spürte nicht zum ersten Mal die schwere Last ihrer Hoffnungen auf ihren Schultern.

»Wir haben einen Mieter für Pops Cottage gefunden.«

Pip holte das Bündel Geldscheine hervor und warf es auf den Tisch.

»Und er hat für ein halbes Jahr im Voraus gezahlt.«

Ein kollektives Japsen ertönte, als der Haufen Banknoten neben dem Gulaschtopf landete.

Violas Augen blitzten auf, und ihre Hand schnellte nach vorn. Doch Pip war schneller.

»Vergiss es, Viola Sororia. Davon werden Gemeinschaftsrechnungen bezahlt, keine Designertaschen.« Sie nahm das Geld wieder an sich. »Obwohl wir uns vielleicht durchaus darauf einigen könnten, davon für heute Abend eine DVD und was Süßes zu besorgen.«

»Waaahnsinn ...« Die anderen waren alle begeistert, aber Violas Kommentar triefte vor Sarkasmus.

Pip wusste nie, ob sie in solchen Situationen auf ihre Schwester eingehen oder sie würgen sollte.

»Und gegebenenfalls auch eine Flasche Wein?«, schlug sie vor, um einzulenken.

»Solange es nicht der italienische Essig ist, den Tante Susan immer besorgt«, brummte Viola. »Um wen handelt es sich?«

»Bitte?«

»Welcher hirnamputierte Schwachmat hat uns so viel Geld gegeben, um in dem runtergekommenen Schuppen wohnen zu dürfen?«

»Er fand den ›heruntergekommenen Schuppen‹ ausgesprochen reizvoll.« Mit hochgezogenen Augenbrauen sah Pip Viola an.

»Dann muss er einen an der Waffel haben.«

»Auf mich wirkte der junge Mann sehr sympathisch ...«

Sobald sie die Worte »jung« und »Mann« ausgesprochen hatte, waren DVD und Süßes vergessen. Alle erhoben sich gleichzeitig von ihren Stühlen und schnatterten aufgeregt.

»Ihr werdet ihn jetzt nicht stören ...« Pip schlug einen warnenden Ton an, doch der ging im Geklapper der Schuhe auf dem Steinboden unter.

Hilfesuchend sah Pip sich nach Susan und ihrer Mutter um und musste feststellen, dass die beiden die Horde anführten.

»Flora!«, wandte sie sich dann an die vernünftigste ihrer Schwestern, doch auch diese hatte nicht mehr als ein entschuldigendes, verschwörerisches Lächeln für sie übrig.

»Wir müssen ihn uns angucken, Pip!«

Da gab es nur noch einen Ausweg.

Sie musste ihren allerstrengsten Ton anschlagen.

Den hob Pip sich normalerweise für absolute Notfälle auf.

Gypsy hatte mal gesagt, Pips allerstrengster Ton erinnerte sie an eine zahme Ausgabe von Dr. Bruce Banner, wenn er sich gerade in den rasenden Hulk verwandelte.

»Ihr werdet jetzt NICHT zu Pops Cottage rübergehen!«, donnerte Pip und stemmte dabei die Hände in die Hüften.

Alle blieben stehen.

»Ich habe keine Lust, dass er morgen hier auf der Matte steht und sein Geld zurückhaben will, weil ihr ihm keine Privatsphäre lasst. Ihr versprecht mir jetzt hoch und heilig, dass ihr ihn in Ruhe lassen werdet ...«

Stille.

»Versprecht es mir!«, donnerte sie bedrohlich.

Knie zitterten.

»Ja, gut, wir versprechen es ...«, murmelten alle kleinlaut vor sich hin.

Es war Pip schon immer schwergefallen, die strenge Miene beizubehalten, und dass die eben noch strahlenden Gesichter nun alle traurige Enttäuschung spiegelten, machte es ihr nicht gerade leichter.

»Das heißt, ihr werdet ihn von einem der Schlafzimmerfenster im ersten Stock beobachten müssen ...«, kam sie ihnen entgegen.

Da grinsten sie wieder und stürmten die Treppe hinauf. Susan holte noch schnell das Fernglas aus ihrem Zimmer, dann versammelten sich alle in Pips Zimmer, weil man von da die beste Aussicht auf Pops Cottage hatte.

Pip verdrehte die Augen, pfiff die Hunde herbei und lief mit ihnen bis zu dem winzigen Gemischtwarenladen, um wie versprochen Wein und Schokolade zu besorgen. In der DVD-Abteilung entschied sie sich für einen Film mit Brad Pitt, Matt Damon und George Clooney, weil sie hoffte, die Rasselbande zu Hause mit einem Aufgebot von hochkarätigen Hollywood-Sahneschnitten von dem schönen, dunklen Fremden in ihrem echten Leben ablenken zu können. Sie kaufte auch einen großen Schokoladenkuchen, Eiscreme und – weil die Köter ihre nassen Schnauzen gegen die Fensterscheibe drückten – eine Schachtel Hunde-Leckerlis. Zuerst entschied sie sich für Huhn, aber dann ging ihr durch den Kopf, dass es vielleicht keine so gute Idee war, die Hunde auf den Geschmack von Geflügel kommen zu lassen, und sie tauschte die Schachtel gegen eine mit Rindfleisch-Geschmack.

Insgesamt war sie eine halbe Stunde unterwegs, aber als sie wieder zu Hause ankam, war die Küche immer noch verlassen. Sie hörte die anderen oben kichern und kreischen. Sie konnte sich lebhaft vorstellen, wie sie sich um den besten Platz zur Beobachtung des neuen Nachbarn kloppten.

Susan war die Erste, die wieder zur Vernunft und in die Küche kam.

»Mann, Mann, Mann!«, strahlte sie und nahm dankbar das Glas Wein an, das Pip ihr reichte. Dann fläzte sie sich auf den Stuhl Pip gegenüber. »Appetitlich ist ja gar kein Ausdruck!«

»Ja, ich fand ihn auch einfach unwiderstehlich.« Pip schnitt ihr ein Stück von dem Schokoladenkuchen ab, der verführerisch in der Mitte des Tisches Platz gefunden hatte. »Möchtest du Eis dazu?«

»Natürlich. Aber ich meinte gar nicht den Kuchen.« Susan zwinkerte. »Ich meinte unseren neuen Mieter. Zum Anbeißen.«

»Ach ja?«

»Ist dir das denn gar nicht aufgefallen?«

»Ich war vollauf damit beschäftigt, mich wieder anzuziehen.« Pip zuckte die Achseln.

»Du warst *was*?!?« Susan fielen fast die Augen aus dem Kopf.

»Ich war gerade im See baden, als er kam«, grinste Pip.

»Na, Gott sei Dank. Du hast ja schon das Cottage rasend schnell vermietet, aber *das* hätte sämtliche Rekorde gebrochen … Obwohl ich mir schon vorstellen kann, dass bei seinem Anblick so einige Schlüpfer schneller ausgezogen sind als Äpfel im Herbst von den Bäumen fallen …«

»Susan!«

»Und du hast im Ernst nicht bemerkt, wie gut der Mann aussieht?«

Pip schüttelte den Kopf.

Sonst war sie ja eigentlich nicht so materialistisch veranlagt, aber in diesem Fall hatte sie nur Augen für sein Geld gehabt. Und außerdem gab es trotz allem, was passiert war, immer noch diesen einen Mann, der ihr im Kopf herumspukte, sobald sie die Augen schloss …

»Ich glaube, ich interessiere mich grade nicht so für Männer.«

»Ach? Erzähl mir mal was Neues.«

»Also gut, ich interessiere mich grade noch weniger als sonst für Männer.«

»Hat das möglicherweise damit zu tun, dass du seit deiner Ankunft keinen einzigen von Nancys schätzungsweise dreihundert Anrufen angenommen hast?«

»Das hast du mitbekommen?«

»Ja, wie denn nicht? Möchtest du drüber reden?«

Pip schwieg. Sie senkte den Blick auf den Tisch. Dann schüttelte sie den Kopf.

»Das heißt, wenn sie das nächste Mal anruft, soll ich nicht lügen und behaupten, du seist vollauf damit beschäftigt, einen Hund zu baden und könntest auf keinen Fall gestört werden?«

Pip schüttelte etwas heftiger den Kopf.

»Du möchtest also über nichts reden, aber mit Nancy willst du überhaupt gar nicht mehr reden?«

»Nur im Moment nicht. Ich kann nicht …«

»Jetzt hör mal zu, Pip. Du weißt, dass ich Nancy noch nie besonders gemocht habe. Ich finde, sie nimmt immer sehr viel, ohne je zu geben. Aber normalerweise hast du die bessere Menschenkenntnis von uns beiden, und ihr beiden seid doch schon seit Ewigkeiten befreundet …«

»Und genau darum kann ich nicht mit ihr reden. Ich würde vermutlich Dinge sagen, die ich später bereuen würde. Wenn ich aber etwas Zeit verstreichen ließe ... na ja, dann will ich ihr all das vielleicht nicht mehr sagen. Verstehst du, was ich meine?«

»Es würde mir leichter fallen, wenn ich wüsste, was sie dir angetan hat.«

Einen Moment lang glaubte Susan, die stoische Pip würde nachgeben und reden, doch dann setzte sie wieder ihr »Ich schaff das schon«-Lächeln auf.

»Nichts, wofür ich ihr allein die Schuld geben könnte.« Sie zuckte die Achseln im kläglichen Versuch, lässig zu wirken.

Aber es stimmte.

Sie machte Nancy keinen Vorwurf daraus, dass sie auf Dan stand, sie war nicht die Einzige. Quasi jede Frau, die sie kannte, hätte sich mehr als bereitwillig mit einem Kalamar auf dem Kopf und einem Lachs zwischen den Beinen auf den Küchentisch gelegt, auf dass Dan ihnen die Meeresfrüchte vom Körper knabberte.

»Ist gut.« Susan beschloss, es dabei bewenden zu lassen. »Aber wenn du drüber reden möchtest ...«

»Dann weiß ich, wo ich dich finde ...«, beendete Pip dankbar lächelnd den Satz.

»Also. Was wissen wir über unseren neuen Mieter?«, fragte Susan und wechselte das Thema.

»Ehrlich gesagt, nicht viel ...«

»Sieht irgendwie ausländisch aus.«

»Wie kommst du darauf?«, fragte Pip unschuldig.

»Na, der Teint, der Körperbau, die Haare, die Augen, der Mund ...«

»So genau hast du ihn dir angesehen?«

»Ich sage nur OrniChamp – der beste Feldstecher für passionierte Vogel- und Naturbeobachter ... Also?«

»Also was?«

»Ist er Ausländer?«

Also wirklich, dachte Susan, heute Abend musste man Pip die Informationen wirklich wie Lindwürmer aus der Nase ziehen.

»Hmhm.« Pip nickte, schnitt noch etwas Kuchen ab und sah ihre Tante an. »Noch ein Stück?«

Ihr Ablenkungsmanöver scheiterte kläglich.

»Persicoria Affinis Charteris …« Susan verschränkte die Arme vor der Brust und setzte einen strengen Blick auf. »Was versuchst du, vor mir zu verbergen?«

Pip atmete tief durch.

»Er ist Spanier«, gestand sie.

Susan verdrehte die Augen.

»Willst du mich verarschen?«

Pip schüttelte den Kopf.

»Also, wirklich, Pip! Das ist alles? Und ich dachte schon, er sei ein auf Kaution freigelassener Straftäter oder so.«

»Na ja, aber nach allem, was passiert ist, dachte ich, ein Spanier käme als Mieter für euch vielleicht nicht infrage.«

»Wir können doch wegen eines einzelnen Betrügers nicht ein ganzes Volk in Sippenhaft nehmen.« Susan zuckte die Achseln.

»Das ist mir auch klar, und auf den ersten Blick wirkt er vollkommen anständig. Ich hatte bloß befürchtet, dass ein Spanier in der Nachbarschaft Salz in die Wunden meiner Schwestern wäre, und darum wollte ich es möglichst nicht erwähnen … aber wahrscheinlich werden sie es auch selbst merken, wenn sie ihm begegnen …«

»Sag doch einfach, dass er Italiener ist. Die bemerken den Unterschied doch sowieso nicht, so wie die mit Geifern beschäftigt sind.«

»Also, ich hoffe ja *wirklich*, dass sie sich von ihm fernhalten.« Pip machte ein Gesicht, als wüsste sie, dass diese Hoffnung vergebens war. »Ich will auf keinen Fall, dass sie ihm auf die Nerven gehen.«

Susan nickte.

»Wir wollen nicht riskieren, dass unser im Voraus zahlender Mieter die Flucht vor uns ergreift.«

»Denn sonst würde er vielleicht etwas hiervon zurückhaben wollen.« Pip zog die Scheine hervor. »Und ich möchte einen ziemlich großen Teil davon morgen in Heizöl investieren.«

»Au ja! Endlich wieder heiß duschen! Also, mach du dir mal keine Sorgen, ich werde dir dabei helfen, ihm die Mädchen vom Hals zu halten. Das viel größere Problem scheint mir aber deine Mutter zu sein.«

»Wieso? Weil er Spanier ist?«

Susan verdrehte die Augen.

»Nein, Dummerchen, weil er ein junger, gut aussehender Mann ist. Sie wird ihn genauso schnell vernaschen wie die Mädchen diesen köstlichen Kuchen, wenn wir nicht aufpassen.«

Im selben Moment saß Judy auf Pips Bett und sah zum fünften Mal durchs Fernglas.

Und ebenfalls im selben Moment marschierte Balthazar einzig mit einem knappen Handtuch um die schmalen Hüften bekleidet vom Bad ins Schlafzimmer.

Judy ging im Geiste ihre Checkliste über die Dinge, die sie an einem Mann mochte, durch.

Waschbrettbauch? Jeps.

Etwas zu lange kurze Haare, leicht zerzaust? Hmhm.

Muskulöse Beine? Jawoll.

Markantes Gesicht? Jau.

Volle Lippen? Aber hallo.

Breite Schultern? Jaha.

»Der Hammer«, seufzte sie.

Sie reichte das Fernglas an Viola weiter, die zustimmend nickte und das Gerät in einem seltenen Anfall von Selbstlosigkeit an Flora weitergab, die nichts sagte, deren Unterkiefer aber stattdessen weit aufklappte.

Geistesabwesend reichte Flora den Feldstecher weiter an Gypsy, die vor Lachen quietschte und ihn Viola zuwarf.

»Und *der* gibt *uns* Geld dafür, dass er hier wohnen darf?«, lachte Viola, während sie in deutlicher Schärfe beobachten durfte, wie er sich seine Jeans anzog, als werde er für eine 501-Werbung gefilmt. »Also gut, Mum, hiermit verzeihe ich dir offiziell, dass du unser Pay-TV-Abo gekündigt hast. Da gab es in den ganzen letzten Monaten nicht so was Spannendes zu sehen wie das hier.«

»Das kann man wohl sagen«, nickte Judy, doch als Viola ihr abermals das Fernglas reichte, überraschte sie ihre Tochter, indem sie abwinkte und sagte: »Aber ich glaube, ich schalte trotzdem um.«

Nun klappte auch Violas Unterkiefer herunter.

»Soll das heißen, du wirst jetzt lesbisch?«, fragte sie erstaunt.

Judy blinzelte überrascht.

»Das meinte ich eigentlich nicht, aber vielleicht sollte ich mal darüber nachdenken ...«

Viola verdrehte die Augen.

»Ach, Mum«, seufzte sie. »Ich schätze es wirklich sehr, eine weltoffene Mutter zu haben, die keine gedanklichen Tabus kennt, aber ich möchte doch darauf hinweisen, dass Frauen einem genauso das Herz brechen können wie Männer.«

»Wir recht du hast, mein Schatz ...« Judy nickte nachdenklich. »Was ich eigentlich mit ›umschalten‹ meinte, war, dass ich im Laufe meines Lebens mehr als genug Männer hatte und dass ich meine Lebensweise ändern sollte. Ich denke ernsthaft darüber nach, von jetzt an« – sie ließ einen dramatischen Seufzer hören – »zölibatär zu leben.«

»Was ist zölibatär?«, fragte Gypsy prompt.

Judy und Viola sahen einander an.

Dann wuschelte Judy ihrer Jüngsten zärtlich durchs Haar. »Das heißt, dass deine Mum keine Männer mehr will. Das ist ein bisschen wie mit dir und dem Zucker, Gyps. Wenn du zu viel davon bekommst, wirst du noch unausstehlicher, als du es ohnehin schon bist. Und darum musst du immer mal eine Zuckerpause einlegen, stimmt's?«

Gypsy nickte.

»Na ja, und ich habe etwas zu viel von den Männern bekommen, und das war auch nicht gut für mich ... Ich habe euch in letzter Zeit wirklich mehr als genug Ärger bereitet, und darum habe ich beschlossen, dass ich eine Männerpause einlege ...«

Sie ließen das Fernglas auf der Fensterbank liegen und taperten zurück in die Küche, wo Pip sie mit einem breiten Lächeln und einem sündhaft köstlich aussehenden Schokoladenkuchen empfing.

Alle ließen sich ein großzügiges Stück auftun, doch als die Reihe an Gyps kam, winkte diese ab, als handele es sich schon wieder um das Fernglas.

»Keinen Schokoladenkuchen?«, fragte Pip verwundert. Ihre kleinste Schwester konnte doch sonst ohne Probleme einen ganzen Kuchen allein verdrücken!

Gypsy dachte kurz nach, dann verkündete sie strahlend:

»Nein, danke. Ich habe euch in letzter Zeit wirklich mehr als genug Ärger bereitet, und darum habe ich beschlossen, jetzt mal eine Weile zuckerbatär zu leben …«

– 21 –

Als Pip am nächsten Morgen aufstand, blinkte der Anrufbeantworter. Nancy hatte mitten in der Nacht deutlich alkoholisiert eine Nachricht hinterlassen, die Pip nicht länger ignorieren konnte.

»Verdammt noch mal, Pip, wenn du dich weiter weigerst, an das bekackte Telefon zu gehen, dann muss ich scheiße noch mal eben höchstpersönlich bei dir aufschlagen, und du weißt ganz genau, wie sehr ich Cornwall hasse!«

Susan hatte im Prinzip recht, was Nancy anging, und doch wieder nicht ganz. Es war nicht so, dass Nancy nur nahm und nie gab. Aber es war richtig, dass Nancy mehr nahm, als sie gab. Dennoch hatte Pip nicht das Gefühl, ein Fußabtreter zu sein, schließlich war sie es bei drei Schwestern gewöhnt, Kompromisse einzugehen.

Nancy war Einzelkind und als solches ziemlich verwöhnt. Sie war nicht mutwillig bösartig. Sie dachte nur einfach nicht nach, bevor sie handelte. Sie wog nicht Vor- und Nachteile gegeneinander ab, sie machte einfach.

Nancy wollte etwas. Nancy nahm es sich. Wenn Nancy sich etwas nahm und Pip damit verärgerte, entschuldigte sie sich. Pip verzieh ihr.

So lief ihre Freundschaft, die trotz gelegentlicher verletzender Gedankenlosigkeiten von Nancy eine gute Freundschaft war. Pip wusste, dass sie Nancy um drei Uhr nachts aus sechshundert Kilometern Entfernung anrufen konnte, wenn sie vollkommen abgebrannt war, und Nancy würde ihr irgendwie aus der Patsche helfen. Wieso also sollte sie die ganze Angelegenheit jetzt mit ihr durchdiskutieren, wenn Pip doch genau wusste, dass sie, wenn erst mal Gras über die Sache gewachsen war, alles viel lockerer sehen und es keinen Diskussionsbedarf mehr geben würde?

Und so sehr der Gedanke an Dan Pip immer noch in Verzückung versetzen konnte, seine Makellosigkeit hatte in ihren Augen nun doch etwas gelitten.

Wenn sie über die Zeit seit seinem Dienstantritt nachdachte – und sie hatte viel darüber nachgedacht –, war sie sicher, sich nicht nur eingebildet zu haben, dass er sie immer wieder liebevoll angelächelt und ihre Nähe gesucht hatte. Er hatte sie gemocht. Er war an ihr interessiert gewesen. Und hatte sie komplett vergessen, als Nancy Sashimi vor ihm auf dem Küchentisch lag.

Ein Mann, dem so etwas passieren konnte, ganz gleich, wie weich ihre Knie bei einem einzigen Lächeln von ihm wurden, war nicht der richtige Mann für sie.

»Lass mir noch etwas Zeit, Nance«, murmelte sie. »So gut müsstest du mich doch auch inzwischen kennen, dass du weißt, dass ich einfach nur etwas Zeit brauche.«

Heute stand Gypsys Aufnahmeprüfung bei Manor Grange an, und Pip wollte sie hinbringen.

Ihr nervtötendes Energiebündel von einer Schwester hatte einen harten Tag vor sich, und das erforderte ein fürstliches Frühstück.

Doch als Pip ihre jüngste Schwester mit einem Teller voller Schinken-Sandwiches zum Verzehr im Bett wecken und überraschen wollte, musste sie feststellen, dass Gypsy ihr Versprechen, ab sofort ganz brav zu sein, bereits nach wenigen Tagen gebrochen hatte.

Gypsy hatte sich unerlaubt von der Truppe entfernt.

Ihr Bett war leer.

Keine Gypsy. Keine Hunde.

»Gypsy!«, rief Pip so laut, dass alle anderen davon aufwachten.

Nach einer Weile stimmten alle ein, sodass der Ruf »Gypsy!« schon bald das gesamte Anwesen erfüllte.

Auch Balthazar Rivera, der bereits früh auf war und gerade einen unangenehmen Anruf erledigen wollte, hörte die Rufe und sah aus dem Fenster, wo er Persi entdeckte, die sich gerade an einem großen Schmetterlingsstrauch zu schaffen machte, dicht gefolgt von den Terriern Eddie und Emerald.

Da Balthazar ein aufmerksamer Beobachter war, wusste er sofort, wer sich derzeit mit ihm auf dem gemieteten Grund befand.

Er wusste, dass der große, schlanke Hund sich immer in der Nähe von Gypsy aufhielt, und tatsächlich entdeckte er das Mädchen, wie es sich unter dem Schmetterlingsstrauch duckte.

Offenbar suchte man das kleine Mädchen.

Balthazar beschloss nicht ohne Erleichterung, den Anruf aufzuschieben, schlich sich in den Garten, kniete sich neben den Schmetterlingsstrauch und schob einige Zweige beiseite.

»Darf ich fragen, was Sie hier machen, junges Fräulein?«, flüsterte er. »Wenn ich mich nicht irre, wird nach Ihnen gerufen?«

Zwei große blaue Augen blickten trotzig zu ihm auf.

»Ich bin hier, *weil* nach mir gerufen wird«, antwortete sie sachlich. »Ich verstecke mich vor meiner Familie.«

»Und warum?«

Gypsy sagte nichts, sondern sah ihn nur wachsam an.

In ihrem Blick stand eine Frage: »Was geht Sie das an?«

Balthazar nickte und fragte:

»Darf ich?«

Ungläubig sah sie ihn an, sagte aber nichts, was ihn zurückgewiesen hätte.

Wenn dieser hochgewachsene, breitschultrige Mann glaubte, er könne unter einen Schmetterlingsstrauch passen, sollte er gerne versuchen, sich da hineinzuzwängen. Sie würde sich derweil darüber amüsieren.

Er gab sich besonders viel Mühe, sie mit seinen Bemühungen zum Lachen zu bringen, und hatte Erfolg damit. Schon bald war jede Feindseligkeit vergessen, und Gypsy schüttete ihm ihr Herz aus. Sie klagte ihm ihr Leid darüber, dass sie es einfach nur fies fand, wie man sie an diesem Morgen zu irgendeiner doofen Prüfung an irgendeiner doofen, ganz tollen Schule schaffen wollte, obwohl doch alle wussten, dass sie auf Prüfungen keinen Bock hatte.

»Und du meinst nicht, dass du diese Prüfung einfach machen solltest, statt dich hier davor zu verstecken?«, fragte er, nachdem sie ihren atemlosen Monolog beendet hatte.

»Wieso sollte ich? Wäre doch nur, weil die anderen das wollen.«

Er dachte einen Moment nach und schüttelte dann den Kopf.

»Ja, aber verstehst du denn nicht, dass du das eben nicht für die anderen tust? Nach allem, was du mir erzählt hast, bist du es, die am allermeisten von der neuen Schule und ergo von dieser Prüfung profitieren würde. Von daher würde ich doch sagen, dass du die Prüfung in erster Linie oder sogar einzig und allein für dich machst?«

Fünf Minuten später lieferte er eine ziemlich kleinlaute Gypsy bei Pip ab.

»Ich glaube, ich habe gefunden, was Sie suchen«, rief er den Frauen zu, die sich auf der Einfahrt zusammengerottet hatten, um die weitere Vorgehensweise zu besprechen.

»Gypsy, wo zum …«, hob Pip an, doch Balthazar brachte sie mit einem kaum wahrnehmbaren Kopfschütteln und einem eindringlichen Blick zum Schweigen.

»Sie hatte wohl ein bisschen Lampenfieber, aber jetzt geht's, glaube ich.« Er wandte sich an Gypsy, die sich halb hinter ihm versteckt hatte. »Alles klar? – Gut. Prima. Buena suerte, Gypsophila, mi niña prodigio. Zeig ihnen, was du kannst.«

Er machte eine Faust, und Pip sah erstaunt, wie auch Gypsy ihre zarte, blasse Hand ballte und sie gegen seine große, dunkle drückte. Offenbar hatte sie einen neuen Freund gefunden.

Judy war noch viel erleichterter als Pip.

»Vielen herzlichen Dank!« Zu seiner Überraschung nahm sie ihn in den Arm. »Und heute Abend feiern wir dann den Erfolg meiner kleinen Gypsophila … Was meinst du? Ich weiß genau, dass du mit links bestehen wirst! … Möchten Sie nicht auch kommen, Mr. …?«

»Balthazar.« Er reichte ihr die Hand, doch statt sie zu schütteln, hielt Judy sie eine Weile fest ... Seine schlanke Gestalt, der goldene Teint und die bernsteinfarbenen Augen erinnerten sie so an Raphael ... ihren Raphael, der sie beklaut hatte und ihr mehr wehgetan hatte als jeder andere Mann in ihrem Leben ... Sie seufzte und kramte innerlich nach jener Stärke, die sie erst neulich in sich entdeckt hatte, und schob alle Gedanken an ihre Latin-Lover-Mogelpackung beiseite.

»Bitte kommen Sie doch auch, Mr. Balthazar.«

»Einfach nur Balthazar«, lächelte er.

Wenn er seinen Namen aussprach, klang das nicht so, als würde er niesen. Die Laute rollten geschmeidig über seine Zunge und Lippen.

Einen Moment lang waren die Charteris-Frauen wie gebannt von dieser köstlichen Lautfolge – dann stürzten sich alle auf ihn und beeilten sich, einander gegenseitig vorzustellen.

»O ja, bitte, du musst unbedingt kommen! Ja, ja, ja! Bitte, bitte, bitte!«, war aus allen Mündern zu hören.

»Na ja ... Wenn ihr drauf besteht ...?«

»Natürlich bestehen wir drauf! Wir wollen dich dabei haben!« Judy lächelte ein bisschen wehmütig. »So, jetzt muss ich aber wirklich los«, japste sie nach einem Blick auf die Uhr. Sie drückte Gypsy einen Viel-Glück-Kuss auf die Stirn und flitzte davon. »Sonst komme ich noch zu spät zur Arbeit!«

Susan und Pip sahen einander an.

»Wow. Das nenne ich Arbeitsmoral ...«, stellte Susan ungläubig fest. »Offenbar ist sie tatsächlich in ihrem Element, wenn sie hinter dem Tresen steht.«

Und das war Judy tatsächlich. Zwar hatte sie neulich gewissermaßen ein Keuschheitsgelübde abgelegt, aber das bedeutete nicht, dass sie die Bewunderung der männlichen Pubgäste nicht in vollen Zügen genoss. Wenn sie gewusst hätte, wie viel Spaß es machen konnte, zu arbeiten, ging es ihr durch den Kopf, während sie zufrieden lächelnd den Blick durch die proppenvolle Kneipe wandern ließ, hätte sie doch schon vor Jahren damit angefangen!

Was Pip und Susan aber noch mehr überraschte, war, dass auch Viola nun tief durchatmete, um den leichten Moschusgeruch des frisch geduschten Spaniers zu inhalieren und die Worte ihrer Mutter – wenn auch etwas weniger begeistert – wiederholte: »Ich muss auch los, ich komme sonst auch zu spät zur Arbeit.«

»Arbeit?«

»Ja, Arbeit.« Viola verdrehte die Augen, als seien die anderen unbeschreiblich schwer von Begriff. »Das ist das, wo man hingeht und Sachen macht, die andere Leute von einem verlangen, um Geld zu verdienen.«

»Du hast einen Job?«

»Jetzt guckt doch nicht so überrascht.« Auch sie entfernte sich jetzt und rief ihnen nur noch über die Schulter zu: »Judy ist nicht die Einzige, die in der Lage ist, sich einen Job zu suchen.«

»Und ich muss auch los. Zur Schule!«, verkündete Flora. Es fiel ihr schwer, die Hand von Balthazars braun gebranntem Unterarm zu lösen, dessen goldene Härchen sie bereits angefangen hatte zu streicheln. Sie wollte hinter Viola herrennen.

»Soll ich dich denn nicht fahren?« Susan hielt sie an der Schulter fest.

»Die Jensons nehmen mich mit«, erklärte Flora und sah ihrer Schwester besorgt hinterher.

»Wie bitte?«, staunte Susan. Von Major Jenson im Auto mitgenommen zu werden, das war wie ... wie Hängegleiterfliegen ohne Hängegleiter!

»Also, Bridget«, fügte Flora schnell hinzu.

Bridget war die Tochter des Hauses Jenson und ganz ihre Mutter: immer gut gelaunt und freundlich. Sie und Flora waren im gleichen Alter und aller Feindseligkeiten zwischen Major Jenson und den beiden älteren Charteris-Damen zum Trotz bereits befreundet, seit sie alt genug waren, sich unbemerkt von einem Haus zum anderen zu schleichen.

»Ich wusste doch, dass du heute Morgen genug mit Gyps um die Ohren haben würdest. Bridge hat letzte Woche den Führerschein bestanden, und ihr Vater lässt sie seinen alten Mini fahren. Der ist zwar nicht so schick wie deiner, Pip, aber er hat ein bisschen am Vergaser herumgebastelt, sodass das Teil jetzt echt gut in der Kurve liegt. Ich muss dann los, will sie nicht warten lassen. Das wäre unhöflich«, schnatterte sie und rannte dann endlich ihrer Schwester hinterher.

Besorgt sah Pip ihr nach und dann auf die Uhr.

»Wir müssen auch los, Gyps.« Hektisch fing sie an, ihrer Schwester Laub aus den Haaren zu picken. »Mann, du siehst echt geküsst aus. Aber gut, die interessieren sich schließlich für dein Köpfchen, und so bekommen sie wenigstens direkt einen authentischen Eindruck davon, wie du normalerweise aussiehst …«

»Da waren's nur noch zwei.« Susan drehte sich mit entschuldigendem Blick zu Balthazar um und sprach dem Helden des Tages tonlos ein dickes »Danke« aus. Pip schob Gypsy ins Auto, das Sekunden später die Einfahrt heruntersauste. »Deine Bemühungen sind ja nun alles andere als gebührend wertgeschätzt worden. Tut mir wirklich leid …«

»Das ist nun mal die Wirkung, die ich auf Frauen habe.« Er zuckte die Achseln und lächelte dabei hinreißend.

»Wohl kaum.« Susan ertappte sich dabei, wie sie ihn anstrahlte wie ein Schulmädchen, und rief sich selbst zur Räson. »Heute ist nur irgendwie der Teufel los … So viel zu tun und viel zu wenig Zeit dafür.«

Er nickte und sah zur Turmuhr.

»Geht die richtig?«, fragte er.

Susan schüttelte den Kopf.

»Die? Nein. Auf die Turmuhr von Arandore darfst du dich niemals verlassen. Die geht nie richtig. Ganz gleich, wie oft ich sie stelle, eine Stunde später geht sie unter Garantie wieder falsch.«

»Wirklich? Soll ich sie mir mal ansehen?«

Überrascht blinzelte Susan ihn an.

»Verstehst du denn was davon?«

»Ja, klar, ich habe jede Menge Fingerspitzengefühl …«

Das konnte Susan sich in allerlei Zusammenhängen lebhaft vorstellen, doch sie schob den Gedanken schnell beiseite.

»Na, wunderbar, noch jemand mit zwei rechten Händen! In dem Fall setze ich eben schnell Wasser auf und zeige dir dann die Uhr.«

Vom Beifahrersitz aus sah Flora ihre Freundin an, die sich angestrengt darauf konzentrierte, den Motor des alten Minis am Laufen zu halten.

»Hör zu, Bridge, du musst mir einen Gefallen tun. Du musst mich bitte bei dem alten Feltham entschuldigen, ja? Ich hab was anderes vor.«

»Du kommst nicht mit?« Bridge ließ vom Gaspedal ab und sah ihre Freundin erstaunt an. Flora schwänzte sonst nie die Schule, jedenfalls nicht, wenn es Judy gut ging, und Bridge hatte Judy strahlend vor Glück in Richtung Gallant marschieren sehen.

Flora schüttelte den Kopf und rüttelte am rostigen Türgriff.

»Heute nicht, Bridge ... Ich muss da was erledigen ... Könntest du mich vielleicht in Gallant absetzen? Aber nimm doch lieber die Strecke an der Kirche vorbei ...«

Und so fuhren sie die längere Strecke am Fluss entlang, an Bauer Brummigs Hof und der außergewöhnlich hübschen Dorfkirche vorbei.

Fünf Minuten nachdem Bridge Flora an der Kreuzung abgesetzt hatte, tauchte Viola auf. Genau, wie Flora es sich ausgerechnet hatte.

Sie folgte ihr unauffällig, bis sie etwa hundert Meter vom Pub entfernt stehen blieb, sich nach rechts und links umsah und dann in eine schmale Gasse verschwand, die, soweit Flora wusste, nur zu drei Adressen führte.

Damit Viola sie nicht sofort entdeckte, ging Flora eine Weile hinter einer Glyzinie in Deckung, bevor sie die Beschattung wieder aufnahm.

In dieser Sackgasse standen drei der schönsten Häuser des Ortes. Quinn View Cottage war ein wunderschönes, vierstöckiges, weiß getünchtes, vom Keller bis zum Schieferdach mit Kletterrosen bewachsenes Gebäude. Master's House war früher einmal eine lange, große Scheune gewesen, die man zu einem tollen Wohnhaus umgebaut hatte. Und Old School House war – na ja, das alte Schulgebäude eben.

Flora wusste genau, in welches Haus ihre Schwester verschwunden sein musste.

»Gypsy wäre *so* stolz auf mich«, brummte Flora, während sie einen Eimer aufsammelte, den ein autowaschender Bewohner der Sackgasse in der Einfahrt von Quinn View Cottage hatte stehen lassen und mit dem sie nun den Weg zur alten Schule hinaufschlich. Sie stellte den Eimer kopfüber unter eines der hohen Bogenfenster der ehemaligen Aula und stieg darauf. Der Eimer reichte nicht, sie konnte nichts sehen. Aber sie konnte etwas hören. Und was sie hörte, ließ sie beinahe wieder vom Eimer fallen.

»Ich bezahle dir doch nicht einen Haufen Geld dafür, dass du zehn Minuten später als verabredet hier aufkreuzt! Jetzt mach schon, Viola, ich bin kein sehr geduldiger Mensch. Zieh dich aus. Die gleiche Stellung wie gestern, bitte!«

– 22 –

Die Turmuhr schlug erstaunlich pünktlich fünf, als Judy von ihrer Schicht im Pub nach Hause kam und tütenweise Chips, Hackfleisch, Zwiebeln, keimende Kartoffeln, schlappen Salat und eine Packung Burgerbrötchen auf den Küchentisch entlud.

»Sag mal, Mum, räumst du denen da immer die Küche leer, wenn du gehst?« Flora steckte noch in ihrer Schuluniform und tat, als hätte sie einen ganz normalen Tag verbracht.

»Ich habe Gyps versprochen, dass wir ihre Prüfung feiern werden, und Dudley hat gesagt, ich könnte die Sachen mitnehmen, im Pub würden sie sie eh nicht mehr verwenden.«

»Soll das heißen, dass die Sachen das Verfallsdatum überschritten haben?«

»Ja, aber nur ganz knapp«, entgegnete Judy fröhlich. »Und jetzt lasst euch mal von meinen kulinarischen Zauberkünsten überraschen. Es gibt Burger und Pommes.«

Pip und Gypsy kamen gerade in dem Moment nach Hause, in dem Judy alles vorbereitet hatte und den Grill anwerfen wollte.

Sie hatten einen langen Tag hinter sich. Die Prüfung an sich hatte eine Stunde gedauert. Dann, während der Prüfer das Ergebnis ermittelte, ging der Rektor, ein eleganter, redegewandter Herr namens Earnest Hemmings, Gypsys Bilder durch, die Miss Jenkinson ihm übermittelt hatte. Danach führte er Pip und Gypsy durch das wunderschöne alte Gebäude, in dem die Schule sich befand und lud sie dann ein, mit der gesamten Schüler- und Belegschaft in dem alten Speisesaal zu Mittag zu essen. Danach wiederum wohnten sie einer Stunde Kunstunterricht bei, während der Gypsy immer größere Augen machte, bis sie schließlich darum bat, mitmachen zu dürfen.

Pip wusste genau, dass der Rundgang, das Mittagessen und die Kunststunde nur dazu dienten, Gypsy außerhalb der Prüfungssituation kennenzulernen und zu beobachten. Gott sei Dank zeigte ihre kleine Schwester sich von ihrer Schokoladenseite.

Pip war der Überzeugung, dass das Earnest Hemmings' Verdienst war. Er wirkte so ruhig und interessiert, und obwohl er leise sprach, lag doch eine gewisse Autorität in seiner Stimme, man hörte ihm einfach zu. Sogar Gypsy, sie hing förmlich an seinen Lippen.

Die Lieben zu Hause erwarteten sie mit Ballons und Spannung und jubelten, als sie hörten, dass Gypsy die Prüfung mit Bravour bestanden hatte.

Die Schule war von ihren Ergebnissen, aber auch von dem Bild, das sie in der Kunststunde gemalt hatte, so beeindruckt gewesen, dass man ihr nicht nur einen Platz an der Schule in Aussicht stellte, sondern ihr sogar anbot, die Schulgebühren über ein Stipendium zu decken. Blieben noch die übrigen Kosten für eine neue Schuluniform – schick und teuer und schneller als gedacht zu klein –, Sportausrüstungen, Klassenfahrten nach Prag, Gstaad und in die USA, eine Künstler-Grundausstattung.

All das würde Geld kosten. Viel Geld.

Während alle anderen vor Freude tanzten, tat Pip das, was sie immer tat, weil sie kein Spielverderber sein wollte: Sie setzte ein tapferes Lächeln auf.

Sie war selbst genervt davon, dass sie immer gleich die Probleme sah, statt sich einfach nur zu freuen. Sie sollte sich endlich eine Scheibe vom offenbar unermüdlichen Optimismus ihrer Mutter, Tante und Schwestern abschneiden.

Sie würden das Geld schon irgendwie auftreiben.

Vielleicht würde sie nun doch ihr Auto verkaufen.

Entweder das – oder ihren Körper.

Der abgelaufene Wein, den Judy mitgebracht hatte, roch deutlich besser als das abgelaufene Hackfleisch, bevor Gewürze drankamen.

Pip schenkte sich ein Glas ein.

»Vorsicht, ich glaube, deine Mum hat den statt Essig für die Pommes mitgebracht«, warnte Tante Susan sie augenzwinkernd.

»So schlimm?«

Ihre Tante nickte.

»Wenn wir ihn nicht auf die Pommes verteilen, werde ich die Fenster damit putzen. Wie wär's stattdessen mit einem Gin Tonic?«

»Klingt sehr gut.«

Susan verschwand kurz und kehrte mit zwei gut gefüllten Gläsern wieder.

»Schon vergessen? Heute Abend wird gefeiert!«, sagte sie und reichte Pip eines.

Pip verzog vielsagend das Gesicht.

»Aha ... Die Sache hat also irgendeinen Haken? Lass mich raten ... Geht's um Geld?«

»Wann geht's denn mal *nicht* um Geld?«, seufzte Pip.

Judy hatte sogar den Hof festlich geschmückt. Die Fähnchen mussten uralt sein, jedenfalls konnte sich Pip erinnern, dass Pops sie einst zu ihrem fünften Geburtstag aufgehängt hatte. Billige Ballons, die alle naselang platzten, sodass Susan ständig neue aufpusten musste. Wunderkerzen, die von irgendeinem Fest übrig geblieben waren und sich nicht entzünden ließen.

Dem alten Grill hatten sie erst eine Weile gut zureden müssen, aber dann erwachte er zu neuem Leben, und nun saßen sie alle um den großen Terrassentisch und sahen Judy gespannt dabei zu, wie sie – das lange blonde Haar unter eine von Morvens Kochmützen gestopft – pseudo-professionell die Burger wendete, was immer wieder zu Stichflammen führte, wenn Fett in die Glut tropfte.

Stolz servierte sie ihren Mädchen einen großen, ovalen Teller voller Hamburger, als die Turmuhr sechs schlug.

Doch leider, leider hatte Judy, die sonst aus den schlichtesten Zutaten ein köstliches Mahl zaubern konnte, dieses Mal kläglich versagt.

Die Mädchen stürzten sich voller Vorfreude auf das Essen, verzogen aber gleich darauf die Gesichter. Das, was sie da gerade im Mund hatten, war eine Beleidigung ihrer Geschmacksnerven.

»Sag mal, woraus hat sie die denn gemacht?«, flüsterte Viola Pip zu. »Aus Hundefutter?«

»Sehr witzig.«

»Das war kein Witz.«

Judy entgleisten die Gesichtszüge, als sie die angewiderten Mienen der anderen sah.

»Soooo schlimm sind sie doch nicht, oder? Sagt schon? Echt?«

Balthazar hatte einen anstrengenden Tag hinter sich und ein schlechtes Gewissen, weil er zu spät zu seiner Einladung kam.

Unglücklicherweise betrat er just in dem Moment den Hof, als die zutiefst enttäuschte Gypsy als Antwort auf die Frage ihrer Mutter ihren Hamburger in die Wallachei schleuderte.

Der warme Klumpen traf ihn mitten ins Gesicht.

Fleisch und Brötchen fielen sofort zu Boden, während das billige Ketchup blieb, wo es war, und ihn aussehen ließ, als habe er eine blutige Verletzung erlitten.

Nach kurzer Schreckstarre sprangen alle von ihren Stühlen auf, scharten sich um ihn, entschuldigten sich wortreich und tupften ihm mit Servietten und sonstigen Tüchern im Gesicht herum. Viola war kurz davor, ihm das Ketchup von den Wangen zu lecken. Susan wischte ihm mit einem Geschirrtuch über den Allerwertesten und faselte etwas davon, wie weit Ketchup doch fliegen konnte. Selbst Flora umsorgte ihn mit einem Stück extra saugstarker Küchenrolle. Es fehlte nicht mehr viel, und sie würden ihm anbieten, ihm die Kleider auszuziehen und zu duschen.

»Äh … Hört mal …«, hob Pip an, doch zum ersten Mal in ihrem Leben war es jetzt Judy, die die Meute zur Ordnung rief.

»Pfui! Aus!«, rief sie.

Einen Moment lang waren sie unschlüssig, ob sie damit die Mädchen meinte oder Eddie, der gerade einen geplatzten Ballon verspeisen wollte.

Letztlich gehorchten sie aber alle und ließen von ihrem Objekt der Begierde ab.

Balthazar lachte. Gott sei Dank.

»Was ist das denn?« Er strich sich mit dem Finger über die Wange und konnte sich gerade noch beherrschen, ihn abzulecken. »Ultra Fast Food?«

»Tut mir wirklich leid.« Judy zuckte die Achseln. »Das sollte eigentlich meine gesunde, schmackhafte Version von ungesundem Pappessen werden ... Aber irgendwas muss da schiefgelaufen sein ... Sind die wirklich so schlimm?«, fragte sie ihre Töchter mit leicht flehendem Unterton.

Keine Antwort.

Die Hunde beäugten den gefallenen Hamburger und dann einander, um abzuschätzen, wer wohl der schnellste sein würde.

Persi machte das Rennen. Doch ausgerechnet sie, die sonst alles auch nur annähernd Essbare, das auf dem Boden landete, in sich hineinschlabberte, spuckte den ersten Bissen sofort wieder aus.

Aller Augen richteten sich auf Judy, die einen Moment lang aussah, als würde sie gleich in Tränen ausbrechen.

Stattdessen brach sie in Gelächter aus.

»Na, das war mehr als deutlich.« Grinsend warf sie die Grillzange über die Schulter nach hinten, wo sie mit den Zacken im Erdreich des nächstgelegenen Blumenbeetes stecken blieb. »Ich kehre freiwillig an den Herd zurück. Wer will Bohnen auf Toast?«

Das kollektive Aufstöhnen war laut genug, um die restlichen Ballons zum Platzen zu bringen.

Balthazar sah ihnen die Enttäuschung an.

»Kommt, ich lade euch zum Essen ein.«

»Wie bitte?«

»Kommt mit zu mir. Ich koche euch etwas.«

»Uns allen?«, hakte Judy nach.

»Ja, klar. Euch allen.«

»Aber wir sind doch so viele.« Pip runzelte die Stirn.

»Ach was.« Er zuckte die Achseln. »Meine Familie ist noch viel größer. Ich bin es gewöhnt, für ein ganzes Dutzend zu kochen.«

»Aber wir hatten dich doch zu *uns* zum Abendessen eingeladen ... Und jetzt sollst du plötzlich für uns kochen ... Nein, nein, das geht auf gar keinen Fall. Wir können dich doch nicht so überfallen.«

»Wer redet denn von Überfall? Ich lade euch ein. Bitte, es ist mir ein Vergnügen! Ich koche gerne, und noch lieber, wenn ich hinterher auch in guter Gesellschaft esse ...«

Pip warf einen Blick über die Schulter auf ihre Schwestern.

Sie hatte das Gefühl, wenn sie jetzt noch einmal mehr Einspruch erhob, würden mindestens zwei von ihnen und womöglich auch Susan mit ihren unbenutzten Messern auf sie einstechen.

»Na ja, wenn du das so siehst ...«

Viola unterdrückte einen Jubelschrei.

»Selbstverständlich.« Er sah zur Turmuhr hinauf. Kurz nach sechs. »Gebt mir eine Stunde. Dann kommt alle einfach rüber. Ich erwarte euch.«

Er nickte höflich und entfernte sich dann langsam.

»Wir kommen«, hauchte Viola und klimperte mit den Augen. Sie hoffte, wenn er sich noch einmal umdrehte, würde ihm auffallen, wie lange, dichte und seidige Wimpern sie hatte.

»Bis in einer Stunde«, fügte Flora noch hinzu, dann schlug sie sich die Hand vor den Mund, als habe sie sich verplappert.

»Ich bring eine Flasche von meinem Holunderblütenwein mit«, zwitscherte Susan aufgeregt.

Dann schwiegen sie alle und rührten sich nicht vom Fleck. In Reih und Glied standen sie da und sahen ihm nach. Sogar auf dem Rücken hatte sein T-Shirt Ketchup abbekommen. Nicht ahnend, dass er Publikum hatte, zog Balthazar es sich aus ... Diverse Unterkiefer fielen zu Boden, als sein breiter, braungebrannter Rücken zum Vorschein kam. Susan musste sich setzen und sich mit einer Zeitung Luft zufächeln.

Kaum war er außer Sichtweite, brach Viola das Schweigen, indem sie sich laut fragte, ob es später wohl spanische Würstchen gäbe. Woraufhin die Meute auf dem Absatz kehrtmachte und ins Haus, unter die Dusche und vor den Schminkspiegel stürzte.

– 23 –

Eine Stunde und, was Viola, Flora und sogar Tante Susan betraf, diverse Klamottenwechsel später, spazierten sie alle wohlriechend und erwartungsvoll zu Pops Cottage.

Während die anderen die Hälse reckten, um einen Blick auf ihren Gastgeber zu erhaschen, sah Pip sich im Cottagegarten um und stellte erfreut fest, dass es hier so gut aussah wie schon lange nicht mehr. Hatten sie das ihrem neuen Mieter zu verdanken? So gepflegt war der Garten nicht gewesen, als er eingezogen war.

Oder vielleicht lag es auch nur daran, dass der Garten und das Haus jetzt bewohnt waren.

Vier Aromafackeln in den Beeten verbreiteten einen leichten Zitrusduft und mit fortschreitender Dämmerung zunehmend behagliches Licht. Die Fenster des Cottage standen offen, und im Inneren war spanische Gitarrenmusik zu hören.

Was für ein himmelweiter Unterschied zu dem desolaten Zustand noch vor kurzer Zeit. Man könnte meinen, ein bewohntes Haus absorbiere die Wärme des Menschen, den er beherbergt, und strahle sie doppelt und dreifach wieder aus.

Balthazar erschien am Küchenfenster.

»Herzlich willkommen! Bitte setzt euch! Das Essen ist fast fertig.«

»Können wir etwas helfen?«

»Danke, aber wie sagt man hier doch so schön? Alles unter Kontrolle! Setzt und entspannt euch.«

Am Gartentisch war nicht genügend Platz für sie alle. Susan, Flora und Viola kaperten schnell ein paar Stühle in der Hoffnung, dann neben Balthazar zu sitzen. Pip, Judy und Gypsy machten es sich auf Decken und Kissen auf dem Rasen bequem.

Er lehnte jedes weitere Hilfsangebot ab und versorgte sie zunächst mal mit Getränken. Ausgesucht höflich probierte er

Susans Holunderblütenwein, während alle anderen, die bereits alt genug waren, von dem süßen Gesöff Abstand nahmen und den von ihm angebotenen vollmundigen Rotwein vorzogen.

Und dann kam das Essen.

Den Damen, die schon Balthazar für extrem appetitlich befunden hatten, lief nun das Wasser in Strömen im Mund zusammen. Er hatte nicht übertrieben, als er sagte, er koche gerne. Binnen einer Stunde hatte er ein veritables Festmahl gezaubert, das aus einigen großen Tellern selbstgemachter Tapas bestand.

Oliven, Käse, Sardinen in pikanter Tomatensoße, kleine grüne gesalzene Paprikaschoten, würzige Hackbällchen, riesengroße Knoblauchgarnelen, Chorizo, Kartoffel-Tortilla.

Sogar an die Hunde hatte er gedacht. Die labten sich heftigst schwanzwedelnd an etwas, das wie Huhn mit Pasta aussah.

Ein himmelweiter Unterschied zu Judys Hamburgern.

Selbst die ihrem Alter entsprechend neuen Gerichten nicht sonderlich aufgeschlossene Gypsy hatte das Stirnrunzeln aufgegeben und verschlang als Erste ein großes Stück Tortilla.

»Der Mann sieht nicht nur göttlich aus, er kocht auch göttlich«, seufzte Susan, als sie sich pappsatt neben Pip und Judy auf die Wolldecke fläzte. Vergeblich versuchte sie, den zufriedenen Rülpser zu unterdrücken. »Ups. Tschuldigung. Also, dieser Typ ist ja wohl echt 'ne Wucht, der hat heute schon die Turmuhr repariert, die Uhr, die ich seit über zehn Jahren zu reparieren versuche, und er hat nur einmal seine männliche Hand angelegt, und schwupps! Läuft die Uhr den ganzen Tag lang richtig. Was sagt ihr dazu?«

»Koch und Uhrmacher«, sagte Pip trocken, lächelte aber. »Beeindruckend.«

»Höre ich da etwa eine Spur von Sarkasmus heraus, mein Fräulein?« Susan zog die einen Tick zu dünn gezupften Augenbrauen hoch.

Flora und Gypsy hatten Pops altes Cricketspiel gefunden und alles für ein spontanes Match aufgebaut. Da Balthazar mitmachte, raffte selbst Viola sich auf.

»Also, ihr seid doch echt unmöglich. Ja, er hat heute ein paar gute Taten vollbracht, aber nur weil er euch einmal nett angelächelt hat, haltet ihr ihn gleich für Wonder Boy? Ich hätte eigentlich gedacht, dass ihr nach der letzten Erfahrung ein klein wenig vorsichtiger geworden wäret ...«

»Ach, komm schon, Pip. Du hast doch selbst gesagt, dass er einen anständigen Eindruck macht.«

»Ja, sicher, auf den ersten Blick tut er das auch, aber wir wissen ja wohl alle, dass man sich nicht immer auf den ersten Eindruck verlassen kann, oder? Vielleicht sollten wir ihn einfach ein bisschen besser kennenlernen, bevor wir uns alle in ihn verlieben.« Pip warf ihrer Mutter einen eindringlichen Blick zu, worauf diese sich auf die Lippe biss und nickte.

»Pip hat recht«, murmelte Judy. »Wir sollten ihn erst mal etwas besser kennenlernen ... obwohl ...« Sie neigte den Kopf zur Seite und sah ihm dabei zu, wie er Anlauf nahm zu einem sanften Wurf. »Ein leckeres Kerlchen ist er, das sieht ja wohl jedes Kind.«

»Unbedingt.« Susan nickte zustimmend, bevor auch sie den Kopf zur Seite neigte und seine Bewegungen beobachtete.

»Er ist sehr ... sehr ...« Judy hielt inne und benetzte sich die Lippen, während sie versuchte, ein passendes Wort zu finden. »Durchtrainiert, nein ... eher ... wohlgeformt, ja, genau. Als hätte Michelangelo seine Finger im Spiel gehabt ...«, sinnierte Judy, als er sich nach dem Wurf zu ihnen umdrehte.

»Woran denkst du?«, wollte Susan wissen.

»An *Die verdammte Seele*?«, witzelte Pip.

»So ein Quatsch! Er sieht aus wie David!«, echauffierte Judy sich. »Also, echt, Pip, die verdammte Seele, sieh dir den Mann doch an!«

»Ich finde, er sieht besser aus als der David«, sagte Susan. »Ich finde ihn eigentlich eher präraffaelitisch ... So in Richtung Millais oder John William Waterhouse ... ja.« Susan warf einen weiteren Blick auf ihn. »Absolut. Ein Waterhouse ...«

Pip fand, dass ihre gesamte Familie viel zu wenig kritisch war. Im Prinzip war diese naive Aufgeschlossenheit natürlich eine positive Eigenschaft, machte sie aber auch grenzenlos verletzlich. Ihr mitmenschliches Wohlwollen bezog sich übrigens nicht nur auf attraktive Männer, sondern auf Menschen jeglicher Couleur – dick, dünn, alt, jung, männlich, weiblich, schön, grottenhässlich. Frei nach dem Motto: Wer mich mag, kann doch kein schlechter Mensch sein.

Wobei gut aussehende Männer entschieden im Vorteil waren.

Und Balthazar sah gut aus. Pip war schon klar, warum die anderen alle so vernarrt in ihn waren, aber wenn Pip ihn sich genauer betrachtete, verglich sie ihn ständig mit Dan. Ungewöhnliche, bernsteinfarbene Augen hier, lebhaft-grüne da. Volle Lippen hier, ein Mund, der schon viel mit ihr gelacht und sie angelächelt hatte da. Etwas zu lange, strubbelige Haare hier, akkurate, dunkle Kurzhaarfrisur da. Dans Haare waren im Nacken so kurz geschoren, dass Pip am liebsten von unten nach oben darüber gestrichen hätte. Weiter oben waren sie etwas länger. Wenn er den Kopf zur Seite neigte und sie anlächelte, fiel ihm schon mal eine Strähne vor die grünen Augen mit den unglaublich langen, dunklen Wimpern.

Schlagartig vermisste sie ihn. Schlagartig wollte sie Dan wiedersehen. Und ermahnte sich sofort selbst, nicht albern zu sein.

Er hatte das nicht verdient. Ganz bestimmt nicht.

Balthazar, der nach Susans Eintreten in das Spiel nicht mehr warf, sondern schlug, verfehlte einen von Gypsys Würfen und gesellte sich zu Pip auf die Wolldecke. Er sah ihrem hübschen Gesicht an, dass sie irgendetwas plagte.

»Mein Essen hat dir nicht geschmeckt, stimmt's?«

»Ach was, so ein Blödsinn!«, schrak Pip aus ihren Gedanken auf.

»Warum schaust du dann so traurig?«

Er hatte sie beobachtet? Das war ihm aufgefallen?

Sie biss sich auf die Lippe und suchte nach einer Notlüge. Sie wollte ihm nicht die Wahrheit sagen, wollte nicht wie ein Idiot dastehen, weil sie sich nach einem Mann verzehrte, den sie kaum kannte, einem Mann, der gar nicht mehr zu haben war.

»Findest du?«

Er nickte.

»Du denkst an einen Mann, stimmt's?«

Stand ihr das etwa in großen Lettern ins Gesicht geschrieben?

»Kann sein …«, wich sie aus. Aber lügen konnte sie eben doch nicht.

»Jemand hat dir wehgetan?«, fragte er, und zur Antwort bedachte sie ihn mit dem gleichen Blick wie Gypsy, als er sie unter dem Strauch gefunden und gefragt hatte, warum sie sich dort versteckte.

Plötzlich tauchte eine sichtlich vollgefressene Persi neben ihnen auf und ließ sich ohne Umschweife auf seinen Schoß plumpsen.

Balthazar konnte sich ein gedämpftes »Ufff« nicht verkneifen, beklagte sich aber nicht, sondern begann, dem Hund über den seidenweichen Kopf zu streicheln.

Er spürte, dass Pip das Thema nicht vertiefen wollte und erkundigte sich stattdessen nach diesem gutmütigen Vierbeiner, der aus unergründlichen schwarzen Augen deutlich vertrauensvoller als sein Frauchen zu ihm aufsah.

»Wie heißt sie?«

»Persicoria …«, antwortete Pip widerstrebend.

Er lächelte.

»Was für ein schöner Name … Hallo, Persicoria …«, flüsterte er und strich ihr über die Flanken. Persi rollte sich überglücklich auf den Rücken und streckte ihm ihren Bauch entgegen. »Du bist ja eine Schöne, Persicoria … eine richtige Schönheit bist du. Sie ist noch ganz jung, oder?«

»Ungefähr acht Monate, wir wissen es nicht genau. Gypsy hat sie gefunden.«

»Und die Kleine hier?«

Emerald, die gerade noch auf Mäusejagd gewesen war und jetzt auch ein paar Streicheleinheiten wollte, quetschte sich neben Persi auf seinen Schoß.

»Das ist Emerald.«

»Und hat Gypsy die auch gefunden?«

»Nein.« Pip kraulte Emeralds dichter werdendes Fell im Nacken. »Emerald ist mein Baby.«

Ihm fiel auf, wie weich ihre Gesichtszüge wurden, als sie den kleinen, rotfelligen Hund streichelte, und schon bald hatte er – wie am Morgen schon bei Gypsy – völlig unaufdringlich ihr Vertrauen gewonnen. Pip, die selbst nicht recht wusste, wie ihr geschah, erzählte diesem relativ Fremden zunächst die Geschichte davon, wie sie Emerald gefunden hatte, dann von ihrer Arbeit in der Tierarztpraxis, und schließlich und erstaunlicherweise sogar von Dan und Nancy.

»Ich weiß ja, dass ich eigentlich dankbar sein sollte, weil ich jetzt weiß, dass er einfach nicht der Richtige für mich ist, und zwar Gott sei Dank bevor ich mich zu sehr auf ihn eingelassen habe, aber irgendwie muss ich eben doch ständig darüber nachdenken – und ich hasse mich selbst für diese Gedanken! –, wie es mit uns wohl weitergegangen wäre, wenn ich nicht hierhergekommen wäre.«

»Warum bist du denn hierhergekommen?«

»Weil ich gebraucht wurde.« Sie zuckte die Achseln.

»Und nur deswegen hast du alles stehen und liegen lassen?«

»Es gibt nun mal Dinge, die wichtiger sind als Privatangelegenheiten und persönliche Wünsche …«

Er folgte ihrem Blick auf ihre Familie und nickte.

»Stimmt. Die Familie ist sehr wichtig.«

»Und was ist mit dir? Hast du Familie?«

Er nickte ernst.

»Eine Frau und vier Kinder. In Spanien.«

Pip riss erstaunt die Augen auf.

»Im Ernst?«

Er fing an zu grinsen.

»Nein. War ein Scherz.«

»Aber vielleicht sollten wir das gerüchteweise verbreiten.« Pip sah zu Viola, die mit einer gewissen Sehnsucht im Blick Balthazars Hände anstarrte, die über Persis und Emeralds Körper strichen. »Damit du vor meinen Schwestern in Sicherheit bist.«

»Du meinst, ich muss mich vor deinen Schwestern schützen?«

»Ich meine, wenn du nicht aufpasst, könnten sie sich mit demselben Heißhunger auf dich stürzen wie vorhin auf dein Essen.«

»Ach, ich glaube, ich komme schon mit ihnen zurecht. Ich habe auch drei Schwestern.«

»Wirklich?«

»Ja. Die Älteste heißt Catalina, ist verheiratet und hat zwei kleine Mädchen. Dann kommt Inés, sie ist ein bisschen wie Flora, habe ich den Eindruck, sehr fleißig und vernünftig. Die Jüngste heißt Abella ...« Er holte Luft und seufzte lächelnd. »Tja, was soll ich zu Bella sagen? Sie ist wie meine Mutter, klug, witzig und liebenswert, aber sie ist auch sehr abenteuerlustig, und das bringt sie manchmal in Schwierigkeiten ...«

»Wie alt sind die drei?«

»Catalina ist siebenundzwanzig ...«

»Wie ich.«

»Inez ist vierundzwanzig und Bella zwanzig.«

»Hast du auch Brüder?«

Er schüttelte den Kopf.

»Ich auch nicht. Dabei habe ich mir immer einen gewünscht. Aber dafür habe ich Clive.«

»Clive?«

»Mein bester Freund. Aber irgendwie ist er mehr als nur ein Freund ...«

»Verstehe«, nickte er. »Manchmal ist ein Freund viel mehr wie ein Bruder als ein echter.«

»Sehe ich auch so.« Auf einmal vermisste Pip ihren rothaarigen Freund ganz heftig. »Bist du also auch der Älteste?«

»Hmhm.«

Sie nickte wissend.

»Verdammt blöde Rolle, aber irgendjemand muss sie ja spielen ... Manchmal denke ich, die ältesten Geschwister haben eine Art unsichtbare Tätowierung auf der Stirn, die nur die Eltern und Geschwister sehen können.«

Er lächelte sie fragend an.

»Und was für eine Tätowierung ist das?«

Pip erwiderte sein Lächeln und tippte sich drei Mal an die Stirn, als würde sie auf drei einzelne Wörter zeigen.

»Depp. Vom. Dienst.«

Viola und Flora schleiften ihn buchstäblich zurück zum Cricketspiel, indem jede sich einen seiner Arme schnappte. Pip sah ihnen eine Zeit lang zu, hing ihren Gedanken an Clive nach und verkrümelte sich dann klammheimlich.

Sie hatte immer noch Gypsys vor der Prüfung konfisziertes Handy in der Tasche. Ohne lange nachzudenken, schickte sie eine SMS an eine Nummer, die sie auswendig kannte.

Hallo Süßer.

Postwendend kam Antwort:

Wer ist da?

Dein perverser Stalker.

Hallo Pip!! ☺

Hallo Clive ☺ *Alles klar auf der grünen Insel?*

Ohne dich eher trübe Insel x

Vermisse dich auch x

Ach komm, du hast doch bestimmt gar keine Zeit, viel an deinen alten Rotschopf zu denken. Was macht der Alphatierarzt?

Pips Finger legten eine Pause ein.

Sie hatte Clive nichts von dem Chaos mit ihrer Familie und auch nichts von der Sache mit Nancy und Dan erzählt. Er hatte mit seinem Umzug und dem neuen Job schon genug um die Ohren, da wollte sie ihn nicht auch noch mit ihren Problemen belasten. Außerdem hatte sie gedacht, dass Maggie plaudern würde, aber dieses Mal hatte ihre Kollegin wohl ausnahmsweise mal ihre Klappe gehalten.

Sie las seine Nachricht noch einmal und überlegte, wie sie darauf antworten sollte.

Frag Nancy, schrieb sie knapp zurück. Dann gestand sie sich ein, dass in ihrer Antwort eine gewisse Bitterkeit mitschwang, und bereute sie. Noch bevor er antworten konnte, tippte sie rasend schnell: *muss los, bald mal reden, LG* und schaltete Gypsys Handy aus.

Sie war die ganze Zeit weitergelaufen, und wie üblich, wenn sie in Aufruhr war, bei der Obstplantage gelandet.

Sie hätte sich in den Hintern beißen können, Clive so was Blödes gesimst zu haben. Sie wollte sich doch einfach nur mal melden, und jetzt würde er sich sicher Sorgen machen. Am besten rief sie ihn jetzt an, erklärte ihm, was passiert war, und versicherte ihm, dass alles in Ordnung war.

Aber das konnte sie nicht.

Pip konnte nicht lügen. Und schon gar nicht gegenüber ihren Freunden.

Und es war nun mal nicht alles in Ordnung, auch wenn sich die Situation hier auf Arandore schon verbessert hatte.

Aber was war mit ihr?

Pip setzte sich unter ihren Lieblingsbaum. Kaum lehnte sie sich mit dem Rücken an den warmen Stamm, seufzte sie wohlig, als habe ein alter Freund sie in den Arm genommen.

Ein bisschen albern kam sie sich ja schon vor, aber Pip stand trotzdem wieder auf, drehte sich um und schlang die Arme um den Stamm.

Ihr Lieblingsbaum quittierte diese Zuneigungsbekundung, indem er einen der größten, reifsten Äpfel unsanft mitten auf Pips Scheitel fallen ließ.

– 24 –

Nicht zum ersten Mal in der Menschheitsgeschichte brachte ein Apfel, der auf einem klugen Kopf landete, neue Ideen mit sich. Allerdings hätte Pip wetten können, dass der Apfel, der Isaac Newton auf die Birne fiel, nicht überreif gewesen und auch nicht sofort zu Matsch zerfallen war, sodass dem guten Mann der klebrige Saft ins Gesicht gelaufen wäre. Aber es war nur gut, dass ihr Apfel genau das tat, denn es war der Geschmack des Saftes auf ihren Lippen, der Pip den Geistesblitz bescherte.

Nicht, dass der Saft köstlich und süß gewesen wäre, er war eher bitter – aber er rief Erinnerungen in Pip wach. Erinnerungen an das kleine Mädchen, an die Apfelmampferin, die kraftvoll in eine der wunderbar appetitlichen, großen, rot-grünen Lord-of-the-Isles-Früchte biss und deren Mund sich sofort entsetzt über den Geschmack zusammenzog. Und Erinnerungen an ihren Vater, der sich über ihre Grimasse kaputtlachte, den entsetzt fallen gelassenen Apfel aufhob und seiner Tochter erklärte, sie solle nicht einen einzigen dieser Lords wegwerfen, weil aus dieser so adlig benannten Sorte wahrlich fürstlicher Cider gewonnen werden konnte. Er sagte, es sei eben diese Apfelsorte, die seinen Cider zu etwas ganz Besonderem mache. Dann war er mit ihr zu der kleinen Scheune bei den Ställen gegangen, die einst, als Arandore noch ein Weingut gewesen war, als Flaschenlager gedient hatte. Pips Vater benutzte sie für seine eigene kleine Kelterei. Hier stand die alte Apfelpresse und ein kleiner Vorrat seiner Eigenproduktion der letzten Jahre. Er hatte eine Flasche aus dem Regal an der Wand gezogen, vorsichtig den Staub abgewischt und seiner Tochter das handgeschriebene Etikett gezeigt.

Apfel-Schaumwein.

Er ließ sie kosten.

Nur ein winziges bisschen.

Ein Schlückchen, das sie so lange wie möglich im Mund behielt, weil jedes einzelne Kohlensäurebläschen ihren Geschmacksknospen perlende, prickelnde Aromen bescherte. Wie zahllose Apfelbömbchen explodierten sie auf ihrer Zunge. Sie hatte gestaunt, dass aus einer so bitteren Frucht ein so wunderbar trockenes und doch so liebliches alkoholisches Getränk werden konnte.

Pip rannte die Einfahrt hinunter auf die Straße. Sie hatte neulich gesehen, dass an Jensons Tor ein Plakat hing. Felicity Jenson engagierte sich stets sozial in Gallant und machte auf diese Weise gerne mal Reklame für irgendwelche Veranstaltungen.

Das knallbunte Poster kündigte die Herbstmesse an, eines der größten gesellschaftlichen Ereignisse in Gallant, bei dem sich die Dorfbewohner unter dem Deckmantel unschuldiger Erntedankwettbewerbe mal so richtig befehden konnten.

Wer hatte das größte Gemüse? Wer die schönsten Blumen? Wer das beste Brot? Wer den raffiniertesten Kuchen? Wer die schmackhafteste Marmelade?

Es war der Krieg der Kunsthandwerker. Kerzen, Käse, Kürbisse. Keramik, Konfekt, Kirschwasser. Alles, was man selber anbauen oder herstellen konnte, wurde zur Herbstmesse wie buntes Geschütz aufgefahren, um das jährliche Gefecht um Geschenkartikel auszutragen.

Und ganz unten auf dem Plakat stand, was Pip in diesem Moment am allermeisten interessierte: der alljährliche Brau- und Kelterwettbewerb. Der erste Preis waren fünftausend Pfund und ein Vertrag mit dem Hauptsponsor, der örtlichen St.-Wastrell-Brauerei, die dem Sieger dabei helfen würde, sein preisgekröntes Produkt zu entwickeln und über ihr Vertriebsnetz zu vermarkten.

Susan war gerade auf dem Weg zum Haupthaus. Sie schlingerte ein wenig und sang in ihrem angenehmen Tenor eine Rigoletto-Arie. Pip achtete in der Aufregung nicht auf den Weg und stieß mit ihr zusammen.

Susan stöhnte leise auf. »Pip! War das ein schöner Abend! Du hast den Nachtisch verpasst … Balthazar …« – die erste Silbe seines Namens rülpste sie – »ups, tschuldigung … Balthazar hat diese großartigen spanischen, Donut-artigen Dinger gemacht, na, wie heißen die doch gleich … Nonnenschnäuzer … nein, nein, falsch, so ein Quatsch … Nonnen*seufzer*, so heißen die … Also, da hast du wirklich was verpasst, ich wollte dir ja einen aufheben, aber die waren einfach so hammerlecker, dass wir alle ratzeputz aufgefuttert haben … Wieso bist du denn auf einmal weggerannt? Und wo rennst du jetzt schon wieder hin?«

»Zur Scheune, zu Dads Scheune.«

»Und wieso?«

»Weil ich eine Idee habe.«

»Und was für eine?«

Pip grinste ihre Tante breit an.

»Eine, die genug Geld bringt, um Gypsy auf Manor Grange anmelden zu können.«

»Das ist definitiv eine Idee, die mir gefällt«, strahlte Susan.

»Wir werden uns für den Kelterwettbewerb auf der Herbstmesse anmelden.«

Susan wollte gerade protestieren, als Pip sie auch schon bei der Hand nahm und sie an den schwer behangenen Obstbäumen vorbei und um das Haus herum zur Scheune führte.

Die Apfelpresse stand immer noch da.

Sie war mit einer Plane abgedeckt, auf der sich der Staub von mehreren Jahren niedergelassen hatte. Als Pip sie wegzog, musste sie von dem aufgewirbelten Dreck erst einmal husten. Doch da stand sie, genau wie damals: die große archimedische Wasserschraube in der Mitte, das riesige alte Fass darunter. Gleich dahinter befand sich die etwas modernere Apfelmühle.

»Guck, wir haben alles, was wir brauchen. An den Bäumen hängen so viele Äpfel, dass sie fast unter ihrer Last zusammenbrechen. In den Weinkellern lagern massenweise leere Flaschen. Pops und Dad haben früher himmlischen Apfel-Schaumwein gemacht … Und ich bin mir sicher, dass wir das auch können. Und die Herbstmesse wäre *die* Gelegenheit, Arandores Rückkehr in die Weinwelt einzuläuten.«

Susan stieß einen tiefen Seufzer aus. Wie gerne wollte sie vor Freude hüpfen und in die Hände klatschen! Nur leider hatte Pip da eine Kleinigkeit übersehen.

»Die Herbstmesse findet aber schon in zwei Wochen statt, Pip. Und du kannst dich doch bestimmt noch erinnern, wie dein Vater den Cider hergestellt hat, oder?«

Tatsächlich sah Pip ihren Vater förmlich noch vor sich, wie er ihr den Herstellungsprozess erklärte.

Äpfel ernten.

Waschen.

Zerkleinern.

Pressen.

Saft in Flaschen abfüllen.

Hefe und Zucker zugeben.

Kopfüber lagern, hin und wieder drehen, bis die Schwebstoffe sich im Flaschenhals abgesetzt haben.

Einfrieren und Sedimente entfernen.

Noch mehr Hefe und Zucker zugeben.

Verkorken, den Korken mit Draht sichern und mit Metallfolie umwickeln.

Oder so ähnlich ...

Und dann erinnerte sie sich an einen weiteren Teil des Herstellungsprozesses. An einen der wichtigsten: Man musste den Wein fermentieren, die Hefe und den Zucker gären lassen, bis Kohlensäurebläschen entstehen.

»Die Gärung!«, rief sie.

»Man kann den Wein schon nach zwei Monaten trinken, aber dein Vater hat ihn immer ein Jahr lang gären lassen«, bestätigte Susan. »Manchmal sogar zwei. Er hat immer gesagt, nach zwei Jahren schmeckt er so richtig gut ...«

Zwei Jahre! Und sie hatten nicht einmal zwei Wochen Zeit.

Susan hatte recht, das war vollkommen illusorisch.

Ganz gleich, wie sehr sie sich anstrengten – binnen zwei Wochen konnten sie keinen Apfelwein herstellen. Punkt.

Pips Gesicht wurde lang vor Enttäuschung.

»Wir sind genau wie die Turmuhr, die gerade mal wieder

funktioniert«, sagte sie nach einigen Momenten des Schweigens. »Wir ticken jetzt richtig, aber keiner weiß, wann wir wieder stehen bleiben werden. Ich hatte doch bloß gedacht ... gehofft ...« Sie seufzte. »Also, als Pop das Weingut betrieb ... das war doch ein gut laufendes Geschäft. Ich weiß, dass wir keine Rebstöcke mehr haben, aber wir haben doch Äpfel ... massenweise Äpfel, Susan. Wenn ich die Cider-Produktion wieder in Gang bringen könnte ... Das wäre doch mal was anderes, ihr hättet was zu tun, und wenn wir dann noch den Wettbewerb gewinnen würden ... Das wäre ein genialer Start. Weißt du noch, wie Derrick Trevelyan aus Quinn mal gewonnen hat? Da war er vielleicht dreizehn. Hat immer in der Garage zu Hause sein eigenes Bier gebraut. Und jetzt kann man Trevelyan's Buxom Blonde Beer in fast jedem Pub zwischen Land's End und London bekommen. Die St.-Wastrell-Brauerei greift einem da wirklich unter die Arme. Die erwarten nicht, dass man sie von Anfang an beliefern kann, die helfen einem dabei, das Produkt zu optimieren und zu vermarkten ... Ich dachte, wenn wir jetzt einfach anfangen, die Äpfel pressen, den Gärprozess starten, damit wir was vorzuweisen haben ...«

Susan nickte.

»Verstehe, Pip, wirklich. Aber dann müssen wir bei der Herbstmesse auch wirklich etwas vorzuweisen haben, nämlich einen erstklassigen Cider, damit wir überhaupt Chancen haben, zu gewinnnen. Aber selbst wenn wir jetzt sofort anfangen würden, Äpfel zu pressen, hätten wir in zwei Wochen nichts weiter als Apfelsaft. So einfach ist das. Es ist wirklich eine super Idee, Pip, aber beim besten Willen nicht zu schaffen. Jedenfalls nicht dieses Jahr ...«

»Und ob das zu schaffen ist«, mischte sich eine aufgeregte, aber entschiedene Stimme ein.

Erschrocken drehte Pip sich um. Flankiert von Pips jüngeren Schwestern stand ihre Mutter in der Tür.

»Mum?«

»Wir schaffen das, Pip.« Mit entschlossener Miene marschierte Judy in die schummrige Scheune, an Pip und Susan vorbei, und begann, die zahllosen leeren Kisten und Kartons in der einen Ecke des Raumes zu durchwühlen. Aus irgendeinem unerfindlichen Grund fühlte sich niemand bemüßigt, ihr zu helfen, und so sahen sie alle gespannt zu, bis Judy eine Abdeckplane entdeckte, die noch verstaubter war als die, die über der Presse gelegen hatte. Vorsichtig zog sie die Plane weg und enthüllte drei Holzkisten.

Beinahe feierlich hob sie den Deckel der einen Kiste an, zog eine große grüne Flasche aus ihrem Strohbett und drehte sich dann wieder zu ihrer Familie um.

»Das hier ist der letzte Apfel-Schaumwein, den dein Vater gemacht hat, Pip.«

Ungläubig riss Pip die Augen auf.

»Davon ist noch was übrig?«, wisperte sie entgeistert.

»Genau genommen dreißig Flaschen.« Judy biss sich auf die Unterlippe und betrachtete die Flasche. Ihre Augen waren mit Tränen gefüllt, als sie ihre älteste Tochter ansah.

»Eigentlich hatte ich ihm versprochen, die noch ein paar Jahre aufzuheben ... Aber ich glaube, unter den gegebenen Umständen wäre auch er damit einverstanden, dass ich mein Versprechen breche.« Sie reichte Pip die Flasche. »Dreißig Flaschen. Für jedes Lebensjahr eine. Dein Geschenk zu deinem dreißigsten Geburtstag. Von deinem Dad.«

Ihre Schwestern drängten sich um sie, als Pip die Flasche in den Händen hielt und das Etikett bestaunte. »Pip« stand da nur und darunter ihr Geburtsjahr und das Jahr, in dem der Wein abgefüllt wurde. Ihr Vater hatte alles noch selbst mit der Hand geschrieben, und allein das reichte aus, um auch Pip zu Tränen zu rühren.

»Schmeckt der denn überhaupt noch?«, flüsterte Viola schließlich.

Pip sah in die besorgten Gesichter ihrer Schwestern, spürte ihre tröstenden Händen, und musste lächeln.

»Das werden wir jetzt ganz schnell herausfinden«, entgegnete Pip mit fester Stimme.

Mit einer einzigen schwungvollen Bewegung entfernte sie

den Draht, entkorkte die Flasche und führte sich den überschäumenden Flaschenhals an den Mund.

»Prost, die Gemeinde!«, rief sie noch, dann setzte sie zu einem ordentlichen Schluck an.

Gespannt hielten die anderen die Luft an. Der Inhalt der Flasche, die sie gerade aufgemacht hatte, war älter als Flora.

Pip spürte die Sprudelbläschen über ihre Zunge tanzen, und Sekunden später nahm sie den vertrauten Geschmack wahr: süß, spritzig, frisch und einfach … »Köstlich!«, hauchte sie und erinnerte sich abermals daran, wie ihr Dad sie zum ersten Mal kosten ließ. Sie sah in die Runde, lächelte immer breiter und lachte schließlich lauthals: »Unschlagbar saumäßig KÖSTLICH!«

– 25 –

Die Flasche machte die Runde und war in null Komma nichts leer. Überdreht waren die Frauen dann aber weniger vom Alkohol als von der Aufregung.

Die Vorstellung, in die Fußstapfen ihrer Vorväter – und insbesondere des von ihnen allen so innig geliebten Pops – zu treten und gemeinsam ein Familienunternehmen zu betreiben, hatte die Fantasie aller kräftig beflügelt. Immerhin hatte Pops Wein damals diverse Preise gewonnen, und sein Cider war in Pubs in ganz Cornwall ausgeschenkt worden. Die Rebstöcke mochten schon lange der Vergangenheit angehören, aber Äpfel gab es immer noch in Hülle und Fülle, im Weinkeller stapelten sich Hunderte von Flaschen, die nur darauf warteten, befüllt zu werden, und direkt vor ihrer Nase standen alle Geräte, die sie fürs Keltern und Abfüllen benötigten.

Wenn die doch nur ordentlich funktionieren würden …

Die Presse klemmte.

Eine nach der anderen versuchten sie, sie zu lösen, doch das Teil war festgerostet und gab keinen Millimeter nach. Selbst dann nicht, als Susan einmal kräftig mit den Fingern knackte und ihre Muskeln spielen ließ.

Ob die Apfelmühle noch funktionierte, wussten sie nicht, weil es in der Scheune derzeit keinen Strom gab. Die abenteuerliche Leitungsführung ihrer Tante, die in ihrer Kompliziertheit in keinerlei Verhältnis zu ihrem banalen Nutzen stand, war von zahlreichen Mäusegenerationen zu Kabel-Krautsalat zernagt worden.

Susan wollte um jeden Preis verhindern, dass die Hochstimmung sank, und versicherte ihnen, sie und ihr Werkzeugkasten würden das schon wieder hinbekommen.

»Lasst mir einen Tag Zeit«, bat sie. »Ihr fangt schon mal mit der Ernte an und wascht die Äpfel. Bis ihr damit fertig seid, bin ich auch fertig.«

Pip, Judy und sogar Viola nahmen ihren Auftrag ernst. Schon vor Sonnenaufgang am nächsten Tag waren sie auf den Beinen und schufteten, bis Hände, Arme und Geist erschöpft waren.

Als Bridget Flora und Gypsy nach der Schule nach Hause brachte, lösten sie Judy und Viola ab, die beide zur Arbeit mussten. Flora und Pip und sogar Bridget sammelten Äpfel auf, und Gypsy sollte sie mit Hilfe von Schlauch und Zinkwannen waschen – was zur Folge hatte, dass Gypsy und die Hunde genauso triefend nass waren wie die Äpfel, aber wenigstens auch genauso sauber.

Der nächste Tag verlief ähnlich, allerdings mit Unterstützung von Freunden, sodass gegen zehn Uhr abends fast alle Äpfel geerntet, gewaschen und in Kisten neben der noch immer streikenden Apfelmühle verstaut waren. Der Strom in der Scheune funktionierte immer noch nicht. Susan hatte zwei volle Tage sämtliche Teile aus ihrem Werkzeugkasten ausprobiert, sie hatte herumgefummelt, herumgeschraubt und reichlich geflucht.

Pip sorgte dafür, dass alle fleißigen Helfer etwas zu essen bekamen und schickte dann die auf Arandore Ansässigen nach herzlichen Umarmungen ins Bett, während sie die Wanderarbeiter mit zahlreichen Dankesworten in die Nacht verabschiedete.

Die Mühle rührte sich nicht.

Als Pip die Scheune betrat, um ihre Tante zu überreden, für heute Feierabend zu machen, schimpfte diese in einem Jargon vor sich hin, bei dem selbst hart gesottene Brauereiarbeiter rote Ohren bekommen hätten.

»Susan!«, rief Pip erschrocken.

»Oh! Pip! Tut mir leid! Aber das ist wirklich mal so eine Situation, in der ›ach manno‹, ›verflixt‹ und ›Mist‹ einfach nicht ausreichen.«

Es hätte nicht viel gefehlt, und Pip hätte Susans Brecheisen zur Hilfe nehmen müssen, um die Hobby-Handwerkerin aus der Scheune herauszubekommen. Sie redete auf sie ein, ins Bett zu gehen und am nächsten Morgen weiterzubasteln, und brachte sie bis in die Küche, wo sie ihr ein spätes Abendessen servierte, bevor sie eine letzte Runde mit den Hunden drehte.

Eddie und Persi steuerten den nächstgelegenen Busch beziehungsweise ein Rasenstück an und verschwanden verrichteter Dinge direkt wieder ins Haus, wo sie es sich auf Gypsys Bett bequem machten. Emerald, der Wildfang, hatte sich wie üblich in die Dunkelheit verkrümelt. Und Pip gab ihr – ebenfalls wie üblich – zehn Minuten, bevor sie sich auf die Suche nach ihr machte.

Sie bog um die Hausecke und stellte erstaunt fest, dass in der Scheune Licht war. Ein sanfter Schimmer nur, wie von Kerzen, und das war ja auch die einzige mögliche Erklärung, schließlich gab es in der Scheune ja keinen Strom.

Wer zum Teufel …?

Instinktiv sah Pip zu den Zimmerfenstern ihrer Schwestern auf.

Flora saß an ihrem Schreibtisch, hielt ein Buch in der Hand und rieb sich gerade die müden Augen.

Gypsy, die doch eigentlich todmüde sein und längst schlafen müsste, hüpfte zusammen mit Persi lauthals lachend auf ihrem Bett herum, als sei es ein Trampolin.

Viola, die vor einer halben Stunde von ihrem ominösen Job wiedergekommen war, stand unter der Dusche. Das wusste Pip daher, weil sie sie singen hörte. Viola hatte eine wunderbare Stimme, war sich dessen aber wie über so viele andere ihrer Stärken nicht bewusst und sang darum nur unter der Dusche, wenn sie – wie sie glaubte – keiner hörte.

Susan saß leicht frustriert in der Küche und schüttete noch etwas Kaffee in sich hinein, in der Hoffnung, sie könne die Augen dann doch noch etwas länger aufhalten und Pip vielleicht überreden, sie einen weiteren Reparaturversuch unternehmen zu lassen.

Judy war noch im Pub.

Als Pip am Gemüsegarten vorbeikam, nahm sie vorsichtshalber Susans Spaten zur Hand und schlich sich dann bis zur offen stehenden Scheunentür.

Es konnte nur einer sein, der sich gerade hochkonzentriert über die Apfelmühle beugte.

Pip stellte den Spaten ab.

Emerald thronte gleich neben ihm auf einem prall mit was auch immer gefüllten Jutesack, neigte den Kopf zur Seite und beobachtete ihn aufmerksam aus ihren dunkelbraunen Augen.

Als Pip die Scheune betrat, erhob sich Emerald, ohne den Sack zu verlassen, und wedelte mit dem Schwanz, während der nächtliche Besucher nichts um sich herum mitbekam.

»Balthazar?«

Der spanische Mieter fuhr erschrocken hoch und stieß mit dem Kopf gegen die hölzerne Querleiste der Mühle.

»O Gott, tut mir leid.« Pip stürmte auf ihn zu. »Hast du dir wehgetan?«

Er verzog das Gesicht, schüttelte den Kopf und lächelte sie dann etwas unbeholfen an.

»Ich werd's überleben.«

Seine Hände waren fettverschmiert.

Pip reckte sich auf Zehenspitzen, nahm vorsichtig seinen Kopf in beide Hände und nahm ihn in Augenschein.

»Ich glaube nicht, dass bleibender Schaden entstanden ist ...«, murmelte sie.

Sein Haar war seidenweich und duftete nach Shampoo, Sonne und spanischem Essen. Schlagartig kam ihr die Situation etwas zu intim vor. Sie ließ ihn los und trat einen Schritt zurück. Betrachtete sich seine schmutz- und fettverschmierten Jeans, sein ebenfalls geküsst aussehendes T-Shirt, Susans Werkzeugkasten und dessen auf dem Boden verteilten Inhalt.

»Was machst du hier?«

Er lächelte.

»Ach, weißt du ... Ich stand in meiner Küche und machte Abendessen, als ich von draußen seltsame Geräusche hörte ... Als hätte sich jemand sehr wehgetan ...« Er grinste, und Pip wusste sofort, wovon er redete.

»Das war Susan«, nickte sie und lächelte entschuldigend.

»Und darum bin ich rübergekommen, um zu sehen, ob ich irgendwie helfen kann. Aber da war dann schon keiner mehr da ... bis auf den Werkzeugkasten.« Er nickte in Richtung des

Metallkastens zu seinen Füßen, den man wohl als Susans große Liebe bezeichnen konnte. »Ich dachte mir, wo ein Werkzeugkasten ist, muss etwas repariert werden … Und ich muss gestehen, dass ich mich mit Reparaturen *jeglicher* Art *sehr* gut auskenne …«

Sein Lächeln konnte nur als selbstgefällig bezeichnet werden.

»*Sehr* gut?«, hakte Pip nach, ohne sich zu große Hoffnungen machen zu wollen.

Er nahm einen alten Lappen, wischte sich die Hände so sauber wie möglich ab und drehte dann am oberen Rad der Apfelmühle. Pip klappte die Kinnlade herunter, als die große archimedische Schraube ganz geschmeidig abwärts drehte.

»Du hast sie repariert?«

»Ich habe sie repariert«, strahlte er sie an.

»Ach du meine Güte! Du bist ja unglaublich!« Völlig außer sich vor Freude und Dankbarkeit fiel Pip ihm um den Hals. Nur, um sich sofort peinlich berührt wieder von ihm zu lösen und einen Schritt zurückzuweichen. Sie lächelten einander an.

»Gut«, sagte er dann, als müsse er sich sammeln und wieder auf die Arbeit konzentrieren. »Das war Nummer eins. Und jetzt … Könntest du das mal bitte für mich halten?«

Er reichte ihr die große Taschenlampe, mit der er für Licht gesorgt hatte.

»Ich glaube, Susan war fast so weit. Hier sind nur ein paar einzelne Kabel, die noch ausgetauscht werden müssen … und vielleicht *el interruptor*, der Lichtschalter selbst. Wenn du mir mal eben leuchten würdest, kann ich das vielleicht erledigen … Está roto, pero creo que se puede arreglar …«

Leise sprach er auf Spanisch vor sich hin, als könne Pip ihn verstehen, dann wechselte er wieder ins Englische, und nach gar nicht allzu langer Zeit drehte er sich wieder zu ihr um und schenkte ihr jenes Lächeln, das ihr langsam vertraut wurde: »Gut, Pip. Fertig. Apaga la linterna y enciende la luz. Äh, ich meine, versuch' mal, das Licht anzumachen, bitte.«

»Dazu brauchen wir aber einen Trommelwirbel, finde ich.« Nervös lächelte sie ihn an.

»Wie wär's mit einem Countdown?«

Pip nickte.

»Okay.«

»Zusammen?«

»Zusammen.«

Gleichzeitig zählten sie in ihrer jeweiligen Sprache:

»Drei. Zwei. Eins.«

»Tres. Dos. Uno.«

Pip legte den Schalter um.

»Es werde Licht!«, rief sie entzückt, die Scheune erstrahlte, und die Apfelmühle setzte sich rumpelnd in Gang.

– 26 –

Obwohl sie erst nach zwei Uhr nachts ins Bett kam, war Pip schon bei Sonnenaufgang wieder auf den Beinen.

Wenn sie die Sache jetzt richtig anpacken wollten, würden sie noch so einige Dinge brauchen. Pip überlegte ernsthaft, den Mini gegen einen Minivan auszutauschen, bei der Masse Zeug, die sie in letzter Zeit transportierte. Heute war das Auto bis unters Dach mit Etiketten, Sektkorken, Drahtkappen, Zucker und Hefe beladen. Auch wenn sie es sich eigentlich nicht leisten konnten, ging Pip hoffnungsvoll davon aus, dass es sich bei den Ausgaben um eine gute Investition handelte. Aus ein paar hundert Pfund sollten tausende und vielleicht ein neues, altes Familienunternehmen werden.

Und zum Glück hatte der gute Chester ihr ohne Abzüge ihr Gehalt überwiesen!

Als sie den Eingang auf ihrem Kontoauszug entdeckte, hatte sie ihn sofort angerufen. Und sie konnte hören, wie er sich über ihren Anruf freute.

»Pip!«

Wahrscheinlich dachte er, sie würde ihre Rückkehr verkünden. Genau deswegen hatte sie ihn eigentlich auch gar nicht anrufen wollen, denn sie wollte ihm keine falschen Hoffnungen machen. Schließlich wedelte sie auch nicht mit einem Keks vor Persis Schnauze herum und aß ihn dann selbst, so etwas war doch grausam.

Sie kam lieber sofort zur Sache.

»Ja, hallo Chester, ich bin's, Pip. Hör mal, ich war gerade auf der Bank und … Also, du hast mir mein Gehalt überwiesen.«

»Ich weiß.«

»Chester. Unbezahlter Urlaub heißt unbezahlter Urlaub, weil der Arbeitgeber dem im Urlaub befindlichen Angestellten kein Gehalt zu zahlen braucht.«

»Auch das weiß ich.«

»Und wieso hast du's dann doch getan?«

»Willst du mir etwa erzählen, dass du das Geld nicht brauchst?«

»Öh ... nein ...«, stammelte Pip. »Überhaupt nicht. Ganz im Gegenteil ...«

»Also, dann betrachte es doch einfach als ein Entgelt für die vielen Überstunden, die du in den letzten Jahren gemacht hast. Ich glaube sogar, wenn ich alle deine Sondereinsätze zusammenzählen würde, Pip, stünde ich immer noch in deiner Schuld ...«

Pip seufzte. Sie konnte es sich nicht leisten, mit ihm darüber zu streiten.

»Du bist ein fantastischer Mann, Chester Bakewell.«

»Sag das mal meiner Frau. Obwohl, nein, besser nicht, sonst erwartet sie noch von mir, dass ich sie netter behandle. Ich schätze, auf die Frage, wann du wiederkommst, bekomme ich noch keine Antwort, oder?«

»Tut mir leid«, seufzte Pip, »aber ich werde hier noch gebraucht.«

»So ein Mist, Pip.« Jetzt war es Chester, der seufzte. »Einerseits würde ich dir gerne sagen, dass du so lange bei deiner Familie bleiben sollst, wie nötig. Andererseits könnte ich dich fast anflehen, sofort wiederzukommen.«

»Aber ihr kommt doch ohne mich zurecht, oder?«

Noch ein Chester-Seufzer.

»Ja. Wir kommen zurecht«, räumte er schließlich ein.

»Und die Zeitarbeitskraft taugt was?«

Dieses Mal lachte Chester laut, aber hohl, auf.

»Also, an deinen Kaffeeplan hält sie sich minutiös, das muss ich ihr lassen.« Deutlich ernster sprach er weiter: »Aber es gibt eben doch eine Menge Dinge, die ich ohne dich nicht schaffe, Pip. Die Expandierungspläne habe ich jetzt erst mal auf Eis gelegt. Allein der Gedanke, eine weitere Praxis zu eröffnen, stresst mich, solange du nicht hier bist und alles am Laufen hältst.«

»O nein«, stöhnte Pip schuldbewusst. »Das tut mir wirklich leid, Chester ...«

»Ist schon gut. Aber tu mir bitte einen Gefallen und richte deiner Familie von mir aus, dass sie nicht die einzigen sind, die dich dringend brauchen, ja?«

»Kann ich gerne machen, aber ich fürchte, das wird sie nicht sonderlich interessieren.«

Die Mädels besaßen nämlich das sogenannte »selektive Gehör«. Sie hörten nur das, was sie hören wollten. Vergleichbar mit Hunden, die Wörter wie »Gassi« und »Fresschen« zu jeder Tages- und Nachtzeit problemlos verstanden, aber offenbar akuten Hörverlust erlitten, wenn Kommados wie »Sitz!« oder »Platz!« erklangen oder man sie freundlich bat, unter die Dusche zu springen, damit man ihnen zu einem für Menschennasen erträglichen Geruch verhelfen konnte.

Da es Samstag war, trommelte Pip den Rest der Familie zusammen, damit sie ihr beim Entladen des Autos helfen und alles in die Scheune tragen konnten.

Als sie mit der zweiten Ladung wiederkam, waren sie samt und sonders verschwunden. Aber Pip konnte sie kichern hören, und zwar in gar nicht so großer Entfernung. Ihre Lieben führten ganz offensichtlich etwas im Schilde ...

Pip betrachtete das zum Bersten vollgestopfte Auto. Natürlich könnte sie es auch selbst entladen, aber sie würde fünf Mal so lange brauchen. Und weil die Zeit drängte, folgte sie der akustischen Kicherspur ...

Erst, als ihr sechs Füße direkt ins Gesicht baumelten, merkte sie, dass die drei auf einem Baum mit Blick auf den Weiher saßen.

»Äh – darf ich mal fragen, was ihr da oben macht?«, wollte sie wissen.

Sie giggelten verschämt, schwiegen ansonsten aber stille. Pip folgte ihren Blicken, die auf ein glitzerndes Etwas gerichtet waren. Das glitzernde Etwas befand sich im Wasser und war ein glitzernder, schwimmender Jemand. In gleichmäßigen Zügen kraulte er entspannt durch das kühle Nass. Als er das flache Ufer erreichte, stand er auf und watete an Land. Glänzend liefen ihm kleine Rinnsale über die breiten Schultern, die durchtrainierte Brust und den Waschbrettbauch.

Balthazar.

Wie der aus dem See bei Netherfield steigende Mr. Darcy.

Nur spärlicher bekleidet.

Und nahtlos gebräunt.

Pip hielt die Luft an. Dann atmete sie langsam wieder aus. Riss sich von dem Schauspiel los und wandte sich vorwurfsvoll an ihre Schwestern.

»Kommt sofort da runter, ihr Hennen, und hört auf zu spannen! Ihr seid ja die reinsten Glucken! Ich schäme mich für euch!«, zischte sie leise.

Die Mädchen sprangen lachend vom Baum und verdrückten sich. Leider erregten die Gemeinschaftslandung, das Gelächter und der Abmarsch durch das Unterholz Balthazars Aufmerksamkeit, und er sah herüber.

Und die einzige, die jetzt noch unter dem Baum stand, war Pip. Eigentlich wäre sie ja selbst am liebsten auf den Baum geklettert, hätte sich in der Krone versteckt wie zuvor ihre Schwestern und ihn dabei beobachtet, wie er seinen Alabasterkörper abtrocknete und sich wieder anzog ... Aber da er sie bereits gesehen hatte, war das wohl keine Option mehr.

Fieberhaft überlegte Pip, wie sie die Situation retten könnte, und ebenso fieberhaft bemühte sie sich, den Blick strikt auf sein Gesicht zu richten. Letztlich hob sie lahm die Hand und winkte ihm dümmlich lächelnd, als sei es die normalste Sache der Welt, dass sie dort stand und ihm beim Baden zusah.

Und dann sagte er etwas.

»¡Hola!«

Er hatte offenbar völlig vergessen, dass er so gut wie nackt war. Bis auf die Unterhose, die klitschnass an ihm klebte.

Lass mich deine Shorts sein.

»Hi«, stieß Pip hervor und errötete bei ihrem eigenen nicht ganz jugendfreien Gedanken. »Hi«, wiederholte sie stupide – aber was sollte sie auch sonst sagen? Dass nicht sie ihm nachspionierte, sondern ihre Schwestern?

Sie bemühte sich, unbeteiligt zu gucken, was natürlich etwas schwierig war, solange sie noch damit beschäftigt war, ihm ins Gesicht zu sehen.

Zu ihrem Erstaunen wirkte er plötzlich nicht weniger peinlich berührt als sie – eine Spur zu hektisch sammelte er seine Klamotten zusammen.

»Tut mir leid«, rief er ihr schnell zu. »Ich dachte, alle wären weg, und das Wasser sah einfach so verlockend aus, es ist unglaublich warm … Findest du es nicht auch ziemlich heiß?«

»Ja, heiß, finde ich auch …«, wiederholte Pip und versuchte den Blick von seinem Hintern loszureißen, als Balthazar sich umdrehte, um seine Jeans anzuziehen. »Unglaublich heiß …«

»Pip? Alles in Ordnung?«

Nachdem er halbwegs angezogen war, kam er mit nacktem Oberkörper auf sie zu und fasste sie am Arm, weil er befürchtete, sie könne ohnmächtig werden.

»Mir war grade nur ein bisschen schwindelig«, murmelte Pip, der immer heißer wurde. Seine Hand auf ihrem Arm trug auch nicht gerade zur Temperatursenkung bei.

»Sage ich doch, es ist viel zu heiß!« Besorgt runzelte er die Stirn. »Möchtest du etwas trinken? Komm, ich hab etwas, das dich abkühlen wird …«

Abkühlen?

Das einzig probate Mittel dafür wäre jetzt wohl eine kalte Dusche.

Er brachte sie zu seinem Cottage, ließ sie in einem von Pops alten Sesseln Platz nehmen und holte ihr ein Glas selbstgemachte Limonade aus dem Kühlschrank.

Pip versteckte ihre glühenden Wangen hinter dem Glas und trank gierig. Im Handumdrehen war sie nicht mehr auf den Adonis in nasser Unterwäsche fixiert, sondern auf die köstliche zitronige Flüssigkeit, die ihr die Kehle hinabrann.

Sie leerte das Glas in einem Zug und sah zu ihm auf.

»Die hast du selbst gemacht?«

Er nickte.

»Wahnsinn.«

»Danke. Ein altes Familienrezept.«

»Echt? Du Glückspilz. Die einzigen Rezepte, die in meiner Familie vererbt werden, sind die für Katastrophen!«

Er lachte. Pip fiel auf, dass seine Augen genauso dunkel-bernsteinfarben waren wie Emeralds.

Sein Handy rührte sich und tanzte vibrierend über die polierte Esstischplatte. Er nahm es, warf einen Blick auf das Display und sah Pip dann bedauernd an.

»Tut mir leid, ich muss drangehen …«

»Kein Problem …« Pip stellte das Glas ab, stand auf und wollte hinausgehen, doch er schüttelte den Kopf und bedeutete ihr, sich wieder zu setzen.

»Das dauert nicht lang … Bitte, bleib noch«, sagte er, dann nahm er das Gespräch an.

Er sprach rasend schnelles Spanisch. Pip verstand kein Wort, aber sie konnte heraushören, dass es sich mehr um einen Streit als um ein gewöhnliches Gespräch handelte.

Er sah auf.

Zu ihr hin.

Schüttelte den Kopf und lächelte. Irgendwie frustriert.

Beendete das Gespräch für ihren Geschmack äußerst harsch und abrupt.

»Tschuldigung.« Er zeigte auf das Handy.

»Alles in Ordnung?«

»Ja und nein. Familie.« Er verdrehte die Augen. »Ich liebe sie ja, aber manchmal könnte ich sie echt …«

»Erwürgen?«

»Erwürgen?«, fragte er.

Pip erklärte ihm das Wort, indem sie sich die Hände um den Hals legte und die Zunge heraushängen ließ, als würde sie ersticken.

Seine Gesichtszüge entspannten sich, und er lachte.

»Ja, ganz genau. Erwürgen. Schönes Wort. Aber was ist mit dir? Geht es dir besser? Du hast dich wohl ein bisschen übernommen?«

»Ich habe geerntet …«

»Ja, ich weiß, die Äpfel …« Er nickte. »Susan hat mir erzählt, was ihr vorhabt … ganz schön viel Arbeit …«

»Ach, das geht schon«, behauptete Pip, als müsse sie sich selbst überzeugen. »Aber ich würde dich gerne um einen Gefallen bitten …«

»Jederzeit.«

»Ich müsste mal in deinen Keller.«

»Wie bitte?«

»Arandore war mal ein Weingut, und unter der Klappe da in der Ecke« – sie zeigte auf den Wohnzimmerboden – »ist die Treppe in den Weinkeller. Und der ist voller Flaschen. Leerer Flaschen, leider. Wenn sie voll wären, würde mir das eine Menge Arbeit ersparen. Aber ich habe vor, sie so schnell wie möglich zu füllen. Ich muss sie nur da unten rausholen … Tut mir wirklich leid, dich damit zu belämmern … Wir werden das so schnell und schmerzlos wie möglich erledigen.«

»Hier drunter liegt ein Weinkeller?«

»Ja. Das hier war mal eine Scheune, ein Flaschenlager, bevor ein Wohnhaus daraus gemacht wurde. Und der Weinkeller ist immer noch da.«

»Unglaublich.« Gedankenverloren folgte er ihrem Blick zu der Klappe im Boden. »Na ja, ist jedenfalls überhaupt kein Problem. Wie wäre es, wenn du einfach tust, was du zu tun hast, und ich hole in der Zwischenzeit die Flaschen aus dem Keller?«

»Das kommt überhaupt nicht in Frage!« Pip sprang auf. »Das sind Tausende!« Doch er legte ihr die Hand auf den Arm und schüttelte den Kopf.

»Ich mach das gerne. Bin nämlich neugierig und würde den Weinkeller gerne mal sehen. So. Geht's dir wieder gut?«

Pip nickte.

»Also los, dann mach dich endlich an die Arbeit und mache deinen Cider … Und ich bringe dir die Flaschen.«

Pip stand in der überfüllten Scheune. Ihre Schwestern waren wieder verschwunden, aber wenigstens hatten sie vorher noch das Auto entladen. Das Zeug stand jetzt auf den letzten paar Quadratmetern, die noch nicht von Äpfeln okkupiert waren.

Als Erstes würde sie ein paar Apfelkisten wegräumen müssen, um Platz für die Flaschen zu schaffen.

Die Kisten türmten sich. Hunderte davon. Und dazu die Äpfel. Die alle durch die Apfelmühle mussten.

Ihr Duft erfüllte die Scheune. Süß, knackig, köstlich. Überwältigend.

Reihenweise.

Stapelweise.

Die Kistentürme schwankten und drohten, auf sie zu stürzen.

Es gab so unglaublich viel zu tun. Und sie hatten so unfassbar wenig Zeit.

Sie war auf Adrenalin und hatte gar nicht mitbekommen, wie erschöpft sie eigentlich war. Als sie allen anderen am Vorabend etwas zu essen machte, hatte sie völlig vergessen, selbst auch etwas zu essen. Ihr Vorhaben lag mit einem Mal wie ein unüberwindbarer Berg vor ihr, und obwohl sie Balthazar versichert hatte, es gehe ihr wieder gut, ließ sie sich jetzt einfach auf einen umgekehrten Eimer sinken und kämpfte mit den Tränen.

Genau so fand Balthazar sie vor, als er eine Viertelstunde später die ersten Flaschen brachte.

»Hey.« Er stellte die verstaubte Kiste ab, kniete vor ihr nieder, nahm ihre Hände in seine und sah ihr ins blasse Gesicht. »Was ist denn? Was ist los? Ist dir wieder schlecht?«

Doch Pip war nicht krank, nur verzagt.

»Sieh dir das an ...« Resignierend zeigte sie durch den Raum. »Ich dachte, ich wüsste, was zu tun sei, aber in Wirklichkeit habe ich nicht den geringsten Schimmer. Und die anderen verlassen sich doch auf mich ... Ich muss das hier schaffen. Ich muss einfach. Dabei weiß ich nicht mal, wo ich anfangen soll.«

»Du wirst das schaffen. Ganz bestimmt. Mach eins nach dem anderen. Schritt für Schritt. Von A bis Z. Die Kunst ist, sich immer nur auf das jeweils Nächste zu konzentrieren, nicht auf die gesamte Abfolge. Wenn du das ganze Projekt betrachtest, kommt es dir viel zu groß vor. Also müssen wir dein Vorhaben einteilen und uns Stück für Stück bis zum Ziel durcharbeiten.«

»Wir?«

»Ja, wir. Das heißt, wenn du meine Hilfe annimmst.«

»Aber du hast uns doch schon so viel geholfen.«

»Ach!« In einer typisch südländischen, ausladenden Geste winkte er ab. »Papperlapp!«

Dann schüttelte er den Kopf, wie über sich selbst, und lächelte sie fast schon entschuldigend an.

»Ist schon okay. Ich helfe dir gerne. Ich habe Zeit, dir zu helfen ... Ich lege gleich los.«

Er schnappte sich eine Kiste mit Äpfeln, schaltete die Mühle ein und fütterte sie. »Wir machen eins nach dem anderen und zerbrechen uns erst den Kopf über das Nächste, wenn wir mit einem Teil fertig sind. Was sagst du dazu?«

Sie strahlte.

»Ich würde mich sehr über deine Hilfe freuen. Wenn du das Angebot ernst meinst.«

»Selbstverständlich, sonst hätte ich es ja nicht gesagt. Also. Wie viel Zeit haben wir?«

Pip biss sich so fest auf die Unterlippe, dass diese ganz weiß wurde.

»Also, der Wettbewerb ist heute in zwei Wochen ...«

Er beförderte den Inhalt der nächsten Apfelkiste in die Mühle und drehte sich dann mit sorgenvoller Miene zu ihr um.

»Du weißt, dass das unmöglich ist, Pip? Cider kann man nicht innerhalb von zwei Wochen herstellen.«

»Ich weiß, ich weiß.« Pip nickte, stand auf und reichte ihm die nächste Kiste mit Äpfeln. »Aber wir haben einen Plan.« Sie bahnte sich einen Weg in die hintere Ecke, holte eine Flasche von dem Apfel-Schaumwein, den ihr Vater einst gemacht hatte, und brachte sie ihm. »Den hier hat ein anderes Mitglied der Charteris-Familie mal gemacht. Mein Vater, um genau zu sein. Wir werden mit einer seiner Flaschen am Wettbewerb teilnehmen und dann auf der Grundlage seines Rezepts weiter produzieren ... Also, jedenfalls wollen wir das versuchen. Dad kann uns ja leider nicht mehr dabei helfen, aber ich habe ihm zu seinen Lebzeiten so oft dabei zugesehen ... Ich hoffe, dass davon etwas hier hängen geblieben ist ...« Sie tippte sich an die Stirn.

Da sank ihr wieder das Herz.

So sehr sie selbst glauben wollte, was sie da sagte – ihre Worte klangen doch unheimlich hohl.

Doch er lächelte sie aufmunternd an.

»Keine Sorge, Pip. Dein Vater hat dir was gezeigt, dann wirst du dich auch daran erinnern können. Das ist genauso wie mit Fahrradfahren. Wenn man es einmal gelernt hat, vergisst man es nie wieder.«

– 27 –

Sie arbeiteten den ganzen Tag, bis in den Abend hinein.

Die Apfelmühle gab zwischendurch zwei Mal den Geist auf, aber Balthazar ließ sich davon überhaupt nicht aus der Ruhe bringen und reparierte sie beide Male wieder.

Susan brachte ihnen Kaffee und etwas zu essen, aber eine richtige Pause machten sie nicht. Jedes Mal, wenn eine der anderen kam und ihnen helfen wollte, fühlte es sich an, als hätte jemand Sand in ein reibungslos laufendes Getriebe gestreut ... oder als sollten sie zu dritt Tango tanzen ... Also gab eine nach der anderen ihren Hilfsversuch auf und ließ die beiden in Ruhe arbeiten.

Sie sahen nicht auf die Uhr. Sie entwickelten einen guten Rhythmus, konzentrierten sich einzig darauf, die gerade anstehende Aufgabe zu erledigen, ganz gleich, wie lange das dauerte. Als sie genügend Äpfel zerkleinert hatten, um die Presse in Gang setzen zu können, überließ Balthazar Pip die leichtere Arbeit an der Apfelmühle und kippte die Apfelmatsche in die mit Stroh und Musselin ausgelegte Presse. Seine Armmuskeln spielten heftig, als er das schwere Rad drehte, mit dem die Schraube die Apfelmatsche nach unten drückte.

Und als dann ein trüber Strom süßen Saftes aus der Presse in den Bottich darunter lief, rief er Pip aufgeregt zu sich herüber.

»Pip, komm mal her ... na, komm schon ... guck ...« Er winkte sie heran. Mit dem Lächeln eines Siegers auf den Lippen legte er freundschaftlich den Arm um sie und zog sie an sich, während sie das Schauspiel betrachteten.

»Wir schaffen das.« Er strahlte erst sie an und dann die Presse, die er repariert hatte.

»Ja. Wir schaffen das. Danke. Vielen, vielen Dank.« Pip war klar, dass sie ohne seine Hilfe wahrscheinlich immer noch verzweifelt und wie gelähmt neben der kaputten Presse stehen würde.

»Ach, ist doch gar nicht der Rede wert ... wirklich ...«, winkte er ab, unterbrach sich dann aber selbst, als ihm bewusst wurde, wie fest er sie an sich drückte. Er ließ sie los, lächelte verlegen und machte sich daran, die Schraube noch ein paar Zentimeter herunterzudrehen.

Verwundert sah Pip ihn an.

Der Mann verschwieg ihnen doch irgendetwas.

Ständig wirkte er, als würde er sich auf die Zunge beißen, als würde er ihr gleich irgendein Geständnis machen.

So stand sie einfach nur da und beobachtete ihn eine Weile. Und dabei fiel ihr auf, mit welcher Leichtigkeit und Routiniertheit er alles erledigte. Das konnte er sich doch nicht alles gerade erst angeeignet haben.

Und dann wurde es ihr klar.

»Du weißt genau, was du da tust, stimmt's?«, rief sie ihm zu.

Er hielt inne und sah sie fragend an.

»Ich meine das hier ...« Pip zeigte auf die durchorganisierte Fertigungsstrecke, die er aus ihrem Chaos gemacht hatte.

Er lächelte.

»Vielleicht ...«

»Nichts ›vielleicht‹.« Pip wusste, dass sie recht hatte und grinste ihn an. »Du machst so was nicht zum ersten Mal, stimmt's?«

»Ja, gut, ich muss gestehen, dass ich ein bisschen Erfahrung darin habe.«

»Ein *bisschen* Erfahrung?«

»Na ja, in Spanien ... also, meine Familie hat ein Weingut ...«

»Ein Weingut?« Pip riss die Augen auf. »Deine Familie hat ein Weingut? ... Was denn für eins? Na ja, wahrscheinlich eins, das Wein produziert, aber ich meine ... Ist es groß?«

Er zuckte die Achseln.

»Na ja. Mittel.«

»Mittel. Das heißt?«

»So sechzig- bis achtzigtausend Flaschen im Jahr.«

Pip musste lachen.

»Und das nennst du mittelgroß? Das ist riesig! Gigantisch! Deine Familie hat ein Weingut«, wiederholte sie ungläubig. »Dir *gehört* ein Weingut. Das heißt, wenn ich sage, dass du in Sachen ›aus Früchten Alkohol machen‹ wohl weißt, was du tust, ist das die Untertreibung des Jahrhunderts, weil du in Wirklichkeit ein absoluter Winzer-Crack bist?«

Er lächelte schief und bescheiden.

»Nicht ganz. Mein Vater ist Master of Wine, ich noch nicht. Den Theorie- und den Praxisteil habe ich schon durch, jetzt schreibe ich noch an der Abschlussarbeit. Wenn alles klappt, darf ich mich schon bald ebenfalls Master of Wine nennen. Von daher hoffe ich in der Tat, dass ich so einigermaßen weiß, was ich hier tue, ja.«

»So einigermaßen«, wiederholte Pip und grinste. »Ob ich das wohl der Jury erzählen muss? Gilt das als Betrug? Wenn du mir hilfst, ist das doch fast so, als würde man Coco Chanel bitten, mal eben ein Paar Socken für den Strickwettbewerb rüberzuschieben. Ich fasse es nicht. Ein Weingut. Ein Winzer! Ha! Das ist ja fast, wie wenn man eine Autopanne hat, und im nächsten Wagen, der vorbeikommt, sitzen lauter Mechaniker ... Was mir im Übrigen tatsächlich schon mal passiert ist ... Und darum bist du in England? In Weinangelegenheiten?«

»Ich bin für den Export verantwortlich, ja ... Und bin ziemlich viel unterwegs.«

»Und darum sprichst du auch so gut Englisch ... Ich traue mich ja kaum, zu fragen, aber würdest du mal einen Schluck von Dads Apfel-Schaumwein probieren? Ich wüsste so gerne, wie du ihn findest.«

»Habt ihr denn noch genug davon?«

»Das ist Flasche Nummer neunundzwanzig.« Pip hob die Flasche hoch, die sie ihm zuvor bereits gezeigt hatte. »Dann sind noch achtundzwanzig da, mehr als genug für den Wettbewerb. Obwohl ich mir ja sicher bin, dass die Juroren sich nur deshalb freiwillig melden, weil sie sich dann mit selbstgebackenem Kuchen vollstopfen und bis zur Besinnungslosigkeit besaufen können. Machst du sie auf? Sie müsste eigentlich ein bisschen kühler sein, aber so richtig warm ist es hier drin ja auch nicht, von daher wird's schon gehen ...«

»Der ist ganz schön alt, oder?« Er studierte das Etikett.

»Jeps. Und das werde ich in zweieinhalb Jahren leider auch sein.«

Er sah zu ihr auf und lächelte. Ihr fielen die feinen Fältchen rund um seine bernsteinfarbenen Augen auf.

»Wie alt bist du eigentlich, Balthazar?«

»Ich bin dieses Jahr ganz schön alt geworden. Sieht man das denn nicht?«

Schweigend sah sie ihm dabei zu, wie er die Flasche öffnete, dann schüttelte sie den Kopf, als er sie als Erste trinken lassen wollte.

Gespannt beobachtete sie ihn bei seinem ersten Schluck. »Und? Was sagst du?«

Bange sah sie ihn an.

Würde er das Zeug gleich wieder ausspucken? Nur, weil ihr der Sekt hervorragend schmeckte, hieß das ja noch lange nicht, dass ein waschechter Sommelier das Gleiche fand. Die meisten Dorfbewohner würden wahrscheinlich sogar Terpentin trinken, wenn man ihn in hübsche Flaschen füllte und irgendeine Jahreszahl aufs Etikett schrieb, aber die Experten von St. Wastrell stellten ganz bestimmt höhere Ansprüche.

Die Zeit, bis er endlich etwas sagte, wurde unerträglich lang.

»Der ist gut.«

Okay, er hatte ihn also nicht wieder ausgespuckt, aber »gut«? Sie hatte auf ein »sehr gut« oder noch besser auf ein »köstlich« gehofft.

Vielleicht fanden sie ihn nur deshalb alle so lecker, weil ihr Vater ihn gemacht hatte. Sie waren voreingenommen. Und machten sich womöglich nur etwas vor.

»Der ist sehr, sehr gut«, differenzierte er, als könne er ihre Gedanken lesen.

Pip lächelte, als er nun doch noch das aussprach, worauf sie gehofft hatte – und dann sogar im Doppelpack! Sie nahm ihm die ihr angebotene Flasche ab.

Setzte an und trank einen Schluck.

Ließ die aromatische Flüssigkeit über ihre Zunge laufen.

Gab ihm die Flasche zurück.

Er trank einen weiteren Schluck.

Sah sie an.

»Köstlich«, sagte er.

Pip grinste.

»Du kannst wohl Gedanken lesen?«

»Wie bitte?«

»Ich wollte, dass du ›köstlich‹ sagst ... Und jetzt hast du's gesagt.«

»Ja, weil es stimmt.«

»Du sagst das nicht nur, um mir eine Freude zu machen?«

Eindringlich sah er sie an.

»Du willst doch nicht angelogen werden, oder?«

Schweigend erwiderte sie seinen Blick.

Dann nickte sie.

»Ich bin mehr für die Wahrheit ... Auch wenn sie manchmal wehtut.«

Er trank einen weiteren Schluck aus der Flasche und reichte sie ihr zurück. Pip verspürte plötzlich einen furchtbaren Durst und trank mehrere Züge.

Sie reichte ihm die Flasche.

Schweigend tranken sie abwechselnd die Flasche aus. Dann betrachtete er abermals die schöne Handschrift auf dem Etikett.

»Wie hieß dein Vater eigentlich?«

»Edward.«

»Darf ich fragen, wann er gestorben ist?«

»Als ich acht war.«

»Ach, noch so jung ... Das tut mir leid.«

Seine Stirn legte sich in Falten.

»Aber deine Schwestern ...«

»Sind Halbschwestern ... Aber nur biologisch gesehen. Ansonsten sind sie in jeder Hinsicht vollwertige Schwestern.«

»Und was ist mit ihrem Vater?«

»... ihren Vätern«, korrigierte Pip. »Jede hat einen anderen.«

Seinen Blick deutete Pip nicht als Aburteilung, sondern als ein Nachdenken über diese Information.

»Deine Mutter verliebt sich relativ schnell, oder?«

»Nein«, behauptete Pip fest und schüttelte entschieden den Kopf. Vom Alkohol war ihr schon ein bisschen schummrig zumute, denn sie hatte ja den ganzen Tag nichts gegessen. »Nein, eigentlich nicht. Und das ist Teil des Problems. Sie sucht Liebe und findet sie nicht ... darum ... Und vor ein paar Monaten hatte sie sie dann, glaube ich, endlich gefunden ...«

»¿Sí?«

»Sí. Ja. Total. Sie war völlig hin und weg – aber er hat sie ziemlich hängen lassen.«

»Wie das?«

»Wie das?« Pip lachte kurz und bitter auf.

Die Antwort war eigentlich ganz einfach, also warum sollte sie es nicht sagen, wie es war?

»Er hat sie um unser gesamtes Vermögen gebracht.« Pip zuckte die Achseln.

Er schwieg.

»Das ist unverzeihlich«, sagte er dann.

»Ja, könnte man meinen ...«

Verwirrt sah er sie an.

»Was willst du damit sagen, Pip?«

»Na ja ... Das ist ja das Merkwürdige an der ganzen Sache ...«

»Was?«

»Na ja, wie du sagst, das ist unverzeihlich ... Er kommt her, gewinnt ihr Vertrauen, ihre Liebe, wird von allen ins Herz geschlossen, ist hier zu Hause – und dann tut er ihnen so etwas an. Aber wenn man mit meiner Mutter, meiner Tante oder meinen Schwestern über ihn redet, bekommen sie gleich wieder diesen umwölkten Blick ...« Sie schüttelte den Kopf und blies sich eine Locke aus dem Gesicht. »Du und ich, wir würden sagen, was er getan hat, ist unverzeihlich. Aber die anderen ... Ich glaube, die haben ihm schon längst verziehen.«

»Soll das heißen, dass sie nicht stinksauer auf ihn sind?«

»Nein, sie sind nicht stinksauer auf ihn.« Pip zuckte die Achseln. »Sie vermissen ihn.«

Erstaunt sah er sie an.

»Ich weiß, ich weiß … Aber ich glaube, dass nicht nur meine Mutter sich in ihn verliebt hatte, sondern alle. Irgendwie. Ein bisschen.«

»Und du?«

»Ich bin ihm nur ein einziges Mal begegnet, da war er sehr charmant und behandelte sowohl meine Mutter als auch meine Schwestern sehr liebevoll …«

»Aber du hast dich nicht in ihn verliebt?«

»Ich glaube, ich kann mich gar nicht verlieben. Da schenkt man jemandem sein Herz, und was kommt dabei raus?« Sie nahm einen aussortierten Apfel. »So was. Und das Hirn mutiert zu so was …« Sie drückte zu, bis die Apfelmasse zwischen ihren Finger hindurchquoll.

»Brei.«

»Brei?«

»Pulpe.«

»Ah, ja. Du bist also noch nie verliebt gewesen?«

»Doch … einmal …«

»Und daraus wurde nichts? Hat er dir wehgetan?«

»Ja, aber nicht mit Absicht.«

»Darf ich fragen, was passiert ist?«

Sie seufzte schwer.

»Es war vorbei, bevor es richtig angefangen hatte, weil … Na ja, weil wir zu jung und unbedarft waren. Wir haben uns kennengelernt, als wir quer durch Europa reisten, haben eine wunderschöne Zeit miteinander verbracht und sind dann wieder jeder seines Wegs gezogen, weil wir uns sicher waren, dass sich diese Wege eines Tages wieder kreuzen würden …«

»Und das taten sie nicht?«

»Nein … Wir wollten uns gerne wiedersehen, aber es hat nicht geklappt … Wir haben unsere eigene Beziehung sabotiert, waren hinter der rosaroten Brille wie geblendet von unserer romantischen Geschichte und haben alles kaputt gemacht. Es war ein bisschen, wie wenn man mitten in einem guten Film das Kino verlässt …«

Sie verdrehte die Augen.

»Beknackter Vergleich. Ich glaube, ich hab ein bisschen zu viel getrunken.«

Sie nahm die leere Flasche, legte sie auf den Boden und drehte sie. Als sie zum Stillstand kam, zeigte der Flaschenhals auf die Sandwiches, die Susan ihnen mittags vorbeigebracht hatte.

»Sehr gute Idee …« Pip reichte ihm einen. »Käse … Willst du auch?«

Er schüttelte den Kopf und nahm statt des Sandwichs die Flasche zur Hand. Mit dem Daumen strich er über das Etikett. Über ihren Namen.

»Pip. Ist das dein Spitzname?«

»Ja.«

»Und was ist dein bürgerlicher Name?«

»Mein bürgerlicher Name? Wohl eher mein biologischer Name …« Sie lachte hohl und biss von ihrem Sandwich ab.

»Pip?«

»Persicoria …« Sie schluckte und wiederholte. »Ich heiße Persicoria.«

Erstaunt riss er die Augen auf.

»Du heißt genauso wie der Hund?«

»Äh … Ich würde sagen, der Hund heißt genauso wie ich. Gypsy hat mich so vermisst …«

Weder runzelte er die Stirn, noch prustete er los vor Lachen – er lächelte und nickte.

»Verstehe. Na ja, wie ich bereits sagte, Persicoria ist ein wunderschöner Name, und ich finde, er passt sehr gut zu dir …«

»Besser als zum Hund?« Wie immer, wenn es um ihren verhassten Namen ging, rettete Pip sich in Galgenhumor. Gleichzeitig fand sie, dass ihr Name, wenn er ihn aussprach, ganz anders klang. Sein spanischer Tonfall ließ ihn viel weicher und melodischer klingen.

Im Englischen betonte man immer das P und das C, diese

harten Konsonanten, doch wenn Balthazar »Persicoria« sagte, klang das wie das Rauschen des Meeres …

»Ich finde es eigentlich völlig grotesk und unangemessen, dass andere Menschen über deinen Namen bestimmen, obwohl er einen Großteil unserer Identität ausmacht, und dass man selbst keinerlei Einfluss darauf hat«, brummte sie.

»Ganz meine Meinung. Sieh mich an. Balthazar.«

»Stimmt. Den Namen kann ich nicht mal aussprechen«, grinste Pip.

Er verstand ihren Humor und erwiderte ihr Lächeln.

»Eben. Mein Vater nennt mich Balthazar, nach seinem Großvater. Meine Mutter mag den Namen nicht, sie ist Französin und wollte mich nicht nach etwas so Altmodischem nennen, und darum hat sie sich einen anderen Namen für mich ausgedacht …«

»Aha. Du hast also auch einen Spitznamen?«

»Hmhm.«

»Verrätst du ihn mir? Darf ich dich so nennen? Ist der für englische Zungen leichter auszusprechen?«

»Vielleicht … Er ist mir aber trotzdem irgendwie peinlich.«

»Peinlich?«

»Du weißt doch, wie Mütter sind.«

»O ja.« Pip dachte an die Zeiten zurück, als ihre Mutter sie immer Puppenprinzessin Persicoria nannte. »Also los, raus damit.«

Verschämt senkte er den Blick.

»Sie nennt mich Beau … Das ist französisch für …«

»… schön.« Mit einem Mal hatte Pip einen Kloß im Hals.

»Siehst du.« Er schüttelte den Kopf und lächelte verlegen. »Ich hab doch gesagt, dass es peinlich ist.«

Doch auch Pip schüttelte den Kopf.

»Nein«, sagte sie und lächelte wehmütig. »Das ist ein guter Name. Beau. Ein sehr guter Name …«

– 28 –

Die Turmuhr von Arandore ging immer noch richtig und schlug zuverlässig zur halben Stunde. Halb zwölf am Abend war es, und Opal Dooley starrte Judys Rücken mit der gleichen Intensität und Ausdauer an wie ihr Mann zuvor deren Hintern.

Von außen betrachtet, hätte man sicher vermutet, dass sie die schöne Judy mit Blicken auszog, doch im Gegensatz zu ihrem Mann glotzte sie ihre schöne Konkurrentin nicht aus körperlichem Begehren an, sondern aus Misstrauen.

Opal vermisste ihre Auflaufform mit gebratenen Würstchen, die auf dem Tisch in der Pubküche gestanden hatte. Und einen rot-weiß gestreiften Topfhandschuh, mit dem sie die Form in den Ofen stellen wollte, sobald sie Eierteig über den Würsten verteilt hätte.

Sie hatte die Küche nur ganz kurz verlassen. Doch als sie zurückkam, waren sowohl die Form mit den Würsten als auch der rot-weiß gestreifte Topfhandschuh weg. Verschwunden. Beides hatte sich in Luft aufgelöst. Und Opal war überzeugt, dass Judy Charteris sich beides unter den Nagel gerissen hatte. Ihr Abendessen.

Zwar war ihr auch nicht ganz klar, wie Judy eine heiße Auflaufform inklusive Inhalt geklaut und versteckt haben sollte, aber Opal hatte doch die Tüten voller Essen gesehen, die der Judy hündisch ergebene Dudley ihr immer wieder mit nach Hause gegeben hatte. Selbst Morven war inzwischen Mitglied im Judy-Charteris-Fanclub und schob ihr regelmäßig Riesenportionen Moussaka oder Karamelpudding zu. Vielleicht hielt Judy die Küche des Fisherman's Boots inzwischen wie selbstverständlich für ein nicht versiegendes Füllhorn, von dem sie sich ungefragt bedienen konnte.

Ja gut, seit Judy bei ihnen arbeitete, hatte sich ihr Umsatz enorm gesteigert. Aber was brachte der Mehrverdienst, wenn er dafür draufging, die gesamte Familie Charteris gratis durchzufüttern?

Opal zweifelte nicht daran, dass Judy mit dem Verschwinden ihres Abendessens zu tun hatte. Obwohl in der knallengen Jeans eigentlich nicht einmal Platz für eine einzige Pommes war, ganz zu schweigen von einem kompletten Würstchenauflauf und einem Paar Topfhandschuhe … Doch ganz gleich, wie unmöglich ihr das erschien, es änderte nichts an Opals Überzeugung, dass ihre wunderbar glänzenden, brutzelnden Würstchen von *diesem* Weibsbild beiseite geschafft worden waren.

Sie hatte bereits erfolglos nach zum Abtransport bereiten, prall gefüllten Plastiktüten Ausschau gehalten. Jetzt blieb nur noch Judys Handtasche …

Sie riss ihren vorwurfsvollen Blick von Judy los und überprüfte deren große, sackartige Handtasche. Doch dort fand sie keine Würstchen … und auch sonst erstaunlich wenig.

Opal hatte Judy für eine Frau gehalten, die viel Geld in ihre Schönheit investierte. Sie hatte geglaubt, Judys ebenmäßiger, fast faltenfreier Teint, ihre wunderbare, aschblonde Mähne und ihr drahtiger, straffer Körper erforderten einen halben Zentner Pflegelotionen, Pillen und Packungen, Hand- und Gesichtscremes sowie völlig natürlich aussehendes Make-up. Sie hatte geglaubt, dass sich solches Allerlei in ihrer Handtasche befinden würde.

Aber da war nur eine olle Strickjacke, zwei ungeöffnete, verdächtig rote Umschläge von der Stromgesellschaft und dem Wasserversorger, eine entzückende Bleistiftzeichnung von Eddie, Judys Borderterrier, unter der stand »hab dich lieb, mummy, tut mir leid das ich aus deinem lieblingspulli eine mütze für eddie gemacht hab« sowie ein Portemonnaie mit genau fünf Pfund und vierundzwanzig Pence darin, einem herrlichen alten Foto von der ganzen Charteris-Familie, wie sie lachen und sich umarmen … und noch hinter der Visitenkarte der Kanzlei Stephens Crown und Simkins steckte ein deutlich neueres Foto von einem attraktiven, dunkelhaarigen jungen Mann, der der Kamera strahlend eine Kusshand zuwarf. Das

Foto war mit seltsamen weißen Flecken übersät ... als ob ... Opal sah genauer hin ... als ob jemand darüber geweint hätte.

Opal beeilte sich, das Bild zurück in das Portemonnaie und das Portemonnaie zurück in die Handtasche und die Handtasche zurück in den Schrank in der kleinen Kammer zu stecken.

Dann stand sie einen Moment lang einfach nur da und sah die Schranktür an, als könne sie durch sie hindurchsehen und noch einen letzten Blick in die beutelige Handtasche erhaschen.

Nein, ihre Würste hatte Opal darin nicht gefunden.

Aber ein Stück Lebensweisheit.

Sie hatte einen Einblick in das echte Leben gewonnen.

Und schämte sich fast ein bisschen.

Judys Tasche war nicht die Tasche einer selbstverliebten Narzisstin. Sie war die Tasche einer Mutter. Einer Frau, die geliebt hatte und enttäuscht worden war. Einer Frau, die jetzt alles tat, um ihr Leben und ihre Familie zusammenzuhalten und die dafür zu den unmöglichsten Zeiten in einer Kneipe schuftete. Einer Frau, der sie so viel Herzlichkeit entgegengebracht hatte wie einem Grippevirus.

Der Hass, den Opal für Judy gehegt hatte, ließ nach und richtete sich dann auf einmal gegen sie selbst.

Was war sie nur für ein Mensch?

Sie war auf dem besten Wege, sich in eine verbitterte alte Hexe zu verwandeln. Vielleicht war sie deshalb so hässlich. Vielleicht spiegelte ihr Äußeres nur ihr Inneres wider.

Über dem Waschbecken hing ein Spiegel an der Wand. Opal stellte sich davor. Sah in ihre hohlen, verkniffenen, grauen Augen. Und brach in Tränen aus.

Judy fand sie schließlich, als sie selbst die Toilette aufsuchte.

Trotz der Feindseligkeit, die sie von Opal erfahren hatte, ging sie sofort zu ihr und nahm sie in den Arm. Sie ließ Opal weinen, bis sie sich langsam wieder beruhigte, dann löste sie sich vorsichtig von ihr.

»Opal? Opal, was ist denn bloß los?«

Doch Opal war noch nicht wieder imstande, zu antworten.

Judy holte ihr ein paar Stücke Klopapier, half ihr, als sei sie eine ihrer Töchter, sich die Augen trocken zu wischen und sich dann ordentlich die Nase zu putzen.

»Ich bin so …«, hob Opal an und musste wieder schluchzen.

»Du bist so …?«

»Ich bin so …«, versuchte Opal es noch einmal.

»Unglücklich? Krank? Verzweifelt? Hast du Schmerzen?«

Doch Opal sah nur in den Spiegel und fing angesichts ihres hohläugigen, verkniffenen, grauen und jetzt auch noch verheulten Gesichts wieder hemmungslos an zu weinen.

»Opal, bitte. Du machst mir Angst. Bitte sag mir doch, was los ist! Du bist so *was*?«

Wütend blinzelte Opal sich selbst im Spiegel an, versuchte, den nächsten Schluchzer zu unterdrücken und jenes Wort auszusprechen, das ihr fast die Luft abschnürte.

»Hässlich!!!«, spuckte sie schließlich aus. »Ich bin so unglaublich hässlich!!«

Judy hatte ja eine ganze Palette von Wörtern erwartet, aber ›hässlich‹ hatte ganz sicher nicht dazugehört.

Ihr klappte ehrlich überrascht die Kinnlade herunter.

»Das ist nicht dein Ernst, oder? Opal, du bist doch nicht hässlich … im Gegenteil …«

Doch Opal unterbrach sie, indem sie heftig nickte.

»Doch, bin ich. Von innen und von außen. Hier oben …« Sie tippte sich an den Kopf. »Hier drin ist alles so schrecklich und gemein und fies und hässlich, und von außen, dieses … dieses Gesicht …« Opal begann, ihr Gesicht zu bearbeiten, zog alles nach hinten, damit die Falten verschwanden. »Ich bin das Letzte, ich bin Abschaum. Alles an mir hängt herunter … Wusstest du, dass ich gespart habe?« Mit geröteten Augen sah sie Judy an. »Wie eine Blöde habe ich Geld gespart, um mir das Gesicht liften zu lassen …«

»Du willst dich liften lassen?«

Entsetzt schüttelte Judy den Kopf, legte Opal die Hände auf die Schulter und drehte sie zu sich um.

»Jetzt hör mir mal gut zu, Opal Dooley. Das ist kompletter Wahnsinn. Du brauchst dich nicht liften zu lassen. Dein Gesicht ist vollkommen in Ordnung so, wie es ist. Aber offenbar ist etwas anderes alles andere als in Ordnung ...« Judy zeigte auf Opals Herz. Dann schob sie ihre Mundwinkel nach oben. »So sieht es schon gleich viel besser aus. Wir Frauen lassen uns immer zu leicht runterziehen, Opal, vor allem, wenn wir erst mal ein bestimmtes Alter erreicht haben. Du siehst nur deine schlechten Seiten, dabei haben wir alle schlechte Seiten ... Aber wir haben auch alle gute Seiten, und die übersehen wir leider viel zu leicht ... Wusstest du zum Beispiel, dass dein ganzes Gesicht strahlt, wenn du lächelst?«

»Wirklich?«, fragte Opal ungläubig.

»Ja, klar.« Judy lächelte sie genauso freundlich an, wie sie es schon immer getan hatte – nur war es Opal mit ihrem Tunnelblick auf ihr eigenes Gesicht nicht aufgefallen. »Das Beste, was man tun kann, um sich im Handumdrehen besser zu fühlen und besser auszusehen, ist, zu lächeln. Ja, ich weiß, eine Binsenweisheit, aber so wahr! Und du bist so schön, wenn du lächelst, Opal! Warum lächelst du nicht viel öfter?«

»Meinst du das wirklich?«

»Natürlich. Sonst würde ich es ja nicht sagen.«

»Du findest nicht, dass ich eine furchtbare, armselige Frau bin, die nur herumjammert?«

»Na ja, im Moment würde ich in der Tat lügen, wenn ich behaupten würde, du hättest noch nie besser ausgesehen ...«, witzelte Judy, um sie aufzurichten.

Opal lächelte schwach.

»Aber das lässt sich ändern.«

»Sicher?«

»Ja, klar. Kein Problem. Komm, ich zaubere dich schön!«

Opals Lächeln wurde breiter.

»Das würdest du für mich tun? Obwohl ich so ... so ... zu dir gewesen bin?«

Judy zuckte die Achseln.

»Also, wenn die Ereignisse der letzten Zeit mich eins gelehrt haben, dann dass es nie zu spät für einen Neuanfang ist. Komm jetzt, wir schmeißen die letzten Trunkenbolde raus, schließen ab, schicken Dudley ins Bett und legen los … Wir werden allerdings ein paar Sachen brauchen …«

»Du meinst Make-up?« Opal dachte an die Schublade in ihrem Schlafzimmer, die randvoll gefüllt war mit Schminkzeug.

Doch Judy schüttelte den Kopf.

»Nichts davon. Wahre Schönheit kommt von innen, Opal. Zuerst müssen wir dein Selbstbewusstsein wieder aufpolieren, und die im Moment angezeigte Maßnahme dafür ist eine Runde Frauentratsch …«

Mit einer Mischung aus Hoffnung und Zynismus sah sie Judy an, und als diese sich freundschaftlich bei ihr unterhakte und ihr verschwörerisch zuzwinkerte, wurde ihr plötzlich ganz warm ums Herz.

Anderenorts breitete Balthazar seinen Pullover über Pip aus, als die Turmuhr halb zwölf schlug. Sie war auf einem Stapel leerer Säcke eingeschlafen, beseelt vom Sekt ihres Vaters und vollkommen erschöpft von ihrem Tagwerk. Balthazar beugte sich über sie und wischte ihr zärtlich etwas Schmutz von der Wange – nicht ahnend, dass Pips wachsame Tante im Zimmer ihrer ältesten Nichte stand und ein Fernglas auf die Kelterscheune gerichtet hatte … »Quien espera, desespera …«, murmelte er. »Das Hoffen und Harren macht manchen zum Narren, Persicoria. Andererseits … Die Hoffnung stirbt zuletzt. Man sollte sie nie aufgeben, schon gar nicht, wenn es um Liebe geht.«

Dann stand er auf, sah sich um und atmete prustend aus.

»El que algo quiere, algo le cuesta«, seufzte er und schnappte sich die nächste Kiste Äpfel. »Ohne Fleiß kein Preis …«

Gypsy hatte sich mit allen drei Hunden in ihr Zimmer verzogen. Mit einem rot-weiß gestreiften Topfhandschuh auf dem Kopf hatte sie es sich in einem Bettdeckenzelt mit ihnen gemütlich gemacht und freute sich auf einen Fast-Mitternachts-Snack: ein paar köstliche, heiße Würstchen …

Und Viola zog sich gerade wieder an.

Um viertel vor zwölf trat sie vor die Tür und fröstelte. Der Spätsommertag war wunderbar warm gewesen, aber die Nacht war nun empfindlich kühl.

Sie zog den Kragen ihrer viel zu dünnen Jacke fest zu, sah auf die Uhr und beschloss, zu sehen, ob ihre Mutter schon fertig war, damit sie zusammen nach Hause laufen konnten.

Doch als sie um die Ecke bog, stellte sie fest, dass im Pub bereits Schluss für heute war. Drinnen brannte zwar noch Licht, aber die schwere Eingangstür war geschlossen.

Dann war Judy sicher schon gegangen.

Im Umdrehen bemerkte Viola die Silhouette von jemandem, der am Ufer stand.

Irgendwie kam ihr der Typ bekannt vor.

Eine Weile blieb sie im Schatten des Wirtshauses stehen und beobachtete ihn, sah ihm dabei zu, wie er sich im Mondschein bückte, flache Steine aufhob und über die glitzernde Wasseroberfläche hüpfen ließ.

Er sang dabei. Irgendein aktuelles Lied, das Viola aus dem Radio kannte. Er hatte eine wunderschöne Stimme, weich und kräftig zugleich.

Ohne nachzudenken, stimmte sie mit ein. Er drehte sich zu ihr um, sang dabei aber weiter und lächelte sie mit seinem Blick an. So sangen sie gemeinsam, und die ganze Situation war irgendwie surreal, aber wunderschön. Viola war wie berauscht und gleichzeitig leicht verlegen.

Instinktiv drehte sie sich um und wollte gehen, doch er rief ihr nach:

»Halt! Wer bist du?«

Sie hielt kurz inne, dann drehte sie sich wieder zu ihm um.

Er war auf sie zugerannt und stand nun keine zwei Meter von ihr entfernt.

Jetzt brachte Viola auf einmal keinen Ton heraus.

»Gut, dann fange ich an, ja?« Er tat noch zwei Schritte auf sie zu und reichte ihr die Hand. »Ich bin Tristan.«

Sie zögerte kurz, bevor sie seine Hand nahm.

»Viola.«

»Viola«, wiederholte er.

Er schüttelte ihre Hand nicht und ließ sie auch nicht wieder los. Er hielt sie einfach fest und sah Viola für ihren Geschmack viel zu tief in die Augen. Selbst bei der Dunkelheit konnte sie noch erkennen, wie stechend blau seine Augen waren.

»Wunderschön«, sagte er.

»Wunderschön?«

»Deine Stimme ...«

Die Antwort enttäuschte sie ein bisschen. Doch dann fügte er hinzu: »Du.«

Er stand jetzt so dicht vor ihr, dass sie seinen Atem spüren konnte.

Viola konnte sich später beim besten Willen nicht mehr erinnern, wie sich alles zutrug. Hatten sie nur einfach plötzlich so dicht voreinander gestanden, dass sich ihre Lippen zufällig berührten? Oder hatten sie sich absichtlich geküsst?

Jedenfalls küssten sie sich. Zwei Fremde, vereint in einem spontanen Augenblick.

Dann zerfetzte der Schrei eines Wasservogels die Stille, und Viola und Tristan rissen sich atemlos voneinander los. Beide schienen gleichermaßen überrascht angesichts dessen, was da gerade passiert war, doch ausgerechnet Viola, die doch sonst immer alles so locker nahm, war deutlich aufgewühlt.

»Ich muss nach Hause!«, keuchte sie, entzog ihm ihre Hand und rannte davon.

»Viola!«, rief er ihr hinterher.

Doch dieses Mal drehte sie sich nicht noch mal um.

Der Hang war ziemlich steil, aber Viola galoppierte ihn förmlich hinauf und bis ganz nach Hause.

Ihr Herz schlug wie wild, als sie den Schlüssel zur Hintertür unter Major Jenson Junior hervorholte und sich lautlos Zutritt zur Küche verschaffte.

»Ich weiß alles.«

Violas Nervenkostüm war ohnehin schon stark angegriffen

nach dieser zweiten und äußerst aufwühlenden Begegnung mit jenem jungen Mann, der sich ihr nun als Tristan vorgestellt hatte, der nach Zitrus und Meersalz duftete und samtweiche Lippen hatte – darum erschrak sie fast zu Tode, als Floras Stimme aus den dunklen Tiefen der Küche ertönte.

Ich weiß alles? Sofort dachte Viola wieder an die Situation unten am Flussufer. Die Erinnerung war so klar und intensiv, als befände sie sich immer noch mittendrin.

»Ich hab gesehen, wie du da reingegangen bist.« Flora sprach leise, schlug aber einen vorwurfsvollen Ton an. »In die alte Schule. Und ich kenne ihn, Viola, ich weiß genau, was er von dir verlangen wird.«

»Die alte Schule?«, wiederholte Viola perplex. In ihrem Kopf waren nur ER und der Kuss, und so dauerte es einen Moment, bis sie wieder in der Wirklichkeit angekommen war und verstand, wovon ihre Schwester redete.

»Die alte Schule.« Flora nickte. »Ich habe dich da reingehen sehen.«

Sie hatte gesehen, wie sie in die alte Schule gegangen war.

Der süße Traum, den sie gerade durchlebt hatte, löste sich auf.

Sie war wieder ganz und gar zu Hause, in ihrer Küche, wo Flora mit verschränkten Armen und geschürzten Lippen vor ihr stand. Auf einmal kapierte sie, warum ihre Schwester sich so aufführte.

Viola holte tief Luft. Sie hatte keine Lust, auszuweichen.

»Und?«

Flora bemerkte nicht, dass die Stimme ihrer sonst so gelassenen und beherrschten Schwester eine Oktave höher als sonst ausfiel. Flora runzelte einfach nur die Stirn.

Jetzt sah sie genauso aus wie Pip, wenn sie nach Hause zitiert wurde, um irgendetwas geradezubiegen.

»Na ja, sagen wir mal, das ist bestimmt nichts, was *ich* tun würde, um Geld zu verdienen. Vor allem, wenn es nur Geld für Shopping ist, um zum Beispiel ... eine bescheuerte, völlig überteuerte Handtasche zu kaufen ... oder um mir die Nägel machen oder entlegene Körperteile enthaaren zu lassen ...«

»Das Geld ist für keine Handtasche, du dumme Pute«, unterbrach Viola sie. »Und auch nicht für neue Stiefel oder einen neuen Mantel oder ein neues Kleid oder eine Maniküre oder eine Pediküre oder eine komplette Körperenthaarung. Es ist für uns.«

»Für uns?«, fragte Flora ungläubig.

»Ja, für uns. Damit Essen auf dem Tisch steht und Öl im Tank ist, damit du und Gypsy alles habt, was ihr für die Schule braucht, und überhaupt für alles, was wir so zum täglichen Leben brauchen ... Ich weiß, ich weiß«, fügte sie hinzu, als Flora lachen wollte, weil sie die Vorstellung so absurd fand, »das klingt völlig verkehrt, dass ausgerechnet ich einen auf uneigennützig und edelmütig mache, aber es ist wahr ... Ob du es glaubst oder nicht, Flora, ich habe in den letzten Wochen was gelernt. Früher hatte ich ja keine Ahnung, wie das eigentlich möglich war, dass unser Leben so schön beschaulich vor sich hin plätscherte. Wir haben wie selbstverständlich von Pips Geld aus der Stiftung gelebt und uns nie Gedanken darüber gemacht, wo das Geld eigentlich herkam ...« Sie seufzte. »Wenn ich bedenke, wie viel Ärger wir ihr immer wieder gemacht haben, staune ich, ehrlich gesagt, dass sie uns nicht schon viel früher den Geldhahn zugedreht hat. Sie hätte ihr Geld nehmen und irgendwo anders, ganz weit weg, ein wunderbares, sorgenfreies Leben führen können. Ehrlich gesagt, ich glaube, das hätte ich an ihrer Stelle getan. Aber Pip hat nicht einen Penny von dem Vermögen für sich selbst in Anspruch genommen. Und als Raph dann weg war, hat sie uns sogar noch ihre eigenen Ersparnisse gegeben.« Viola sah betreten zu Boden. »Ich habe sie zur Sau gemacht, als sie kam, von wegen sie würde immer nur dann kommen, wenn wir in Schwierigkeiten stecken ... Jetzt kann ich sie wirklich verstehen. Wir stecken nämlich permanent in Schwierigkeiten. Und das will ich jetzt ändern. Ich weiß, dass dieser Nebenjob nicht optimal ist, Flor, aber er ist ja nicht für immer, und ich verdiene echt gut damit. Und ich wüsste nicht, wie ich zurzeit sonst Geld verdienen sollte ...«

»Ja, aber Viola, mal im Ernst: Findest du das nicht ... erniedrigend?«

Viola schüttelte den Kopf und lächelte ihre Schwester an.

»Keiner zwingt mich dazu. Ich bin zu ihm hingegangen, ich wollte das. Und irgendwie macht es mir richtig Spaß ... seltsam, was? Aber das Beste daran ist, dass ich endlich etwas Sinnvolles tue, dass ich Geld verdiene und damit uns allen helfe. Am Anfang hätte ich Raph am liebsten umgebracht für das, was er uns angetan hat ... Aber inzwischen finde ich eigentlich, dass er uns einen großen Gefallen getan hat.«

»Wie bitte?«

»Na ja, zum einen hat er dafür gesorgt, dass Pip wieder bei uns ist ...«

Flora nickte zögerlich.

»Und außerdem arbeitet Mum jetzt und ist richtig glücklich damit«, fuhr Viola fort. »Wir sind uns nähergekommen ... Die Leute haben immer geglaubt, dass wir wie Pech und Schwefel zusammenhalten, Flora, und es stimmt ja auch, dass wir alle ein enges Verhältnis zueinander haben und uns lieben – aber mir ist jetzt klar geworden, dass wir, wenn die Kacke wirklich am Dampfen ist, auch wirklich füreinander einstehen und etwas *füreinander* tun.« Sie nahm Floras Hand, was diese ziemlich überraschte. »Ich habe mich immer irgendwie als Außenseiterin gefühlt. Ihr drei seht euch untereinander so ähnlich, und ich ...? Ich sehe wohl aus wie mein Vater, aber wissen werde ich das nie. Was passiert ist, hat mir die Augen geöffnet. Ja, ich bin tatsächlich eine Außenseiterin, aber ich habe mich mit meinem Selbstmitleid selbst dazu gemacht. Ich habe Pip vorgeworfen, dass sie so weit weg wohnt, dabei hat sie aus dreihundert Kilometern Entfernung mehr für diese Familie getan als ich, die ich hier mittendrin saß. Und das will ich jetzt ändern, Flora. Mag sein, dass dieser Nebenjob nicht der ideale erste Schritt ist, aber er ist auf jeden Fall ein Schritt in die richtige Richtung.«

»Die richtige Richtung?« Flora hatte offenbar ihre Zweifel.

»Jede Richtung ist besser als die, in der ich bisher unterwegs war, Flor. Und er ist ja auch fast fertig mit mir, und dann bekomme ich mein Geld. Kannst du es so lange bitte noch für dich behalten?«

Flora dachte einen Moment nach und nickte dann.

»Ich danke dir!«, rief Viola erleichtert und belohnte ihre Schwester mit der ersten Umarmung seit Jahren.

Pip lag immer noch auf dem Stapel leerer Säcke in der Scheune, murmelte irgendetwas im Schlaf und drehte sich um.

Sie träumte wieder einmal den immer gleichen Traum: Sie stand im Hofbräuhaus und wartete auf Beau. Leider war es kein schöner Traum, weil Beau nämlich nie kam. Ganz allein stand sie da, während die anderen Gäste um sie herum lachten und tranken. Und sie wartete. Und wartete. Und wartete ... Da erklang eine Stimme direkt hinter ihr.

»Hey, Persicoria ... Persicoria ...«

Sie machte die Augen auf und sah in Beaus Gesicht, das sich lächelnd über sie beugte.

»Ich glaube, du solltest besser ins Bett gehen. Du bist ja todmüde.«

Sie streckte die Hand aus und berührte ganz sacht seine Wange.

»Gut, ich gehe ins Bett. Aber nur, wenn du mitkommst«, murmelte sie.

Natürlich war es Pip unendlich peinlich, Beau in ihr Bett eingeladen zu haben, als ihr schlaftrunken klar wurde, dass es sich bei ihm nicht um ihre verlorene Jugendliebe handelte, sondern um ihren sehr realen Cidertraumretter und Mieter aus Spanien.

Am liebsten hätte sie sich gleich wieder schlafend gestellt, doch ihr Schamgefühl trieb ihr jede Menge Blut in die Wangen, bis sie ungefähr so rot war wie die Lord-of-the-Isles-Äpfel, die sie durch die Mühle und die Presse gejagt hatten.

Pip rappelte sich auf und entschuldigte sich wortreich.

»Kein Problem ...« Milde lächelte er sie an. »Du hast so hart gearbeitet. Zu hart ... Wir sind beide müde. Ich glaube, es ist besser, wenn wir jeweils in unser eigenes Bett gehen. Morgen ist ein neuer Tag.«

Sie nickte, sie wünschten sich gute Nacht. Doch als Pip fast schlafwandlerisch ihr Bett erreichte, kehrte Balthazar, der ihr noch lange nachgesehen hatte, in die Scheune zurück und arbeitete weiter. Erst, als die Sonne über den Horizont kroch, beschloss er, nun doch noch ein paar Stunden zu schlafen.

– 29 –

Balthazar war immer schon in der Scheune, wenn Pip morgens dort auftauchte. Ganz gleich, um wie viel Uhr sie aufkreuzte, er hatte immer schon ein paar Stunden gearbeitet. Langsam fragte sie sich, ob er womöglich in der Scheune übernachtete und ob sie ihm die Miete für das Cottage zurückgeben sollte, gewissermaßen als Lohn für die viele harte Arbeit. Doch immer, wenn sie ihm danken wollte, ihn dazu aufforderte, Pause zu machen, oder ihm versicherte, dass sie nicht im Geringsten von ihm erwartete, sich für sie krumm und buckelig zu schuften, zuckte er nur die Achseln, als wisse er gar nicht, wovon sie redete.

Wenn er tatsächlich geschäftlich in Cornwall war, dann vernachlässigte er seine eigene Arbeit sträflich. Natürlich hatte Pip irgendwie ein schlechtes Gewissen, aber sie hatte weder Zeit noch Lust, darauf zu bestehen, dass er sich um seine eigenen Dinge kümmerte, denn schließlich wusste sie genau, dass sie ohne seine Hilfe komplett aufgeschmissen wäre.

Vier weitere Tage zerkleinerten, pressten und filterten sie und füllten schließlich den Apfelmost in die alten Eichenfässer, die bereits ihr Vater, ihr Großvater und ihr Urgroßvater zur Herstellung von Cider verwendet hatten.

Sieben Tage lang würde der Most in den Fässern fermentieren, dann würden sie ihn unter Zugabe von etwas Zucker und Hefe in Flaschen abfüllen – denn nur so wurde aus dem gewöhnlichen Fass-Cider der köstliche, flaschengegärte Schaumwein.

Zu ihren besten Zeiten hatte die Plantage dreitausend Flaschen preisgekrönten Apfel-Schaumweins pro Jahr hervorgebracht. Pip hoffte in diesem Jahr auf bescheidene dreihundert.

Pips Plan war, Arandore so schnell wie möglich wieder in ein funktionierendes Familienunternehmen zu verwandeln – und dazu brauchten sie ein Großunternehmen wie St. Wastrell. Wenn sie das geschafft hatten (und Pip hatte leicht besorgt festgestellt, dass der Rest der Familie diesbezüglich absolut siegessicher war), sah ihr Plan vor, die Produktion wieder auf dreitausend Flaschen im Jahr zu steigern ... Und wenn auch das glückte – tja, vielleicht würden sie dann sogar in neue Rebstöcke investieren ...

Aber fürs Erste waren dreihundert Flaschen schon ein ehrgeiziges Ziel.

Die Zeit drängte.

Der Wettbewerb umfasste auch eine Ortsbesichtigung durch die St.-Wastrell-Fuzzis. Am Vorabend der Herbstmesse würden sie in Scharen aufkreuzen und sich das »Firmengelände« ansehen.

Also mussten sie ihnen zeigen, dass sie eine richtige Firma waren oder zumindest werden wollten. Um diesbezüglich Eindruck zu schinden, brauchten sie eine richtige Fertigungsstrecke sowie einen Keller voller in Gärung befindlicher Flaschen.

Was den Cider betraf, hatten Pip und Balthazar nach diesen insgesamt fünf Tagen getan, was sie konnten. Der Most musste nun eine Woche in den Fässern gären und dann am Tag vor dem Jurorenbesuch in Flaschen abgefüllt werden.

Diese sieben Tage nutzten sie, um zu fegen, zu schrubben, zu hämmern, zu bohren, zu streichen – mit anderen Worten: um aus einer windschiefen Scheune voller altem, staubigem Krempel eine voll funktionstüchtige, wenn auch eher antiquiert anmutende Mikro-Kelterei zu machen.

Auch die Gärten knöpften sie sich nach Kräften vor, kappten die zu hoch gewachsenen Gehölze, mähten die Wiesen, jäteten Unkraut.

Sie holten die alten Gärregale oder auch »Rüttelbretter« aus massiver Eiche unter der Plane in der großen alten Gerätescheune hervor und brachten sie in den frisch gefegten und gestrichenen Keller unter Pops Cottage. Hier hatten sie auch früher schon mal gestanden, komplett bestückt mit Flaschen, die sich im Fünfundvierzig-Grad-Winkel kopfüber neigten und alle paar Tage gedreht und gerüttelt wurden, damit sich jegliche Schwebstoffe – der sogenannte Bodensatz – im Flaschenhals absetzten, wo sie ganz einfach eingefroren und entfernt werden konnten. Im Moment standen sie unbestückt da und warteten auf ihren Einsatz: Die Flaschen waren bereits abgekocht und geschrubbt und mit von Gypsy selbstgemalten Etiketten beklebt worden, waren von Balthazar aus dem Weinkeller heraufgetragen worden und sollten mit gegorenem Apfelmost befüllt werden.

Und zwar in genau sieben Tagen.

Nach fünf Tagen stand Balthazar auf einer Leiter und brachte mit Susans Hilfe über dem Scheunentor ein Schild an, als sein Handy klingelte. Auf dem Schild stand »Charteris-Cider«. Susan stand auf einer weiteren Leiter und hielt das andere Ende des Schildes. Seit zehn Minuten standen sie bereits da oben und mühten sich ab, das Schild waagerecht zu platzieren. Jetzt endlich hatten sie den Hammer in der Hand und wollten es festnageln.

Susan fluchte. Balthazar wahrscheinlich auch, aber da die Worte, die seinen Mund verließen, Spanisch waren, konnte sich da niemand so sicher sein.

»Tut mir leid«, rief er Susan zu. »Ich muss drangehen.«

Susan war im Laufe der letzten Woche zu dem Schluss gekommen, dass Balthazar ein Geschenk des Himmels war. Erst hatte er die Turmuhr repariert, dann geschuftet wie ein Ochse, um ihnen bei ihrem Cider-Projekt zu helfen, dann das Loch im Dach seines Cottage und ein Loch im Dach des Haupthauses abgedichtet, den Herd und Gypsys Bett repariert (Letzteres hatte beschlossen, nicht mehr als Trampolin dienen zu wollen und war zusammengebrochen), er hatte ihr gezeigt, wie sie den schwarzfleckigen Pilz loswird, der ihren geliebten Zitronenbaum bereits seit zwei Jahren verunzierte, und er hatte Gypsy und Persi beigebracht, bei Fuß zu kommen, wenn sie gerufen wurden. Kurz: Er hatte wahre Wunder vollbracht. Balthazar hätte auch sagen können, dass er mal eben in seinen Sicherheitsschuhen einen Fruchtbarkeitstanz rund um ihren Gemüsegarten aufführen müsste, und sie hätte immer noch milde gelächelt und »Ja, klar, kein Problem« gesagt.

Pip, Flora und Viola, vollkommen erschossen von der »Mostmaloche«, wie sie es nannten, lagen unter Pips Lieblingsbaum und taten, als würden sie helfen, das Schild gerade auszurichten, indem sie »Bei dir ein bisschen höher!«, »Bei Susan ein bisschen weiter runter!« und »Wieder so wie eben!« riefen. In Wirklichkeit aber gönnten sie sich eine wohlverdiente Pause in der Spätsommersonne.

Sie sahen Balthazar dabei zu, wie er den Anruf entgegennahm. Leichtfüßig stieg er von der Leiter, drückte sich das Handy ans Ohr, meldete sich mit »¿Sí?« und redete dann wie ein Wasserfall in fließendem Französisch weiter.

Erstaunt zogen sie die Augenbrauen hoch und sahen einander an.

»Habt ihr das gesehen?«, fragte Viola leise und ließ den Mund offen stehen.

»Meinst du die extrem durchtrainierten Oberschenkel in den Jeans oder den Wechsel in eine obersexy Sprache?«, grinste Flora.

»Beides. Obwohl, wenn ich mich entscheiden müsste, so sehr ich auch auf alles, was französisch ist, stehe ... Ich würde die Oberschenkel nehmen ...«

»Prima, und ich sein Französisch. Wie kommt es eigentlich, dass ein Mann, der mehrere Sprachen spricht, so unglaublich sexy wirkt?«, wollte Flora wissen, als Balthazar nun tatsächlich in Susans Gemüsegarten verschwand.

»Weil es zeigt, dass er was in der Birne hat.« Pip rollte sich auf den Rücken und sah in den wolkenlosen blauen Himmel. »Ein Mann mit Köpfchen ist deutlich attraktiver als ein Mann mit Muckis.«

»Balthazar hat beides«, bemerkte Viola und sah ihre Schwester forschend an. »Sag bloß, das war dir noch gar nicht aufgefallen? Dabei verbringst du doch seit Tagen jede wache Minute mit ihm.«

Pip antwortete nicht, aber weil Flora schnell »Balthazar hat einfach alles« einwarf, wandte Viola ihre Aufmerksamkeit nun ihrer jüngeren Schwester zu.

»Ja, klar, er ist total unser Typ, was, Flora?«

»Ja, irgendwie schon, glaube ich«, räumte sie ungezwungen ein. »Aber nicht, weil er so verdammt gut aussieht, sondern weil er so ist, wie er ist.«

»Wie ist er denn?«

»Na, freundlich und geduldig. Und er schuftet sich einen ab, ohne sich jemals zu beklagen, er ist so nett zu allen, ja, sogar lustig ... Weißt du was, Pip, ich dachte eigentlich ... Also, irgendwie erinnert er mich ein bisschen an Clive. Natürlich nicht vom Aussehen, aber von seiner Art ...«

»Du meinst, er ist zu gut, um wahr zu sein?«, wollte Viola mit hochgezogenen Augenbrauen wissen.

»Viola?«

»Na, also, findet ihr das etwa nicht seltsam, wie er einfach so hier aufkreuzt und uns mit allem hilft? Da muss doch irgendetwas dahinterstecken – und wir wissen schließlich alle, wieso Clive immer so nett zu uns ist ...«

»Ach ja?« Pip runzelte die Stirn.

»Ja«, lachte Viola. »Weil er ein Auge auf dich geworfen hat, Persicoria.«

»Echt?« Blitzschnell setzte Flora sich auf. »Aber ich dachte, ihr beiden wärt einfach nur gute Freunde?«

»Wir sind auch einfach nur gute Freunde.«

»Ja, das glaubst *du* vielleicht ...«, zog Viola sie weiter auf.

»Nein, das glauben wir beide. Wirklich. Keiner von uns will mehr vom anderen. Im Ernst. Wir sind uns da beide ganz sicher.«

Viola und Flora spitzten die Ohren.

»Und wieso seid ihr euch da ganz sicher? Was ist passiert?«

»Jetzt beruhigt euch mal wieder.« Pip musste angesichts der Neugier ihrer Schwestern grinsen. »Ist überhaupt nicht viel passiert. Wir haben nur einmal am Rande eines Feuerwerks ein bisschen geknutscht.«

»Und?«, wollte Flora wissen.

»Nichts.« Pip zuckte die Achseln. »Zwischen uns hat's nicht gefunkt, kein bisschen.«

»Das heißt, Clive ist nicht dein Typ?«, bohrte Flora weiter.

»Doch, irgendwie schon, ich habe ihn wirklich sehr lieb, und manchmal überlege ich, ob ich ihn nicht auch so richtig lieben könnte, aber nein ... Er ist einfach nicht mein Typ ...«

»Und wer *ist* dein Typ?«, fragte Viola, als Balthazar aus dem Gemüsegarten mit ernster Miene zurückkam.

Pip stöhnte innerlich auf. Warum musste sie bei dieser Frage sofort an Dan denken?

Sie schloss die Augen. Sah sofort wieder sein Gesicht vor sich. Seine grünen Augen leuchteten immer noch, trotz allem, was passiert war. Und strahlten noch intensiver, wenn er lächelte ... Ach, wie sie dieses Lächeln liebte ...

Achtung, Pip! Aufwachen! Dieses Lächeln schenkte er jetzt ihrer besten Freundin Nancy. Also wieso sich noch nach ihm verzehren?

Seit sie aus Bristol zurück war, wurden ihre Gedanken an Dan – und das waren nicht wenige – stets von diesen gemischten Gefühlen begleitet. Das verwirrte sie. Ihr Kopf sagte ihr ganz klar, dass sie loslassen und weiterkommen sollte, doch ihr Herz seufzte und ächzte noch ein wenig. Für jemanden, bei dem normalerweise der Kopf das letzte Wort hatte, war das ziemlich verwirrend, und sie war dazu übergegangen, jeden Gedanken an ihn möglichst erfolgreich zu verdrängen. Und doch. Jetzt passierte es ihr schon wieder. Sie sehnte sich wieder nach ihm. Warum? Warum konnte sie sich nicht von ihm lösen? Weil er ihr Typ war?

Und da wurde Pip erneut klar: Natürlich, er war ein intelligenter Mann mit schönen Augen und gutem Humor und, ja, einem ansehnlichen Körper. Aber ihr Typ war ganz sicher niemand, der heftigst mit ihr flirten und ihr signalisieren würde, dass da zwischen ihnen etwas im Busch war – nur um eine Woche später mit ihrer besten Freundin zu schlafen.

»Ein Mann, der ehrlich, aufrichtig, anständig und freundlich ist«, sagte Pip schließlich mit fester Stimme. »Das ist mein Typ. Das ist der richtige Mann für mich.«

»Wenn das so ist, solltest du Clive heiraten und mit ihm bis an dein Lebensende glücklich werden.«

»Okay, okay, eine Sache hab ich unterschlagen: Sexy sollte er auch sein.«

»Clive *ist* sexy«, schoss es aus Flora hervor, die im selben Moment heftig errötete. Viola und Pip sahen sie erstaunt an.

»Ist doch wahr ...«, murmelte sie und vergrub das Gesicht in den verschränkten Armen.

»Die Geschmäcker sind ja bekanntlich verschieden.« Viola zog die Augenbrauen hoch.

»Du und ich finden ihn vielleicht nicht sexy, Viola, aber ich bin mir sicher, dass es Frauen gibt, die ihn durchaus appetitlich finden ...« Pip lächelte Flora an.

»Genau ...« Plötzlich wurde Flora ganz übermütig vor lauter unterdrückter Sehnsucht und entgegnete: »Wenn alle Frauen auf den gleichen Typ Männer stehen würden, wären ganz schön viele Leute verdammt einsam.«

Pips Lächeln wurde breiter.

Soso. Ihre kleine Schwester Flora hatte also eine Schwäche für ihren wunderbaren Kumpel Clive.

Na, das war ja mal eine Überraschung.

Aber gut. Flora und Clive waren so ziemlich die liebsten Menschen, die sie kannte – vielleicht würden sie wunderbar zusammenpassen. Und die zehn Jahre Altersunterschied ... Hm. Wie wichtig war das Alter eigentlich, wenn es um langfristige Kompatibilität ging?

Flora hatte dieses süße Geheimnis seit drei Jahren mit sich herumgetragen und lief nun, da sie es verraten hatte, puterrot an.

Sie hätte erwartet, dass Viola jetzt gleich gnadenlos auf ihr herumhacken würde, doch ihre sonst eher zynische Schwester nahm ihre Hand und drückte sie.

»Wie recht du hast, Flor. Man sollte immer für alles offen sein ... Wenn man wirklich offen ist, fällt einem eines Tages vielleicht auf, dass der Typ Mann, von dem man immer glaubte, er müsste es sein, in Wirklichkeit gar nicht zu einem passt, und dass ausgerechnet einer, mit dem man es sich nie hätte vorstellen könnte, der Richtige ist. So spielen das Leben und die Libido einem manchmal ganz schöne Streiche ...«

Die beiden staunten angesichts dieser pseudo-philosophischen Anwandlungen ausgerechnet der Schwester, die sonst so subtil war wie ein Elefant im Porzellanladen. Mit hochgezogenen Augenbrauen sahen sie sie an.

Jetzt war es Viola, die rot anlief. Wahrscheinlich zum ersten Mal in ihrem Leben.

Weitere Fragen blieben ihr nur dadurch erspart, dass Tante Susan und Balthazar aufkreuzten. Balthazar guckte zerknirscht auf sein Handy.

»Ihr Lieben«, rief er, als sie sich näherten, »es tut mir furchtbar leid, ich weiß ja, dass ihr mich hier braucht, aber ich habe gerade einen Anruf bekommen, der ... sehr wichtig ist. Ich muss für ein paar Tage verreisen.«

»Du willst uns verlassen!«, riefen Viola und Flora unisono und rappelten sich auf. Die Enttäuschung war ihnen anzusehen.

»Es tut mir leid, aber ich muss. Ich versuche schon seit geraumer Zeit, etwas ganz Bestimmtes aufzutreiben, und ein Freund von mir glaubt, dass er es gefunden hat ... Die Gelegenheit darf ich mir nicht entgehen lassen ... Aber ich komme wieder. Versprochen.«

»Du brauchst uns nichts zu versprechen«, versicherte Pip ihm schnell, denn er hatte die letzte Äußerung an sie gerichtet. »Du hast uns schon so viel geholfen, mehr können wir überhaupt nicht verlangen.«

Doch er schüttelte den Kopf und berührte sie am Arm, als wolle er sein Versprechen noch bekräftigen.

»Ich bin wieder da, wenn euer Cider in Flaschen abgefüllt wird, Persicoria. Das will ich mir um nichts in der Welt entgehen lassen. Wir haben das hier zusammen angefangen, und wenn ich jetzt für immer verschwinden würde ...« Er hielt inne und lächelte sie verschwörerisch an. »Dann wäre das doch fast so, wie wenn man mitten in einem guten Film das Kino verlässt ...«

– 30 –

Eigentlich war Pip ziemlich erleichtert, dass Balthazar aus geschäftlichen Gründen weg musste. Zum einen war ihr ihr halbkomatöser Antrag, er möge das Bett mit ihr teilen, immer noch hochnotpeinlich. Zum anderen plagte sie ein schlechtes Gewissen, weil er sich für sie und ihre Familie so abschuftete. Und sie wusste nur zu gut, wie leicht man in die Rolle des Erlösers und Beschützers ihrer unglaublich liebenswerten, aber auch unglaublich anstrengenden Familie rutschte.

Dieser Mann war aus welchen Gründen auch immer mitten unter ihnen in Cornwall gelandet, und diese Gründe waren von ihren eigenen Bedürfnissen gnadenlos in die zweite Reihe verdrängt worden. Seit er auf Arandore wohnte, hatte er nichts anderes getan, als ihnen zu helfen.

Pip war – im Gegensatz zu Viola – überzeugt, dass er das nicht aus irgendeinem bestimmten Grund tat. Sie glaubte, dass jeder ansatzweise gute Mensch, der mit ihrem Chaos konfrontiert würde, seine Hilfe angeboten hätte.

Aber Balthazar war besonders gutmütig gewesen. Er hatte keine Chance gehabt, mal Pause zu machen, und darum freute sie sich für ihn, dass ihn seine Geschäfte nun dazu zwangen. Jetzt hatte er eine handfeste Ausrede, sich abzuseilen. Sollte er wiederkommen, so tat er das aus freien Stücken. Weil er es wirklich wollte.

Natürlich würde er schon aus praktischen Gründen wiederkommen. Schließlich hatte er das Cottage für ein halbes Jahr gemietet, und der Großteil dieses Zeitraums lag noch vor ihnen. Aber vielleicht würde er einfach eine Weile wegbleiben, um auf die Weise die gewachsene Intimität und die gesteigerten Erwartungen, die an ihn gestellt wurden, wieder zurückzuschrauben. Sie wollte auf gar keinen Fall, dass er sich ihnen verpflichtet fühlte.

Doch obwohl Pip entschlossen war, ihm mit der gleichen Selbstlosigkeit zu begegnen, mit der er auch ihnen begegnet war, und obwohl sie alle unvermindert schufteten, um alles für den Wettbewerb vorzubereiten, waren die nächsten beiden Tage ohne ihn irgendwie seltsam. Vielleicht weil sie ohne ihn nur etwa die Hälfte dessen schafften, was sie vorher mit ihm geschafft hatten, dachte sie. Oder vielleicht – gestand sie sich am zweiten Tag ein – hatte sie sich einfach an seine ruhige Gesellschaft gewöhnt, an sein freundliches, aufmunterndes Lächeln, mit dem er sie aufrichtete, wenn sie schlappmachte.

Am Morgen des Tages, an dem er zurück sein wollte, um gemeinsam den Cider in Flaschen umfüllen zu können, ging sie voller Vorfreude auf die Scheune zu und ... Niemand war da.

Balthazar war nicht da.

Ein seltsames Gefühl übermannte sie, während sie sich in der stillen Scheune umsah, und sie brauchte einen Moment, bis sie verstand, was sie fühlte: grenzenlose Enttäuschung.

Doch bevor sie diese Grenzenlosigkeit weiter ausloten konnte, hörte sie Schritte hinter sich und dann eine vertraute Stimme:

»Guten Morgen, Persicoria.«

Was sie nun fühlte, wusste sie sofort: Erleichterung. Die war genauso grenzenlos wie zuvor die Enttäuschung. Mit einem breiten, warmherzigen Lächeln drehte sie sich zu ihm um.

»Du bist wieder da!«

Ihr Erstaunen versetzte ihn in Erstaunen.

»Ja, natürlich. Das hatte ich doch versprochen.«

»Ja, schon, aber ...« Pip senkte betreten den Blick. Balthazars Lächeln verschwand zu Gunsten eines Stirnrunzelns. Er ging auf Pip zu, legte ihr die Hände auf die Schultern und blickte sie sehr ernst an.

»Nicht alle Männer brechen ihre Versprechen, Pip«, sagte er leise.

Sie hob den Blick, sah ihm in die Augen, und einen Moment lang verloren sie sich ineinander.

Und dann stürmte der Rest der Charteris-Bande schnatternd und lachend die Scheune.

Alle Hände wurden gebraucht, sodass sogar Flora und Gypsy ohne viel Quengeln der Schule fernbleiben durften. Doch als sich ihre Freude über Balthazars Rückkehr etwas gelegt hatte und sie alle wieder in der Wirklichkeit angekommen waren, wurde ihnen klar, wie viel Arbeit da eigentlich noch vor ihnen lag. Doch niemand äußerte seine Bedenken.

Judy hatte sich einen Tag freigenommen und gleich noch eine Menge neuer Freunde und Bewunderer zusammengetrommelt, die ebenfalls helfen wollten.

Pip & Co. standen also einigermaßen ehrfürchtig vor den riesigen Fässern und einer Myriade von Flaschen und versuchten, sich mit dem Gedanken anzufreunden, dass sie unter Einhaltung strengster Sauberkeitsregeln bis zum Abend alles aus den großen in die kleinen Behälter umgefüllt haben mussten. Da jauchzte eine Stimme von der Tür her:

»Verstärkung!«

Sie drehten sich um und sahen Dudley in die Scheune spazieren, dicht gefolgt von seiner deutlich jünger aussehenden Frau Opal – eine neue Lebenseinstellung, ein stetes Lächeln und eine Packung Henna hatten wahre Wunder bewirkt –, die einen Korb voller selbstgebackener kornischer Pasteten schleppte. Außerdem waren Morven, der alte Josh sowie die Stammgäste Mad Mary, Barry und Nigel dabei.

»Wir dachten, ihr könntet vielleicht etwas Hilfe gebrauchen ...«, lächelte Dudley. »Was meint ihr?«

»Was wir meinen? Wir meinen, dass ihr absolut spitze seid!«

Dankbar fiel Judy Dudley um den Hals, und Opal freute sich, dass sie Judy dafür nicht mehr – wie noch vor wenigen Tagen – am liebsten durch den Fleischwolf gedreht und als Füllung für ihre Pasteten verwendet hätte. Stattdessen strahlte sie sie an und umarmte sie selbst.

»Ihr könnt euch gar nicht vorstellen, wie dankbar wir euch sind, dass ihr alle hier seid«, keuchte Judy, während sie alle Freiwilligen der Reihe nach in die Arme schloss – sogar den alten Josh, der daraufhin ganz rot wurde und sich auf das hinter ihm stehende Fass setzen musste.

Die Ad-hoc-Belegschaft war bezüglich ihres Alters, ihrer Größe und ihrer Fähigkeiten eine wilde Mischung. In einem Punkt waren sie aber alle gleich: in ihrem Feuereifer, zu helfen. Dennoch konnten die einen mehr, die anderen weniger ...

Dankenswerterweise nahm Balthazar stillschweigend eine leitende Rolle ein und vermochte es, das kunterbunte Team durch Ermunterung und geduldiges Demonstrieren so aufzustellen, dass es eine äußerst produktive Fertigungsstrecke bildete, die auf wundersame Weise sehr wirkungsvoll arbeitete. Alle waren fröhlich und plapperten munter drauflos.

Um punkt fünf Uhr füllten sie die dreihundertste Flasche ab. Der letzte interimistische Korken wurde auf den fünften Schlag der Arandoreschen Turmuhr in den Flaschenhals gedrückt. Alle sahen ergriffen dabei zu, wie Gypsy, der diese ehrenvolle Aufgabe zuteil geworden war, den Hebel der Verkorkungsmaschine herunterdrückte, und spendeten dann stürmischen Beifall, jubelten und fielen einander in die Arme.

Dann stolperten sie alle aus der Scheune heraus, um die letzten Sonnenstrahlen des Tages zu genießen. Völlig erschossen und ausgehungert ließen sie sich auf den feucht-schmutzigen Boden sinken.

Morven reichte die noch unangetasteten Pasteten herum, und Judy öffnete auf Anregung ihrer ältesten Tochter die Flaschen Nummer achtundzwanzig, siebenundzwanzig und sechsundzwanzig der Pip-Charge. Pip schenkte jedem ein Glas ein.

Kaum hatte sie den letzten Plastikbecher mit der Sonderproduktion ihres Vaters überreicht, sah die versammelte Mannschaft sie erwartungsvoll an.

»Rede! Rede!«, rief Dudley, und schon bald stimmten alle mit ein. »Re-de! Re-de! Re-de!«

Entsetzt sah Pip sie an. Die machten wohl Witze? Sie hatte noch nie im Leben eine Rede gehalten. Aber die anderen skandierten weiter, es gab kein Entrinnen.

Dann, endlich, hob sie das Glas und prostete ihnen allen zu.

»Ich habe eigentlich gar nichts zu sagen außer: DANKE!«

Und mit Blick auf ihren neuen spanischen Freund fügte sie hinzu: »Ohne eure Hilfe hätten wir das alles nicht geschafft.«

Alle waren jetzt trotz der anstrengenden Arbeit aufgekratzt. Hinter den Schweineställen neben der Plantage hatte sich in der vergangenen Aufräumwoche ein riesiger Haufen mit Gartenabfällen aufgetürmt, und jetzt, da die Dämmerung einsetzte, beschlossen sie, ihn feierlich anzuzünden.

Alle versammelten sich um das Freudenfeuer, und während aus Floras Kofferradio Musik plärrte, wurden auch noch die Flaschen fünfundzwanzig, vierundzwanzig und dreiundzwanzig geköpft.

Völlig verschwitzt, verdreckt und so müde, dass sie sich kaum auf den Beinen halten konnte, saß Pip mit dem Rücken an die Stallwand gelehnt da und sah sich um.

Sie betrachtete die heruntergekommene Scheune, die sie – toitoitoi – in eine funktionierende Kelterscheune zurückverwandelt hatten, und ihre Familie, wie sie so herzlich und ausgelassen zusammen mit Freunden und Nachbarn lachte. In Pips Bauch breitete sich eine wohlige Wärme aus. Seit Jahren war sie nicht mehr so glücklich gewesen. Und zu ihrer eigenen Überraschung: Seit Jahren hatte sie sich nicht mehr so zu Hause gefühlt.

Sie überlegte gerade, auch noch Flaschen zweiundzwanzig, einundzwanzig und zwanzig zu öffnen, als die Hunde plötzlich anfingen zu kläffen und die Einfahrt hinunterpesten. Ein kleiner Autoconvoy steuerte auf Arandore zu.

»Was ist das denn?« Susan, die gerade in eine weitere Pastete beißen wollte, reckte den Hals. »Wer ist das?«

Verwirrt sahen sie und Pip in Richtung Convoy. Sie hatten keine Ahnung, wer das sein könnte.

Bis die Autos näherkamen und die Aufschrift auf den Türen des ersten Wagens lesbar wurde: »St. Wastrell«.

»Ach, du grüne Neune! Die Jury!«, quietschte Susan.

»Aber die wollten doch erst morgen kommen!«, rief Pip entsetzt.

»Wollen uns wohl unvorbereitet treffen …«, brummte Susan,

sprang auf und fing an, die Spuren ihrer Après-Party einzusammeln. »Fiese Taktik!«

»Wenn das mal das einzig Fiese hier wäre ...« Hoffnungslos sah Pip sich in der leicht alkoholisierten Runde um.

Was für ein Anblick. Sie waren dreckig, sie waren zerzaust, und die meisten hatten ordentlich einen sitzen. Pips Geburtstags-Schaumwein hatte es in sich. Opal und Judy stützten sich auf der anderen Seite des Feuers aneinander ab und kicherten wie bescheuert. Womöglich über Dudley, der mit Flora Foxtrott tanzte, während Viola – völlig untypisch für sie – dazu übergegangen war, die Tänzer mit ihrem Gesang zum Radio zu begleiten.

Morven schunkelte mit Balthazar, die rosige, speckige Wange gegen seine Brust gelehnt, während seine Arme nicht lang genug waren, um ihr ganz um die konvexe Taille zu reichen.

Der alte Josh war tief und fest eingeschlafen und schnarchte. Gypsy hatte ihm einen Schnurrbart und eine Brille ins Gesicht gemalt, ohne dass er sich auch nur im Geringsten gerührt hätte.

Nigel und Barry, die immer doppelt so viel tranken wie alle anderen, teilten sich einen Flachmann Whisky mit Mad Mary.

Das war nun wirklich nicht das makellose Bild einer aufstrebenden Cider-Kelterei, die sie die letzten zwei Wochen hatten aufbauen wollen ...

Doch es sollte noch schlimmer kommen.

»O nein ... bitte nicht ...«, stöhnte Judy und ließ sich neben Pip an der Wand heruntergleiten.

Judy hatte auf dem Rücksitz des ersten Wagens eine massige Gestalt erkannt: die Chef-Jurorin der diesjährigen Herbstmesse war keine andere als Evangeline Whitehead, Oberküsterin, dienstältestes Mitglied des Kirchenvorstands, Bürgermeisterin von Quinn und leider auch Vorsitzende des Wir-hassen-Judy-Charteris-Clubs.

»Was ist denn? Was ist los?« Balthazar war Morvens liebeshungrigen Klauen geschickt entkommen und tauchte nun neben Pip auf, die gerade beruhigend die Hand auf Judys Arm legte.

»Die Frau da. Die kann meine Mutter nicht ausstehen.«

»Jemand kann deine Mutter nicht ausstehen? Wie geht das denn?«

»Na ja, angefangen hat es, als sie sich vor vielen, vielen Jahren in meinen Vater verliebte ... Aber mein Vater verliebte sich nicht in sie, sondern in meine Mutter ...«

»Na ja, und dass Mum heute immer noch genauso schön ist wie damals, als Evangeline die Hochzeitsglocken für sie läuten musste, und Evangeline dagegen eher aussieht wie der Inbegriff einer wespenkauenden Bulldogge, hat sie über die Jahre auch nicht gerade versöhnt«, schaltete Viola sich ein.

Balthazar nickte.

»Verstehe ...«

Es wollte ihm nicht recht gelingen, ein Lachen zu unterdrücken. Er fuhr sich durchs Haar, reichte Pip die Hand und half ihr auf.

»Es bleibt uns nichts anderes übrig, als gute Miene zum bösen Spiel zu machen, Persicoria. Wir müssen ihnen das Gefühl geben, wichtig zu sein, denn genau das ist es, was solche Juroren so wahnsinnig gerne sein möchten. Meiner Meinung nach schwingen sich nur solche Menschen dazu auf, über andere zu richten, die in Wirklichkeit selbst nach Anerkennung lechzen ...«

»Hey, du bist ja richtig zynisch!«

»Ich würde es realistisch nennen. Also los, wie heißt die Gute?«

»Olle Hackfresse«, antwortete Gypsy wie aus der Pistole geschossen und mit einem sauren Blick auf die umfangreiche Frau mit den grauen Löckchen, die gerade ihr enormes Hinterteil aus dem Auto bugsierte.

»Olga wer?«, fragte Balthazar.

»Gyps!«, ermahnte Pip sie sofort. »Sie heißt Evangeline Whitehead.«

»Miss oder Mrs.?«

»Dreimal darfst du raten«, lautete Violas scharfzüngiger Kommentar.

»Miss Whitehead ...«, begrüßte Balthazar Evangeline, die erhobenen Hauptes auf sie zu schritt, und reichte ihr die sonnengebräunte, warme Hand. »Ich habe ja schon so viel von Ihnen gehört ... Seien Sie herzlich willkommen!«

Er schenkte ihr ein süßes Lächeln, das sein attraktives Gesicht erstrahlen ließ und auch aus seinen bernsteinbraunen Augen leuchtete.

Sämtliche Jurymitglieder bewegten sich auf ihn zu, als seien sie Schiffe, die das Licht eines Leuchtturms ansteuerten. Und Evangeline Whitehead, deren verbittertes Gesicht seit ihrer Kindheit kein Lächeln mehr zustande gebracht hatte, strahlte zurück.

Die zusätzlichen Helfer verzogen sich still und leise, und die umsichtige Judy, die völlig erschossenen Mädchen und die stark beeindruckte Pip hielten sich hübsch im Hintergrund, während Balthazar Evangeline, den anderen Juroren und den Leuten von der St.-Wastrell-Brauerei die Kelterscheune, die Plantage und den Weinkeller zeigte.

Er war ausgesucht charmant, aber nicht anbiedernd. Einfach ganz natürlich, freundlich und gewinnend. Mit wohlklingender Stimme und rhythmischer Sprache erläuterte er ihnen auf fast schon lyrische Weise die Geschichte des auf Arandore gekelterten Cider und pries dessen Vorzüge so überzeugend an, dass Pip, wenn sie nicht ohnehin die glückliche Besitzerin der einzigen existierenden Flaschen gewesen wäre, glatt ihre Seele verkauft hätte, um den gesamten Bestand zu erwerben.

Die Juroren waren offenkundig beeindruckt.

Der Chefeinkäufer von St. Wastell hatte die ganze Zeit genickt wie ein Wackeldackel im Fond eines über zahllose Schlaglöcher fahrenden Autos.

Evangeline war hingerissen.

Balthazar hätte sie durch ein Freudenhaus führen können, und sie hätte alles ganz entzückend gefunden.

Als sie mit dem Rundgang fertig waren, reichte Pip ihm Flaschen zweiundzwanzig und einundzwanzig, und nach nur wenigen als »wirklich köstlich« beurteilten Schlucken fing Evangelina ein bisschen an zu kichern.

»Sag mal, flirtet die mit ihm?«, wollte Viola wissen, als Evangelina Balthazars Arm nun schon zum fünften Mal innerhalb drei Minuten anfasste.

»Ja«, antwortete Flora.

»Sehr gut.«

»Allerdings«, nickte Flora. »Aber gut in dem Sinne, wie wenn man einen Pickel ausdrückt: Kein besonders schöner Anblick, aber trotz der leichten Übelkeit hinterher ein gutes Gefühl ...«

Fast zwei Stunden waren sie da. Es war schon recht dämmrig geworden, doch das Feuer loderte hell.

Und obwohl sie alle in diesen zwei Stunden fast nichts anderes getan hatten als zu nicken und zu strahlen und ihrer Begeisterung Ausdruck zu verleihen, gab es dann gegen Ende doch einen etwas schrägen Moment, als Evangeline Judy entdeckte und ihre Bulldoggennase rümpfte. Unterm Strich waren sich aber wohl alle einig, dass der Jurybesuch absolut zufriedenstellend verlaufen war.

Sie winkten dem Convoy nach und seufzten dann erleichtert, als sie endlich die Hände sinken lassen und das aufgesetzte Lächeln abschalten konnten. Sie fielen einander in die Arme, beglückwünschten sich gegenseitig, strahlten und waren so froh, dass dieser Teil des Wettbewerbs, obschon früher als erwartet, überstanden war, und noch dazu so gut. Sie konnten sich gerade noch beherrschen, Balthazar auf ihre Schultern zu heben und als den Helden zu feiern, der er in ihren Augen war, und dann schlenderten sie fröhlich plaudernd zurück zum Feuer und dem Rest der Helferbande.

Opal, Dudley und Morven, der alte Josh, Mad Mary, Barry und Nigel platzten bereits vor Neugier.

»Und?« Opal und Dudley klammerten sich bange aneinander fest. »Was meint ihr, wie ist es gelaufen?«

»Guck sie dir doch an!«, rief Mad Mary aufgeregt. »Denen sieht man an, wie es gelaufen ist!« Sie klatschte vor Freude in die Hände. »Sie waren restlos begeistert, stimmt's? Ich hab's gewusst! Ihr seid ja auch einsame Spitze!«

»Wir wollen den Tag mal besser nicht vor dem Abend loben ...«, wandte Pip vorsichtig ein.

»Stimmt«, pflichtete Judy ihr bei, »vielleicht sollten wir uns lieber ein wenig stärken für das, was kommen mag.« Schnuppernd reckte sie die Nase hoch. »Ich finde, es riecht verräterisch nach Gegrilltem ...«

Prompt eröffnete Dudley ihnen, er habe das Feuer dazu genutzt, einige in Alufolie gewickelte Kartoffeln in die Glut zu legen und ein paar Würste zu braten, zu denen Morven selbst gemachten Coleslaw und frisches Brot mit Butter servieren wolle.

»Es ist angerichtet«, verkündete Josh und verbeugte sich übertrieben.

»Wir dachten, ihr habt vielleicht Hunger«, gab Morven ihren Senf dazu.

»Ja, und um ganz ehrlich zu sein, wollten wir nicht, dass die Party jetzt schon zu Ende ist.« Opal fasste Judy am Arm. »Zumal es ja ganz so aussieht, als hätten wir jetzt noch viel mehr Grund zum Feiern ...«

Judy und Pip gingen ins Haus, um Teller und Besteck zu holen.

Auf dem Weg zurück zum Feuer und ihren Freunden sahen sie schon wieder ein Paar Scheinwerfer aufs Haus zufahren.

»Wer ist das denn jetzt noch?«, fragte Judy verwundert. »Das Auto kenne ich nicht. Du?«

Viola, die ihnen entgegengekommen war, um ihnen gegebenenfalls zu helfen, reckte den Hals und schüttelte den Kopf.

Auch Susan erhob sich jetzt, war aber genauso ahnungslos.

Dann drehten sich alle zu Pip um, die mucksmäuschenstill Richtung Scheinwerfer blickte und ein Gesicht machte, als hätte sie einen Geist gesehen.

»Pip?« Besorgt legte Judy ihr eine Hand auf die Schulter. »Weißt du, wer da im Auto sitzt?«

Mit von undefinierbaren Gefühlen geweiteten Augen wandte Pip sich an ihre Mutter und nickte langsam.

»Das ist Dan.«

– 31 –

Vollkommen gleichzeitig stiegen sie aus dem Wagen und bewegten sich so synchron, als hätten sie den Auftritt choreographiert.

Erst sahen sie einander an, dann Pip.

Judy und Susan hatten keine Ahnung, was vor sich ging, sie wussten lediglich, dass Nancy sich ziemlich danebenbenommen haben musste, wenn die herzensgute Pip nicht mehr mit ihr reden wollte.

»Na, wenn das mal nicht der Sushi-Liebhaber ist...«, brummte Viola, die ein bisschen mehr wusste als die anderen.

»Pip?« Die Art und Weise, wie ihre Mutter dieses eine kurze Wort aussprach, verriet, dass sie bereit war, die Überraschungsgäste zu bitten, wieder zu verschwinden. Und zwar nicht besonders höflich.

»Ist schon okay. Irgendwann muss ich ja ...«, sagte Pip.

Keiner rührte sich.

»Ist wirklich alles gut, versprochen.« Pip drückte den Stapel Teller, den sie noch immer in den Händen hatte, ihrer Schwester in die Hand. »Würdet ihr uns bitte mal fünf Minuten alleine lassen?«

Als die Charteris-Damen sich zurückgezogen hatten, machte Nancy schließlich den Mund auf.

»Wenn der Berg nicht zum Propheten kommt, muss der Prophet wohl ins gottverdammte Cornwall kommen«, sagte sie und lachte hohl.

»Du hättest nicht extra herzukommen brauchen, Nancy ...«

»Was soll ich denn machen, wenn du keinen einzigen meiner Anrufe annimmst und nie zurückrufst?«

Sie meinte das sicher versöhnlich, aber es klang doch ziemlich aggressiv.

»Ich hatte ziemlich viel um die Ohren, weißt du ...«, entgegnete Pip vorsichtig. »Ich musste mich um so viele Dinge kümmern, die ... na ja, die wichtiger waren ...«

Nancy und Dan sahen einander an. Offenbar hielten sie beide das für eine lahme Ausrede.

»Vielleicht ...«, sagte Dan. »Aber wir ...« Er hielt inne und nahm demonstrativ Nancys Hand. »Nancy und ich, wir dachten, es wäre an der Zeit, ein paar Dinge zu klären.«

Balthazar wartete schon, als Judy, Viola und Susan mit den leeren Tellern zurückkamen. Er war in der Zwischenzeit in Pops Cottage gewesen und hatte ein paar Flaschen von seinem Weingut in Spanien geholt, damit sie gemeinsam davon kosten konnten. Als er die Gläser verteilte, sah er sich suchend um.

»Wo ist Pip?«

Er bemerkte den Blick, den Judy und Susan wechselten.

Viola antwortete, und ihr spöttisches Grinsen verriet alles.

»Wir haben noch mehr überraschenden Besuch bekommen ...«

Pip setzte sich im Hof an den Tisch, an dem sie noch vor zehn Minuten die Juroren der St.-Wastrell-Brauerei und der Herbstmesse mit flaschengegärtem Apfel-Schaumwein bewirtet hatte. Flasche Nummer einundzwanzig war noch halb voll. Normalerweise behielt Pip lieber einen kühlen, nüchternen Kopf, wenn es um Herzensangelegenheiten ging, aber hier und jetzt hielt sie es für angenehmer, sich ein wenig zu betäuben.

Gott sei Dank hatte der Anblick der beiden zusammen ihr nicht so verdammt wehgetan, wie sie erwartet hatte. Im Gegenteil – sie war überrascht, wie relativ kalt es sie ließ, Dan wiederzusehen. Kein Herzrasen, keine Schmetterlinge im Bauch ... Eigentlich empfand sie nur Unbehagen. Fast so, als hätte sie Verdauungsprobleme.

Vielleicht würde es helfen, wenn sie mal rülpste – nicht zuletzt, um das extrem unangenehme Schweigen zu brechen.

»Drink?«, fragte sie schließlich stattdessen und gestikulierte mit der Flasche.

Beide nickten unbeholfen.

Pip schenkte drei Gläser ein.

Zwei schob sie zu ihnen hin, eins nahm sie und prostete ihnen damit zu.

»Zum Wohl.«

Die beiden nahmen ihre Gläser, tranken aber nicht sofort, sondern sahen Pip dabei zu, wie sie mit einem Zug das ihre halb leerte.

Dann zog Nancy einen Stuhl heran, ließ sich darauf sinken, lehnte sich nach vorn und sah Pip ziemlich ernst an.

»Ich musste herkommen, Pip. Ich hatte wirklich keine Lust, aber auch keine andere Wahl. Es macht mich vollkommen fertig, dass du stinksauer auf mich bist.«

Pip seufzte schwer. »Ich bin nicht stinksauer auf dich.«

»Und warum gehst du dann nicht ans Telefon, wenn ich anrufe? Warum rufst du nie zurück?«

Pip zuckte die Achseln. »Also, wenn ich ganz ehrlich bin, ich hatte einfach keinen blassen Schimmer, was ich sagen sollte.«

»Und jetzt? Jetzt, wo ich hier bin? Irgendetwas muss es doch geben, was du sagen willst ... über ... na ja, über uns, über Dan und mich ...?«

Wieder drückten die beiden sich einander ermutigend die Hände, sicherten sich mit einem Blick moralische Unterstützung zu und sahen dann wieder zu Pip.

»Ööh ...« Pip sah die beiden an. Erst Nancy, dann Dan, dann wieder Nancy.

Was wollte sie ihnen sagen?

In den ersten Stunden und Tagen nach dem Vorfall hätte sie ihnen jede Menge an den Kopf zu werfen gehabt, aber jetzt? Sie dachte lange nach. Dann fiel ihr nur eins ein:

»Herzlichen Glückwunsch?« Sie bemühte sich ehrlich, aufrichtig zu lächeln.

Doch Nancy runzelte sofort die Stirn und schüttelte den Kopf.

»Das ist nicht dein Ernst. Ich weiß doch, dass du ein ziemlich großes Auge auf Dan geworfen hattest ...«

Peinlich berührt sah Pip zu Dan, dem das offenbar gar nicht unangenehm war. Er nickte bloß zustimmend.

»Ich weiß, dass du gehofft hattest, zwischen euch würde sich mehr entwickeln ... Das hast du mir selbst gesagt.«

Das klang eher nach Vorwurf als nach Entschuldigung.

Aber wieso sollte sich Nancy auch dafür entschuldigen, dass sie sich verliebt hatte?, ging es Pip durch den Kopf. Wenn sie sich denn verliebt hatte ... Pip verkniff sich die Nachfrage und nickte.

»Ja, gut, also dann dachte ich vielleicht ...« Sie sah zu Dan. »Ich meine, wir haben uns prima verstanden ... oder? Und ich gebe zu, dass ich am Anfang ziemlich wütend war, als ich nach Hause kam und ... die Sushi-Szene ... Aber ehrlich gesagt, habe ich seither hier so wahnsinnig viel zu tun gehabt, dass ich überhaupt keine Zeit hatte, großartig darüber nachzudenken ...«

Das war ein Teil der Wahrheit, aber die beiden wollten das wohl nicht recht glauben. Also redete Pip weiter.

»Ich musste mich auf andere Dinge konzentrieren ... Dinge, die mir viel wichtiger waren, und das sagt doch schon einiges, oder? Und was ich hier und jetzt empfinde? Weißt du, Nancy, letztendlich bist und bleibst du meine Freundin, und ich möchte, dass du glücklich bist. Und wenn ihr beiden zusammen glücklich seid – na, dann ist das doch toll ... Ich weiß, dass du mir niemals absichtlich wehtun würdest.«

»Aber es hat dir wehgetan.«

»Na ja ...«

Was sollte sie darauf antworten?

»Ja« wäre schlicht und ehrlich gewesen, aber was sollte dieses Geständnis bringen? Niemandem wäre damit geholfen.

»Hör zu, wie ich bereits sagte: Wenn ihr beiden zusammen glücklich seid, dann ist das wunderbar, wirklich, und alles andere ist egal ...«, sagte Pip darum. »Und ja, ich hätte anrufen und dir das am Telefon sagen sollen, dann hättest du dir nämlich den weiten Weg sparen können. Aber manchmal braucht man eben etwas Zeit, bis man bestimmte Dinge wieder rational betrachten kann ... Und was ich gesagt habe, stimmt wirklich. Ihr glaubt ja gar nicht, wie viele Probleme ich am Hals hatte, es ist so viel passiert ...«

Pip verstummte. Warum glotzten sie sie immer noch so an? Jetzt meldete Dan sich wieder zu Wort.

»Hör mal, Pip, ich glaube, was Nancy sagen will, ist, dass wir auf keinen Fall möchten, dass jetzt alles irgendwie ... schräg ist. Wir sind doch Freunde, oder? Ich weiß, es gab da eine Zeit, in der ich vielleicht ...« Er verstummte und ließ sein Schweigen das ausdrücken, wofür ihm die Worte oder der Mumm fehlten.

Es gab da eine Zeit, in der er und sie mehr als Freunde hätten werden können. Genau genommen, hätte es sich nur noch um wenige Stunden gehandelt, bis sie übereinander hergefallen wären. Pip wusste es, er wusste es, Nancy wusste es.

»Nur, weil du und ich ...«, hob Pip an, verstummte dann aber auch wieder und kratzte sich am Kopf, während sie nach den richtigen Worten suchte. »Also, das hat ja offenbar nicht sein sollen, und ihr ...« – sie zeigte auf die beiden – »na ja, ihr beiden seid jetzt zusammen ... Also lassen wir es doch dabei, alle sind glücklich und zufrieden ...« Sie brach ab und bemühte sich wieder um ein aufrichtiges Lächeln, wobei sie dabei versehentlich ziemlich laut mit den Zähnen knirschte.

»Das heißt, du hast kein Problem damit, dass wir ... na ja, dass wir jetzt ein Paar sind? Es ist bloß, weil ... du und ich ... Also, im Moment wohnst du ja quasi gar nicht in Bristol, aber wenn du dann wiederkommst ... Also, was ich sagen will, ist, dass Dan bei uns einzieht. Ja, ich weiß, das hattest du schon mit ihm verabredet, aber ich meine, dass er *fest* einzieht, dass er *mit mir zusammenzieht* ... Und wenn du dann wiederkommst ... und du und Dan auch immer noch zusammen arbeitet ...«

Nancy hielt inne und sah zu Dan, der wieder beschützerisch ihre Hand ergriff.

Erst da begriff Pip, warum genau die beiden hier aufgetaucht waren. Sie machten sich Sorgen, sie würde bei ihrer Rückkehr nach Bristol eine Neuauflage von *Eine verhängnisvolle Affäre* starten, unschuldige Kaninchen abschlachten und allen auf ewig den Spaß an einem Wannenbad nehmen.

Da tauchte Emerald auf. Sie sprang auf den Tisch und beäugte kritisch die Gäste, die ihr geliebtes Frauchen so unglücklich machten. Offenbar erkannt das Tier Nancy wieder, denn es begrüßte sie mit einem flüchtigen Schwanzwedeln. Dan, der Hundeliebhaber, streckte automatisch die Hand nach dem hübschen vierbeinigen Wesen vor ihm aus. Emerald inspizierte ihn und schnupperte an seiner ausgestreckten Hand. Sie sprang auf seinen Schoß, verweilte aber nur so lange, wie sie brauchte, um ihre völlig verdreckten Pfoten an seiner sauberen Jeans abzutreten. Dann tappste sie zu Pip, richtete es sich auf deren Schoß gemütlich ein und sah die beiden herausfordernd und nicht eben freundlich an.

Dankbar schlang Pip die Arme um den Hund und legte das Kinn auf seinen Kopf. Manchmal kam es Pip vor, als könnte Emerald ihre Gedanken lesen.

Ach, hätte ich sie doch bloß schon längst angerufen und das alles mit Nancy besprochen. Dann würden wir jetzt nicht so blöd hier sitzen. Ein einfacher Anruf wäre doch viel leichter gewesen als diese Total-Konfrontation. Dann hätten sie nicht geglaubt, ich würde hier vor Wut kochen und fiese Rachepläne schmieden. Ach, hätte ich doch bloß mal angerufen!, ging es Pip durch den Kopf.

Tatsächlich löste der Anblick von Dan und Nancy zusammen in ihr nichts weiter aus als die Hoffnung, dass die beiden miteinander glücklich werden. Einen Stich versetzte ihr lediglich, dass die beiden ihr das einfach nicht glauben wollten.

Also versuchte sie es noch einmal.

»Nun glaubt es mir einfach. Wenn ihr beiden glücklich miteinander seid, dann ist das doch großartig, und ich freue mich für euch! Wirklich! Ich finde das toll. Und was Bristol angeht, da macht euch mal locker …« Sie hielt einen Augenblick inne und staunte selbst über die Worte, die nun aus ihrem Mund purzelten. Sie wusste auch nicht recht, wie das passieren konnte, aber sie wusste, dass sie jedes einzelne Wort genauso ernst meinte wie alles andere, was sie zuvor gesagt hatte. »Ich habe nämlich nicht vor, zurückzukommen. Ich habe mir das überlegt … Ich bleibe hier. In Cornwall. Bei meiner Familie.«

Doch trotz dieses recht dramatischen Geständnisses war keinerlei Entspannung in ihren Gesichtern zu erkennen.

»Das machst du jetzt aber bitte nicht nur wegen uns, ja?« Nancy runzelte die Stirn.

»Das ist nicht …«, hob Pip an, doch Dan fiel ihr ins Wort.

»Nancy hat recht, Pip. Du darfst wegen dieser Geschichte nicht dein ganzes Leben komplett umkrempeln. Ich kann mir vorstellen, wie enttäuscht du gewesen sein musst, wer hätte das gedacht, dass die Dinge sich so entwickeln, und es tut mir wirklich leid, es tut *uns* wirklich leid … Es tut mir leid, dass ich mich nicht für dich entschieden habe … Ich weiß … Ich glaube, wir hätten auch ganz gut zusammengepasst, aber … aber Nancy hat mich einfach umgehauen … Ich war vollkommen überrumpelt, es ging rasend schnell … Aber wenn es passt, dann passt es eben. Warum soll man sich dann lange sträuben?«

Es tut mir leid, dass ich mich nicht für dich entschieden habe. Alles, was sie bisher gesagt hatte, war bei ihnen offenbar zu einem Ohr rein- und zum anderen gleich wieder rausgegegangen. Nichts davon war hängen geblieben. Kein einziges Wort.

Sie überlegte kurz, vor Frust mit dem Kopf auf die Tischplatte zu hauen, begriff aber schnell, dass Nancy und Dan das nur als einen Akt der totalen Verzweiflung auffassen würden. Womöglich würden sie sich erst zufriedengeben, wenn sie sich endlich untröstlich darüber zeigte, dass Dan sich für Nancy statt für sie entschieden hatte.

Vielleicht würden sie dann gehen?

Zu Pips großer Erleichterung tauchte Balthazar auf und erwies sich wieder einmal als ihr Retter. Seine Stimme erfüllte den Hof.

»Hey, Bella Persicoria!«

Kaum sah Pip die beiden Männer – wenn auch nur für einen kurzen Moment – direkt nebeneinander, hielt sie auch schon die Luft an und fragte sich, wie sie beim Anblick von Balthazar eigentlich in Gedanken bei Dan hatte sein können. Neben dem strahlend schönen Balthazar war Dan nichts weiter als ein grauer Schatten. Ihr wurde ganz warm ums Herz, als sie ihn sah, und selbst Emerald, die sonst keine zehn Pferde von Pips Schoß bekommen hätten, sprang sofort auf und lief schwanzwedelnd auf ihn zu.

»Na, wo bleibst du denn, mein Mädchen?« Er nahm die kleine Hündin auf den Arm und ließ sich von ihr das Gesicht abschlecken. »Ich warte auf dich, die Party kann ohne dich nicht anfangen ...«

Pip stand auf. Und als wäre es die natürlichste Sache der Welt, setzte er Emerald ab, nahm Pip in den Arm, zog sie sanft an sich, küsst sie sachte auf die Stirn und fragte: »Willst du mich nicht deinen Freunden vorstellen?«

»Äh ...« Pip rang nach dieser intimen Geste um Fassung. »Nancy, Dan – das ist ... das ist ...« Wie sollte sie ihn denn bitte vorstellen? Als was? Als ihren Mieter? Freund? Den Retter der Familie?

Ehe sie es sich versah, nahm Balthazar ihr die Entscheidung ab. Er reichte den beiden die Hand und sagte:

»Ich bin Balthazar. Balthazar Rivera. Pips Verlobter.«

Schwer zu sagen, wer von ihnen am meisten überrascht war.

»Verlobter?«, stammelte Dan.

»Verlobter?«, wiederholte Nancy und vergaß dann, den Mund zu schließen.

»Verlobter ...«, wiederholte auch Pip und riss die Augen genauso weit auf wie Nancy, als sie Balthazar erstaunt ansah.

»Ja, Verlobter.« Balthazar ließ Pip los und blickte sie an. Aus seinen Augen blitzte der Schalk. Er lachte. »Ha, Pip, sieh sie dir an! Vollkommen baff, dass du verlobt bist. Hast du deinen Freunden denn gar nicht erzählt, dass die Party, von der sie dich gerade abhalten, unsere Verlobungsfeier ist?«

Er nahm Pip bei beiden Händen und zwinkerte ihr kaum merklich zu.

Pip befreite sich aus ihrer Erstarrung und strahlte ihn an.

»Ach, tut mir leid, Beau, mein Schatz!« Plötzlich war sie wieder allerbester Laune und musste sich beherrschen, nicht loszuprusten vor Lachen. »Selbstverständlich wollte ich es ihnen sagen, ich konnte es überhaupt nicht abwarten, es lag mir förmlich auf der Zunge, ich habe nur auf den richtigen Augenblick gewartet ...«

»Ihr seid verlobt? Richtig verlobt?« Nancy war völlig perplex.

Pip nickte und hoffte, Nancy würde ihr dümmliches Grinsen schierer Glückseligkeit zuschreiben und nicht dem Verlangen, laut loszuprusten.

»Ja, wir sind verlobt und wollen so schnell wie möglich heiraten«, erklärte Balthazar und strahlte sie selig an.

»Aber ... du hast ... kein Wort davon gesagt ...«, stammelte Nancy.

»Also, ich habe gesagt, dass ich nicht nach Bristol zurückkehren werde, und das ist einer der Gründe dafür ...«, improvisierte Pip, doch Balthazar schlang den Arm um ihre Taille.

»Aber wer ... Wer bist du überhaupt?« Nancys Frage klang ein bisschen rüpelhaft. Sie bildete sich immer noch ein, *alles* über Persicoria Charteris zu wissen. »Wie hast du ... Wann ...«

»Wie wir uns kennengelernt haben? Ach, das ist eine wahnsinnig romantische Geschichte! Kommt doch mit uns feiern, dann erzähle ich alles. Aber ja, es stimmt, wir kennen uns noch nicht sonderlich lange, aber ihr wisst ja, wie das ist, wenn die Liebe so unerwartet zuschlägt!« Entwaffnend lächelte Balthazar Dan und Nancy an. »Vor allem, wenn man einer so wunderbaren Frau wie Persicoria begegnet ... Ich wusste sofort, dass sie die Frau meines Lebens ist, und dass ich ganz schön blöd wäre, wenn ich sie wieder gehen lassen würde ...« Er bedachte Dan mit einem spitzen Blick und drückte Pip kurz feste an sich. »Die Frau hat mich einfach umgehauen ... Und wenn es passt, dann passt es eben. Warum soll man sich dann lange sträuben?«

– 32 –

Die Uhr auf Arandore schlug bereits elf, als Pip und Balthazar Arm in Arm am Tor zum Hofplatz standen und Nancy und Dan zum Abschied winkten. Die »Verlobungsparty« war beendet, und die Überraschungsgäste gingen zu ihrem Wagen. Pip grinste mit leichten Schuldgefühlen und entzücktem Staunen darüber, dass es ihnen tatsächlich gelungen war, in den vergangenen Stunden so mühelos ein derart himmelschreiendes Lügenspiel durchzuhalten.

Mit geradezu diebischem Vergnügen hatte Balthazar Dan und Nancy erzählt, wie er Pip kennengelernt hatte. Und dabei hatte er sich strikt an die Wahrheit gehalten: wie sie sich am See getroffen hatten, wie er das Cottage gemietet und der Familie dann bei der Herstellung des Ciders geholfen hatte. Weidlich ausgeschmückt hatte Balthazar seine Schilderung, als er bekannte, er habe den Blick nicht von Pip abwenden können, als sie aus dem Wasser gestiegen war. Aber sie sei eben nicht nur schön, sondern auch klug, witzig und liebenswürdig und überhaupt ein toller Mensch. Er habe sich spontan in sie verliebt, aber erst heute, nachdem die Juroren abgedampft waren, die Arbeit geschafft war und er nicht mehr gebraucht wurde, sei ihm klar geworden, dass er sich eine Zukunft ohne Pip schlicht nicht vorstellen könne. Sie sei seine große Liebe, sagte Balthazar, und so habe er ihr einen Heiratsantrag gemacht.

Die anderen hatten an dieser »Verlobungsgeschichte« so bereitwillig mitgesponnen, dass Pip angst und bange wurde.

Sogar einen »Verlobungskuchen« hatten sie irgendwo aufgetrieben. Das glückliche Paar musste ihn eigenhändig anschneiden, und Judy und Susan ließen es sich nicht nehmen, Reden zu schwingen – Judy über die »Macht der Liebe«, Susan über »die Kraft der Familie« – und bei beiden Frauen flossen reichlich Tränen.

Balthazar hielt dabei die ganze Zeit sanft, aber sehr bestimmt Pips Hand. Er lächelte ihr ermutigend zu, wenn er fürchtete, sie würde einknicken.

Und als Pip, zu ehrlich für diese Welt, schließlich mit der Wahrheit herausrücken wollte, hatte Nancy gerade schon ihren Abgang angekündigt.

»Ich dachte schon, die würden wir überhaupt nicht mehr los«, wisperte Pip erleichtert, als Dan seinen Wagen aufschloss. »Tut mir wirklich leid, Beau… Meine Familie hat nicht mehr alle Tassen im Schrank. Das war ja fast, als würden sie dieses Geflunker selbst glauben … Mum war ja schon drauf und dran, den Pfarrer zu holen und das Aufgebot zu bestellen …«

»Du brauchst dich nicht zu entschuldigen, ich hab doch damit angefangen …«

»Das stimmt allerdings …« Pip musste wieder lachen. »Balthazar Rivera, du bringst mich zum Staunen. Ich hatte dich eigentlich für einen ehrlichen Mann gehalten.«

»Bin ich auch, Ehrenwort …«, sagte er mit gespieltem Stolz und lächelte sie dann verschwörerisch an: »Meistens jedenfalls …«

»Was soll ich Nancy bloß sagen?« Pip schaute ihrer Freundin nach. Nancy hatte sich, das musste man ihr zugute halten, ehrlich für sie gefreut, nachdem sie die Neuigkeit einmal verdaut hatte. »Die denkt doch jetzt, ich wäre im siebten Himmel …«

»Wir können ihnen eine hochdramatische Trennung servieren, wenn du möchtest.« Balthazar lachte unbekümmert. »Du sagst ihnen einfach, ich wäre so total in dich verknallt gewesen, dass du fast erstickt wärst, ich wäre besitzergreifend und eifersüchtig und hätte dich in deinen eigenen Weinkeller sperren wollen, um dich ganz und gar für mich zu haben, und da musstest du mir den Laufpass geben, sonst wärst du komplett ausgetickt … aber du könntest mich jederzeit wiederhaben, brauchtest bloß mit dem Finger zu schnippen …« Balthazar schaute sie an. »Und schon wäre ich wieder da.«

Pip erwiderte seinen Blick.

»Danke«, sagte sie nach einer kurzen Denkpause.

»Sehr gern geschehen.« Und dann fasste er mit sanfter Hand ihr Kinn, hob ihr Gesicht und murmelte: »Sie gucken immer noch, vielleicht sollten wir ihnen noch ein kleines Andenken mit auf den Weg geben …«

»Was denn zum Beispiel?« Pips Stimme war plötzlich ungewohnt heiser. Sie ahnte, was er meinte.

Als sie die Augen schloss, senkte er den Kopf und küsste sie lange und zärtlich.

»Gucken sie immer noch?«, fragte sie atemlos, als Beau schließlich ihre Lippen freigab.

»Nein …«, erwiderte er leise und küsste sie noch einmal.

Als die Uhr auf Arandore elf schlug, geschah noch mehr: Judy machte Gypsy versuchsweise den Vorschlag, ins Bett zu gehen und staunte nicht schlecht, als ihre Jüngste dieser getarnten Aufforderung ohne einen Mucks nachkam. Höflich verteilte sie Gute-Nacht-Küsse in der Runde und zog dann, wie ein Honigkuchenpferd grinsend, ins Haus ab. Dort kuschelte sich Gypsy mit Persicoria und Eddie ins Bett und wärmte sich an den Hunden und an ihren beiden wunderbaren Geheimnissen, als wären es Schmusedecken.

Niemand hatte mitgekriegt, dass sie, während Pip mit Nancy und Dan gesprochen hatte, die ganze Zeit unter dem Tisch gehockt hatte. Sie hatte die gesamte Unterhaltung mit angehört, auch Pips Erklärung, dass sie auf Arandore bleiben würde.

Und niemand wusste, dass der sonderbare und ziemlich ekelhafte Gestank, der sich später, auf halbem Wege nach Exeter, in Dans Auto auszubreiten begann, einer Portion Hühnerkacke zu verdanken war, die sie höchstselbst in die Luftschlitze von Dans Motorhaube geschmiert hatte …

Weiterhin beschloss, als die Uhr elf schlug, eine sturzbesoffene Schar von Freunden und Verwandten, dass es jetzt wirklich Zeit sei, ins Bett zu gehen. In der allgemeinen Weinseligkeit fiel niemandem weiter auf, dass das »glückliche Paar« nicht an die Festtafel zurückgekehrt war.

Vielmehr lag Pip – die rationale Pip, die nie etwas überstürzte und sehr wohl wusste, was ihrer Mutter zugestoßen war und wie ihr erster Beau verschwunden war, beim ersten Schlag des Zwölf-Uhr-Läutens in Balthazars Bett, ja, in Balthazars Armen. Mit jedem Glockenschlag wuchs ihr Vergnügen, sie schwelgte in einem lustvollen Crescendo, bis sie vor Wonne zerschmolz. Pip war heilfroh, dass sie ausnahmsweise einmal alle Vorsicht hatte sausen lassen, dass sie ihrem Herzen gefolgt war und ihrer Libido freien Lauf gelassen hatte. Sie war Balthazar zu seinem Cottage und in sein Schlafzimmer gefolgt und hatte es genossen, sich von ihm langsam ausziehen und jedes neu enthüllte Fleckchen Haut mit Küssen bedecken zu lassen, bis sie eng umschlungen auf sein Bett gesunken waren.

Und als er innegehalten und lächelnd gewispert hatte: »Oder wollen wir lieber bis nach der Hochzeit warten?«, da hatte Pip nur geseufzt und ihm mit einem Kuss den Mund verschlossen.

– 33 –

Balthazar wachte früh auf. Er drehte sich um und betrachtete die schlafende Pip, ihr schönes Haar, das seidig auf dem Kissen lag, ihr friedlich ruhendes, schönes Gesicht.

Er jauchzte innerlich vor Freude über ihren Anblick und vor Staunen über die seltsam verschlungenen Wege, die das Leben einem manchmal wies.

Hier so mit ihr zu liegen, war nicht der Grund, nicht das Ziel seines Kommens gewesen. Und doch war es ihm vom ersten Augenblick an unausweichlich erschienen.

Er wollte sie gerade zärtlich an sich ziehen, als sein Handy auf dem Nachttisch vibrierte. Pip regte sich, drehte sich dann aber um und schlief weiter. Ihm war klar, worum es gehen musste, wenn jemand ihn um diese Uhrzeit anrief.

Blitzschnell war Balthazar auf den Beinen und huschte ins Nebenzimmer, wo er gedämpft in seiner Muttersprache redete.

Das Telefongespräch war kurz.

Mit raschen, lautlosen Bewegungen schnappte er sich aus dem Schrank im Gästezimmer eine Tasche, warf alles hinein, was er brauchte, und kehrte dann ins Schlafzimmer zurück, wo Pip immer noch schlief.

Eigentlich hatte er vorgehabt, sie zu wecken, doch nun zögerte er. Sie würde Fragen stellen, die er im Moment nicht beantworten wollte.

Und so ging er ins Wohnzimmer hinunter, durchstöberte die Schubladen der alten Kommode, bis er Papier und einen Stift fand, und schrieb ihr eilig eine Nachricht. Als er wieder ins Schlafzimmer kam, konnte er nicht anders, er beugte sich über Pip und küsste sie sanft auf die Stirn, bevor er den Zettel neben ihr auf das Kopfkissen legte. Dann riss er sich los, rannte nach unten, griff sich Mantel und Autoschlüssel und verschwand.

In der Eile und weil er Pip nicht wecken wollte, hatte Balthazar die Haustür nicht richtig zugemacht.

Als Pip aufwachte, fand sie statt Balthazar die lang ausgestreckte, schnarchende Persicoria neben sich im Bett vor.

Sie stutzte. Ein Hundegesicht hatte sie nun wirklich nicht auf dem Kissen neben sich erwartet.

Sie räkelte sich. Lächelte. Lachte innerlich, genüsslich-verschämt.

Vielleicht duschte er gerade? Aber sie hörte kein Wasserrauschen ... dann war er wohl in der Küche?

In ihrer Seligkeit empfand sie nicht das geringste Bedürfnis, das warme Bett zu verlassen, und beschloss, an Ort und Stelle Beaus Rückkehr abzuwarten.

Und so wartete sie ab. Und wartete. Und wartete.

Im Haus war es mucksmäuschenstill.

Schließlich stand Pip doch auf. Sie fröstelte in der kühlen Herbstluft und zog den langen Pullover über, den Balthazar am Abend getragen hatte, und verließ das Schlafzimmer.

Unten an der Treppe rief sie nach ihm.

Die einzige Antwort kam von Persicoria, die mit einem Satz aus dem Bett auf den Boden sprang, dass die Holzdielen unter ihren Pfoten wummerten, und dann oben an der Treppe erschien und erwartungsvoll zu ihr hinuntersah.

»Beau?«, rief Pip wieder.

Alles blieb still.

Sie ging wieder nach oben, um sich anzuziehen, und bemerkte durch das Fenster auf dem Treppenabsatz, dass sein Wagen nicht da war.

Wie vom Donner gerührt blieb sie stehen.

Das konnte ja wohl nicht wahr sein.

Er war weggefahren?

Nur Gypsy wusste, dass Pip die Nacht nicht in ihrem Zimmer verbracht hatte. Als Emerald, die doch sonst bei Pip schlief, etwas ärgerlich zu den anderen Hunden in ihr Bett geschlüpft war, hatte Gypsy sich auf Erkundungstour begeben und dabei einen Blick durchs Fenster in Balthazars Schlafzimmer riskiert. Was sie sah, ließ sie hochentzückt loskichern. Schnell war sie in ihr eigenes Zimmer zurückgehuscht, um ihren vierbeinigen Vertrauten eine weitere wichtige Neuigkeit mitzuteilen.

Obwohl Gypsy fremde Geheimnisse sonst gut für sich behalten konnte, plauderte sie am Morgen beim Frühstück alles aus.

»Pip geht nicht zurück nach Bristol …«, verkündete sie mit vollem Mund.

Schlagartig wurde es still in der Küche.

»Wie meinst du das?«, fragte Viola.

»Wie ich's gesagt habe. Sie geht nicht wieder weg. Sie will hierbleiben. Hier wohnen.« Die Stille am Tisch verstörte sie. »Jedenfalls hat sie das gesagt, zu Nancy und zu diesem Mann, der … also, ich hab gehört, wie Pip Viola erzählt hat, dass Nancy Sushi aus seinem Bauchnabel gefuttert hat … Aber Viola, warum hat Nancy das denn bloß gemacht? Ist doch eklig, oder?«

Viola verschluckte sich an ihrem heißen Tee, errötete und schaute gequält zu ihrer Mutter.

»Äh … vielleicht hatten sie ja keine sauberen Teller mehr …«, improvisierte Judy. »Aber ich würde das nicht empfehlen, mein Schatz, dann hat man hinterher doch überall … aber was wolltest du sagen, bist du sicher, dass deine Schwester das wirklich so gemeint hat?«

Gypsy verteilte den restlichen Kuchen, von dem sie gerade gegessen hatte, an Eddie und Emerald, die in der Hoffnung am Herd saßen, es könne doch noch etwas Interessanteres für sie abfallen als Hundefutter. Dann nickte sie überzeugt.

»Das hat sie wörtlich gesagt: Ich bleibe hier. In Cornwall. Bei meiner Familie.«

Die Familie schwieg.

Als Erste rührte Viola sich wieder. Sie sprang vom Tisch auf, boxte in die Luft und rief.

»JA!!! Sie bleibt zu Hause!«

»Aber sie muss das auch wirklich wollen, Viola …« Nervös bemühte Judy sich, die Erregung ihrer Tochter zu dämpfen und nicht selbst vor Freude auf dem Tisch zu tanzen.

»Ganz genau.« Susan, die unter dem Tisch beide Daumen drückte, nickte heftig. »Sie muss es wirklich selbst wollen. Wir können nicht von ihr erwarten, dass sie hierbleibt, wenn sie das nicht wirklich will …«

»Aber sie hat's doch gesagt …«, beharrte Gypsy ungerührt.

»Ja, aber vielleicht hat sie das auch nur im Eifer des Gefechts zu Nancy und Dan gesagt und es eigentlich gar nicht so gemeint.«

»Doch.«

»Wie kannst du dir da so sicher sein?«

Feierlich blickte Gypsy sich in der Runde um.

»Weil Pip nie was sagt, was sie nicht so meint.«

Das war die Wahrheit, und alle nickten bestätigend.

»Und außerdem …«, fügte Gypsy hinzu, »weil sie doch jetzt mit Balthazar zusammen ist … und der wohnt die nächsten fünf Monate in Pops Cottage, also bleibt Pip nicht nur wegen uns, sondern auch wegen ihm …«

»Ach, Gyps!« Judy schenkte ihrer Tochter ein mildes Lächeln. »Weißt du, er und Pip haben gestern Abend doch nur so getan, wir wollten Nancy einen Streich spielen …«

»Aha.« Gypsy runzelte die Stirn und zog einen Schmollmund, »und warum haben Pip und Balthazar sich dann gestern Nacht in seinem Schlafzimmer geküsst?«

Vier Münder standen immer noch sperrangelweit offen, als Pip die Küche betrat. Sie trug die gleichen Klamotten wie am Vortag, und ihr allgemeines Aussehen ließ erahnen, dass Schlafen nicht die einzige Aktivität der vergangenen Nacht gewesen war.

Am liebsten hätten sie alle spontan Beifall geklatscht, aber sie hielten sich zurück.

Das allgemeine Grinsen war allerdings etwas verräterisch.

Pip errötete nicht nur, sie lief knallrot an.

Wenn man bedachte, dass sie über eine Stunde auf Beaus Rückkehr gewartet und sich zunehmend Sorgen gemacht hatte, nur um dann festzustellen, dass nicht nur sein Wagen weg war, sondern er auch eine Tasche gepackt haben musste, war es schon erstaunlich, dass keine Rauchwölkchen von ihrem Kopf aufstiegen.

»Hat jemand von euch Balthazar gesehen?«

Diese Frage hätte sie ihrer Familie in diesem Moment besser nicht stellen sollen. Alle Blicke richteten sich auf Gypsy.

»Ja, könnte man so sagen ...«

»Vielleicht ist er kurz los, um was für euer Frühstück im Bett zu besorgen ...«

»Oder um einen Verlobungsring zu kaufen ...«

»Oder er ist schnell beim Pfarrer, um die Kirche zu buchen ...«

Während die anderen sie foppten, ließ Pip sich wortlos und mit versteinerter Miene auf den Stuhl am Kopfende des Tisches sinken.

»Was ist denn los, Pip?«, fragte Judy mit sorgenvoller Miene.

Pip erwiderte ihren Blick, und für einen Moment war es Judy, als sehe sie ihr eigenes Spiegelbild ... an dem Morgen, als Raphael verschwand.

»Die Frage war ernst gemeint«, wisperte Pip mit rauer Stimme. »Hat jemand Beau gesehen? Er ist nämlich weg.«

Während sich alle um Pip scharten, bemerkte niemand, wie Persicoria durch die offene Küchentür hereintappte und sich auf die Matte am Herd plumpsen ließ, wo auch schon Emerald und Eddie lagen. Ergo fiel auch niemandem auf, dass die Hündin vergnügt auf einem inzwischen ziemlich lädierten Stück Papier herumkaute. Von der Nachricht, die einmal darauf gestanden hatte, waren nur noch drei kleine, komplett durchweichte Wörter zu entziffern:

»Tut mir leid ...«

– 34 –

»Was meinst du, kommt sie raus?«

Judy wartete zusammen mit den anderen vor Pips Tür darauf, dass Pip endlich wieder ihr Zimmer verließ.

Ein merkwürdiger Rollentausch für Judy.

Gestern Abend, kurz vor dem Essen, hatte ihre älteste Tochter sich verkrochen, nachdem sie praktisch den ganzen Tag lang die Einfahrt beobachtet hatte. Sie hatte erklärt, sie habe keinen Hunger und müsse Schlaf nachholen, und war resigniert und mit Emerald in der Gefolgschaft in ihr Zimmer verschwunden.

Dort hatte Pip sich aufs Bett fallen lassen und die Zimmerdecke angestarrt. Als sie damit fertig war, dachte sie: Das alte Lied. Ich warte auf jemanden, der einfach verschwunden ist.

Damals hatte sie gehofft und gebetet, dass es nie wieder passieren möge.

»Wo ist er, Emerald? Warum ist er einfach so abgehauen? Aber vor allem: Kommt er wieder? Und kannst du mir mal sagen, warum er ohne ein Sterbenswörtchen weggefahren ist? Wo wir doch …« Erschrocken riss Pip die Augen auf. »Oder war es gerade, weil wir … ach herrje«, stöhnte sie und schlug sich die Hände vors Gesicht, »ist er deswegen weg … weil wir im Bett gelandet sind?«

Emerald schwieg und tat das Einzige, was ihr möglich war: Sie kuschelte sich an Pip und gab ihr einen dicken Hundeschmatzer.

Pip schlang die Arme um die kleine Hündin und vergrub das Gesicht in deren dichtem, warmem Nackenfell.

Sie sog etwas von der unendlichen Ruhe und Vernunft ein, die das Tier ihr in seiner bedingungslosen Liebe entgegenbrachte.

Und sie versuchte, sich an das zu erinnern, was Balthazar gesagt hatte, nachdem er das letzte Mal fortgewesen war: »Nicht alle Männer brechen ihre Versprechen.«

Aber beim letzten Mal hatte er ihr ja tatsächlich versprochen, wiederzukommen, und sie hatte gewusst, warum er weggefahren war und wohin. Er war nicht einfach wortlos verduftet.

Diesmal hatte er ihr nichts versprochen, sich nicht mal von ihr verabschiedet. Er hatte einfach seine Tasche gepackt und sich verkrümelt.

Pip fielen so viele mögliche Gründe ein.

Vielleicht war er verheiratet.

Auf einmal kriegte sie beim Gedanken an ihre gemeinsame Nacht ein richtig schlechtes Gewissen.

Was wusste sie denn von ihm?

Vielleicht waren die Frau und die vier kleinen Kinder doch kein Scherz gewesen.

»So ein Quatsch, Pip«, sagte sie laut, und Emerald nickte, als wolle sie zustimmen.

Vielleicht war etwas Schreckliches passiert.

Ging es ihm gut?

War er losgefahren, um bloß schnell etwas zu besorgen, und auf dem Heimweg irgendwie im Fluss gelandet? Um Gottes willen!

»So ein Quatsch, Pip!« Diesmal sagte sie es etwas energischer.

Vielleicht hatte sie etwas an sich, das die Männer veranlasste, sich in Luft aufzulösen, nachdem sie mit ihnen geschlafen hatte.

»Schluss jetzt mit diesem Quatsch!« Pip setzte sich kerzengerade auf und fegte dabei fast Emerald neben sich vom Kissen.

»Er muss einen sehr guten Grund gehabt haben.« Wieder sprach Pip laut. Ihre Stimme klang bemerkenswert sicher und ruhig, obwohl ihr Herz Purzelbäume schlug. »So gründlich kann ja wohl selbst ich mich nicht in einem Mann irren ...« Pip schaute Emerald in die Augen.

»Manchmal muss man eben einfach Vertrauen in einen Menschen haben ...«, sagte sie energisch.

Emerald seufzte dankbar. Hätte sie sprechen können, dann hätte sie ihrem Frauchen genau diesen letzten Satz gesagt.

Pip legte sich wieder hin.

Ohne den Körperkontakt mit Pip aufzugeben, gönnte Emerald sich eine bequemere Lage. Sie schloss die Augen, öffnete sie aber kurz darauf wieder, um sicherzugehen, dass Pip diesen Hinweis verstanden und es ihr nachgemacht hatte. Dann endlich überließ sie sich dem Schlaf.

Jetzt zeigte sich, dass die anstrengenden letzten Wochen auch ihr Gutes hatten: Für eine weitere schlaflose Nacht war Pip viel zu müde. Minuten später schnarchten Frauchen und Hund.

Am nächsten Morgen verschlief Pip – zum ersten Mal seit ihrer Ankunft auf Arandore.

Als sie sah, wie spät es war, sprang sie eilig aus dem Bett. Sie riss die Zimmertür auf, worauf ihre ganze Familie ihr entgegenpurzelte.

Pip schaute zu, wie sie ineinander verknäult auf dem Fußboden herumzappelten.

»Manchmal muss man eben einfach Vertrauen in einen Menschen haben«, sagte sie zu ihren strampelnden Lieben, bevor sie schnell an ihnen vorbeihuschte, um die Erste unter der Dusche zu sein.

Das große Erntefest dauerte drei Tage – Freitag, Samstag und Sonntag. Gleich am ersten Tag sollten die Gewinner des Künstler- sowie Brau- und Kelterwettbewerbs gekürt werden.

Heute war es so weit. Die Siegerehrung sollte um zwölf Uhr mittags stattfinden.

Sie hatten eine Stunde Zeit, um ihren Stand aufzubauen.

Alle Teilnehmer an den Wettbewerben des Tages hatten eine Fläche in der großen Mehrzweckhalle des Ortes zugewiesen bekommen, auf der sie ihre Produkte ausstellen konnten.

Pip und Beau hatten bereits gemeinsam skizziert, wie sie ihren Cider präsentieren wollten, und deswegen war es noch sonderbarer, noch schmerzlicher, dass er nun nicht dabei war.

Aber wie immer schob Pip ihre Gefühle beiseite und nahm die vor ihr liegende Aufgabe in Angriff.

Beau hatte ganz auf ökologische Einfachheit setzen wollen.

Der Charteris-Cider, so sein Argument, sei im Grunde aus nur zwei Komponenten entstanden: den Äpfeln, die die alten Bäume hervorgebracht hatten, und dem unermüdlichen Bestreben der Familie, diese Früchte in ein köstliches Getränk zu verwandeln.

Während andere Stände mit allem möglichen Firlefanz aufgepeppt worden waren und einer sogar tanzende Bierflaschen präsentierte, stellten Pip & Co. einfach die Flaschen Nummer zwanzig bis zehn auf, einzig unterbrochen von einem bezaubernden Familienfoto, auf dem sie nach vollbrachter Ernte stolz Arm in Arm zwischen alten, knorrigen Bäumen und vielen Fässern voller Arandore-Äpfeln standen. Einige der Äpfel waren jetzt süß duftend auf ihrem Tisch aufgestapelt, fein säuberlich mit Namensschildchen.

Pear Apple, Lord of the Isles, Collogett Pippin, Camelot, Golden Harvey, Crab Apples.

Die Konkurrenz war groß. Die Auszeichnung war in der ganzen Gegend sehr begehrt, und es gab zahlreiche Mitbewerber, darunter mehrere aus Gallant selbst.

Auch Major Jenson versuchte sein Glück. Er hatte ein schönes bernsteinbraunes Bier gebraut, das wunderbar süß schmeckte. Aber gerade darum und weil es exakt die gleiche Farbe hatte wie Beaus Augen, geriet die stoische Pip ein bisschen ins Wanken, als sie es probierte. Sie verbarg es gut, doch Judy bemerkte es trotzdem.

»Ach, ich habe meine Strickjacke vergessen, die bringt mir doch immer Glück!«, rief sie laut.

»Eine Strickjacke als Glücksbringer?« Susan runzelte die Stirn, denn es wäre ihr neu gewesen, dass Judy etwas dergleichen besaß.

Judy rollte wild mit den Augen, um ihre Schwester zum Schweigen zu bringen.

»Doch, doch, meine Glücksjacke, ohne die klappt das alles nicht, und außerdem«, sie tat, als würde sie frösteln, »wird es mir hier drinnen ein bisschen kalt ... Pip, könntest du vielleicht schnell nach Hause fahren und sie für mich holen? Sei ein Engel – ich würde ja Gypsy schicken, aber gleich wird der Preis für die Nachwuchskünstler vergeben, und mit dem Auto bist du viel schneller …«

»Klar.« Pip wusste ebenso gut wie Susan, dass es keine Glücksjacke gab, aber sie dankte ihrer Mutter innerlich für diesen Vorwand, schnell nach Hause flitzen zu können und zu gucken, ob …

Doch als sie auf Arandore ankam, war von Beau immer noch nichts zu sehen. Emerald saß geduldig auf der Hofmauer und hielt die Stellung.

Obwohl Pip sich fest vorgenommen hatte, vernünftig und stark zu sein, wurde ihr jetzt das Herz schwer.

Ganz gleich, weshalb er plötzlich verschwunden war, sie war überzeugt gewesen, dass er rechtzeitig wieder da sein würde. Dass er neben ihr stehen würde, wenn die Jury kam.

Die große Uhr zeigte an, dass die Preisrichter in genau zwanzig Minuten ihren Rundgang beginnen würden.

Vielleicht war er schon dort?

Pip beugte sich hinunter und küsste Emerald auf die feuchte schwarze Schnauze.

»Drück uns die Daumen, Süße.«

Mit der ersten Strickjacke, die ihr im Kleiderschrank ihrer Mutter zwischen die Finger gekommen war, kehrte Pip in die Halle mit den Ständen zurück. Pflichtschuldig streifte Judy sich das löchrige alte Teil über ihre hübsche Bluse. Gypsy umklammerte stolz die Siegerschleife, die sie für ihre Zeichnung von Evangeline als Medusa erhalten hatte.

»Unsere liebe Barbara Wingrove war Preisrichterin bei den Kindern«, erklärte Judy und zeigte auf eine der netteren Nachbarinnen. »Sie ist auch kein großer Fan von Evangeline Whitehead … Du hättest mal sehen sollen, wie sie sich das Lachen verbeißen musste, als sie Gypsys Zeichnung sah!«

»Und ich hab auch noch eine Riesentüte mit Süßigkeiten gewonnen, Pip!«, rief Gypsy aufgeregt.

»Und du hast gewonnen, weil du es verdient hast, mein

Schatz.« Pip bückte sich, um ihre kleine Schwester in die Arme zu nehmen. »Deine Zeichnung ist genial, aber das nächste Mal nimmst du lieber keine Einheimischen als Motiv, okay?«

»Na gut.«

»Vielleicht solltest du das auch dem Sieger bei den Erwachsenen sagen?« Grinsend stupste Susan Pip an, um sie auf das Siegergemälde des Wettbewerbs aufmerksam zu machen, vor dem sich gerade eine ansehnliche Menschenmenge versammelte.

Das Bild trug den Titel »Aphrodite« und stammte von Anthony Geddes, der in dem kleinen Ort so etwas wie eine Berühmtheit war.

Von der Schönheit der Pinselstriche bezaubert, hatte Barbara Wingrove das Gemälde nur wenige Minuten betrachtet, bis sie ihre rote Siegerschleife an den verschnörkelten Goldrahmen heftete. Den restlichen Dorfbewohnern allerdings war mehr das Motiv des Ölgemäldes aufgefallen.

Eine junge Frau war darauf zu sehen, die nackt vor einem hohen Spiegel stand, eine Orchideenblüte im langen blonden Haar. Ihr Körper, schlank und wohlgeformt, war dem Spiegel zugewandt, sodass das Gesicht und die vollen Brüste der Frau nur zu erahnen waren.

Ein umwerfendes Bild, das facettenreiche Kommentare von »peinlich und geschmacklos« über »empörend« bis zu »hervorragend und unübertrefflich« provozierte.

Reverend Felice hatte es an diesem Vormittag fast übermenschliche Kraft gekostet, den Blick von diesem Teufelswerk abzuwenden. Er hätte das Gemälde am liebsten nicht zur Ausstellung zugelassen, weil es sich bei der Herbstmesse schließlich um eine Veranstaltung für die ganze Familie handelte. Aber seine Frau Hilary bemühte sogar die Bibel, um dem Bild zu seinem Recht zu verhelfen. Adam und Eva seien schließlich auch nicht in Tweed rumspaziert. Mit Nägeln im Mund und einem Hammer in der Hand hatte sie sich trotzig daran gemacht, das Bild auf dem besten Platz an der Stirnseite der Dorfhalle aufzuhängen.

»Wenn Gott gewollt hätte, dass wir Kleidung tragen, dann wären wir in Anzügen und Stiefeln zur Welt gekommen«, hörte Pip sie gerade mit lauter Stimme zu Felicity Jenson sagen.

»Und Hilary wäre im Tweedkostüm und Pumps und mit einem Perlenkettchen um den Hals geboren ...«, flüsterte Susan. »Pass auf, gleich lässt sie aus Solidarität noch alle Hüllen fallen. Aber weißt du was? Ich habe das dumpfe Gefühl, dass wir da den blanken Allerwertesten einer Frau betrachten, die wir kennen.«

»Das versuchen wir ja gerade rauszukriegen ... wer könnte das bloß sein?« Bridget war gekommen, um die Charteris-Damen anzufeuern, obwohl ihr Vater selbst am Brau- und Kelterwettbewerb teilnahm. Sie schleifte eine ziemlich störrische Flora am Handgelenk zum Bild hinüber. »Irgendwie sieht sie aus, als würde ich sie kennen – nein, nein, woher sollte ich denn eine nackte Frau kennen, aber wahrscheinlich ist sie doch von hier ... was meinst du, Flora?« Mit zusammengekniffenen Augen versuchte sie, den Teil des Gesichtes zu identifizieren, der im Spiegel noch zu sehen war.

»Die Frau auf dem Bild? Ich wette, das ist Louisa Trehayle aus dem Coffee-Shop in Quinn«, brummelte Flora, während sie hinter dem Rücken die Finger kreuzte. »Die hat doch schon immer eine Schwäche für Anthony gehabt.«

»Aber das ist nicht Louisas Hintern.« Bridget legte den Kopf schräg. »Louisas Po ist mindestens zweimal so breit wie der hier auf dem Bild.«

»Das wäre meiner auch, wenn ich in dem Café arbeiten würde ... hast du mal ihre Zitronentarte probiert?« Flora kannte Bridgets Schwächen und beobachtete, wie ihrer Freundin schon beim Gedanken daran das Wasser im Mund zusammenlief. »Also, ich finde, wir sollten mal schnell rübergehen und gucken, ob es dieses Jahr einen Kuchenstand gibt. Letztes Jahr hat jemand ein ganzes Blech Karamell-Shortbread gespendet, das war so was von oberlecker ...«

Flora hatte ihr Ziel erreicht und Bridgets Aufmerksamkeit auf etwas anderes gelenkt. Leider war es ihr nicht möglich gewesen, parallel noch ein zweites Ablenkungsmanöver durchzuführen …

»Also, das ist ja wohl …« Judys echauffierte Stimme klang durch die Halle. Bisher hatte sie sich auf Gypsys Preis konzentriert, aber jetzt wollte auch sie sehen, wieso eine solche Unruhe entstanden war.

Susan lächelte verblüfft.

»Ausgerechnet du machst einen auf prüde? Das ist doch bloß eine nackte junge Frau.«

»Nein, eben nicht. Das ist eine nackte junge Frau, die uns allen verdammt bekannt vorkommt …«, murmelte Pip und sah ihrer verwunderten Mutter ins Gesicht.

»Wie könnt ihr denn so was sagen? Man kann ihr Gesicht doch gar nicht sehen …«, meinte Bridget und kam wieder näher.

Da drehte Judy sich um und rief mit einer Stimme, die das Schwatzen und Lachen in der Halle übertönte:

»Viola!«

Viola diskutierte gerade am Stand mit den Second-Hand-Kleidern darüber, ob das Designerlabel der gebrauchten Lederhandtasche, die Major Jensons Schwester Maria gestiftet hatte, wirklich vierzig Pfund von ihrem hart erarbeiteten, soeben ausgezahlten Lohn wert war. Nun kam sie mit trotziger Miene angeschlendert, die Hände stur in die Taschen gestemmt.

»Was ist?«

Judy sagte nichts, sie deutete nur auf das Gemälde, genauer gesagt auf das herzförmige Muttermal, das ziemlich deutlich auf dem linken Oberschenkel des Modells zu erkennen war.

»Du hättest eigentlich wissen müssen, dass ich dich daran sofort erkennen würde …«

Viola seufzte tief und verdrehte die Augen.

»Du willst mir doch jetzt nicht im Ernst wegen so einem Scheiß einen Vortrag halten?«

Aber Judy schüttelte den Kopf.

»Schatz, das ist ganz und gar kein Scheiß …« Und dann überraschte Judy alle damit, dass sie plötzlich übers ganze Gesicht strahlte und Viola in die Arme schloss. »Das ist ein Meisterwerk, ich bin so stolz auf dich … meine Tochter, die Muse. Wo ist Anthony? Ich muss ihm unbedingt gratulieren, er hat dein Wesen perfekt eingefangen!«

In der ganzen Aufregung war Pip die Einzige, die bemerkte, dass die Leute von St. Wastrell angekommen waren, allen voran Evangeline.

Zwar kehrte keine absolute Ruhe in der Halle ein, aber der Geräuschpegel sank auf ein Summen ab, als die Anwesenden mitbekamen, dass die hohen Tiere da waren und die Begutachtung der Brau- und Kelterprodukte jetzt in die letzte Runde gehen würde.

Reichlich wichtigtuerisch bewegten sie sich von Stand zu Stand und kosteten erneut von den Bieren und Weinen, wobei sie sich so gönnerhaft gebärdeten wie die Queen beim Pferderennen in Ascot.

Am Charteris-Stand angekommen, sah Evangeline sich peinlich auffällig nach Balthazar um, und als sie ihn nirgends entdeckte, machte sie fast so ein enttäuschtes Gesicht wie Pip, als die Uhr Mittag geschlagen hatte und er immer noch nicht wiederaufgetaucht war.

Sie hielt sich nicht lange auf, nickte Pip bloß zu, ohne den Sekt noch einmal zu probieren, und marschierte weiter zu Major Jenson, der am nächsten Stand bereits auf sie wartete. Das Lächeln auf seinem sonst so mürrischen, wettergegerbten Gesicht wirkte aufgesetzt.

»War das jetzt ein gutes oder ein schlechtes Zeichen, dass sie nicht noch mal probiert haben?«, zischelte Flora leise ihrer ältesten Schwester zu.

Pip zuckte die Achseln.

Ob die Preisrichter noch einen Schluck von ihrem Cider tranken oder nicht, hatte so gut wie keine Bedeutung.

Alle wussten, dass die Entscheidungen eigentlich bei den Hausbesuchen der Juroren getroffen wurden und der Sieger schon feststand. An welchem Stand die große rote Schleife befestigt werden würde, war schon gestern festgelegt worden, bei einem ausgedehnten, feuchtfröhlichen Lunch in der Zentrale von St. Wastrell.

Endlich hatten sie ihren Rundgang durch die Halle beendet, und der Marketing-Manager von St. Wastrell kletterte auf die Bühne, um eine kurze Rede über die Qualität der eingereichten Produkte in diesem Jahr zu halten. Es war die gleiche Rede wie in den vergangenen Jahren, Wort für Wort. Und dann reichte er Evangeline die Preisschleife, damit sie damit den Sieger auszeichnete.

Wichtigtuerisch stöckelte sie von der Bühne in die Halle hinunter und ging mit einem breiten Lächeln, in dem Beglückwünschung und Herablassung sich in etwa die Waage hielten, direkt auf die Charteris-Mädels zu ... blieb dann allerdings schon einen Stand vor ihrem stehen und überreichte die Siegerschleife Major Jensen.

Aus den Kehlen der versammelten Familie erhob sich ein Schrei des Unglaubens und der Enttäuschung. Von Mad Mary und Nigel kamen sogar Buhrufe, bis Pip sie mit einem Kopfschütteln zum Schweigen brachte und mit gutem Beispiel vorangehend den halbherzigen Beifall unterstützte, der etwas dünn durch die Halle klapperte.

Gypsy konnte sich nicht beherrschen und brach in Tränen aus. Judy schlang die Arme um ihre Tochter und biss sich dabei so fest auf die Unterlippe, dass sie ganz weiß wurde. Susan ihrerseits überlegte, ob sie Evangeline Whitehead mit ein paar von den großen dicken Äpfeln mit Namensschildern bewerfen sollte.

Als der magere Applaus vorzeitig verklungen war, schaute Pip in die enttäuschten Gesichter um sich herum, lächelte allen beschwichtigend zu und ging dann zu Major Jenson und reichte ihm die Hand.

»Herzlichen Glückwunsch. Ich habe Ihr Bier probiert, und es war extrem lecker. Sie haben den Preis wirklich verdient.«

Verdattert sah Jenson sie an, dann ergriff er ihre Hand und

schüttelte sie schweigend. Er wusste einfach nicht, was er sagen sollte, und Pip ersparte ihm eine längere Erwiderung. Weil auch ihr jetzt die Worte fehlten, lächelte sie einfach noch einmal, machte dann auf dem Absatz kehrt und marschierte an den mitfühlenden Festbesuchern und ihrer entrüsteten Familie vorbei hinaus in den Sonnenschein.

Sie spazierte ans Wasser.

Stieß einen tiefen Seufzer aus.

Schloss die Augen und ließ sich von der sanften Herbstsonne das Gesicht anwärmen.

Sie versuchte, sich einzureden, dass das ein Rückschlag, aber nicht das Ende der Welt war und dass die grenzenlose Enttäuschung, die sie verspürte, allein der Tatsache zuzuschreiben war, dass sie nicht gewonnen hatten. Dass es nichts mit ihm zu tun hatte.

»Auf zu neuen Taten, Pip«, befahl sie sich, öffnete die Augen und drehte sich zur Gemeindehalle um … gerade rechtzeitig, um zu sehen, wie Susan aus der Tür huschte. Sie sah aus, als führte sie etwas im Schilde, schaute nach rechts, nach links und hinter sich, als könnte ihr jemand folgen, und eilte dann den Berg hinauf nach Hause.

– 35 –

Dass sie davonschoss, als sei der Teufel hinter ihr her, veranlasste Pip, ihrer Tante nach Arandore zu folgen, am Wohnhaus vorbei und an Pops Cottage und den Hühnern und bis zum Gewächshaus.

Pip kam sich fast vor wie Alice, die dem Kaninchen durch sein Loch ins Wunderland folgte, während sie hinter ihrer flüchtenden Tante her in das Glashaus stürzte.

Heiße, stickige Luft schlug ihr entgegen, als sie die doppelte Schiebetür öffnete. Durch das dichte Blattwerk war es im Innern überraschend dunkel, sodass es Pip vorkam, als würde sie in einen dämmrigen, feuchtwarmen Dschungel eindringen. Fast rechnete Pip damit, exotische Tierschreie zu hören oder einen Papagei vorbeiflattern zu sehen.

In aller Ungestörtheit hatte der Mutterrebstock sich hier mächtig breit und zu einer Art Königin des Dschungels gemacht. Ihre Ranken berührten Pips Gesicht, als diese in das Halbdunkel vordrang und sich staunend umsah.

Durch einen Vorhang aus exotischen Pflanzen tastete sich Pip bis in den Arbeitsbereich des Gewächshauses vor, und dort fielen ihr fast die Augen aus dem Kopf. Schlagartig war ihr klar, wo Gypsy ihre »Biologie-Hausaufgabe« herhatte.

Im Gesicht der auf frischer Tat in ihrem illegalen Dschungel ertappten Susan mischten sich Schuldbewusstsein und Angst.

»Ursprünglich hab ich sie für Pops gezogen, für seine MS«, verteidigte sie sich sofort, während Pip sich noch voller Staunen im Cannabisforst umschaute. »Es hat ihm so sehr geholfen, Pip. Und darum hat sich mein Unrechtsbewusstsein irgendwie in Grenzen gehalten.«

Pip nickte langsam. Sie erinnerte sich noch sehr gut daran, wie krank Pops gewesen war, vor allem zum Ende hin. Sie erinnerte sich obendrein, dass auch sie selbst alles getan hätte, um ihm zu helfen. Aber jetzt war Pops – Gott hab ihn selig – nicht mehr unter ihnen.

»Okay, aber warum hast du denn dann wieder damit angefangen?«

»Was glaubst du wohl?« Susan setzte sich auf einen umgedrehten Blumentopf und stützte den Kopf in die Hände. »Wir kommen klar, Pip, aber mehr schlecht als recht, wir brauchen jede finanzielle Hilfe, die wir kriegen können. Ganz egal, wie tapfer wir es hinnehmen, dass wir den Wettbewerb nicht gewonnen haben, wir hätten die Finanzspritze von St. Wastrell gebraucht. Wie sollen wir denn jetzt unsere Cider-Kelterei wieder auf die Beine und zum Laufen bringen? Als Jenson eben gewonnen hat ... na ja, da hielt ich es für das Beste, gleich herzukommen und mit der Ernte anzufangen ...«

Ungläubig schüttelte Pip den Kopf.

»Also ehrlich, Susan, ich weiß ja, du willst nur helfen – aber so? Das ist Wahnsinn! Du könntest verhaftet werden! man könnte dich einsperren ... und dann?«

»Dann bin ich ein Schandfleck in der Familienchronik ...« Susan seufzte.

»Nein, ich meine, was machen wir dann? Ohne dich?«

Daraufhin guckte ihre Tante noch schuldbewusster aus der Wäsche.

»Susan, das muss alles weg.«

Ihre Tante nickte heftig.

»Du hast recht, Pip – ach, es tut mir so leid, ich weiß nicht, was ich mir dabei gedacht habe, keine Ahnung, wie ich so dumm sein konnte.«

»Glaub mir«, seufzte Pip, »wir haben alle mal solche Aussetzer ... und ich weiß doch, dass du es nur getan hast, um uns zu helfen.«

Susan nickte und schluckte. Auf einmal wollte sie die Pflanzen, die sie seit Wochen Tag für Tag gehegt und gepflegt hatte, nur noch loswerden.

»Was machen wir denn jetzt bloß damit?«

»Wir könnten sie verbrennen«, schlug Pip vor.

»Das würde ein Wahnsinnsfeuer. Der Qualm könnte das ganze Dorf glücklich machen.«

»Ach bloß nicht! Daran hatte ich gar nicht gedacht ...« Pip sah entsetzt aus, aber dann kicherte sie. »Obwohl sich dann vielleicht alle im Umkreis von drei Meilen mal ein bisschen lockerer machen würden. Vielleicht sollten wir wirklich ein großes Feuer machen, alle dazu einladen, Marshmallows rösten und zugucken, wie die gesamte Bevölkerung von Gallant sich im Cannabisrauch entspannt.«

»Im Cannabis*rausch*, meinst du wohl.« Susan grinste, doch dann zog sie besorgt die Brauen zusammen. »Jetzt mal im Ernst, Pip, was machen wir bloß damit?«

Pip überlegte einen Moment.

»Wir könnten den Hanf durch die Apfelmühle jagen.«

Lieber hätten sie die Mühle ins Gewächshaus gebracht, denn die Cannabispflanzen alle herauszuholen, war riskant. Aber weil die Mühle viel zu groß und schwer für die beiden war, luden sie stattdessen den duftenden Hanf in möglichst hohen Stapeln auf eine Schubkarre und hasteten dann zwischen Gewächshaus und Kelterscheune hin und her. Beim Zerkleinern der Cannabispflanzen kicherten sie wie verrückt.

»Eigentlich schade ... was für eine Verschwendung ...«, sagte Susan, als sie die erste Hälfte kleingehäckselt hatten.

»Ja, und auch echt total schade, dass meine liebe süße Tante gedacht hat, sie könnte sich von heute auf morgen in eine Drogenbaronin verwandeln.«

»Ach, Pip, bitte ... das klingt ja grässlich ...«

»Und wenn ich dich einfach zwinge, der Wahrheit ins Auge zu sehen?«

»Ich habe doch schon zugegeben, dass das nicht richtig durchdacht war ...«

»Was hattest du denn bloß mit dem Zeug vor? Ich kann mir einfach nicht vorstellen, dass du dich in irgendwelchen dunklen Ecken in Nachtclubs herumdrückst ...«

»Das wusste ich noch nicht so genau, aber ich hatte so eine Idee, dass ich damit Brownies backen könnte und die vielleicht in Glastonbury an die Gralssucher vertickern ...«

Verblüfft schüttelte Pip den Kopf.

»Du spinnst.«

»Ich weiß. Tut mir wirklich leid.«

»Ja, ich weiß. Und wir haben ja alle mal unsere unzurechnungsfähigen fünf Minuten. Am besten machen wir dem Spuk jetzt ein Ende. Also, her mit dem nächsten Kandidaten, wir haben noch einiges vor uns.«

»Und wenn wir mit dem Schreddern fertig sind, was dann?«

»Auf den Kompost, oder?«, schlug Pip vor.

»Oder in den Cider ...« Susan kicherte nervös und schüttelte dann entschuldigend den Kopf. »Sorry, schlechter Witz ...«

Aber zum ersten Mal, seit ein gewisser Mieter verschwunden war, brachte Pip ein echtes Lächeln zustande.

»Mit der Mischung hätten wir vielleicht wirklich gewonnen.«

Judy stand mit stoischem Lächeln unten in der Gemeindehalle und half Flora, Bridget und Viola, den Stand abzubauen. Er musste einer Ausstellung riesiger Speiserüben weichen, die sich um den Preis für das größte Gemüse bewarben. Judy gratulierte Felicity Jenson zum Sieg ihres Mannes, nahm die aufmunternden Worte ihrer Freundinnen zum verpassten Preis entgegen und sprach dann in aller Stille mit Dudley über ein paar zusätzliche Schichten im Fisherman's Boots. Kurz darauf entdeckte sie Annabelle Heart, die ziemlich arrogante Besitzerin des Hotels Sand Martin. Dieser Gourmet-Tempel mit seinen vier Sternen befand sich am Rande des Dorfes, mit Ausblick auf den Fluss.

»Liebste Flora, kannst du bitte Gypsy nach Hause bringen? Ich glaube, Pip und Susan sind schon auf Arandore ... und wir müssen eine Familienkonferenz einberufen.«

»Kommst du denn nicht mit?«

»Ich komme gleich nach, muss bloß noch kurz mit Mrs. Heart sprechen.«

»Warum will Mummy denn mit der Tussi reden?«, fragte Gypsy, als Flora ihr die Hand hinhielt.

Flora seufzte.

»Wahrscheinlich will sie Mrs. Heart fragen, ob sie Arbeit für sie hat.«

»Aber Mummy hat doch schon Arbeit bei Opal und Dudley.«

»Ich weiß … aber ich glaube, sie will noch mehr arbeiten, und im Sand Martin haben sie Servicekräfte gesucht.«

»Sie soll nicht für die alte Hexe arbeiten, die ist oberätzend.«

»Das weiß ich auch …« Flora verzog das Gesicht. »Aber manchmal muss man nun mal Dinge tun, die man eigentlich nicht tun will, einfach um über die Runden zu kommen. Und jetzt los«, fügte sie hinzu, während Gypsy ihre Hand fester packte, »jetzt gehen wir nach Hause und machen Essen für alle, ja?«

Während Viola den Karton mit den ungeöffneten Flaschen Charteris-Cider in den Kofferraum von Pips Mini packte, quatschte eine bekannte Stimme sie von hinten an. Viola fuhr so heftig zusammen, dass sie sich fast den Kopf an der offenen Klappe gestoßen hätte.

»Ich hatte mich schon gefragt, wann ich dir wohl mal wieder über den Weg laufe.«

Noch bevor sie sich umdrehte, wusste sie, dass er es war.

Sie hatte ihn nur zweimal gesehen und nur einmal seine Stimme gehört, und doch hatte seine Person sich ihr unauslöschlich eingeprägt.

Und das erschreckte sie. Das Leben war so viel einfacher, wenn einem alles scheißegal war. Und wenn man es hinkriegte, sich nicht die Bohne für die lieben Mitmenschen zu interessieren, für *niemanden*.

Zwar gab sie sich immer unnahbar und behauptete, nie angebaggert zu werden, aber in Wirklichkeit hatte Viola Freunde gehabt … ohne je einen davon sonderlich zu mögen. Das war ihr nur recht gewesen. Wenn man sich nicht viel aus ihnen machte, war es auch nicht weiter schlimm, wenn sie nach ein paar Wochen angeödet zur nächsten Blüte weiterflatterten. Bei Jungs in ihrem Alter passierte das ja oft – und bei den Männern aller Altersstufen, die ihre Mutter kennenlernte, immer.

Und wenn es ihr selbst langweilig wurde, was sogar noch häufiger vorkam, war es wesentlich leichter, irgendeiner Dumpfbacke das Herz zu brechen, als einem Typen, den sie wirklich mochte.

Viola hatte noch nie einen Mann kennengelernt, der mit einem einzigen Blick ihre Knie und ihr Gehirn in Pudding verwandelt und mit einem einzigen Kuss Fantasien über ein Häuschen am Meer und ein halbes Dutzend hübsche Kinder bei ihr ausgelöst hätte.

Nein, an einem Cottage am Meer und sechs Kindern lag Viola nichts. Zu ihr passten eher ein Penthouse in New York und sechs Kreditkarten.

Außerdem war sie erst neunzehn.

Mit neunzehn träumte man doch noch nicht von Familiengründung.

Damit wartete man, bis man uralt war.

So etwa sechsundzwanzig.

Als sie sich zu ihm umdrehte und Hirn und Knie wieder zu Wackelpeter zerschmolzen, nickte sie ihm daher nur kurz zu. Dann marschierte sie zur Halle zurück – sonst wäre sie zu einem einzigen peinlichen Häufchen Anhimmelei zusammengesunken.

Völlig ungerührt folgte er ihr.

Und als Viola sich daranmachte, die Äpfel einzupacken, die als Deko für ihren Stand gedient hatten, stellte er sich neben sie.

»Ich schaffe das schon, danke«, murmelte Viola, als er Anstalten machte, ihr zu helfen.

Doch er ging nicht, sondern lehnte sich gegen den Tisch und stand damit den missbilligend mit der Zunge schnalzenden Züchtern der gigantischen Speiserüben im Weg. Unbeeindruckt ließ er den Blick seelenruhig durch die Halle wandern, bis zu dem Ölbild, das so viel Aufsehen erregt hatte.

Er betrachtete es einen Moment lang, dann lächelte er.

»Das bist du, oder?«

Viola hatte gerade die letzten Äpfel in einen Karton gelegt und ihn vom Tisch gehoben, um ihn zu Pips Auto hinauszubringen. Sie hielt inne und schaute ihn scharf an.

»Woher weißt du das denn?«

»Na ja, bei unseren bisherigen Begegnungen habe ich immer vor allem deinen Rücken studiert …«, neckte er sie mit einem Lächeln.

Beinahe musste Viola auch lächeln. Sie drehte sich wieder um und stellte den Karton mit einer Ecke auf dem Tisch ab.

»Willst du eigentlich irgendwas Bestimmtes?«, fragte sie. Ihre Verlegenheit ließ die Worte noch unhöflicher klingen.

Doch er lachte nur. »Könnte sein.« Sein Blick wanderte zu dem Ölgemälde zurück.

»Das war ein Job.« Violas Stimme wurde noch schärfer, weil sie sich in der Klemme fühlte.

»Schon klar. Meinst du, ich hätte was dagegen?«

»Das wäre mir egal«, log Viola. »Auch als Frau muss man Kohle verdienen.«

»Stimmt. Und gerade deswegen wollte ich dich sprechen: Ich habe vielleicht Arbeit für dich, falls du Interesse hast.«

»Arbeit für mich?« Viola zog die Brauen hoch.

»Jeps.«

»Was für Arbeit?«

»Gut bezahlte Arbeit.«

»So was da?«, fragte sie misstrauisch mit einer Kopfbewegung zu dem Bild hinüber.

»Geh am Montag mit mir im Fisherman's Boots Mittag essen, dann erzähle ich dir mehr.«

Einen Moment lang sah Viola ihn interessiert an, dann wandte sie sich ab, ohne zu antworten. Doch er fasste sie am Handgelenk.

»Abgemacht?«

Viola schaute auf die Hand hinunter, die sie festhielt. Er hatte eine kleine Tätowierung zwischen Daumen und Zeigefinger, einen Revolver. Sie sah zu ihm hoch. Aus der Nähe und im Licht fiel ihr plötzlich auf, dass ihr etwas an seinen hellen blauen Augen sehr vertraut war. Aus irgendeinem unerfindlichen Grund fand sie diese Augen beruhigend.

Sie nickte. »Ja, abgemacht.«

Flora und Gypsy waren schon in der Küche zugange, als Pip und Susan ins Haus kamen.

»Pip, Gott sei Dank, Telefon für dich.« Nervös legte Flora die Hand auf die Sprechmuschel. »Thomas Stephens.«

Die arme Flora, seufzte Pip innerlich, weil ihre Schwester automatisch annahm, dass ein Anruf vom Anwalt der Familie ein schlechtes Zeichen war. Allerdings war ihr selbst auch ein bisschen mulmig, deswegen bemühte sie sich, ihre Schwester zuversichtlich anzulächeln, während sie ihr das Telefon abnahm. Dann begrüßte sie Stephens so fröhlich, wie sie konnte.

Alle Ohren waren gespitzt, als sie die Küche verließ und in die Diele spazierte, um ungestört telefonieren zu können. Alle Ohren, außer ein paar ganz kleinen, deren genialer Besitzerin klar war, dass Arandores dicke Mauern mehr oder weniger schalldicht waren. Die einfachste Methode, ein Telefongespräch zu belauschen, war also, an einem der anderen Apparate mitzuhören.

Diese beiden kleinen Ohren verpassten zwar die einleitenden Höflichkeitsfloskeln, aber dem Köpfchen dazwischen kam es ja in erster Linie auf den Hauptteil des Gespräches an.

»Ich habe möglicherweise eine Lösung für Ihre derzeitigen finanziellen Probleme gefunden. Gestern habe ich mit einem Bekannten gesprochen, der ein Finanzunternehmen leitet. Ich habe Ihre Notlage geschildert, habe ihm erklärt, dass Sie das Stiftungsvermögen entweder ersetzen oder wieder auffüllen müssen, und dass Sie Arandore aufgrund bestimmter Auflagen nicht verkaufen können ... Und jetzt kommt die gute Nachricht: Nachdem er alles über Sie erfahren hat, wäre er bereit, Ihnen eine Hypothek auf das Haus anzubieten, in Höhe der fehlenden Geldmittel ... Sie müssten allerdings ein paar Bedingungen erfüllen, und aufgrund Ihrer Situation und der derzeitigen weltweiten Finanzkrise sind die ein bisschen hart ... Aber ich glaube, Sie werden kein Problem damit haben, nach allem, was ich schon über Sie weiß ...« Thomas Stephens machte eine Pause, und Pip und Gypsy hörten, wie er in Papieren blätterte. »Also, Ihr derzeitiges Arbeitsverhältnis besteht doch jetzt seit fünf Jahren, da wird Ihr Arbeitgeber Ihnen wohl gern bescheinigen, dass Sie eine unbefristete Stelle haben, dass Ihr Arbeitsplatz nicht gefährdet ist und dass Ihr Gehalt ausreicht, um Sie selbst zu ernähren und die vorgeschlagenen Abzahlungen zu leisten ...«

Am Ende des Gesprächs bedankte Pip sich überschwänglich bei ihm. Er hatte tatsächlich eine Lösung für ihre finanzielle Misere gefunden! Aber ihr war das Herz schwer, denn um ihrer Familie aus der Patsche zu helfen, musste sie genau das tun, was sie nicht tun wollte. Sie musste ihre Lieben wieder verlassen und nach Bristol zurückkehren.

Die Hühner und der Gemüsegarten hatten ihr Bestes gegeben, und als alle sich schließlich wieder in der Küche versammelt hatten, warteten schon eine Quiche und Pommes Frites auf dem Tisch.

Doch obwohl Gypsy und Flora sich so viel Mühe gegeben hatten, war es eine bedrückte Gesellschaft, die sich zu diesem Festmahl niederließ. Und Judy konnte ihren Plan, eine Familienkonferenz abzuhalten, nicht in die Tat umsetzen, denn noch bevor alle aufgegessen hatten, verschwand Pip mit der Ausrede, die Hunde müssten raus.

Während Pip gedankenverloren zur hinteren Wiese hinüberspazierte, schaute Judy den anderen in die bekümmerten Gesichter. Sie brachte ein aufmunterndes Lächeln zustande.

»Na kommt, bloß weil wir nicht gewonnen haben, werfen wir doch nicht die Flinte ins Korn. Wir können unseren Cider doch trotzdem herstellen, die von St. Wastrell brauchen wir dazu gar nicht. Außerdem können wir noch mehr machen, wir brauchen uns nur was auszudenken, und ein Gutes hat die ganze Geschichte auch, nämlich dass eure Schwester wieder zu Hause ist und – wie es aussieht – auch bleibt ...«

Doch da zupfte Gypsy mit Tränen in den Augen ihre Mutter am Ärmel.

»Aber Mummy … ich hab was gehört.«

»Du hast was gehört?«

Die Kleine war immerhin so anständig, ein schuldbewusstes Gesicht zu machen.

»Na gut, ich hab was mitgehört …«

»Ach, Gypsy, und ich sage dir doch immer wieder, dass es sich nicht gehört, andere zu belauschen!«

»Weiß ich doch, aber ich hab mir Sorgen um Pip gemacht, und als Flora gesagt hat, der Anwalt ist am Telefon, da … Mir erzählt hier ja keiner was, wenn ich also wissen will, was los ist, muss ich mithören!«

Zum Glück lenkten die Neuigkeiten Judy vom Fehlverhalten ihrer Jüngsten ab.

»Der Rechtsanwalt? Thomas hat angerufen?« Judy wandte sich an Flora, die nickte. »Was wollte er denn?«

»Das will ich euch doch gerade sagen!«, rief Gypsy frustriert. »Er will, dass Pip eine Hypothek auf Arandore aufnimmt, und dafür muss sie ihre alte Arbeit weitermachen. Sie muss wieder nach Bristol!«

Als Gypsy endlich die ungeteilte Aufmerksamkeit der Tischrunde besaß, gab sie das Gespräch fast wörtlich wieder.

»Aber Pip will doch gar nicht nach Bristol zurück!«, rief Judy entsetzt.

»Vielleicht hat sie es sich ja anders überlegt, jetzt, wo Balthazar weg ist …«, sagte Flora trübselig.

»Er ist nicht weg!«, rief Judy, »er kommt wieder, das weiß ich!«

»Und woher?«

»Weil es außer vielleicht dir und meiner ach so wachsamen Ältesten niemandem entgangen ist, dass der Mann bis über beide Ohren in sie verliebt ist. Was glaubst du denn, warum er uns so viel geholfen hat?«

»Genau.« Viola nickte.

»Aber darum geht es jetzt nicht, sondern der Punkt ist, wenn Pip nicht nach Bristol zurück will, dann dürfen wir sie nicht gehen lassen! Wir müssen ihr klarmachen, dass wir es auch ohne das Stiftungsvermögen schaffen.«

»Ganz meine Meinung.« Susan nickte. »Aber wie?«

»Wir suchen uns mehr Arbeit.«

Das war das Stichwort, auf das Viola gewartet hatte. Sie griff in ihre Tasche und warf ein Röllchen Scheine auf den Tisch.

»Also, das ist mein Beitrag.«

»Wo hast du das denn her?«, rief Judy mit großen Augen, als sich mindestens zweihundert Pfund auf dem Tisch entrollten.

»Was glaubst du wohl ... Anthony hat mich schließlich bezahlt.«

Sanft schob Judy ihr die Scheine wieder hin.

»Schätzchen, ich habe gemeint, dass ich und Susan uns noch mehr Arbeit suchen. Wir können dein Geld nicht annehmen.«

»Und warum nicht? In den letzten Jahren haben wir alle Pips Geld angenommen. Und das hier ist jetzt nicht mehr mein Geld, sondern unser Geld. Ich weiß, dass es nicht genug ist, aber ich habe wieder ein Jobangebot ...«

»Bekleidet oder unbekleidet?«, fragte Susan rasch.

»Weiß ich noch nicht.« Viola verzog den Mund zu einem schwer definierbaren Lächeln. »Aber wenn ich ganz ehrlich bin, ist mir das ziemlich egal.«

»Viola?«

»Ich erzähle euch alles, wenn ich selbst mehr weiß, versprochen.«

Besorgt schaute Judy sie an.

»Ehrenwort, Mum, okay?«

»Ich bitte dich darum, Viola. Und das ist jetzt wohl gerade ein guter Zeitpunkt, um euch zu sagen, dass ich ab morgen ein paar Frühstücksschichten im Hotel Sand Martin übernehme.«

Gypsy stöhnte.

»Und ich frage in der Gärtnerei, ob sie ein bisschen mehr

Arbeit für mich haben.« Susan nickte. »Aber Judy, ich hab mir überlegt, vielleicht ist es an der Zeit ...« Sie schluckte, als müsse sie all ihren Mut zusammennehmen, um ein Thema anzusprechen, das in der Vergangenheit immer etwas heikel gewesen war. »Also, ich wollte bloß sagen, warum bittest du nicht die Väter von den Mädchen, euch auszuhelfen?«

Judy schüttelte den Kopf.

»Nein. Kommt nicht in Frage.«

»Und warum nicht?«

»Das weißt du doch ... wenn sie wirklich von Herzen helfen wollten, würden sie das tun. Ich werde sie nicht anbetteln ... und ich will auf keinen Fall so eine zänkische Ex sein, die ständig nur übers Geld lamentiert.«

»Judy, du hast die Väter nie um das Geringste gebeten, es ist doch nicht zu viel verlangt, dass sie mal ein bisschen Verantwortung übernehmen ...«

»Papa übernimmt immer Verantwortung!«, protestierte Flora.

»Ja, Heinrich ist anders.« Beruhigend tätschelte Susan Flora den Arm. »Das wissen wir ja alle. Ich meinte die anderen ...«

»Ich habe nein gesagt, Susan.« Judy verschränkte die Arme. »Ich werd mich doch nicht wegen Geld streiten! Für meine Mädchen hätte es viel mehr Wert, wenn ihre Väter ihnen Zeit und Zuwendung schenken würden!«

Seufzend verdrehte Susan die Augen. »Ich verstehe, was du sagst, und das ist bewundernswert, wirklich, aber wir müssen doch praktisch denken. Ja, die Liebe und die emotionale Unterstützung ihrer Väter hat den Mädchen sehr gefehlt – außer dir, Flora«, fügte Susan rasch hinzu, als Flora wieder den Mund zum Widerspruch öffnete. »Aber im Moment brauchen sie doch vor allem anderen ein dichtes Dach über dem Kopf, Schuhe an den Füßen, Essen auf dem Tisch und ihre Schwester bei sich daheim, wo sie auch gern sein möchte.«

Susan hielt inne und schaute zu Gypsy hinüber, die mit großen Augen am Ende des Tisches saß und alles wie ein Schwamm aufsaugte.

»Gypsy, sei ein Engel und tu uns einen ganz großen Gefallen ... kannst du mal rausgehen und nach Pip gucken?«

Zögernd schaute Gypsy ihre Tante und ihre Mutter an, doch als Susan sie ermutigend anstrahlte, nickte sie widerstrebend.

Sobald das Mädchen aus der Tür war, wandte Susan sich wieder an ihre Schwester.

»Rede doch mal mit Gypsys Vater, der schuldet dir wahrscheinlich so viel Unterhalt wie Raphael an Vermögen mitgenommen hat ... oder sogar noch mehr. Und dabei könnte er sich monatliche Unterhaltszahlungen durchaus leisten. So viel gibt der Mann doch an einem einzigen Abend in St. Tropez aus – nur für Champagner! Das hab ich in der Zeitung gelesen.«

»Und wir alle wissen, dass man nicht alles glauben soll, was in der Zeitung steht.«

»Mag ja sein, aber wir alle wissen auch, dass er wirklich nicht am Hungertuch nagt.«

»Ich kann das nicht, Susan.«

»Ach komm, Judy, ist Pip es denn nicht wert, dass du jetzt mal über deinen Schatten springst?«

Judy seufzte und nickte widerstrebend.

»Doch, natürlich – ich denk drüber nach ... und jetzt muss ich zur Arbeit.«

»Aber Freitagabend arbeitest du doch gar nicht.«

»Ab jetzt schon.« Mit zusammengepressten Lippen lächelte Judy entschuldigend. »Und morgen früh bin ich im Sand Martin, könntest du dich da um die Mädchen kümmern?«

»Klar, mache ich, aber es hilft ihnen auch nicht, wenn du dich totschuftest, Judy. Du arbeitest zu viel.« Susan zog die Brauen zusammen, aber ihre Schwester schüttelte den Kopf.

»Du irrst, Susan, ich arbeite noch längst nicht genug ... wenn man bedenkt, dass ich uns diese ganze Geschichte eingebrockt habe.«

Später an diesem Abend schloss Pip die Tür zu Pops Cottage auf. Mit einem Gefühl, als würde sie unbefugt in ein fremdes Haus eindringen, wanderte sie von Zimmer zu Zimmer und suchte –

sie wusste selbst nicht, nach was. Er hatte kaum Spuren hinterlassen. Oben legte sie sich auf das Bett, das sie noch vor zwei Nächten mit ihm geteilt hatte. Die Laken rochen noch nach ihm. Pip schloss die Augen und atmete tief ein.

Viel später an diesem Abend wedelte Anthony Geddes unten im Fisherman's Boot mit einem Bündel Geldscheine.

»Die Runde geht auf mich!«

Diesen Satz hatte er nicht mehr gerufen, seit er damals in einer angesagten Galerie in Südfrankreich eine gesamte Ausstellung verkauft hatte.

»Champagner für alle!«, schob er nach, und sein Grinsen war so breit, dass es ihm fast die Mundwinkel zerriss.

Es war eine extravagante Geste, aber Anthony feierte mehr als seine Siegerschleife. Soeben hatte er »Aphrodite« verkauft, für einen Preis, der sich durchaus sehen lassen konnte.

Opal umarmte die erschöpfte Judy und drückte ihr ein Glas Champagner in die Hand.

»Hier, meine Liebe, lass es dir schmecken, und dann ab nach Hause zu deinen Mädels.«

»Aber die Abendschicht ist doch noch nicht vorbei.« Judy warf einen Blick auf die Wanduhr, die zehn nach zehn zeigte.

»Für dich wohl, Judy.« Opal lächelte freundlich. »Los, fahr nach Hause, und schlaf mal tüchtig, wir kommen jetzt allein klar.«

Als die dankbare Judy verschwunden war, griff Opal sich zwei weitere Champagnergläser. Eins reichte sie Dudley, aus dem anderen trank sie selbst ein Schlückchen.

»Aber du trinkst doch eigentlich nichts«, bemerkte Dudley, als das Schlückchen zu einem ordentlichen Schluck wurde, mit dem sie das halbe Glas leerte.

»Heute hab ich's nötig.«

Dudley nickte zustimmend.

»Das war nicht fair, oder? Unsere Mädels hätten gewinnen müssen.«

Um weitere Falten zu vermeiden, bemühte Opal sich, nicht die Stirn zu runzeln, aber dafür nickte sie umso heftiger.

»Ihr Cider war viel besser als dieses fade Gebräu von Jenson, dem alten Stinktier.«

Wieder trank Opal von ihrem Champagner. »Und wenn du mich fragst: Der Charteris-Cider ist auch besser als dieses überteuerte Edelgesöff, das wir gerade trinken. Weißt du eigentlich, was wir dafür bezahlen?«

Während sie sinnierend ihr Glas betrachtete, breitete sich plötzlich ein Lächeln auf ihrem Gesicht aus. Sie schaute ihren Mann an.

»Dudders, weißt du, was ich gerade denke?«

»Was denkst du denn, mein Goldstück?« Dudley erwiderte ihr Lächeln.

»Dass der Cider wirklich besser schmeckt als diese teure französische Plörre, die uns über zweihundert Pfund pro Kiste kostet ...«

Nun dämmerte Dudley, worauf Opal hinauswollte. Er stellte sein Glas ab, schlang die Arme um seine überraschte Frau und beugte sie hintenüber zu einem filmreifen Kuss, der so lang und so köstlich war, dass sie die Augen schloss, als wäre sie wieder ein junges Mädchen.

»Und weißt du, was *ich* gerade denke?«, sagte Dudley mit einem Grinsen, als sie die Augen endlich wieder aufschlug und er sie hochzog, weil sein Rücken sich beschwerte. »Meine Frau ist nicht nur schön, sondern sie hat auch verdammt was auf dem Kasten.«

Um elf schlief die ganze Familie Charteris. Fix und fertig und voller Sorgen hatten sie sich in die Betten begeben und schnarchten nun alle vor sich hin.

Bis auf eine.

Die Kleinste.

Als ihre Schwestern, ihre Mutter und ihre Tante alle nacheinander den Kopf durch die Tür gestreckt und ihr Gutenachtküsse zugehaucht hatten, hatte Gypsy sich schlafend gestellt. Trotz größter Bemühungen aller Beteiligten hatte sie an diesem Tag jedes einzelne Gespräch in ihrer Familie Wort für Wort mitgekriegt, und jetzt verließ sie auf Zehenspitzen ihr Zimmer, schlich die Treppe hinunter und griff zum Telefon.

– 36 –

Pips letzter Gedanke, bevor sie abends einschlief, und ihr erster Gedanke, wenn sie am Morgen erwachte, hatten in den letzten Tagen ihm gegolten. Heute allerdings landete eine Tatsache wie mit einem Bauchklatscher im leicht gekräuselten Becken ihres erwachenden Bewusstseins: ihre Niederlage beim Brau- und Kelterwettbewerb mit dem ganzen Rattenschwanz von Sorgen, den sie nach sich zog. Keine finanzielle Hilfe, keine Pubs, die begierig auf Charteris-Cider warteten, keine groß angelegte Marketing-Kampagne.

Sie waren ganz auf sich gestellt.

Und zu allem Überfluss der Anruf von Thomas Stephens.

Pip seufzte tief. Sie sehnte sich nach dem Tag, an dem die Worte Balthazar, Brau- und Kelterwettbewerb und Bristol nicht mehr ihre gesamte Denkkapazität in Anspruch nehmen würden.

Doch an diesem Samstagmorgen sollte sie wieder einmal mit der Nase auf ihre Situation gestoßen werden.

Als sie ihre Siegeschancen noch sehr optimistisch eingeschätzt hatten, war sie mit Beau ins Internet gegangen, und dort hatten sie einen ziemlich großen Brocken von Pips Ersparnissen in zweihundert Weinstöcke investiert. Damit hatten sie die hintere Wiese bepflanzen wollen.

Pip hatte Judy, Susan und die Mädels damit überraschen wollen.

Und jetzt war sie selbst total überrascht, denn sie hatte die Sache komplett vergessen.

Als sie, wie immer gleich nach dem Aufstehen, aus dem Fenster schaute, um etwaige Anzeichen für Beaus Rückkehr auszumachen, hielten draußen gerade zwei Lastwagen, die ihre Zukunft geladen hatten …

Passenderweise hieß die Rebsorte Phoenix, und tatsächlich

half das Einpflanzen der Weinstöcke den Charteris-Frauen, sich aus der Asche ihrer Enttäuschung zu erheben.

Mit Ausnahme von Judy, die zwei Schichten am Tag arbeitete, machten sich alle mit Feuereifer daran, die Neuankömmlinge in die Erde zu bringen, und mit jedem frisch eingebuddelten Rebstock pflanzten sie auch ein wenig Hoffnung.

Für Pip war diese Knochenarbeit eine wunderbare Ablenkung, sie dachte nur noch jede zweite Minute an Beau und Bristol.

Flora und Gypsy machten sich wortlos aus dem Staub, als die Uhr auf Arandore zwei schlug, und kamen auch nicht wieder, aber die anderen schufteten weiter, bis sie draußen nichts mehr sehen konnten.

Reichlich erschöpft fielen sie an diesem Abend früh in ihre Betten.

Wieder ein Tag vorbei.

Am Sonntag schlief Pip erstaunlich lange.

Dann war sie mit einem Schlag hellwach. Sie schaute aus ihrem Zimmerfenster. Ihr Herz wurde noch ein bisschen schwerer, als sie sah, dass sein Auto immer noch fort und das Cottage kalt und leer geblieben war. Sie überlegte, sich einfach wieder die Decke über den Kopf zu ziehen und in Morpheus' Armen Vergessen zu suchen.

»Auf zu neuen Taten ...«, brummelte sie in dem Versuch, sich zu motivieren, doch der schlug fehl. Vermutlich hätte sie sich den ganzen Tag im Bett verkrochen, wenn sie nicht im nächsten Augenblick ein fürchterliches Krachen aus der Küche gehört hätte. Es musste ein größeres Unglück gegeben haben, denn die Küche lag zwei Stockwerke unter ihr und die Wände auf Arandore waren dick.

Wie der geölte Blitz sprang sie aus dem Bett, stürzte sich in ihre Klamotten und rannte die Hintertreppe hinunter in die Küche. Dort stellte sie fest, dass Gypsy sich zumindest für heute zur Frühaufsteherin gemausert und in überraschend dienstbarer Stimmung versucht hatte, für alle Porridge zu kochen. Dabei hatte sie den Topf auf den harten Steinboden fallen lassen.

Alle vier Schwestern – Flora und Viola waren gleich nach Pip erschienen – befreiten gerade den Fußboden von der klebrigen Masse und setzten einen neuen Topf mit Schottlands Nationalgericht auf, als Judy die Treppe heruntergestürmt kam. Während sie in die Küche stürzte, zog sie schnell noch den Reißverschluss ihrer Jeans hoch. Sie sah aus, als hätte sie ein Gespenst gesehen.

Mit weit aufgerissenen Augen schoss sie ans Fenster.

»Was ist da draußen los?«, kreischte sie. »Ich habe gerade aus meinem Zimmerfenster geguckt ... direkt einem Mann in die Augen, der hing kopfüber in der Eiche ... mit einer Kamera in der Hand, und ich glaube, er hat mich fotografiert, in meinem durchsichtigen rosa Nachthemd!«

»Wieder mal schlüpfrige Träume gehabt, Mum?«, fragte Viola und lächelte anzüglich.

»So ein Quatsch! Da draußen war jemand.« Judy stützte sich auf das Fensterbrett und schaute über den Hof in den Obstgarten dahinter. »In einem der Bäume.«

»Vielleicht Susan?«, schlug Flora vor.

»Warum sollte die denn um zehn Uhr morgens auf einen Baum klettern? Außerdem sieht Susan nicht wie eine jüngere, schlankere Ausgabe von Gordon Brown aus.«

»Jedenfalls nicht, wenn sie sich geschminkt hat, was?«, witzelte Viola und zwinkerte Gypsy zu, die schuldbewusst kicherte.

Susan war tatsächlich draußen, aber sie hatte keinen Baum erklommen.

Wie immer war sie früher aufgestanden als alle anderen, hatte Wasser aufgesetzt und war dann mit einer Tasse Tee ins Gewächshaus hinübergeschlendert, um nach ihren neuen Pflanzen zu sehen. Sie hatte, wie sie meinte, eine ziemlich geniale Idee gehabt: Sie wollte Safran kommerziell anbauen. Safran zu ziehen war schwierig, aber wenn er es bis zur Ernte schaffte, würde sich ihre Mühe reichlich auszahlen. Susan hatte, nachdem sie die Rebstöcke gepflanzt hatten, noch bis tief in die Nacht weitergearbeitet, um ihre neu erworbenen Krokussamen in die Erde zu bringen, und heute Morgen hatte sie fröhlich und optimistisch eine halbe Stunde damit verbracht, ihre Schützlinge zu wässern. Als sie damit fertig war, beschloss sie, schnell zum Briefkasten vorne an der Einfahrt zu laufen, um das etwas anrüchige Boulevardblatt zu holen, mit dem sie sich sonntags verwöhnte.

Sie trug immer noch ihre hohen rosa Gummistiefel und dazu ein blau geblümtes, bis zum Kinn zugeknöpftes Nylonnachthemd, das ihr gerade bis unter die Knie reichte. Das mochte vielleicht eine ungewöhnliche Bekleidung für Tätigkeiten im Freien sein, aber Susan kümmerte sich nicht darum. Die Wahrscheinlichkeit, dass ihr um diese Zeit jemand anders als ein paar Eichhörnchen oder Jensons streunende Katze begegnete, war gleich null.

Aber heute war alles anders.

Am Tor herrschte regelrechtes Gedränge.

Susan blinzelte überrascht, als sie die Versammlung sah, ließ sich davon aber nicht aufhalten. Vor lauter Neugier vergaß sie ihren schrägen Aufzug.

Wer konnte das bloß sein?

Sie schalt sich, weil sie aus Eitelkeit keine Brille trug, und kniff wieder die Augen zusammen, um die Besucher zu erkennen.

Es passierte schon mal, dass Gäste der nahe gelegenen Jugendherberge sich verirrten und auf Arandore landeten, aber je näher Susan der Gruppe kam, desto deutlicher sah sie, dass es sich nicht um den üblichen Trupp in Wanderstiefeln und mit Rucksäcken handelte.

Inzwischen erkannte sie, dass mehrere der Fremden Kameras dabeihatten. Vielleicht waren es doch Touristen? Doch da hoben sie die Kameras plötzlich, und für den Bruchteil einer Sekunde wünschte Susan sich, sie hätte heute Morgen doch etwas mehr Mühe auf ihre Toilette verwandt. Außerdem wurde ihr in dem Blitzlichtgewitter klar, dass Touristen weder so große Kameras mit sich herumschleppten noch ausreichend Interesse an ihr fanden, um sie für den Erinnerungsabend zu Hause abzulichten.

»Paparazzi«, murmelte sie, »diese verdammten Paparazzi!«

Das konnte nur eins bedeuten. Schließlich gab es in der Familie Charteris sonst nichts, was die Medien hätte interessieren können.

»Scheiße«, sagte Susan schlicht. »So eine Scheiße.«

Sie richtete sich zu ihrer ganzen Größe auf, raffte ihre Gedanken und ihr Nachthemd zusammen und marschierte auf die Meute zu.

Sie drängten sich vor dem Tor wie eine Herde unerschrockener Rindviecher, die vor einem Weiderost diskutieren, ob sie ein weiteres Vordringen riskieren sollten.

»Was machen Sie hier auf unserem Grundstück?«, herrschte Susan sie an, um sie einzuschüchtern. In aller Seelenruhe reichte ein verlebter Reporter ihr die Zeitung und fragte, ob sie einen Kommentar zu der Schlagzeile abgeben wolle.

Susan ließ den Blick auf den Artikel und dann zu dem ungeduldig wartenden Mann wandern.

Ihre Antwort war alles andere als jugendfrei. Sie wusste, dass sie wahrscheinlich mit einer Anzeige wegen Körperverletzung rechnen musste, wenn sie blieb, daher machte sie kehrt und marschierte davon, bis ein Spaßvogel, der sich ihre Kraftausdrücke mit entzücktem Grinsen angehört hatte, ihr nachrief:

»Darf ich Sie zitieren, gnädige Frau?«

Susan konnte einfach nicht anders, sie blieb stehen, bückte sich, zog ihr Nachthemd hoch und zeigte ihnen einen bemerkenswert haarigen Hintern. Über die Schulter rief sie zurück:

»*Das* könnt ihr zitieren, ihr Arschgeigen!«, bevor sie sich wieder sittsam bedeckte und zum Haus zurückwetzte.

Noch nie hatten die versammelten Skandalreporter einen Menschen in Gummistiefeln und Nachthemd so schnell rennen sehen.

Mit der Zeitung in der Faust stieß Susan krachend die Küchentür auf und kickte sie dann mit dem Stiefelabsatz ausnahmsweise fest hinter sich zu.

»Heiliges Kanonenrohr ...«, keuchte sie. Sie lehnte sich gegen die Tür, fächelte sich erst mit der Zeitung Luft zu und faltete das

Blatt dann auseinander, um den anstößigen Artikel zu überfliegen.

»Na, da wird ja was auf uns zukommen.«.

Am gleichen Morgen, in aller Herrgottsfrühe, staunten die Mitglieder der Rockband »Son of a Gun«, die im *New Musical Express* bereits als Nachfolger der Rolling Stones gefeiert wurde, nicht schlecht über die Uhrzeit. Seit gestern Abend hatten sie in den Watershed-Aufnahmestudios, flussabwärts vom Fisherman's Boots, die Nacht durchgeprobt, vierzehn Stunden ohne Pause, und drei Spuren aufgenommen. Zuletzt hatten sie an einer Rockballade gearbeitet, der ihr Gitarrist und Lead-Sänger den Titel »Don't Fight Me, Aphrodite« gegeben hatte.

Aber jetzt, fanden sie, war es höchste Zeit, sich eine Pause zu gönnen, sich einen – nun ja – Kräutertee zu genehmigen, ein paar Toasties zu verdrücken und dabei auf dem Balkon des Studios zu entspannen. Von hier aus hatten sie einen schönen Ausblick auf die Mündung des Quinn.

Die Bezeichnung Balkon war eine hochgradige Untertreibung. Der Studiobesitzer hatte hier jedem nur denkbaren Bedürfnis nachkommen wollen und ein Paradies aus Hightech-Sonnenrollos und Drehsesseln geschaffen, mit einer Bar, in der von Jack Daniels bis Diazepam alles vorrätig war.

Nicht, dass sie sich aus diesem wahren Füllhorn an selbstzerstörerischen Genüssen auch nur im Geringsten bedient hätten.

Obwohl zwei Mitglieder der fünfköpfigen Band sich lieber eine Handvoll Tabletten in den Rachen geschüttet und mit Whisky nachgespült hätten, wussten alle, dass ein solcher Exzess das Ende für sie bedeuten würde. Der Lead-Sänger und Gründer der Band hatte von Anfang an unmissverständlich klargemacht, sie könnten bis zum Umfallen Rock'n'Roll spielen, aber Sex and Drugs bitte nur im gesunden Maß – er hatte schon zu viel davon gesehen.

Während er sich also seinen Tee schmecken ließ, nahm er sein Handy und wählte die Nummer der großen Plattenfirma in London, bei der sie unter Vertrag standen. Es überraschte ihn nicht, dass selbst an diesem frühen Sonntagmorgen ihr eifriger A&R-Manager, Jed Simpson, gleich nach dem ersten Klingeln dran war.

»Hi Jed, ich bin's. Gute Nachrichten. Ich habe das Bild für unser nächstes CD-Cover.«

»Du hast dich entschieden?«

»Ich hab mich entschieden.«

»Und diesmal überlegst du's dir nicht noch mal anders?«

»Diesmal überleg ich's mir nicht noch mal anders.«

»Dein Wort in Gottes Gehörgang.«

»Und noch mehr gute Nachrichten.«

»Noch mehr? Das ist ja wie Weihnachten und Ostern zusammen.«

»Ich glaube, ich habe jemanden für unsere Second Vocals gefunden.«

»Ist das dein Ernst? Brauchbare Stimme?«

»*Tolle* Stimme.«

»Hingucker?«

»Eine Schönheit.«

Bei der Art, wie er das sagte, wurde Jed mit seinem feinen Gehör sofort aufmerksam.

»Und super im Bett, was?« Jed fing an zu lachen. »Ich dachte, du hättest strenge Regeln, was das angeht. Auf Tourneen keine Frauen ...«

»Hab ich ja auch.«

»Klingt aber ganz so, als wärst du dabei, gegen diese Regeln zu verstoßen ...«

»Ich habe nur gesagt, dass sie eine Schönheit ist.«

»Das mögen deine Worte gewesen sein, mein Junge, aber du vergisst, dass ich deine Gedanken lesen kann ... pass nur auf, dass du beim Vögeln deine Stimme nicht verlierst ...«

»Du bist auf dem Holzweg, Jed ...«

»Ach ja?«

»Ich lege jetzt auf.«

»Ich wette hundert Pfund, dass du sie noch vor Glastonbury aufs Kreuz legst.«

»Tschüs, Jed.«

Lachend steckte er sein Handy weg und nahm stattdessen die Morgenzeitung zur Hand. Mit seinen wachen, durchdringend blauen Augen überflog er die Titelseite.

Und schon war sein Lächeln wie weggeblasen.

Mit einem langen Seufzer, gefolgt von einem Zungenschnalzen und einem Kopfschütteln, legte er die Zeitung weg und griff wieder nach seinem Handy.

Diesmal kam es ihm vor, als würde es ewig klingeln, nachdem er gewählt hatte, aber er wusste, dass er dranbleiben musste.

»Was fällt Ihnen ein, mich mitten in der Nacht aus dem Bett zu klingeln, Sie Wichser?«, krächzte es endlich wütend aus dem Hörer.

»Ich bin's, Tristan ...«

»Oh. Hey, Tristan, alter Freund.« Plötzlich klang die Stimme freundlich. »Du weißt, ich freue mich immer wie ein Kind, wenn du anrufst, aber ich möchte dich doch bitten, einem todmüden, verkaterten Alten noch etwas Ruhe zu gönnen, ja? Wie gesagt, es ist mitten in der Nacht ...«

»Es ist acht Uhr morgens, und jetzt hör auf zu jammern, zieh dich an, hol deinen Wagen und beweg deinen knochigen alten Arsch hierher.«

Als Antwort ertönte ein ausgiebiges Stöhnen.

»Zu dir? Aber Tristan, du bist doch ganz unten in Cornwall!«

»Das weiß ich selbst. Und ich will dich hier haben. Jetzt.«

»Im Ernst? Ich soll nach Cornwall kommen? Sofort?«

»Ja, genau. Also komm in die Hufe. Und noch was, Dad: Sorge um Gottes willen dafür, dass Mum nicht in die Morgenzeitungen guckt, ja?«

Mit wild klopfendem Herzen schob Susan den Riegel vor die Küchentür. Ihre Nichten und ihre Schwester sahen sie vom Tisch her ganz baff an. Susan ließ den Blick von einer zur anderen wandern und ihn dann auf dem immer noch gesenkten Kopf der Zweitältesten ruhen. Enttäuschung und Fassungslosigkeit spiegelten sich in ihrem Gesicht.

Sie knallte die Zeitung auf den Tisch.

»Und? Was sagst du dazu?«

Susans Frage war an Viola gerichtet, die vor Schreck fast vom Stuhl fiel.

»Wozu?«

»Wie konntest du nur!«

»Wie konnte ich was?«

»Jetzt tu nicht so, als wüsstest du nicht, wovon ich rede. Wir tun alles, um sie zu schützen, und du machst so was! Bist du jetzt völlig abgedreht, dass du deine eigene Schwester verkaufst?«

Viola nahm die Zeitung.

»›Schock: Rocklegende verheimlicht uneheliches Kind‹«, las Viola laut vor. Vor Erstaunen und Bestürzung klappte ihr die Kinnlade herunter. »Aber ich würde doch niemals ... ich habe nicht ...« Sie ließ die Zeitung fallen, als hätte sie sich die Finger daran verbrannt.

»Wie bitte?!« Judy fuhr hoch, schnappte sich die Zeitung und las weiter vor: »›Eine absolut zuverlässige familiäre Quelle hat bestätigt, dass die Gefühle auf Arandore zur Zeit hohe Wellen schlagen. Der Grund: Die kleine Gypsophila Charteris sieht sich mit der Tatsache konfrontiert, dass ihr berüchtigter Vater, der Rockstar Teddy Gunn, der in der Forbes-Liste der Reichen geführt wird, ihr ein Leben in Armut und Vernachlässigung zumutet.‹ Was zum Teufel ...«

Susan riss ihr die Zeitung aus der Hand.

»Eine absolut zuverlässige familiäre Quelle? Ist ja klar, denn außer uns weiß es doch niemand. Diese Information konnte nur aus der Familie kommen, Viola, und wer hier in diesem Raum würde so etwas tun, außer dir?«

»Ich weiß, dass du keine hohe Meinung von mir hast, Susan, aber das würde ich Gypsy nicht antun, niemals.«

»Aber wer soll es dann gewesen sein? Ich etwa? Deine Mutter? Oder Pip?«

»Viola war es nicht«, flüsterte Gypsy mit blassem Gesicht.

Keiner hörte sie, oder jedenfalls fanden ihre Worte keine

Beachtung. Susan zählte weiter auf, wer sonst noch als Täter in Frage kam. Ihre Stimme war scharf und schroff, so sehr nahm die Sache sie mit.

»Oder hat vielleicht Flora die Idee gehabt, sich diese Geschichte vergolden zu lassen?«

»Viola war es nicht«, wiederholte Gypsy, diesmal etwas lauter. Wieder hörte sie niemand.

»Jetzt erzähl mir bloß nicht, es wäre Persicoria gewesen. Oder Emerald oder Eddie.« Susan, sonst die liebste, friedlichste Tante der Welt, glühte inzwischen so dunkelrot wie ihre selbstgezüchtete Rote Bete.

»Viola war es nicht«, sagte Gypsy noch etwas lauter, während ihr die Tränen in die Augen stiegen. Und doch hörte sie nach wie vor niemand, alle konzentrierten sich fassungslos auf Viola und Susan.

Und deswegen schrie sie es jetzt heraus:

»Viola war es nicht!«

Auf einmal herrschte Stille in der Küche.

»Es war nicht Viola.« Jetzt kullerten Gypsy die Tränen über die Backen.

»Woher willst du das denn wissen, Gypsy?«, fragte Susan milde und beeilte sich, das Mädchen in die Arme zu nehmen.

»Viola war es nicht.« Diesmal flüsterte Gypsy wieder, während sie flehend zu ihrer großen Schwestern aufschaute, »weil ich es nämlich selbst war …«

– 37 –

Vor Schreck verschlug es allen die Sprache. Endlich brach Judy das Schweigen, indem sie sich vor ihre kleine Tochter kniete, sie sanft an den Schultern fasste und so gelassen wie möglich fragte:

»Aber warum, Gypsy? Warum hast du das getan?«

Gypsy unterdrückte ein Schluchzen.

»Für uns, ich wollte mithelfen. Damit ihr nicht mehr alle so hart arbeiten müsst und euch auch keine Sorgen mehr wegen Geld und Rechnungen und meinem Schulzeugs zu machen braucht, und damit Pip nur nach Bristol zurückgeht, wenn sie das auch wirklich will ... ich wollte doch auch mithelfen, und was anderes ist mir nicht eingefallen.«

»Aber wie bist du denn in Kontakt mit diesen Reportern gekommen, du bist doch noch ein Kind!«, rief Susan.

»Ich habe ihr geholfen«, sagte eine leise Stimme.

Alle wandten sich gleichzeitig der Sprecherin zu. Sie war wirklich die Letzte, von der die Familie so ein Geständnis erwartet hätte.

»Flora?«, rief Judy erstaunt. »Aber warum ... und wie ...«

»Immerhin bin ich kein Kind mehr. Ich bin am Freitag achtzehn geworden«, erwiderte Flora ruhig.

Das schuldbewusste kollektive Stöhnen, das dieser viel zu späten Erinnerung folgte, war so laut, dass Persicoria sich mit eingeklemmtem Schwanz unter den Küchentisch flüchtete.

Judys Gesicht wurde noch länger.

»Ach du meine Güte ... wir haben deinen Geburtstag vergessen! Wie konnte das nur passieren, deinen achtzehnten Geburtstag, ach, Flora ...«

Aber Flora zuckte die Achseln.

»Macht doch nichts. Es gab ja viel Wichtigeres, worum wir uns kümmern mussten – das hier zum Beispiel.«

Sie griff in die Tasche, zog ein kleines zusammengefaltetes Stück Papier heraus und reichte es ihrer Mutter.

»Dafür hat Gypsy ihre Geschichte erzählt, und deswegen habe ich ihr geholfen, als sie mich darum gebeten hat.«

Langsam faltete Judy das Papier auseinander.

Es war ein Scheck über hunderttausend Pfund, ausgestellt auf den Namen Judy Charteris.

Judy sah auf den Scheck, schaute ihre Töchter an, lachte erst los und fing dann an zu weinen. Sie presste jammernde Schluchzer aus, doch genauso plötzlich, wie sie angefangen hatte, hörte sie auch wieder auf. Sie atmete tief durch, offensichtlich bemüht, sich zu fassen.

»Ach Gott, ach, meine Mädchen! Es tut mir so furchtbar leid. Das ist alles meine Schuld. Alles. Ich habe uns das eingebrockt. Ihr hättet nie das Gefühl haben dürfen, ihr müsstet ... Ach, ich habe euch alle so hängen lassen – Gypsy, du hättest gar nicht auf die Idee kommen dürfen!«

Gypsy verzog das Gesicht.

»Macht nichts, Mum ... Mich kratzt das nicht, wenn alle es erfahren. Er hat sich ja nicht um mich gekümmert, also hat er was verkehrt gemacht. Warum sollten wir ihn schützen?«

»Aber Gypsy, das hast du falsch verstanden, wir haben ja nicht *ihn* geschützt, sondern wir haben versucht, *dich* zu schützen, vor – vor diesem ganzen ...« Noch während Judy eine Handbewegung zum Fenster machte, wurden sie von einem Blitzlicht geblendet. Sie erkannten, dass der Mann, der vorher im Baum gehangen hatte, jetzt mit seiner Kamera direkt an der Scheibe klebte.

»... vor diesem totalen Wahnsinn!«, fuhr Judy fort. Ihre Stimme war immer schriller geworden, und sie beendete ihren Satz mit einem erzürnten Schrei, denn der Reporter schoss ein weiteres Foto von ihrer tränenüberströmten Jüngsten. Judy sprang von ihrem Stuhl auf, schnappte sich einen Regenschirm aus dem Ständer an der Tür, riss den Riegel zurück und schoss nach draußen, mit den kläffenden Hunden auf den Fersen. »Raus aus meinem Garten, verdammtes Arschloch von Aasgeier!!!«

Beim Anblick der mit einem regenbogenbunten Schirm auf ihn zustürzenden Judy tat der Mann das Schlimmste, was er überhaupt machen konnte.

Er fing an zu lachen.

Niemand durfte über ihre Mutter lachen, und schon gar nicht, wenn sie ihre Familie vor Eindringlingen beschützen wollte.

Alle drängten sich hinter ihr aus der Tür.

Als der Reporter sah, wie das ganze Aufgebot der Charteris zum Angriff überging, verwandelte sich seine Heiterkeit erst in Erstaunen und dann in nackte Angst, und als Judy ihren Regenschirm dann mit ganzer Kraft auf seine Kehrseite niedersausen ließ, hörte er auf zu lachen und schrie los wie ein kleines Mädchen.

Sein Gezeter zerriss die Luft, und wie auf ein Kommando setzte sich die Meute am Tor in Bewegung: Einige sprangen über das Tor, dann schoben andere es auf, und auf einmal bewegte sich die tobende Presse mit gezückten Kameras, Notizblöcken und Mikrofonen den Zufahrtsweg hinauf.

Die Hunde bellten jetzt noch lauter. Emerald vergaß, dass sie nur drei Handbreit hoch war und weniger wog als ein Dutzend Kartoffeln und mutierte zu einem Wachhund. Mit gesträubtem Nackenfell und gefletschten Zähnen stürzte sie sich auf die Fremdlinge, die ihr Zuhause bedrohten.

Pip rief Flora zu, sie solle Gypsy und die zitternde Persicoria ins Haus bringen, und schnappte sich den tapferen kleinen Kampfhund gerade in dem Moment, als die Reporter den Hof stürmten, Fragen brüllten und mit ihren Blitzlichtern Silvester vorwegnahmen.

Rettung brachte ein Mann, von dem niemand solche Heldentaten erwartet hätte.

Major Jenson war in seinem Landrover auf dem Heimweg, und wie immer hing sein Hund Guinness aus dem Beifahrerfenster. Der Major hatte einen anstrengenden Morgen hinter sich, denn die letzten Flaschen Jenson Amber Brew waren so sauer gewesen, dass alle sich geschüttelt hatten.

Schon heute früh hatte Jenson sich an den Presseleuten und ihren Autos vorbeigedrängelt, um zu seinem Brauschuppen zu gelangen, und beim Gedanken, sich jetzt wieder den Weg zu seiner Einfahrt erkämpfen zu müssen, verfinsterte sich sein Gesicht. Dann jedoch bemerkte er, dass die Paparazzi alle verschwunden waren, und gleichzeitig hörte er den Lärm auf Arandore.

Diese verdammten Mädels, dachte der Major, doch zu seiner eigenen Überraschung schalt er sich plötzlich für diese reflexhafte Reaktion. Zum ersten Mal seit Langem dachte er mal wieder daran, dass er sich gar nicht erinnern konnte, warum er sich überhaupt mit den Charteris überworfen hatte.

Er hatte keine Ahnung.

Nicht den leisesten Schimmer.

Das Einzige, was ihm einfiel, war die Tatsache, dass sie in letzter Zeit eigentlich alle ganz in Ordnung gewesen waren.

Flora und Bridget waren dicke Freundinnen.

Susan war zwar eine sonderbare, irgendwie männlich wirkende Frau, aber sie war immer so nett und brachte Felicity regelmäßig prächtiges Obst und Gemüse aus dem eigenen Garten.

Judy war bei all ihren Eigenarten doch schlicht und einfach eine Augenweide.

Und Viola ... Mannmannmann.

Und Pip, die Älteste, war ein absoluter Schatz. Als er diesen blöden Wettbewerb gewonnen hatte, war sie auf ihn zugekommen, hatte ihm die Hand geschüttelt und ihm gratuliert. Ihr war anzusehen gewesen, dass sie das ganz aufrichtig meinte, obwohl sie im Übrigen den Eindruck machte, als wäre gerade ihre ganze Welt zusammengestürzt.

In seiner Zeit als Politiker war er selbst einmal von einem bekannten Boulevardblatt fertiggemacht worden, daher war Jenson kein großer Freund von Journalisten.

Er hatte den Artikel am Morgen gelesen und dachte sich seinen Teil. Gypsy mochte ja manchmal ein kleiner Wildfang sein, aber keine Neunjährige verdiente eine so scheußliche Art von Aufmerksamkeit.

Also trat der Major vergnügt, böswillig und heldenhaft zugleich das Gaspedal bis zum Boden seiner alten Klapperkiste durch und bretterte temperamentvoll den Zufahrtsweg nach Arandore hoch. Die Paparazzi konnten sich mit Hechtsprüngen gerade noch ins Gebüsch retten, bevor der Major mit einem professionell kontrollierten Schleudermanöver vor dem Hoftor zum Stehen kam.

Als er sah, dass die schöne Judy gerade mit ihrem bunten Regenschirm gegen einen fetten Schreiberling focht und dass Susan und die Mädchen sich im Nahkampf mit den Journalisten befanden, sprang er, seine Jagdflinte schwingend, aus dem Auto. Und Guinness mit seinem Zentner Lebendgewicht rannte bedrohlich bellend hinter ihm her.

Es dauerte eine Stunde, bis sie auch die Letzten zum Tor hinausgejagt hatten. Major Jenson hatte mit seiner Jagdflinte gedroht, und Susan hatte Floras Hockeyschläger geschwungen und dazu gebrüllt wie ein Indianer auf dem Kriegspfad. Anschließend zog sie sich in ihren Schuppen zurück, um ein Schild anzufertigen, das sie am Tor befestigen wollte.

»›Betreten verboten‹«, las Pip, als sie es an ihr vorbei nach unten zum Tor trug. Dort allerdings stellte Susan fest, dass Major Jenson sich am Ende des Fahrwegs häuslich niedergelassen hatte. Wie ein Wachtposten saß er vor dem Tor auf einem Klappstuhl, die Flinte im Schoß und neben sich eine Thermosflasche Tee mit Brandy.

Hier sollte niemand mehr reinkommen. Und raus auch nicht, wie es schien.

Doch da sah Susan etwas.

»O Gott!«, rief sie.

»Was ist?« Mit dem Gewehr im Anschlag sprang Jenson auf und sah sich um.

»Er kommt«, erwiderte Susan atemlos, ließ das frisch lackierte Schild fallen und sprintete zurück zum Haus.

Die übrige Familie saß oben im Wohnzimmer. Alle hatten sich

auf das riesengroße alte Sofa gekuschelt und ließen sich von dem Kaminfeuer beruhigen.

Trotz seiner Größe bot das Sofa für die Mädchen, Judy und drei Hunde eigentlich nicht genug Platz, aber die Ereignisse des heutigen Tages hatten sie alle so erschüttert, dass sie sich wie junge Kätzchen in einem Karton trostsuchend zusammendrängten.

Zwei Geländewagen und einem Maybach voll muskelbepackter Männer konnte Major Jenson keinen Widerstand entgegensetzen, und so folgte der Konvoi der rennenden Susan die Einfahrt hinauf.

Als Gypsy den für teure Autos typischen Motorenklang und das gemächliche Knirschen breiter Reifen auf Kies hörte, tauchte sie käsebleich unter Persicoria auf, verließ das Sofa und lugte vorsichtig aus dem Fenster.

»Wer ist das?«, fragte sie, als die Fahrzeuge anhielten.

Judy wühlte sich unter ihrer zweitjüngsten Tochter hervor und stellte sich hinter Gypsy. Sie schlang die Arme um ihre Kleine, legte das Kinn auf ihren Kopf und schaute gemeinsam mit ihr aus dem Fenster. Als sie sah, wie er die langen, in Leder gekleideten Beine aus der hinteren Tür des Maybach schwang, seufzte sie so tief, dass ihre Atemluft Gypsys langes blondes Haar auffächerte.

»Dein Vater, Süße. Nur dein verflixter Vater.«

– 38 –

Judy ging die Treppe hinunter und nach draußen, um ihn zu begrüßen. Man sah ihr an, wie angespannt sie war.

Gypsy, die immer noch oben aus dem Fenster schaute, wurde jetzt von ihren Schwestern umringt. Sie waren besorgt und wollten ihr Küken beschützen, doch gleichzeitig staunten sie einfach, weil dieser weltberühmte Star jetzt in ihrem Hof stand. Sie alle hatten ihn ja im Fernsehen gesehen, hatten zu seiner Musik aus dem Radio getanzt, und nun erschien ihnen die Situation so unwirklich, dass er jetzt leibhaftig hier auftauchte und Gypsys Vater war.

Auch Judy fand das alles höchst merkwürdig.

Als sie mit Gypsy schwanger wurde, war sie Hals über Kopf in diesen Mann verliebt gewesen – leidenschaftlich, wie von Sinnen. Sie hatte ihn wie einen Helden verehrt. Ihre Beziehung glich einer Fahrt mit der Achterbahn, es war nichts Beständiges wie mit Edward.

Als er sie das letzte und einzige Mal besucht hatte, war Gypsy zwei gewesen, und auch da noch hatte Judy dieses spontane Ziehen im Herzen und im Schoß verspürt, als er zur Tür hereingekommen war. Dabei war sie sauer gewesen, dass er ihr schönes gemeinsames Töchterchen so lange fast völlig ignoriert hatte. Damals hätte sie am liebsten gelacht und geweint, sich mit hämmernden Fäusten auf ihn geworfen und ihn windelweich geprügelt, und wenn er dann besiegt am Boden gelegen hätte, hätte sie ihn behutsam ausziehen und jeden einzelnen blauen Fleck küssen mögen.

Er war damals Ende vierzig gewesen, und in Judys Augen ein schöner Mann – ein Urteil, das etwa siebzig Prozent der weiblichen Weltbevölkerung teilten.

Auch jetzt, mit fast sechzig, hatte er von seinem weltberühmten Sexappeal noch nichts eingebüßt. Die schmalen Hüften steckten in den üblichen schwarzledernen Röhrenjeans, das nicht mehr pechschwarze, sondern mit Silber durchzogene Haar, das ihm gut stand, trug er nach wie vor zu lang, und seine damals so verstörend blauen Augen versteckte er hinter einer Sonnenbrille.

»Judyschatz«, sagte er mit seiner berühmten kieseligen Stimme.

Judy wartete darauf, dass ihre Knie, wie üblich, nachgaben.

Und wartete. Und wartete.

Aber nichts geschah, und allmählich entspannte sie sich. Ihre Knie blieben so stabil und tragfähig, wie sie es in den ganzen letzten Wochen gewesen waren.

Endlich hatte sie ihn überwunden.

Allerdings erinnerte sie das sofort daran, wer ihr Herz so völlig ausfüllte, dass selbst der Mann, der vor zwanzig Jahren zum »begehrenswertesten Mann der Welt« gekürt worden war, auch nicht die winzigste Nische mehr darin fand.

Doch mit einem mentalen Kraftakt schob Judy alle Gedanken an spanische Augen beiseite. Sie konzentrierte sich auf die Gegenwart und auf die Liebe, die alle Stürme ihres Lebens überdauern würde, und das war die Liebe zu ihren vier Töchtern.

»Du bist bestimmt wegen des Zeitungsartikels hier. Also, wenn du deshalb einen Aufstand proben willst, kannst du dich direkt wieder in deine Bonzenkarosse setzen und verschwinden.« Judy sagte das viel beherzter, als ihr zumute war, während sie abwehrend die Arme über ihrem wohlgeformten Busen verschränkte.

Doch er hob in einer versöhnlichen Geste die Hände.

»Ich bin nicht gekommen, um Unfrieden zu stiften, versprochen.«

Nachdenklich sah Judy ihn an. Dann bedeutete sie ihm, sich ans andere Ende des Tisches im Hof zu setzen.

»Ist das hier nicht ein bisschen öffentlich?«

»Solange ich nicht weiß, was du vorhast, kommst du nicht näher an uns heran«, sagte Judy nachdrücklich und setzte sich ebenfalls.

»Ich will meine Tochter sehen«, antwortete er schlicht.

»Nach all den Jahren?« Mehr brauchte Judy nicht zu sagen.

Erst nickte er, dann schüttelte er zerknirscht den Kopf.

»Ich weiß ... ich habe allen wehgetan. Ich wollte sie immer sehen, bitte glaub mir das, ich hatte Sehnsucht nach ihr, aber ich habe mich nicht getraut. Alison hätte mir keinen einzigen weiteren Fehltritt erlaubt, sie hätte mir meine Jungs weggenommen und dafür gesorgt, dass ich sie nie wiedersehe. Aber als ich heute Morgen den Artikel in der Zeitung gesehen habe, weißt du, da ist mir klar geworden, dass ich ein Feigling war. Unser kleines Mädchen ist doch genauso mein Kind wie diese vier Jungen, und das soll ich leugnen? Ich habe es die ganzen letzten neun Jahre verschwiegen. Ich bin ein nichtsnutziges Arschloch. Also hab ich Alison gesagt, was ich ihr schon vor Jahren hätte sagen sollen, nämlich dass ich ein egoistischer Lügner und Betrüger bin und dass es mir leid tut. Und dann hab ich mich mit meinen Jungs hingesetzt und ihnen alles erzählt ...«

»Und wie haben sie reagiert?«, fragte Judy vorsichtig.

»Frag sie doch selbst, Judy.« Er deutete auf die vier jungen Männer, die sich hinter ihn gestellt hatten. Die drei Fahrer standen auf dem Weg, jeder bei seinem Fahrzeug, und Judy hatte gedacht, diese vier jungen Männer seien seine Entourage, womöglich seine Bodyguards.

»Das mit der Zeitung ist mir egal, Judyschatz. Eigentlich ist es sogar ein Segen. Die Jungs wollen sie sehen. Sie wollen ihre kleine Schwester kennenlernen, und ich will meine Tochter kennenlernen. Wenn sie mich lässt. Ich habe so verdammt viel gutzumachen. Glaubst du, sie lässt mich, Judy? Und lässt du mich?«

Unwillkürlich warf Judy einen Blick zum Fenster hinauf.

Gypsys herzförmiges Gesicht schimmerte blass durch die Glasscheibe.

»Mich musst du da nicht fragen«, erwiderte sie und lächelte zu ihrer Jüngsten hinauf.

Er folgte ihrem Blick.

»Ist sie das?«

Judy nickte.

Einen Moment lang schaute Gypsy ihn mit nahezu ausdruckslosem Gesicht an.

Und dann lächelte sie.

Schüchtern, zögernd, unsicher. Aber es war ein Lächeln für den Vater, den sie nicht kannte, und als Judy ihn wieder anschaute, konnte sie trotz seiner Sonnenbrille deutlich sehen, dass er weinte.

Nachdem sie so gewaltsam von Arandore vertrieben worden waren, hatten die meisten Paparazzi sich zum Bottom End und in die Bar vom Fisherman's Boots zurückgezogen.

Als die Bewohner von Gallant die Zeitungen studiert hatten und dann die Invasion von Reportern in ihrem Pub entdeckten, sprach es sich schnell herum, was oben auf Arandore vor sich ging.

Außerdem ließen ein paar Hartgesottene, die hinter Mauern und Büschen in der Nähe ausgeharrt hatten, verlauten, dass der berühmte Mann nun persönlich auf der Bildfläche erschienen war.

Und sie beschränkten ihren Informationsdienst nicht nur auf die Kollegen, die schon im Dorf warteten …

Als die Paparazzi nach Arandore zurückkehrten, weil der berühmt-berüchtigte Teddy Gunn angekommen war, hatte ihre Zahl sich verdoppelt.

Da Major Jenson einerseits gegen diese Übermacht nichts ausrichten konnte, andererseits aber noch nie freiwillig zum Rückzug geblasen hatte, schloss er das Tor, so fest er nur konnte, und begab sich eilig den Weg hinauf zum Haus, um die Bewohner zu warnen.

Schließlich nahm Tristan Gunn, der älteste von Teddys Söhnen, die Sache in die Hand. Während um ihn herum alle in Panik ausbrachen, schien er die Fäden in der Hand zu halten, mit einer ruhigen, gelassenen Autorität, die so beeindruckend war wie seine Jonny-Depp-Wangenknochen und seine strahlend blauen Augen, die Gypsys Augen so auffallend ähnelten.

Schwer zu sagen, wer mehr erschüttert war – Gypsy, weil sie jetzt nicht nur einen Vater, sondern auch noch vier Brüder hatte, oder Viola, die immer noch völlig verblüfft den ältesten dieser Brüder anstarrte.

»Hast du das gewusst?«, war alles, was sie ihn in dem ganzen Chaos so schnell hatte fragen können. Er hatte nach ihrer Hand gegriffen, sie beruhigend gedrückt und dann den Kopf geschüttelt.

»Wenn ich das gewusst hätte, hätte ich hier schon früher auf der Matte gestanden.«

Violas Mund verzog sich zu einem seltenen Lächeln.

»War es eine Sünde, dass ich den Bruder meiner kleinen Schwester geküsst habe?«

»Eine Sünde daran war bloß, dass es bei dem einen Kuss geblieben ist.« Tristan zwinkerte ihr zu. »Trotzdem ...«

Oben im Wohnzimmer wandte Tristan sich an seinen Vater. Teddy saß inzwischen wie ein wohlwollender, aber ziemlich magerer Weihnachtsmann auf dem Sofa. Er war von seinen anderen drei Söhnen umgeben, gut aussehenden, lächelnden, höflichen jungen Männern, und hatte die schon völlig in ihn vernarrte Gypsy auf dem Knie.

Tristan deutete auf den Tumult, der draußen gerade wieder entstand.

»Wenn du ein Statement abgibst, Dad, dann werden die meisten von den Hampelmännern sich verpissen.«

Teddy nickte.

»Du hast recht, Tristan, wie immer ... was meinst du?« Er sah Gypsy an. »Soll dein alter Vater rausgehen und den Reportern erzählen, was er für ein Glückspilz ist, dass er dich hat?«

Teddy und seine vier Söhne sahen aus, als seien sie gerade der Eröffnungsszene von *Reservoir Dogs* entsprungen, als sie sonnenbebrillt in ihren Doc Martens über den Hofplatz auf die Menge lärmender Journalisten und glotzender Dorfbewohner zu schlenderten.

Als das Blitzlichtgewitter endlich nachließ, bat Teddy mit

erhobener Hand um Ruhe und verlas eine kurze Erklärung, die Tristan rasch aufgesetzt hatte. Darin hieß es ganz einfach, er freue sich wahnsinnig, mit dieser wunderbaren Tochter zusammen zu sein, und er wolle der Presse ein paar Minuten von seiner Zeit schenken und für Fotos zur Verfügung stehen sowie einige Fragen beantworten. Im Gegenzug würde er die versammelten Reporter aber bitten, dass sie ihn dann in Ruhe ließen, damit Vater und Tochter ihre gemeinsame Zeit ohne weitere Störung genießen könnten.

Sofort fing das Geschrei wieder an, weil alle ihre Fragen loswerden wollten.

Tristan übernahm es, ein paar Journalisten auszuwählen. Er deutete auf den kleinen dicken Mann, der Susan am Morgen die Zeitung gereicht hatte.

»Barry Duncan vom *Daily Interceptor* ... ich möchte gern wissen, wie Ihre Frau auf die Neuigkeiten reagiert hat.«

»Soll ich Ihnen meine blauen Flecken zeigen?« Teddy lachte entwaffnend. »Ich werde wohl noch viel Abbitte leisten müssen, und nicht nur bei ihr, aber glauben Sie mir, ich bin überglücklich. Meine Tochter ist hinreißend, schön wie ihre Mutter, klug wie ihr Vater. Na ja, klüger als ihr Vater hoffentlich.«

Teddy wandte sich zu Tristan um, der nickte, und deutete auf eine Frau, die er bereits vom *Rolling Stones Magazine* kannte.

»Wendy? Was willst du Dad fragen?«

»Einfach nur, warum du so lange gebraucht hast, um dich zu deiner Tochter zu bekennen.«

»Weil ich ein verdammter Idiot bin, wie du ja sehr gut weißt, liebe Wendy, aber ich versichere dir, dass ich das wiedergutmachen werde ... nächste Frage?«

»Heißt dieses Wiedersehen auch, dass Sie sich der schönen Judy Charteris wieder annähern werden?«, rief der Reporter vom *Daily Dazzle* mit anzüglichem Grinsen.

»Also, abgesehen davon, dass Alison dann höchstpersönlich dafür sorgen würde, dass ich nie wieder Kinder zeugen kann, glaube ich nicht, dass Judy mich haben will. Sie ist zu gut für mich, das war sie schon immer ...«

Tristan trat vor seinen Vater.

»Gut, wir möchten uns jetzt natürlich wieder unserem Familienfest widmen, also bitte die letzte Frage ... Sie da drüben, ja, mit der flachen Kappe und der Barbour-Jacke, was möchten Sie fragen?«

Der hochgewachsene, breitschultrige Mann, der sich eilig einen Weg durch die Menge bahnte, um zum Hoftor zu gelangen, wirkte ziemlich verdattert, als er nun stehen blieb und zu Tristan hinüberschaute.

»Wer, ich?«

»Ja, Sie – haben Sie eine Frage?«

»Äh ... ja, ich glaub schon ...«

»Na, dann los, wir haben nicht den ganzen Tag Zeit.«

Verunsichert nahm der Bär von einem Mann seine flache Mütze ab und kratzte sich den dichten Haarschopf.

»Gut, okay ... also, ja ... ich wollte sagen ... wollte fragen ... na ja, können Sie mir sagen ... ist Pip zu Hause?«

– 39 –

Er war der letzte Mensch, mit dem Pip an diesem Tag gerechnet hätte, aber sein Anblick tröstete ihr arg gebeuteltes Herz.

»Hallo? Was machst du denn bitte hier?«, rief sie aus und stürzte los, um ihn zu umarmen. Doch dann beherrschte sie sich gerade noch rechtzeitig.

Chester grinste entschuldigend.

Er hatte sich so darauf gefreut, sie zu sehen, aber jetzt war hier so viel los, und es war ihm ein bisschen peinlich, zu stören.

»Clara und ich sind bei ihrer Familie zu Besuch, und ich wollte mit dir sprechen, Pip – ich habe versucht, dich anzurufen ...«

Pip verzog das Gesicht.

»Wir gehen schon den ganzen Tag nicht ans Telefon, du siehst ja, warum.«

»Ach so ... Und dann haben diese großen Kerle am Tor mich freundlicherweise reingelassen, aber es ist wohl gerade kein günstiger Zeitpunkt. Na, jetzt habe ich ja hallo gesagt, vielleicht sollte ich einfach wieder abhauen, und wir machen das ein andermal ...«

»So ein Quatsch, wenn es um dich geht, ist jeder Zeitpunkt günstig – es ist so schön, dich zu sehen, Chester. Komm, ich mach dir einen Kaffee.«

Das war für Chester das Zauberwort.

Schon seit Wochen vermisste er Pips Kaffee. Sie war der einzige Mensch, der ihn genau so zubereitete, wie er ihn gern mochte.

Als ihm schließlich ein Becher mit diesem göttlichen Trank die großen Hände wärmte, ließ er sich überreden, den Grund für seinen Besuch preiszugeben.

»Es geht um die Expansion.«

»Läuft irgendwas nicht so, wie es soll?« Im Geiste ging Pip

bereits den Aktenschrank durch, in dem sie während ihrer Zeit in der Klein- und Großtierpraxis den Papierkram abgelegt hatte.

»Nur dass du nicht da bist, um alles mit mir zu organisieren«, antwortete Chester, der sich aber gleich darauf entschuldigte. »Tut mir leid, es ist einfach so, dass ich nie an eine zweite Praxis gedacht hätte, wenn du nicht gewesen wärst. Ohne deine Organisation habe ich schon Mühe, diese eine Praxis am Laufen zu halten. Eine zweite zu eröffnen, daran kann ich jetzt gar nicht denken – ohne dich schaffe ich das nicht ...«

»Jetzt red keinen Blödsinn, Chester, natürlich schaffst du das!«

Er schüttelte den Kopf.

»Nein, und ich will es auch gar nicht, deswegen habe ich mir jetzt was anderes überlegt. Du weißt ja, dass Clara aus Cornwall stammt.«

Pip nickte.

»Sie ist nur mir zuliebe nach Bristol gezogen, und wir waren uns immer einig, dass wir wieder hierher zurückkommen, in ihre Heimat, wenn wir nicht mehr arbeiten. Na ja, und neulich haben wir darüber gesprochen, dass du jetzt wieder in Cornwall bist, und Clara meinte, sie würde sich gar nicht wundern, wenn du hierbleiben würdest, und dann wäre sie total neidisch auf dich. Sie vermisst ihre Heimat und ihre Familie sehr, und ich dachte, wenn Pip wirklich da unten bleibt, dann kann ich die Praxis auch gleich schließen und mich vorzeitig zur Ruhe setzen, und plötzlich war alles klar.«

»Aha?«, fragte Pip, denn ihr war überhaupt noch nichts klar.

»Ja.« Chester nickte vergnügt. »Ich habe eine Entscheidung getroffen. Ich werde keine zweite Praxis in Somerset eröffnen. Nein, ich mache die zweite Klein- und Großtierpraxis hier auf.«

»Hier?«

Chester nickte glücklich.

»Dan und Lizzie führen Bristol weiter. Clara und ich kommen hierher. Morgen schaue ich mir ein Haus in Lostwithiel an.«

»In Lostwithiel!«, rief Pip aus.

Das hübsche kleine Marktstädtchen lag nur acht Kilometer flussaufwärts von Gallant.

Chester nickte eifrig.

»Auf dem Papier sieht es einfach ideal aus, und nächste Woche ist die Versteigerung. Clara und ich sehen uns das Haus morgen an, und wenn es wirklich so perfekt ist, ersteigern wir es. Bist du dabei, Pip?«

»Bei der Versteigerung?«

»Bei der Versteigerung und bei diesem neuen Projekt? Ja? Willst du in Cornwall bleiben und die neue Praxis für mich führen?«

»Ob ich das will? Chester!«

»Ja?«, fragte er, plötzlich ganz beunruhigt, weil Pip die Tränen kamen.

Aber dann strahlte sie ihn freudig an.

»Darf ich dich in die Arme nehmen, oder rennst du dann weg?«

Chester strahlte zurück und breitete die Arme aus.

»Ich glaube, das kriegen wir gerade noch hin.«

Es gab noch mehr gute Nachrichten.

Als die vier Gunn-Söhne gemeinsam mit den schwergewichtigen Fahrern die Reporter aus dem Weg geschafft hatten, kamen Opal und Dudley keuchend und schnaufend durch das Tor auf das Haus zu.

Judy und Susan waren gerade dabei, die Tische in der Küche und im Hof für das Abendessen zu decken. Teddy hatte angeboten, alle irgendwo zum Essen einzuladen, doch dann war man übereingekommen, dass es wohl besser war, zu Hause zu bleiben, bis sich alles ein wenig beruhigt hatte. Also hatte Teddy kurz telefoniert, und fünfzig Minuten später war ein Lieferwagen erschienen, der bis unters Dach mit tischfertigen Delikatessen vollgepackt war.

»Das sind die Vorteile, wenn man reich und berühmt ist«, hatte Flora der staunenden Bridget zugeraunt, als Tablett für Tablett mit duftendem Essen, verschiedenste Brotsorten und Wein ins Haus gebracht wurden. Bridget war eigentlich gekommen, um ihren Vater zu suchen.

»Ruf deine Mutter an, Bridget, und bitte sie, auch rüberzukommen«, sagte Judy, während sie den Deckel von einer Form mit Lasagne hob, »und Flora, würdest du bitte Opal und Dudley anrufen und sie fragen, ob sie mit uns essen möchten ...«

»Herzlich gern«, rief Opal grinsend vom Kücheneingang her. »Wir wären schon vor etwa einer Dreiviertelstunde bei euch gewesen, wenn diese Menschenmassen uns nicht den Weg versperrt hätten!« Lächelnd umarmte sie ihre Freundin. »Was für ein Aufstand, rund um Gallant, in der ganzen Gegend, tobt der Bär. Ist bei euch alles in Ordnung? Geht's euch gut?«

Als Judy ihr versichert hatte, dass es allen ausgezeichnet ging, konnte Opal die Neuigkeiten, die sie zu diesem Besuch veranlasst hatten, nicht mehr länger für sich behalten. Sie nahm Judy bei der Hand und führte sie in den Hof hinaus, wo die Mädchen noch mit dem Tischdecken beschäftigt waren.

»Judy, ich weiß, dass jetzt vielleicht nicht gerade der beste Zeitpunkt ist, aber Dudley und ich möchten dir einen Vorschlag machen, und ich konnte es einfach nicht mehr abwarten, dir davon zu erzählen. Wir finden wirklich, dass die von St. Wastrell keine Ahnung haben, was ihnen entgeht – nichts für ungut, Herr Major ...« Entschuldigend lächelte Opal dem Major zu, der mit seinen neuen Freunden Chester und Teddy an einem Tisch saß, wo die drei einer Flasche Whisky zusprachen, die der Partyservice mitgebracht hatte.

»Kein Problem«, meinte er großzügig und winkte ihr mit seinem übervollen Glas.

»Wir finden, dass euer Cider einfach himmlisch ist. Und seit du bei uns arbeitest, steigt unser Umsatz in schwindelnde Höhen! Ohne dich wäre das nicht passiert, Judy. Wir haben uns so abgerackert, bevor du kamst, und jetzt – also, in dieser Saison haben wir mehr eingenommen als in unserer gesamten Zeit vorher. Du hast uns so geholfen, und wir möchten auch was für euch tun: Wir möchten in euch investieren, Mädels, wir möchten euch das Anfangskapital geben, das ihr sonst von St. Wastrell gekriegt hättet, und dann wollen wir den Charteris-Cider im Fisherman's verkaufen, und wenn eure Rebstöcke mal so weit sind, dann nehmen wir auch den Wein. Außerdem haben wir mit Dudleys Vetter gesprochen, der hat einen richtig großen Pub in London, und er möchte gern ein paar Kostproben haben. Und wir kennen auch Leute unten in Quinn, die mit großer Wahrscheinlichkeit Interesse haben. Ich weiß ja, ihr werdet dadurch nicht landesweit bekannt, so wie St. Wastrell es euch ermöglicht hätte, aber ich verspreche, dass wir für euch tun werden, was wir können ... Was meinst du, nehmt ihr uns mit ins Boot? Möchtet ihr uns dabeihaben?«

Opal wurde fast umgerissen, als die ganze Mädchenschar sich auf sie stürzte, um sie zu umarmen.

»Vermutlich soll das ein Ja sein?«, fragte sie und lief vor Vergnügen über diese Fülle an Zuneigung dunkelrot an.

Sie hätten Opal vielleicht wirklich erdrückt, wenn nicht im nächsten Moment Gypsy vor Freude losgequiekt hätte. Sie ließ Opal los, quetschte sich zwischen ihrer Mutter und Tante Susan hindurch und schrie aus voller Kehle:

»Da bist du ja wieder!«

Als Pip diesen begeisterten Ausruf hörte, ließ auch sie Opal los. Ihr Herz bebte vor Hoffnung und Erleichterung, als sie sich der hochgewachsenen, gebräunten Gestalt zuwandte, die nervös lächelnd am Tor stand.

Doch da stieß Judy einen Schrei aus.

Und Pip begriff, dass nicht Balthazar nach Arandore zurückgekehrt war ...

... sondern Raphael.

– 40 –

Es war wie bei dem Spiel, bei dem alle Tänzer erstarren und möglichst reglos und still stehen bleiben müssen, sobald die Musik aufhört.

So still war es, dass man die Blätter der Apfelbäume im leichten Abendwind rascheln hörte.

Und dann kam Persicoria, die sich im Tohuwabohu weiß Gott wohin fortgestohlen hatte, die Auffahrt heraufgaloppiert, wieder einmal mit einem Baguette im Maul. Mit ihren langen, schlanken Beinen setzte sie über die Hofmauer und legte ihre Beute vor Judys Füßen ab. Damit war der Bann gebrochen.

Ohne nachzudenken, bückte Judy sich, hob das lange Weißbrot auf und streichelte mit zitternder Hand den samtig braunen Kopf der Hündin.

Aller Augen waren auf sie gerichtet.

Mit dem Baguette in der Hand atmete Judy langsam aus.

Doch sie rührte sich immer noch nicht.

Die anderen wandten sich wieder Raphael zu.

Er war nicht mehr der lachende Sonnyboy, den sie in Erinnerung hatten. Bestürzt betrachteten die Mädchen ihn, seine Magerkeit, die Schatten unter seinen Augen, die genähte Wunde, die sich über einen Wangenknochen zog, und den Gips um ein Handgelenk.

Doch dann konnte Gypsy nicht mehr an sich halten, sie rannte zu ihm und schlang ihm die Arme um die Taille.

»Ach, Raph, da bist du ja wieder, endlich! Ich wusste, dass du zurückkommst. Ich hab gewusst, dass du uns nicht für immer allein lässt!«

Mit Tränen in den Augen erwiderte der sichtlich geknickte Raphael die stürmische Umarmung des Mädchens, dann gab er ihr sanft einen Kuss auf den Kopf.

Angesichts dieser spontanen Zuneigungsbekundung stieß

Flora einen kleinen Schluchzer aus und lief, gefolgt von Viola, zu den beiden hin. Alle vier hielten sich schluchzend in den Armen.

»Es ist so schön, euch alle wiederzusehen, ich habe euch wahnsinnig vermisst.« Von seinen Gefühlen überwältigt, stotterte Raphael ein bisschen.

»Was ist passiert, Raph? Du bist ja verletzt!«

»Wo bist du gewesen?«

»Warum bist du abgehauen?«

Sie bombardierten ihn mit Fragen, doch er hatte nur Augen für Judy.

»Ich erzähle euch alles, versprochen, aber erst muss ich mit eurer Mutter sprechen.«

»Da gibt's nichts zu reden«, sagte Judy wie aus der Pistole geschossen, aber ihre bebende Stimme verriet, dass sie das nicht so meinte. Das gab ihm die Kraft, zu beharren.

»Entschuldige bitte, Judy, aber ich muss dir sagen, wie leid es mir tut. Es tut mir aufrichtig leid, sehr, sehr leid. Ich habe das nicht so gewollt. Ich wollte dich nicht verlassen.«

»Und warum hast du's dann getan?!«, brach es aus Judy hervor.

In ihrem Ausruf klang so viel Schmerz mit, dass Raphael den Kopf senkte.

»Ich wollte dich nicht verlassen«, wiederholte er. »Wirklich, als ich hier abgereist bin, wollte ich auf jeden Fall wiederkommen, ich wollte euch nicht euer Geld wegnehmen. Aber diese *hijos de puta* haben mich ausgetrickst. An dem Tag, als ich die Bar kaufen wollte, habe ich zu früh angefangen, mit den Verkäufern zu feiern. Ich habe sehr viel getrunken, und wir haben angefangen zu spielen, zu pokern.« Raphael senkte den Kopf in die Hände. »Und dann ... *¡Que vergüenza!* Ich schäme mich so, aber sie haben mich betrogen. Und ich habe alles verloren. Ich war einfach zu *borracho*, zu betrunken, um das gleich zu kapieren. Am nächsten Morgen wurde mir dann klar, dass diese Typen mich umbringen würden, wenn ich nicht zahlen würde. Ich hatte keine andere Wahl, ich musste ihnen das Geld geben –

euer Geld. Eigentlich wollte ich sofort zurückkommen und dich um Verzeihung bitten, aber ... *¡Que vergüenza!* Ich habe mich so geschämt! Und darum bin ich feige abgehauen und habe mich versteckt. Ich bin bei *amigos* untergekrochen, die schon immer schlechten Einfluss auf mich hatten, und hab mich bewusstlos gesoffen. Aber ich hab dich, *mi amor,* und *las chicas* einfach zu sehr vermisst. Also hab ich gearbeitet, um dein Geld wieder zu verdienen und zu dir zurückzukehren. Ich hab mir einen Job besorgt und hart gearbeitet und so viel gespart, wie ich konnte. Aber das dauerte zu lange, und mein Herz tat so weh vor Sehnsucht nach dir, Judy. Da habe ich es letzte Woche nicht mehr ausgehalten. Ich bin nach Barcelona gefahren und in die Bar gegangen und habe ihnen gesagt, dass sie Lügner und Betrüger und *bandidos* sind und verlangt, dass sie mir entweder das Geld zurückgeben oder die Bar überschreiben.«

»Und dann?«, keuchte Viola.

Raphael zeigte auf sein Gesicht und hob das Handgelenk mit dem Gips.

»Das hier war das Ergebnis«, sagte er. »Aber zum ersten Mal in all den Wochen hatte ich richtig Glück, weil in der Bar nämlich ein Mann war, der mich suchte. Er war schon oft abends da gewesen, hat er mir später erzählt. Der Mann ist *medico,* Arzt ...«

Venusmuscheln!, rief Pip innerlich aus und schickte Nancy im Stillen ein riesengroßes Dankeschön.

»Er hat mich in die Klinik gebracht und mich dort verarztet. In meinem Handy hat er die Telefonnummer meines Cousins gefunden, der mich dann abgeholt hat ...«

Mit seiner gesunden Hand griff Raphael in seine Tasche und zog einen braunen Umschlag heraus, den er Viola reichte.

»Das ist alles, was ich verdient habe, jeder Cent. Es reicht nicht annähernd, um euch wiederzugeben, was ich euch schulde. Anfangs hatte ich gedacht, ich könnte erst zu euch zurückkommen, wenn ich alles zusammenhabe, aber dann hat ein besserer Mann, als ich es bin, mich überzeugt, dass ich zwar arbeiten muss, um euch euer Geld wiederzugeben, aber dass ich es hier an eurer Seite tun sollte. Ich dachte, ihr wollt mich nie wieder sehen, aber mein Cousin hat gesagt, er glaubt, ihr vermisst mich sehr ... Er glaubt, ihr würdet mir vielleicht verzeihen, dass ich so ein *idiota* war ...«

»Dein Cousin?«

»*Si, mi primo* ...« Raphael wandte sich um und winkte, und ein Mann, den sie in dem ganzen Trubel nicht bemerkt hatten, trat hervor.

»Balthazar!« Pip war so erschrocken, dass sie sich rücklings hinsetzte, auf Major Jensons Schoß.

»Du bist Raphaels Cousin?«, fragte Flora mit großen, staunenden Augen.

Er nickte langsam.

»Warum hast du uns das nicht gesagt?«

Viola hatte diese Frage gestellt, aber Balthazar richtete die Antwort an Pip.

»Wenn ich dir das erzählt hätte, hättest du mir dann das Cottage vermietet? Es ist jetzt viele Wochen her, da rief Raphael mich an, stockbesoffen, und berichtete mir, was passiert war. Er wollte mir nicht sagen, wo er sich aufhielt, sonst hätte ich ihn schon früher zu euch gebracht. Ich konnte euch zwar das Geld nicht wiedergeben, das Raphael mitgenommen hatte, aber ich wollte hierher nach Arandore kommen und euch möglichst viel unterstützen, bis meine Familie ihn finden würde.«

Die anderen nickten zum Zeichen, dass sie ihn verstanden, aber Pip war immer noch erstarrt.

Balthazar trat zu ihr, hockte sich vor ihr auf die Fersen und nahm ihre kalten Hände.

»Pip ... bitte. Verstehst du jetzt, warum ich es euch nicht gesagt habe?«

Sie nickte und meinte dann leise:

»Mir hättest du es doch sagen können. Ich bin die Letzte, die einen Menschen danach beurteilt, was seine Familie tut ...«

Und dann sah sie ihm schließlich ins Gesicht. Ihr Blick war schmerzerfüllt.

»Aber du hast mich einfach verlassen, Beau. Keine Erklärung, gar nichts ...«

Er runzelte die Stirn.

»*Perdóname*, ich hätte dich wecken sollen, aber ich konnte zu dem Zeitpunkt noch nicht erklären, warum ich wegmusste. Aber ich habe dir doch den Zettel dagelassen, Persicoria, ich habe dir versprochen, dass ich wiederkomme.«

»Und wo soll der gewesen sein?«

»Neben dir auf dem Kissen.«

»An dem Morgen lag nur –«, fing Pip an, und dann ging ihr ein Licht auf. Das Einzige, was an dem Morgen neben ihr gelegen hatte, war ein Müllschlucker in Hundegestalt gewesen.

»Persicoria!«, rief sie aus. Alle Gefühle, die sie in den vergangenen Tagen zurückgehalten hatte, sprudelten plötzlich an die Oberfläche. Pip fing an zu lachen, lachte mit lauten Hicksern, sodass ihr Tränen in die Augen traten, und als Balthazar die Hand ausstreckte, um sie mit dem Daumen fortzuwischen, fasste Pip danach und drückte sie an ihr Gesicht. Er beugte sich zu ihr und küsste sie ganz sanft. »Du musst wissen, dass ich dich niemals verlassen würde, Pip«, wisperte er. »Ich könnte dich gar nicht verlassen.«

Und dann schlangen die beiden die Arme umeinander, während Pip immer noch auf Major Jensons Schoß saß, und es sah so aus, als würde ihre Umarmung niemals enden.

Die herzliche Begrüßung, die seinem Cousin zuteil wurde, ermutigte Raphael, und da seine Selbstbeherrschung nicht ausreichte, um sich noch länger von Judy fernzuhalten, humpelte er auf die wachsame, misstrauische Frau zu und fiel vor ihr auf die Knie. Er bot ein Bild äußerster Zerknirschung und überwältigender Liebe.

»Judy Charteris, *te quiero tanto* ... Ich liebe dich von ganzem Herzen.« Flehend blickte er zu ihr auf. »Bitte verzeih mir ... Glaub mir, eine Sache habe ich aus dieser ganzen Geschichte gelernt, nämlich dass ich nie wieder ohne dich sein möchte. Vielleicht habe ich das Recht verspielt, dich das zu fragen, aber: Judy, schöne, geliebte Judy – willst du mich heiraten?«

Judy schaute auf den jungen Mann hinunter, der vor ihr auf

den Knien lag und so voller Liebe und Hoffnung zu ihr aufblickte. Sanft berührte sie sein verletztes Gesicht, dann stieß sie einen Wutschrei aus, der dem Gebrüll eines angreifenden Stieres ähnelte, und schlug ihm Persicorias gestohlenes Baguette um die Ohren.

Sie verprügelte ihn mit dem Weißbrot, bis es zu Brocken und Krümeln zerfallen rings um ihn herum auf der Erde lag.

Raphael blieb währenddessen auf den Knien und nahm diese groteske Attacke einfach als seine verdiente Bestrafung hin. Dann fiel Judy auch auf die Knie. Schluchzend umarmte sie ihn und schrie, so laut sie konnte: »Ja!«

– 41 –

Acht Monate später

Pip schnappte nach Luft. Als Chester ihr erzählt hatte, dass am Morgen der neue Tierarzt in die Praxis in Lostwithiel kommen würde, hatte Pip kurz ein ziemlich unheimliches Déjà-vu, das sie wie ein Fausthieb in den Magen traf. Doch dann senkte sich, wie eine unzerstörbare Rüstung, wieder dieses vollkommene Glücksgefühl über sie, auf das sie sich nicht zu viel einbilden wollte.

Das Leben war schön.

Mehr als schön sogar.

Das Leben war absolut perfekt.

Der einzige kleine Makel in ihrem wunderschönen Leben in Cornwall war die Tatsache, dass Beau die letzten acht Wochen in Spanien verbracht hatte, um auf dem Weingut seiner Familie zu arbeiten. Er hatte ihr so gefehlt, es war, als hätte ihr jemand ein Organ aus dem Leib operiert und gesagt, sie müsse zwei Monate lang ohne auskommen.

Allerdings war es diesmal einfacher gewesen, weil sie genau wusste, wann er zurückkommen würde.

Heute.

Und dann spazierte der neue Tierarzt herein, schlenderte in den schönen neuen Empfangsbereich und lächelte sie an. Plötzlich nahm Pip alles um sich herum wie in Zeitlupe wahr, ihr Brustkorb spannte von der letzten Schnappatmung, ihre Pupillen weiteten sich, sie riss die Augen auf, und ihr Herz fing an zu rasen.

Das Einzige, was sich nicht rührte, waren ihr Bauch und ihr Schoß, aber die beiden waren bei ihm ja immer ganz still geblieben. Stattdessen schrie sie nun vor Wonne auf, schoss durch den Raum und warf sich ihm voller Begeisterung an den Hals.

»*Du* bist der neue Tierarzt!?« Vor Staunen kriegte sie kaum noch Luft.

»Ja, Pip.« Clive grinste breit. »Genau der bin ich.«

Es war ein vollkommener Frühlingstag. Clive saß schwatzend neben ihr auf dem Beifahrersitz, als Pip nach Hause fuhr. Um sie herum grünte und blühte es. Plakate an den Telegraphenmasten kündigten das Maifest im Dorf an. Opal und Dudley profilierten sich als erstklassige Marketingmanager und bereiteten das Fisherman's Boots für das von ihnen auf die Beine gestellte Cider-Festival vor. Susan hatte ihren Safran bereits zum Wettbewerb um das beste lokale Produkt angemeldet.

Als Pip den Mini schwungvoll durch das Tor und die Zufahrt hinaufsteuerte, war er schon da und wartete auf sie. Mit den Händen in den Taschen lehnte er an der Hofmauer, sein Gesicht strahlte, und das ihr so vertraute Lächeln leuchtete aus seinen schönen Bernsteinaugen.

»Holla die Waldfee, Pip!« Clive grinste sie an. »Unterwäschemodel?«

»Voll qualifizierter Winzermeister«, gab Pip strahlend zurück.

»Ein kluger Kopf und dazu einen tollen Körper – genau, was ich suche«, schmachtete Clive. Pip lächelte still vor sich hin, denn gleich darauf entdeckte ihr bester Freund Flora, die in einem Bikinioberteil und abgeschnittenen Jeans im blütenübersäten Apfelgarten saß und für ihre Prüfung lernte. Clive klappte die Kinnlade herunter.

»Jetzt sag nicht, das ist die kleine Flora?«

»Aus Kindern werden Leute«, strahlte Pip.

»Das kannst du aber laut sagen ...« Clive stieß einen Pfiff aus und wäre fast aus dem Auto gefallen, weil er es so eilig hatte, sie zu begrüßen.

Beau öffnete Pip die Wagentür, und ihr Herz machte einen Satz. Er war ihr inzwischen so vertraut, und sie hatte ihn so sehr vermisst. Er hielt Pip die Hand hin, aber statt sie in die Arme zu nehmen und ihr mit einem Willkommenskuss alle Kraft aus den Knien zu rauben, drängte er: »Komm, Persicoria, das musst du sehen, schnell.«

Im Laufschritt führte er sie hinter das Haus, am Gemüsegarten entlang, am Gewächshaus und dann an Pops Cottage und an den Hühnern vorbei und bis zur hinteren Wiese, wo Reihen üppig grüner Weinstöcke den Frühlingssonnenschein aufsaugten. Balthazar zog Pip hinter sich her zwischen die Reihen, dann ließ er sich auf die Knie fallen, auf die Erde. Behutsam teilte er die Blätter und zog mit sicherer Hand eine längliche grüne Traube mit winzigen, perfekt geformten Früchten aus dem Weinlaub hervor.

»Unsere ersten Trauben«, staunte Pip.

»Das wird ein toller Jahrgang.« Balthazar lächelte Pip an, wobei die Sonne seine Augen in flüssiges Gold verwandelte.

Und dann küsste er sie.

Es dauerte eine Weile, bis sie bemerkten, dass sie beobachtet wurden.

Die Hände in die Hüften gestemmt, stand Gypsophila am Ende der Rebenreihe.

»Ich bin gerade aus der Schule gekommen!«, rief sie mit schriller Stimme, »und Mums Schlafzimmertür ist immer noch abgeschlossen.«

Pip begann, leise zu lachen. Verlegen strich sie sich ihre inzwischen etwas verrutschten Klamotten glatt, lächelte erst entschuldigend Beau an, der still vor sich hin schmunzelte, und sagte dann beruhigend zu ihrer kleinen Schwester:

»Ach, Gypsy, sie kommt garantiert wieder raus, das ist doch immer so ...«

»Aber jetzt sind es schon fast zwei Wochen ...«

»Ich weiß, Gypsy.« Pip stand auf und streckte ihrer Schwester die Hand entgegen, während Beau Gypsys andere Hand nahm. »Aber diesmal müssen wir ein bisschen Geduld mit ihr haben. Es sind doch Raphaels und ihre Flitterwochen ...«

Danksagung

Mein von Herzen kommender Dank gilt den Mitarbeitern des Piper Verlags, mit denen ich das Privileg habe zusammenzuarbeiten, insbesondere meiner Lektorin und lieben Freundin Julia Eisele, meinem charmanten und ziemlich attraktiven Agenten Terry (the Shark) Monk, und meinen wunderbaren Lesern, ohne die ich schrecklich viel Zeit damit verbringen würde, Selbstgespräche zu führen.